红帆船

赵利平 著

人民文学出版社

图书在版编目（CIP）数据

红帆船 / 赵利平著 .—北京：人民文学出版社，2016
ISBN 978-7-02-012179-3

Ⅰ . ①红… Ⅱ . ①赵… Ⅲ . ①长篇小说— 中国—当代　Ⅳ . ① I247.5

中国版本图书馆 CIP 数据核字（2016）第 268695 号

责任编辑　仝保民
装帧设计　翊　彤
责任印制　芃　屹

出版发行　人民文学出版社
社　　址　北京市朝内大街 166 号
邮政编码　100705
网　　址　http：//www.rw-cn.com

印　　刷　北京天正元印务有限公司
经　　销　全国新华书店等

字　　数　310 千字
开　　本　710 毫米 ×1000 毫米　1/16
印　　张　23
印　　数　1— 6000
版　　次　2017 年 2 月北京第 1 版
印　　次　2017 年 2 月第 1 次印刷

书　　号　978-7-02-012179-3
定　　价　42.00 元

如有印装质量问题，请与本社图书销售中心调换。电话：010-65233595

1

大鱼肯定是有的,只是没有办法把它捕到。阿良把头埋进了酒杯里。

晃动在阿良满脑子里的大鱼,东山县人也叫毛常鱼,鳞橙褐色,腹部银灰色,性凶猛,喜栖息岩礁流急海域,昼伏夜动,一般有六七十斤重。

那天半夜,在黄大洋海面,阿良听到过大鱼的鸣叫,声如擂鼓。现在这声音又由轻至重地在他的耳边嗡嗡作响,伴随而来的是海生和珊珊在古碉堡里的嬉笑声。

那大鱼是阿良这辈子从没见过的大鱼,是名副其实的大鱼,半个鱼身已到了阿良的那条小船上,船身都要侧翻了。就在这一刹那,大鱼顺着海生和珊珊的身影黑沉沉地滑落在海里,阿良只看见大鱼白森森的牙齿淌出一股海水直通通地流进他的嘴里,就像现在喝进嘴里的黄酒那样。满口都是黄连般的苦味。

阿良不由得把喝进嘴里的那口黄酒吐了出来。现在什么都没有了,大鱼没有了,海生没有了。珊珊没有了。海没有了。声音没有了。屋子里静悄悄的,酒杯斜横在桌上。

阿良感到自己在喝酒的极短时间里做了一个梦,或是产生了一个幻觉,或是掉进了一个迷魂阵。这些年来,他经常会产生这样的幻境。他重新拾起酒杯,倒满酒,轻喝了一口,无意识地抬起头,飘忽、茫然的目光越过窗户看见了公司码头上的船队。

这是上世纪九十年代初,一个秋汛的大忙季节。尽管柴油价格涨得惊人,但附近渔村能开出去的渔船都出海了。只有东山县渔都乡鱼盆岙渔业公司的渔船都泊在渔港里,密集的渔船挤在一起就像是在开会,却没人发言一样,寂静得有几分压抑和阴冷,唯有浑黄的海水在船与船之间的缝隙里不时蹿进蹿出,因为无法顺畅地流动,发出一些愠怒又无奈何的声响。

阿良家就在渔港旁边的小山坡上。这是一幢二层的小楼,依山而筑,外墙是用大块石头砌成的,平屋顶上罩着不少破渔网,上面压着一些石块,是防台风掀翻屋顶的。远远看过来,小楼就像是一个石楼;正面是两扇大木门,但没有上漆,嵌在左门里的玻璃已经碎了,糊着张挂历上撕下来的美人照。

阿良的父亲福明正从楼上走下来,一边咳嗽着,一边说:"阿良啊,这船老这样抛着也不是办法。"

阿良忙不迭地从桌边站起来,喝完一口酒后,把酒杯一搡,涨红着脸:"海生经理说,柴油价格高,船开出去就要亏损。"

儿子的脸瘦而黑,眼里好像荡漾着笼罩在海面上的雾气,看上去茫然而又阴郁。福明按着胸口,努力不让自己咳嗽:"日子这样过,也不是办法。"

阿良看见父亲很难受的样子,说:"你也别管了,还是上医院去查一下身体吧。"

福明摇摇头:"家里钱也不多,能省就省吧。"

阿良问:"翠珠呢?"

翠珠是阿良的老婆。福明无精打采地说:"可能在打麻将吧。"

阿良说:"明天你叫她陪你去,我今晚要管船去。"

福明终于忍住了咳嗽,轻轻地叹息一声说:"你带好手电筒,早点去吧。要去我自己会去,不用她陪的。"

阿良想说什么,最后还是没说什么,接过父亲递过来的手电筒走出家门。

翠珠是父亲叫人介绍给他的。一开始,他并不喜欢翠珠。他喜欢的是珊珊,只是没有人知道他喜欢的是珊珊。阿爸不知道。鱼盆岙所有人不知道。当然珊珊也是不知道的。阿良明白没有必要让珊珊知道。因为大鱼跑了。事实上即便大鱼没有跑,珊珊也不可能知道他喜欢她。和翠珠结婚后,他们感情还好,但最近他感到不是他对她冷淡,而是翠珠对他冷淡了。她好像对他待在家里不去捕鱼,并不感到喜悦,白天不在家,夜里也很晚才回家。这完全不同于他同船的伙计老婆。他们老婆对老公不用出海都很开心,连麻将都不打了,整日整夜地陪着老公。而这些家伙当他说他晚上来管船时,都兴高采烈地连说谢谢,还分香烟给他。

儿子晨晨也不在家。他在家也不会说什么,都五六岁了,只会含糊其辞重复教他的几个字。他总是指着各色各样的船机械地喃喃自语:"红帆船、红帆船、红帆船",这也不知是谁教他的。现在的船,早就没有了帆,以前的船有帆,也是棕色的布做的。红帆船那是有关鱼盆岙村起源的一种特殊船只。现在上了年纪的人比如父亲和胡指挥都会唱《红帆船》歌谣:

　　二十四海黑黝黝噢,
　　日出东方一点红呢,
　　顺风顺水踏潮去噢,
　　上天入地忙拔蓬呢。

阿良深深地叹了一口气。这歌也可以教晨晨的,省得只会说红帆船、红帆船的,只是儿子在岳母家没有人会教他。岳父母他们不知道这歌谣。他得去看看儿子了。

海风有点清冷,毕竟是深秋了。阿良感到头有点晕,这可能是喝了酒的关系吧。最近,他喝完酒,总是要上头,想喝点酒舒服一下,反而弄得不对劲。

阿良踉踉跄跄来到渔港,跳上渔船。夜已经暗下来了,月光在海面晃动,在船上晃动,也在阿良的心上晃动。他想睡觉。他稀里糊涂地抓着船舷,来到船甲板。月亮晃动得更加厉害了,像要向他冲过来一样。他摸进船舱,找到自己的铺位,倒下身,很快就睡了过去。

阿良睡得并不踏实。蒙眬中,他感觉身体浮了起来,跌跌撞撞漂移着,来到了机舱,开动了机器。他来到甲板上,大声地对与他同船的那帮伙计发话:"从今以后,这船就是我们几个的了,我们是为自己干了。"

　　渔船轰鸣着,速度快得根本无法控制,越开越远,仿佛要开到天上去,开到月光晃动的地方去。突然船猛地冲进巨大的黑洞里,铺天盖地的黑水汹涌而来。他努力想叫出来、想爬出来,但只看见黑水中冒出一双巨型怨恨的眼睛,眼瞳越来越大,越来越白,他不知道这是谁的眼睛,脑子里只有一片惨白。

　　后来,他被驾驶台里的声音弄醒了。

2

　　那梦中的场景,好像很久以前,在珊珊画的渔民画《大鱼的大牙齿》里看到过的。只是不是白眼睛,而是大鱼血红的大牙齿。大牙齿里快要倾翻的红色渔船里喷出汹涌的黑水。

　　阿良定了定神,头脑有点清醒后,他从船舱的逼仄铺位上拱起身来。他抓过放在铺位旁的一把大斧,连鞋子也没穿,悄悄地挪到驾驶舱门口。那大斧是用来砍缆绳的,闪着白白的冷光。

　　一个黑影弯到驾驶台上。那是小偷在偷卫星导航仪和定位仪了。船上就这些东西拆卸方便,也容易销赃。阿良高高举起大斧,屏住气,准备狠狠地砍下去,把那人砍成两半。他满肚子是火。但是最终没砍下去,"哐啷"一声,大斧很响地落在船板上,像条雪白的鳓鱼,似乎还在喘气。

　　那人转过身,像是要向阿良猛扑过来,动作还没做完,竟变成张开双臂了。那人惊喜地抱住他:"阿良,是我啊。"

　　阿良早已发现那人是他从小最要好的伙伴阿狗。阿良拾起大斧放一边,拉亮了电灯。他重重地踢了阿狗一脚:"你怎么做起贼来了?"

　　阿狗紧张的表情完全松弛下来了:"阿良,要是别人,我今天可要现眼出丑了。"

　　"我要去公司控告。"阿良一脸严正。他没有抓住小偷的一丝丝喜悦,今晚他的心情坏透了。头又有些晕了。

　　"你也别这样。我是小偷,大盗是公司领导,我不来偷,这船也是要让他们败光的。还不如现在趁东西还在,拿一点换钱,糊糊口。"阿狗满不在乎地抹了抹脸,振振有词地说。

"你缺钱?"阿良想不出什么词责备阿狗。

"我阿妈已经没钱买菜了。她想吃肉。"

阿良知道公司已好几个月没发工资了。阿良也知道阿狗很孝顺他瞎眼阿妈。他家就他和他阿妈二人。

"再这样下去,迟早连船也分不到,"阿狗狠声说,"你知道吗,张海生这畜生,又换姘头了。"

阿良清楚是张海生经理把公司搞成现在这样的。说是渔业公司其实又不同于国家办的公司,那是八十年代起集体船只归大堆,组成的集体渔业公司。但张海生却摆出一副国有公司的做派,进出坐"桑塔纳"轿车,还跟着个女秘书。公司效益好的时候,工资发得出、发得多,渔民还没意见,现在船开不去,工资发不出,难怪阿狗要骂娘了。但是,阿良不喜欢听阿狗说张海生有姘头。张海生的妻子,是阿良一直暗恋着的珊珊。张海生有姘头,珊珊的日子如何过?阿良的脸色阴沉起来。

"阿良,你不相信?"阿狗越说越起劲了:"我亲眼看见他在轿车里捏着那女秘书的手的。"

"你说自己吧,前些天,有几只船晚上没了卫导,是不是你偷的?"阿良有些烦。

阿狗指天指地发咒说:"我这是第一次做贼。我偷过其他船的话,下次出海,碰滩横头死。"

海风冷冷地从破了的船舱门吹进来,阿良打了个战。在渔村,碰滩横头死,是指翻船后,尸体在礁石滩头上碰撞。阿狗的咒是发得狠毒的。阿良舒口气说:"已经很晚了,你快走吧,你阿妈要心急的。"

阿狗讨好地说:"阿良哥,我陪你吧,和你一起管船。我看见过几个外地人在渔港边转着呢。你一个人不是他们的对手。"

"那你把拆卸的卫导、定位仪装上去。"阿良说。

"还有几只煤气瓶,我从路边的茅草堆中拿回来。"阿良有点难为情。他刚才把伙舱里的煤气瓶也偷上岸了。

风越刮越大了,海浪拍打着船舷,像是在呜咽着。

阿良只得接过阿狗的工具，装起卫导来。那是船的眼睛。没有眼睛，船是走不远的。海生的眼睛也被人偷走了吗？以前他有大鱼鱼鳔。现在他有女秘书。他有妍头。他还有什么？阿良咽下一口唾液。珊珊知道阿狗说的那些烂事吗？要是不知道,他要告诉珊珊吗？珊珊知道以后,该如何办呢？阿良使劲摇着头，仿佛要把这些念头全都甩进夜海里去。

3

  天已大亮了,海面却蒙着一层厚厚的雾。一排排船在雾中迷迷糊糊、忽隐忽现的。只有桅杆上的红旗不时地露出一只只红灯笼似的角来。阿良穿过被雾笼罩的村道,到家门口时,竟和一个人撞了个满怀。那人穿着件大红色的紧身羊毛衫,下身是条深绿的裤子。阿良闪过一边,那人差点要跌倒,阿良赶紧一把拉住,一细看,竟是他的老婆翠珠。"你才回来?"阿良责备地盯着她。她的嘴很大,唇涂得很红,像猩猩嘴。

  "怎么了?"翠珠挑衅地望着他。

  这时,福明已站在二楼的走廊上了:"大清早在门外吵架,不怕人家笑话啊。"然后是一阵剧烈的咳嗽。

  阿良不再说话,走进院子。翠珠也跟了进来。翠珠的手里捏着些菜,她把黄瓜、白菜等扔在院子里的水斗上:"你不用看我不顺眼,弱智儿子放在我娘家,吃穿用都是我娘家的,你倒好,鱼捕不来,钱赚不来,还天天哭丧着脸。这日子、这家我是没法过了。"

  "没法过,你就走。"阿良的情绪陡然又坏了起来。

  "你以为我喜欢呀,走就走。"翠珠转身就要走。

  这时,福明伛偻着腰站在翠珠面前恳切地叫道:"翠珠。"

  "我要回家。"翠珠生硬地对福明说。

  福明无奈地叹口气,只得让过一边。翠珠走得很慢,她想让他们父子俩来拦她一下,叫她别走,但父子俩就像两块礁石,纹丝不动。都没动。她一跺脚,加快了步子。

  "你吃完早饭,也得去看看晨晨了。她说的也不是没有道理。"福明一直望到翠珠的背影消失。

"我想陪你去医院。"阿良说。

"我自己去,你还是去翠珠家。把晨晨抱回来,把翠珠叫回来。"福明说。

雾渐渐散了,整个渔村像是突然冒出来似的。有一两只海鸥从渔港海面飞过来,贴着山坡,掠过阿良家的院子,复又飞回海里。阿良盯着海鸥越飞越远,直至变成一个黑点。

"那好吧,我现在就去。"阿良下定决心,要叫回翠珠。

翠珠老家在离鱼盆岙村附近。那是一个半农半渔村子,要说捕鱼是无法跟鱼盆岙村比的。他们的船小,都只是些小型的近海木机帆船,在附近的海面张张网。过去,那是个穷村子,家境好一点、容貌过得去的姑娘一般都愿嫁给鱼盆岙人,而不愿嫁给本村的。

阿良来到岳母家门口,有点不安。把人家的女儿气回家,再来叫,实在是很没有面子的事。

翠珠妈开门见是阿良惊问:"这么好的天气,你没出海?"

阿良也不回答,只是拿出烟,递给岳丈。

"家里出事了?"

"没。"

"翠珠几天没来了,"翠珠妈有点不高兴,"她连孩子也不要了,每天就是打麻将。我看是魂没有了。像船魂灵沉落了。"

"我来看看孩子。"阿良从翠珠妈手中拉过晨晨,讪讪地说。

船魂灵沉落了,那船不是要翻转吗?阿良心里一惊,装作没有听见,擦去晨晨脸上粘着的饭粒:"晨晨,我们回家去。"

"阿爸,捕鱼去、捕鱼去。"晨晨挣脱掉阿良的手,眼神竟有几分生动。晨晨长得眉清目秀,俊俏得恍若天使一般,但目光却是呆滞的,两只小手合在一起。嘴里含糊不清地说着:"船魂灵沉落了,红帆船魂灵沉落了。"

阿良和翠珠发觉晨晨痴呆病,抱着晨晨去过不少医院医治。医生说,这是先天性的,永远治不好。最后一次从医院绝望地回来,阿良喝开了酒。翠珠把饭桌掀翻了,哭喊着:"那都是你喝酒喝出来的。要不晨晨不会痴呆的。"要是平常,阿良非和翠珠吵起来不可。但那次,阿良什么也没说,只是看着酒瓶子"咣当咣当"响着,滚来滚去,眼眶里渗出泪来。他并不喜欢父亲介绍的翠珠,他喜欢的是珊珊。可是珊珊已和海生结婚了。他别无选择。谁叫他没有捕上大鱼呢,谁叫他竟让大鱼跑了呢。当然他也清楚即使大鱼捕上了,送到了珊珊面前,也已经来不及了。人家珊珊爱上的是海生,而不是他。在与翠珠结婚前后,他天天都喝得醉醺醺的,直至翠珠怀孕了,他才不再喝得醉醺醺。医生说,酒喝多了,生出的孩子就会弱智。

说翠珠魂灵没了,是翠珠妈妈的口头禅。晨晨是个智障儿,听得多了,就只记得这几句话。

阿良有点不快。翠珠妈老说船魂灵沉落了,晨晨要是在鱼盆咹也这么说,渔民伙计都会很讨嫌的。

这时,有几个渔民出海回来,路过翠珠家。他们纷纷跟阿良打招呼。阿良问他们公司转制后渔船分了后怎么样?他们说,这风出海,他们还有赚。

这渔船要是再不分,是永远出不了海了。阿良有点无奈。

"现在,没有一个村的船,像你们这样靠在码头的。阿良你要是不下海,到我们的船上来,我们付你高工资。"他们几个热情地邀请他。

阿良笑了,冲他们摇了摇了手。他对翠珠妈说:"我走了。晨晨我带走吧。"

"算了,孩子你带走,我还不放心呢。"翠珠妈一把牵住晨晨的手说。

红帆船出现了。它是一块红毛巾,正在碗里飘动,它是一条鱼。晨晨的意识里出现公司泊在码头的渔船,但他把渔船桅杆上悬挂的船旗朦胧地视作红毛巾和鱼。外婆中午刚刚给他吃过小黄鱼。外婆在催魂灵。水里有鱼。船魂灵沉落了。红帆船在外公睡觉的房间里。晨晨在红帆船里睡觉。晨晨的意识里一会儿出现外婆在他生病发热时在他耳边用沾了水的黄纸给他催魂灵,一会儿把外公红寿材(提前做好的漆了红漆的棺材)当作红帆船,幻想着自己在里面躺着。他看见外婆催魂灵用的盛水的碗里有一条金黄色的小鱼。

"阿爸,红帆船。捕鱼去。"晨晨吃力地把"红帆船"和"捕鱼去"串在一起,听得出他根本不知这几个字的意思。对他来说,能有这样的表达已是一次创造了。

晨晨没有再次重复说红帆船魂灵沉落了。阿良离开翠珠家,心情有些好起来。他竟没再想翠珠到哪里去了。

4

阿良回到鱼盆岙,去他的师傅家。阿良碰到难事,总要去师傅家。师傅姓胡,是东山县著名的大老大,一度担任过县渔业生产指挥部的副指挥,人称胡指挥。九十年代机构改革时,退了下来,仍回到鱼盆岙村当老大,上岸已经六七年了。阿良推开胡指挥家的门,里面已经有不少人,都是阿良认识的船老大。

"阿良也来了。"胡指挥递给他一支烟,请他坐下。

阿良是东渔 2001 号船的老大。他当带头船老大还是胡指挥推举的。阿良被胡指挥赏识,还有一个不打不相识的故事。那是阿良刚做老大时,他的船从舟山的嵊山港出来,由于天暗,迎面驶来的胡指挥的船从他的船头擦过,而他的船是新打的,一撞,就漏水了。从行驶的规则看,是胡指挥的船反应慢了些。胡指挥也不知撞了船,加大马力只顾往渔场赶。阿良一边指挥船员堵漏,一边加大马力赶了上去,直至横在胡指挥的船前面大叫你们撞了我们的船。胡指挥这才看清是阿良的船,同时也感到阿良再也不是在他船上当伙计的小年轻了。后来,他退休前,推荐阿良当了鱼盆岙村带头船老大。当时,阿良是东山县最年轻的带头船老大。

"师傅,我刚从翠珠娘家回来。他们也是柴油涨价,照样船能出去,也有赚。"阿良一坐下就急急地说:"我看这船不分是不行了。"

"我们正在说这事。"胡指挥吸了口烟。自从有鱼盆岙村以来,在胡指挥所知的村史里,渔船开不出去的事,只有三次。第一次是清政府实行禁海政策,严令"寸板不许下海""片帆不许入口",康熙三年(1664)三月初六,《东山县志》记载清军大队兵船进入东山各岛屿:"尽驱沿海居民入内地,筑墙为界,纵军士大肆淫掠,杀人山积,海水殷然。"第二次是民国十九年(1930),阿良的太爷在鱼盆岙等地聚众万人抗议东山县政府苛征渔业税,打死县长等三人,国民政府派水警和海军超武号等四军舰四百余名官兵镇压,包围鱼盆岙,阿良太爷等人不服反抗,手拉着手,向来抓捕他们的军警冲过去,被枪杀在鱼盆岙的沙滩上。第三次是一九五〇年五月,国民党军队从大陆溃退至东山岛,全面封锁渔船下海并将鱼盆岙渔民船只销毁在沙滩上,怕渔船开到大陆被解放军所用。那时胡指挥已有十几岁,他清楚地记得那夜鱼盆岙沙滩火光冲天,但仍有一只小渔船逃了出去,那是阿良爷爷潜到海底下爬到船里偷偷驾驶出去的。

渔船开不出去,肯定要出事。但鱼盆岙公司一直是红旗,是省、市、县的先进,是上面领导搞的点,渔业公司散伙了,我们的脸往哪里搁?胡指挥叹口气说:"我们公司一直是先进,是红旗。"

"隔壁的村子都转制了,台州、像山前几年就转制了,日子都比我们过得好。"阿良有些着急:"这红旗我们也不要了,船出不去,人心散了,钱赚不来,红旗也没意思的。"

大家点头称是。

"叫海生主动提出转制,他是不肯的。现在这样混着,他还有生意可做,船分到大家手里,他管什么呢?我碰到乡里的明龙书记了,他也没有分船转制的意思。"胡指挥说。他太清楚了,有公司在,乡里一些不能开支的钱都能在公司里报销掉。

"那只能是硬做了,"阿良发狠地说,"我们要吃饭的。"

"我老了,也退休了。只能你们来出头了。"胡指挥想起鱼盆岙村的往事,心里很是忐忑不安,阿良的话让他想起阿良的太爷、爷爷。硬做那不是要闹事吗,现在怎么能闹事?但不搞点动静出来,渔船一直开不出去,渔民的日子怎么过?胡指挥心里很是矛盾:"你们自己看着办。我也出不了多大的主意了。"

阿良知道公司是胡指挥一手创办的,他舍不得公司解体。另外,他和乡里、县里、市里的领导也认识,怕和他们见面了,不好意思。

"阿良,还是你领头吧。"

"你是带头船老大,我们听你的。"

……

几个船老大七嘴八舌说。

整个屋子布满了烟雾。阿良不出声时,船老大都只顾自己吸烟。

阿良沉思了好一会儿,把手上的烟捏了:"这事叫我领头可以。大不了不当带头船老大。可光靠我一个人不行,所有的船老大和伙计都要心齐。大家分头去通知,明天上午都去公司找海生经理,要他向上面提出来,转制分船。"

大家应了声,起身离开胡指挥家。胡指挥不知道什么时候来到了院子。他的头发全白了,风一吹,一脸老气。胡指挥面向渔港站着,视线所及,只见一排像举着手的渔船桅杆,仿佛在半空悬着,无法着落。

阿良走出院子时,回头想和胡指挥说声走了。胡指挥的目光很是担忧。阿良便什么都没有说。这次是胡指挥唯一一次没帮他拿主意。

阿良回到家,已经是中午十二点多了。他推开门,翠珠竟然在吃饭。

"我去你家找过你,"阿良边说边盛饭,"你去哪里了?"

翠珠的眼里掠过一丝不易察觉的混乱,而阿良并没有注意。

"我去打麻将了。"翠珠的声音有点温软。

"阿爸呢?"阿良问。

翠珠说:"你不是要他去医院吗?可能还没回来吧。"

5

阿良翻过鱼盆岙山岗,去通知住在北岙的船老大明天到公司去。鱼盆岙村住人的地方是南岙和北岙,北岙通向外界,南岙三面被青山所围,只有南边面向沙滩、面向大海。阿良家在南岙,从南岙到北岙要翻过山岗,有一条只能容一人通过的石级山道相连。站在山岗顶上,可以俯瞰南岙、北岙如布达拉宫建筑密密麻麻贴在山坡上的渔民房屋、开阔的海面、金色的沙滩和码头。

阿良刚到山岗顶,迎面碰到了从北岙山道上走上来的海生妻子珊珊。海生的家在北岙。

珊珊看上去三十岁左右,个子不高,身材却十分的匀称,就像是一根碗头鲻鱼。鲻鱼放在盛鱼的碗里,长短正好。那是鱼盆岙村形容女性美丽的一种形象说法。

珊珊的头发留得不长,略微呈淡黄色,刘海从中间分开,风一吹就在眼眉毛前一丝一丝地散开来。珊珊看见阿良停了下来,顺手把披下来的几缕头发往上梳。

阿良不觉有些呆了,他最喜欢看珊珊这个动作。自从和珊珊在鱼盆岙南岙沙滩旁的小学读书起,他便熟悉珊珊的这个动作,在珊珊漫不经心的举止中,阿良看到的是自己的心跳和自卑。

珊珊盯了一眼阿良。阿良把头低了下去。珊珊的眼睛虽小,却是双眼皮的,再加上脸庞并不大,使她的眼睛看上去特别妩媚。

"吃中饭了?"珊珊温软地问。

"吃了。"阿良抬起头,望着珊珊。他知道珊珊有话要说。

珊珊的下巴动了动,却不出声。

阿良始终认为珊珊作为女人最漂亮的地方就是下巴。珊珊的下巴是流线型的,把整个脸型衬托得十分和谐、生动。她的下嘴唇、她的鼻尖、她的眼角都似乎荡漾着一丝不易察觉的迷离而又温婉的笑容。

山道两边发黄、发白的茅草丛中盛开着一些黄色的小野菊花和不知名的白色小花。一两只蜻蜓寂寞地在山道上飞动,发出极细微的嗡嗡的声音,不知在寻找什么。阳光很灿烂地照在海面上,泛出金色与蓝色交织的透明色彩,看得见鱼盆岙公司泊在港口的所有船只。风平浪静时刻,大群的船挤在一起,散发出一种极为荒诞、怪异的味道。

珊珊的目光从渔港转了过来。要是这大群的船突然四处散开,会怎么样呢。那肯定就像是一群被猎枪打中了的海鸥,惊慌地逃窜。

"阿良,你在牵头叫海生不当经理?"珊珊的目光突然陌生得冷了起来。

"我有这样大的本事啊。"阿良的嘴角露出一丝讥讽的轻笑。

"你回答我,有没有这事?"珊珊咬住唇,眉毛往上一扬。语调中透出一丝愠怒,一丝不容躲避的执拗。

她生气时也是很好看的。阿良的思绪有些散乱:"没,没这事。"

"你要骗我?"

"珊珊,真没有,"阿良坚定了口气,"我们只是想转制、想出海。"

珊珊的口气仍然不满:"那还不是一样,船分了,转制了,单干了,海生还管什么,还当什么经理。"

"你知道不知道,阿狗的阿妈想吃肉已经没钱买了?你不要以为你家海生当经理天天花天酒地,人家也是如此。"阿良叫了起来。

珊珊吃惊地盯着阿良,像是不认识他似的。阿良从来没对她发过这么大的脾气,他对她说话总是很温和的,一种大哥哥对小妹妹说话的口气。

阿良也不再说什么,坐在山道的石级上,扯了根藤用劲拉:"我阿爸每天咳嗽,我烦得没时间陪他去医院看病。"

珊珊的口气柔和起来:"阿良,你和海生是同学、同伴,是好友。你就不能为他想想？他也在想办法，争取早日出海。"

"你知道他每天在做什么？"珊珊的脸阴沉下来，"他说他在忙。"

"你不想知道他在做什么。"阿良终于把藤拉了起来，整张脸是涨红的，也不知用了多少力气。藤很长，下面是棕色的，细嫩而又娇贵，一些细微的泥土掉了下来。

他有必要把它拉起来吗？可他已经把它拉起来了。连根拉起来，也不管藤的痛痒。珊珊下定决心说："我知道。我知道大家都在说他有另外的女人。"

阿良看到珊珊的嘴角在颤抖，那颗嘴角边的小痣也在隐隐约约地抖动。他突然感到心有些难受。他是不是太过分了。海生有另外的女人，珊珊如何做人。

"可他说他在做大事，他说他心里只有家，只有我。"珊珊幽幽地说着，垂下了头。

"可能海生没有吧，可能人家是在造谣吧。"阿良看见珊珊的后脖颈特别地白皙，他软下口气安慰珊珊。

珊珊轻轻地摇了摇头，泪水慢慢地流了下来。但阿良没有看见。他仍然盯着珊珊的后颈，同时想起那夜阿狗的话，阿狗说他亲眼看见海生在车上捏住了女秘书的手。

"你放过他吧。"珊珊抹去泪，抬起头央求地望着阿良，眼睫扑闪着。

那央求的眼神，仿佛要涌出晶莹的泪珠来，阿良实在是太熟悉了。

6

那是很久很久以前的事了。阿良、珊珊、海生和阿狗全是南峚沙滩旁破旧平屋的隔壁邻居。(八十年代生活好过些了,除了阿狗的父亲死于海难事故,阿妈哭瞎了眼,还是居住在老平屋里,阿良家、海生家则分别择址在南峚、北峚的山坡地建了小楼。)他们四个人天天在鱼盆峚山岗下的那个小沙滩上玩耍。

现在,阿良还能坐在石级上望得见他们经常玩耍的沙滩。沙滩左边礁石丛生,平潮时,人可以走过去。记得有一次,阿良、海生、阿狗放学回家,带着珊珊去拾螺。那个时候,潮水下去时,礁石丛中生满了大大小小的海螺和佛手。他们拾得忘记了时间,以至于潮水涨上来时,还没有从礁石堆里钻出来。还是珊珊反应快,她听见潮声,便对阿良说,快走吧,涨潮了。阿良也看见白白的浪花开在礁石上,拉住珊珊的手就往沙滩跑。结果,把海生和阿狗忘在了礁石丛里。阿狗自小在礁石丛里玩,一下子跑出来了,只剩下海生被海浪追逐着,吓得边哭边往沙滩跑。阿良记忆中印象最深刻的第一次珊珊央求他的眼神,就是为了救海生。阿良哥,你去帮帮他吧。珊珊哭着说。他连忙跑了过去,海生别怕,快把手伸过来。他边安慰跌倒在海浪里的海生,硬是在浪头快要卷走海生时,拉住了海生的手,而阿狗也抓住他的衣服,像只小狗拖着他和海生往高处跑。

沙滩的右边是一座古老的碉堡,据说是日本人侵略中国时造的。他们四个人冬天瞒着大人,在里面生火,烤从沙滩里拾来的乌贼吃。那时,海洋资源丰富,春天一到,乌贼就会被潮水冲到沙滩上,有的还是活的。他们烤着乌贼,咬着乌贼,人熏得比乌贼还黑。往往这时,海生就会指着阿狗说,你们看,阿狗像不像一只黑狗。他和珊珊就说,像,像,像。这时,阿狗就要生气,真的像只狗,要去咬海生。两个人扭打在一起。珊珊吓得躲到阿良的背后,看他们真打了,就用央求的眼神望着他,要他去劝架。

念中学的时候,珊珊就不太同他们疯玩。阿良记得珊珊唯一一次央求他而且是为了他自己的事,初中毕业时的一个暑假里。他为了到底要不要去城里念高中还是下海捕鱼矛盾着。海生和珊珊来找他,而他正躺在火热的沙滩上,旁边是一条侧放的正在修理的木帆船。你们看,我像不像一条船?他叫海生和珊珊回答。珊珊和海生异口同声地说,不像,像只死老虾。他们很生气,阿良竟然要这么早下海捕鱼而不愿去城里读书。你真的不去了?珊珊把他拉起来问。他说,我真的下决心了,我喜欢下海,我喜欢捕鱼。死老虾。死老虾。珊珊气急败坏地大叫。闹过以后,珊珊用央求的眼神望着他,你去城里念书好不好?这一刻,少女的依恋、无助、企盼尽写在那种眼神中,然而,他那时太小,不能深入地领会这种连珊珊自己都无法说清的眼神。他居然这样叮嘱海生,在城里,你要照料好珊珊。

他下海捕鱼去了,海生和珊珊则去县城读高中。虽然,他们最后都没能考进大学,但回来后,和他碰面的机会相对就少多了。但他每次出海回来,都要找机会去看看在家无事可干的珊珊和在乡里渔业办公室帮忙的海生。后来,海生在乡渔办干得不错,被胡指挥组建公司时看中,调到鱼盆岙渔业公司去了。也在这个时候,他当上了县里最年轻的船老大。

有一个夜晚,船靠码头,他在回家时,依稀看见珊珊和海生走进了古碉堡。他感到自己的心跳得特别急,便悄悄地跟了过去。他听见了海生的坏笑声,也听见了珊珊不要不要很轻很甜的喘气声。

那晚他没回家,坐在驾驶舱里,把伙计们准备出海喝的两瓶白酒和一箱啤酒,全喝完了。他喝了一夜,第二天,人躺在船舱里,不省人事。他的父亲以为他去看海生和珊珊了。海生和珊珊从古碉堡回家后,听说他不见了,也到处找他。珊珊至今都不知道他为什么要喝得那么醉,看见他昏迷的样子,脸都惨白了。

　　从此以后,他不再去看海生和珊珊。海生和珊珊结婚的前几天晚上,海生来找他,要他做海生的男傧相,他淡淡地说要出海开船拒绝了。珊珊听说后,又来找他,就是用现在那种央求的眼神望着他,阿良哥,你帮帮海生吧,他不会喝酒。他答应了。海生居然对他说,还是珊珊的面子大啊。他恨不得一巴掌打过去。但他在婚礼上微笑着替海生多喝酒。他喝得很多,但不醉,最后所有人都劝他别喝醉,连海生也劝,只有珊珊不劝,用那种淡淡的忧郁不时地看他一眼。

　　"阿良哥,你帮帮他吧。"现在,珊珊还是用这样的眼神央求他。

　　"珊珊,你放心,我不会把海生怎么样的。"阿良避开了珊珊的眼神,他无法承受那从小到大都十分熟悉的眼神,那深深地刻在他心里最深处的眼神。

　　珊珊轻轻地叹了口气。

7

傍晚,阿良才回到家。翠珠仍然不在家。推开父亲的房间,父亲直挺挺地躺在床上,眼睛睁得大大的,望着天花板。

"阿爸,你还是不舒服?"阿良知道父亲并不喜欢躺在床上的,一定是很难受才这样的。

福明抬起身说:"阿良,听说你要领头,逼公司散伙?"

阿良没有吭声。他知道胡指挥肯定告诉父亲了。

"你想自己有船?"福明太了解自己的儿子了,儿子天生好像是和船有缘,在船上就像换了个人似的。

"是。"阿良说。

"你没有忘记你爷爷是怎么死的吧?"

阿良常常听父亲说起爷爷的往事,他当然没有忘记爷爷是如何死的。

拥有一条自己家的船,这是阿良家祖祖辈辈的梦想。据说这鱼盆岙村以前并无人烟。明朝海禁时,阿良的上代为了躲避官府的捕杀,在无船逃生的情况下,硬是坐着一只漆得红色棺材、插着白布染红的旗帜权当风帆,漂向海里,最后落脚在鱼盆岙,靠在沙滩捕鱼、山上种粮,一代一代存活下来。村子里红帆船的种种说法和故事,大约就是这样一代一代传下来的。阿良估计晨晨口中的红帆船可能也是听父亲他们说多了才记住的吧。但是父亲他们为什么不叫晨晨学会红帆船的歌谣呢。

但阿良上代始终没有过自己的船,从来都是帮人家开船。在快解放前夕,阿良爷爷终于有机会花了一生的积蓄从同村远房本家于财发那里买进了一条很小的近洋作业舢板船。于财发家不但有渔船,而且在东山城里开有水产铺,怕共产党来了没有好日子过,一家都要跟随国民党部队到台湾去。能带的全都带走了,只把这条实在太小的舢板船折价处理给爷爷。

爷爷把这条小船当作宝贝一样看待。那是爷爷的命根子,是爷爷的魂灵。阿良多次听父亲这样说过。

国民党军队溃逃到东山县时,为了防止解放军得到船只进攻,要没收村子里所有大大小小的渔船。爷爷连夜驾着舢板船逃到一座小岛,靠吃生鱼,喝露天水,待了十多天,直至国民党部队撤走,解放军到各岛清剿海匪,才找到他。

办渔业合作社时,所有的船只要归公。爷爷死活不肯,晚上他和父亲第二次驾船逃离村子。船还没摇到第一次去躲过的小岛,就被一阵大风吹翻了。爷爷没游到小岛边就沉下去了。父亲年轻身体好,总算游到了小岛。

"这船,是个人的了,总要闯祸的。船会给你生,也会要你死。"福明想起那个落在海水里的夜晚,心就要猛跳。他搞不清楚儿子为什么这么喜欢大海,喜欢船,喜欢捕鱼。他捕鱼的历史也有几十年了。每次出海都是提心吊胆的,可儿子从来不是这样,他居然不要去东山城读书,宁愿出海捕鱼。他像他爷爷啊。

阿良舒了口气,原来父亲是心病,而不是身体不舒服:"阿爸,你不用怕,现在,外地的船都分给个人了。我早上去过翠珠家,她家那个村这么差的捕鱼水平,船也照样出去,日子比我们过得好多了。"

"你还是管管自己的事,不要带头惹事了。"福明突然坐起身,脸色灰暗。

"我自己的事?"阿良以为父亲指的是晨晨。

"你晓得早上翠珠到什么地方去了?你晓得她现在在什么地方?"福明盯着儿子,"我本来也不想告诉你的。你能开船能捕鱼,你就不能管住老婆。"

"她怎么了?"阿良有点吃惊。

"她在舞厅,和几个女人去舞厅跳舞了。"福明这才告诉阿良他早上去乡卫生院配药时,看见翠珠并没有回娘家,而是上了卫生院隔壁的舞厅。

"她过去不是这样的。"福明伤心得老泪也流了下来。

翠珠迷上了跳舞确实出人意料,但阿良毕竟不同于父亲,他在外面捕鱼也是见过世面的。他那条船上的人,到了外地码头不要说跳舞,连嫖女人的事也做过,只是他不喜欢做这些事。

"她喜欢跳舞就让她去跳吧,我管什么。"阿良有点无所谓。

"你……"福明指着阿良气得说不出话,接着是一阵阵猛烈的咳嗽声。

阿良赶紧走到福明的背后,帮他捶背。

这时,翠珠回家了。她风风火火走上楼,来到福明的床前说:"爸爸,我给你配药来了。"

她从一只非常时髦的包里拿出棕色合剂之类的药来:"阿良你还不去倒开水呀?"

福明和阿良竟然面面相觑。

阿良只得下楼。

晚上,睡觉时,翠珠主动向阿良偎过身来。他们已经很久没有亲热过了。翠珠用手划着阿良的胸部。阿良不想问她早上干什么去了。只是在翠珠开始亲他时,他想起了珊珊央求的眼神。阿良陡然烦躁起来。

有时候快乐的时光就只有这一瞬。而翠珠整夜都是快乐的,她睡得那么香,鼾是那么重……

8

第二天清晨,通向公司道路的行人明显地比以往多了。不少船老大后面还跟着些女人和小孩。阿良吃罢饭,本来打算早点去公司,可在走出院子时,看有这么多人去公司,心里竟有些犹豫。

"阿良。"父亲福明在叫他。

他转过身,父亲这几天明显是老了瘦了。白白的胡子长短不一,让他看了特别的不好受。

福明满脸担心:"我们家从来没有领头,做过和领导对着干的事。"

阿良也知道县里、乡里、公司里对他历来是器重的,每年的先进、红旗都是让他扛的。他还是乡里的人大代表。海生经理虽然这几年不太和他来往,但在这方面总是照顾着他这位从小的伙伴。

昨晚,他没有睡好觉,他的眼皮是青肿的,隐隐地有些涨。

"我想去海生家。"阿良突然对福明说:"我想和他说说看。"

福明点点头:"你不要和他吵。"

海生家建在北岙一块空旷平坦的山坡地上。阿良听父亲说过,那是一块宝地,用风水先生的话说,就是前朱雀,面对大海,后玄武,背靠鱼盆岙岗,左青龙,有一条长年潺潺作响的小溪,右白虎,一条小路与通向东山城的公路相接。

阿良站在山岗望下去,也感到海生家确实是个好地方。太阳刚从海平面钻出来,柔和的光线经过海水的过滤特别的清晰,洒落在海生家的院子上。院外散落着除东山县外很少能见到的几棵佛光树,长得比小楼还高,可能有几十年了。

阿良慢慢地沿着石级路往下走,他在想该如何和海生说自己的想法,还有该如何去应对珊珊央求的眼神。

敲门的时候,他屏住气,不急不慢地敲着。但里面似乎没人,只听见狗一个劲地在院子里狂吠。

阿良有些急,不禁加大了敲门的力气。

"来了,来了。"里面传出珊珊的声音。

"是你?"珊珊打开院门有点惊喜:"什么风把你吹来的?"珊珊印象里,打从她嫁到海生家后,阿良只来过很少几次。珊珊把狗赶开了。

"我想和海生说说,我昨夜想了一夜,我想还是先和他说说。"阿良说。

珊珊好像刚刚起床,头发有点散乱,眼圈是青黑色的,似乎也一夜没有睡好。

珊珊垂下了头,声音有点落寞:"他不在。"

"他出去了?"

珊珊不作声,只是手与手扣在一起:"你坐一会儿吧?"

"他没有回来过?"阿良吃惊地猜测。珊珊不作声。

"他经常整夜不回来?"阿良追问道。

珊珊还是不作声。

"我走了。"阿良说。

"坐一会儿吧,"珊珊说,"他说他要出差去,要想法搞平价的柴油去。"珊珊的声音有点无奈。

"我走了。"阿良的脚步有些迟缓。

"坐一会儿吧,"珊珊的声音突然变得平静,"来看看我画的渔民画吧。以前你常看我画的渔民画。"

"我走了。"阿良不想看珊珊画的渔民画,他不想看大鲨鱼血红的牙齿,把蓝色的船咬破,黑色的海水汹涌进来。他昨晚还在路上看见过海生的背影。他昨晚就想叫住海生,和他说说的。可是海生跳上桑塔纳车子很快不见了,不知有没有听见他的喊声。

阿良想,公司一定有很多船老大了,他不知道海生在不在。他估计海生是不会这么早就去公司的。

阿良还没走到公司,阿狗就冲他大叫:"阿良哥,我们早来了,你怎么现在才来?"

正如阿良所猜的,海生并没有在公司。海生的办公室早已被几个船老大撞开了。办公桌上布满了灰,几张纸散落在地上,一只杯子上的茶叶已生出了白霉。

几个船老大正在会客室的长桌上,玩当地一种很流行的纸牌"清墩"。"兄弟墩。"老大们把牌甩下去的声音特别地响。

海生在什么地方呢?阿良不知海生玩的是什么牌。

突然,外面有一阵喧哗:他在公司办的宾馆里。他在宾馆里。他和小姘头一起在宾馆里。喧哗了一阵后,声音没有了,连打牌的几个老大也举着牌看着阿良。

阿良的血直往上冲,他把手往桌上一揉,不假思索地说:"去宾馆找他。"

9

阿良话音刚落,大家便纷纷出门,朝公司的渔都宾馆涌去。

渔都宾馆是公司所属的一家三产企业,坐落在靠近东山县县城渔港的边上,离渔都乡有半个小时的路程。

当渔都公司的渔民们大群大群地来到渔都宾馆门口,保安有点吃惊,他们不让渔民进宾馆大门。激烈的争吵声,把在六楼888套间睡觉的张海生惊醒了。

这是个英俊的男人,生着一张国字脸,脸上线条分明,眼皮虽然有点浮肿,但眉毛如剑,下巴长而挺拔。只是上下赤裸着,什么衣服也没穿。

"再睡一会儿。"他旁边的一个年轻女人在他要起身张望时,把他扯了一下。那个女人是公司办公室的秘书小妮。她像只小鸟往他的怀里拱着。

"今天的声音有点不正常。你也快点起来吧。"张海生推开女人的手,匆忙穿衣。他提着裤子,来到窗户一看,不觉有些吃惊。渔都宾馆门口站满了人。

"张海生下来,张海生下来。"声音很清晰地传了进来。

有几个人使劲地在推搡保安,要冲进来。

这时,他看见了阿良。阿良的脸像是被什么拧过似的,有点变形。

"要出事了,你快起来,快出去。"张海生的手有点抖动。他从来没有见过这样的场面。

小妮这才匆匆起来,一边尖叫:"我的胸罩呢?胸罩呢?"

"姑奶奶,你快点了,在床下。"张海生一边系领带,一边紧张地想,他们要干什么。

小妮跳下来捡胸罩时,张海生已经在朝外走了。

"海生,你等等我。"小妮一半是撒娇一半是真的慌乱:"我怕。"

张海生这时最烦小妮那种声音了,他没有回头,把门重重地一关,急急地往楼下走。他没坐电梯,拿出手机拨通驾驶员,要他速来。

驾驶员就在宾馆附近,他已知道渔民们等在宾馆门口是要找张经理,便悄悄地把车开到宾馆后门,同时给小妮打电话,要他通知张经理到后门来。

张海生接到小妮的电话,与小妮会合后,朝宾馆后门走去。

就在这个时候,张海生的手机响了,是乡党委书记赵明龙粗哑的声音:"海生,你在哪里?你们公司怎么了?整个县城都知道公司的渔民来县城上访了。黄副县长要你马上来县政府。你搞什么名堂啊?"

"我就来。"张海生说。他把手机递给小妮,对驾驶员说:"快去县政府。"

小妮把张海生的手和手机都捏住了:"我怕。"

"怕什么。"张海生瞪了她一眼,抽回了手。他想他们肯定是长久出不了海,坐不住了。这个阿良。他气得暗骂了一句"碰滩横头的"。他想好了,碰到黄副县长的第一句话,就是要贷款,赶快发工资给渔民。

也不知谁眼尖,张海生的车子一进宾馆后门,就有渔民发觉了:"他要从后门溜走。"

"走,大家快走,去后门。"阿良像在船上指挥渔民捕鱼那样,挥着手,他的音调有点颤抖,既兴奋,又像是害怕。他从来没做过这样的事,他也不知道最后会发生些什么。他被大帮渔民簇拥着,来到宾馆后门,把桑塔纳轿车团团围住了。

张海生有几秒钟时间,脑子里一片空白,他不知道自己究竟该做些什么。

"张海生出来,张海生出来。"渔民们的嘴挪动着,黑压压的。

虽然关着窗玻璃,隐隐的声音还是能听个明白。

张海生不知道渔民会做些什么。

"开不开门?"小妮问。

"开。"张海生咬了咬牙说。

车门打开。渔民们自动让开了一些,复又前进一步。

"找我有什么事?"张海生恢复往日的威严,朝众渔民的脸上扫着。

"你小子倒好,在宾馆泡小妞头,你不知道我们没饭吃了吗?"阿狗冲到跟前,指着张海生的鼻尖大骂。

小妮站在张海生的旁边,脸都发青了。

阿良把阿狗拉到一边,迎着张海生愤恨的目光,一字一顿说:"张经理,我们在公司找不到你,就找到这里来了。我们要转制,要分船。"

"转制分船?"张海生松了口气:"这事我做不了主。你们去找乡里、县里。"张海生要钻进汽车。

"你要走?"阿良按住了张海生的肩膀,"你问问这么多的人是不是答应。"

"他走,就把车翻了。"

"翻了。"

……

巨大的声浪在轰响着。但是张海生还是钻进了车。车子在轰鸣。渔民拦在车前,没有一个走掉。前轮已经被几个渔民抬起来了。

这时,警车拉着警铃自远而近越来越响了。

有人尖叫着:"公安局来人了。"

抬着汽车的渔民没人指挥把车放了下来。车头重重地落在地上,张海生和小妮的头撞在一起,复又分开,撞在车顶上。

小妮夸张地大叫:"疼死我了。"

10

今日要情(第 111 号)
东山县政府办公室编

  今日早晨,渔都乡鱼盆岙渔业公司有一百多名渔民到渔都宾馆,寻找公司经理,要求转制分船。在混乱中,公司经理的轿车差点被翻,因公安民警及时赶到,事态没有扩大。据了解,鱼盆岙渔业公司有数十条船因柴油涨价、效益不好,无法出海,已在码头泊了十多天。带头滋事的是公司带头船老大于阿良。现渔民正朝县政府涌来,估计要来县里上访。

(县公安局上报)

  东管渔业的黄副县长接过秘书小陈送来的《今日要情》,又仔细地看一遍,站了起来。这是一个身材高大,留着小平头的四十来岁的中年人。他原来是县水产局局长,今年上半年换届,才被选为副县长。

  黄副县长手按在办公桌上,对屋子里的人说:"鱼盆岙村渔民要来县政府上访,这是从来没有过的事。鱼盆岙村一直是省、市、县的先进。县委、县政府很重视,今天把大家叫来,就是要妥善处理好这件事。下面,我分一下工。"

  "黄副县长,我们工作没做好。"渔都乡党委书记赵明龙沉痛地说,声音听上去更加沙哑。

  "现在不是说这话的时候。"黄副县长打断他的话。明龙还想说什么。

黄副县长做了个手势,制止了他。

黄副县长走到众人跟前说:"时间很紧了,这样吧,公安局请多派出干警,维持道路通畅,务必不能影响县城交通。信访办请落实好上访接待场地。来人多的话,可以把县里的大会堂打开。水产局、明龙和乡里的干部要做好现场群众的劝说、解释工作。切记维持秩序的民警绝对不能和渔民发生肢体冲突,更不能动用器械。请大家马上行动吧。"

黄副县长的话音刚落,大群的渔民已出现在县政府门口。

"我们要分船。"

"我们要出海。"

……

渔民们站在门口,有几个人举着墨汁未干、字迹歪扭的纸标语。黄副县长不觉紧皱眉头。书记、县长都下小岛去了,一时赶不回来,这事他不能不管。

待在屋子里的人见这阵势,都很严肃地出门,按照黄副县长说的,去抓落实。

赵明龙小心翼翼地看了黄副县长一眼说:"我也下去了?"

黄副县长说:"我也下去。"

渔民们已经被信访办主任领进大会堂。这大会堂每年开渔业工作会议,阿良作为先进代表都要来一次。他记得每次都是由书记或者县长给他们这些先进披上红缎带,晚上县里的领导们还要请他们喝酒吃饭。可这次带着这么多的渔民来上访,阿良不觉有些不自然。他看到黄副县长已大步走进大会堂来了。

"渔民兄弟,大家好。"当黄副县长这样说时,阿良情不自禁像听报告那样鼓掌。所有的渔民也鼓起掌来。

黄副县长暗暗舒了口气,阿良这小子还是给他面子的。他对做好渔民的思想工作增强了信心,脸上的表情也放松了:"这不是我们的先进老大阿良吗。"黄副县长走到阿良的身边,拍了拍阿良的肩膀说:"先进也坐不住了,我想大家一定是没办法才来的。"

"黄副县长,我们确实是没办法了,"阿良说,"船停在码头,机器都生锈了。我们难受啊。"

"柴油涨价,资源不好,船开不出去,市里、县里、乡里都关心渔都公司的事。"黄副县长掰着手指头说:"请大家一定放心。县里也在想办法。"

"黄副县长,同样的情况,其他村的船还是开出去了,"阿良打断黄副县长的话,"我们要转制、要分船。原来的体制是搞不下去了。"

黄副县长有些语塞。作为分管渔业的副县长,虽然只有半年,但他已走遍了绝大部分渔村,这个情况,他十分清楚。他当水产局长时,就在其他渔村大力推行渔业股份合作制。但原来的副县长是搞群众渔业公司起家的,对他的做法很是反感。他当上副县长后,针对鱼盆岙村的情况,也与渔都乡的赵明龙书记和渔业公司的经理张海生说过好几次,要他们考虑转制分船,可是他们以鱼盆岙渔业公司是省、市先进,群众渔业公司的牌子不能丢为由,硬是顶着不听。

黄副县长沉默片刻,看了赵明龙一眼,大声说:"老作业捕捕,老渔场跑跑,老机制搞搞,长此以往,东山县的渔业,当然包括渔都乡的渔业是搞不好的。"

阿良和渔民们情不自禁地鼓掌了。黄副县长的话也是他们的心里话。

"请大家相信党和政府,我们不会不管的。我会把大家的要求向书记、县长汇报。"黄副县长伸出手指:"给我们三天时间,三天以后,县委、县政府一定给大家一个明确的答复。但我现在希望大家能回去。"

阿良和渔民们再次鼓掌。这次的响声,阿良感到像和开会一模一样。黄副县长的话都说到这个份上了,他们就没理由不走了。

阿良他们和黄副县长告辞,走到县政府门口时,一辆桑塔纳轿车像喝醉酒似的开了进来。这是张海生经理的车。

11

张海生跳下车,准备去见黄副县长。小妮也要随着下车。张海生回头对她说:"你在车里待着,不要下来。"在这样的时刻,他不想让黄副县长产生任何不利于他的联想。小妮不高兴地咕哝着:"见个副县长有什么了不起,我还不想呢。"她从包中拿出小镜子和眉笔,画起眉毛来。

张海生走进黄副县长的办公室,黄副县长细细地打量着:"还好吧?"

"还好。"张海生正了正领带,找条椅子坐了下来。

"渔民总算回去了。"赵明龙仍然在黄副县长的办公室里。

"这个事可没完啊。"黄副县长看了两人一眼:"你们说说,以后的事怎么办?"

"当务之急是要让渔民把船开出去,"张海生急切说,"黄副县长,请县里帮我们协调一下银行,再贷些钱。现在公司困难得连工资也发不出了。"

"是啊,出海是最迫切的事,不出海还会来上访的,"明龙也顺着张海生的话说,"县里、乡里的其他工作都要受影响。"

"你们说的都是治标,况且银行的钱也不是那么容易贷。当行长也知道是肉包子打狗有去无回。我能再给人家行长出难题?现在要考虑治本问题,"黄副县长喝了口茶,"我已跟渔民们说了两天以后给答复。也跟书记、县长汇报了我的想法。县委打算明天开常委扩大会专题研究鱼盆岙这类渔业公司的问题。你们马上回去,将公司现有的基本情况准备一个书面材料。下午我召集水产局、体改办、财政局、审计局、农业银行、信用联社等有关部门,商量一下转制方案。你们二位参加。明天向常委扩大会汇报转制方案。"

"这是书记、县长的意见?"赵明龙心里不满,故意问了一句。

"照我说的去办吧。"黄副县长也不告诉他书记、县长的态度,不冷不热地说。

赵明龙和张海生对视了一下,不约而同地说:"那我们走了?"

"等一下,海生。"黄副县长从文件堆中抽出一份材料:"这篇文章写得很流畅,你很有研究啊,这海洋学院聘请你做兼职副教授还是有些眼光的。"

张海生接过一看,是小妮替他起草、在报上发表过的文章《群众渔业公司与渔业的社会化大生产》。因了这篇文章,海洋学院还请他上课,聘他为兼职副教授,当然公司出了几万元的钱。他没有听出黄副县长话音里的那丝讽刺味。

赵明龙和张海生肩并肩出来,和走廊里路过的人不时地点头打招呼。下了楼梯,张海生对赵明龙轻声说:"怎么办?"赵明龙说:"去老地方。"

赵明龙挥手叫自己的驾驶员驾车离开,欲去拉张海生的车门。

小妮看见他俩来到车前,迅速把车打开了。

"小妮是越来越漂亮了。"赵明龙跳进车,咽下一口唾沫。海生这小子艳福不浅哪。

"哪里啊,托书记的福。"小妮娇柔一笑。

车很快来到渔港路东端的一个码头。这码头有点特别,是用木头包出来的,用清漆漆得发亮。码头边上泊着一条货轮,装修得极其气派。货轮门口站着几位穿旗袍的少女。这条货轮就是东山县大名鼎鼎的船上宾馆——"海上花园"。还未到中午,来的客人不是很多。从货轮的甲板望出去,左边是繁华的大街,右边是一条江,对岸是一座小岛。江上,不时地驶过一条条渔船和商船。

"小妮,你帮书记去找一个温柔一点的姑娘来,"张海生进了船舱房间后说,"让书记轻松以后,我们商量正事。"

小妮应了声,要出去。这地方,他们三个常来,她太熟悉了。

"不要，"赵明龙皱皱眉头，"先谈正事。小妮，你先到外面去玩一会儿。"

小妮有点不情愿地出去了。每次他们二人谈事总要回避她。她也曾在和张海生缠绵后，几次套张海生的话，但张海生口风很紧，总是搪塞，从不肯告诉她一些什么。

"这次是顶不住了，以前有副县长撑着，姓黄的当局长也不敢硬上。"小妮走后，张海生叹了口气。

"人家现在是黄副县长了，"赵明龙看着张海生说，"要是把所有的账全翻出来，你可能日子会很难过吧？"

"那也不是我一个人的吧，"张海生盯了赵明龙一眼，用悠然的口气说，"我无所谓的，我是一个渔民。"

"我有所谓吗？"赵明龙口气不满，"你也要上些心了，这事不是闹着玩的。"

"你说怎么办？"张海生问。

"该做的事，你要抓紧去做，你是聪明人。就是转制、清产核资、制订方案，总要些日子吧，有时间让你做你想做的事。"赵明龙指点张海生。

"我马上去公司，"张海生豁然开朗，"赵书记，你在这儿休息一下。中午，我们再过来，就在这儿吃饭。小妮、小妮。"

小妮应声进来，旁边跟着的一位小姐也进来了。小姐个子高挑，皮肤雪白，目光妩媚，是赵明龙特别喜欢的那种风情女子，他已迫不及待地把手放在小姐的肩头上。

张海生和小妮急忙走出了船舱。小妮顺势带上门。张海生赞许地捏捏小妮的手。

太阳正直直地射下来，他不由自主地闭了闭，再睁开眼，一只小舢板正摇晃着向对岸的小岛驶去，突然，舢板船被一条过江的大船撞了一下，在江中心欲沉非沉。这让他的心情猛地坏了起来。

12

一大早,赵明龙就来到办公室,仔细地看东山县委常委扩大会议纪要。纪要肯定了群众渔业公司在东山渔业发展历史上所起的重要作用,认为在渔业生产新的形势下,应当尊重群众愿望,不断深化渔业经济经营体制改革,积极稳妥地推行渔业股份合作制;要认真评估清理现有集体资产,科学制订转制方案,防止集体资产流失;各公司转制要在县委、县政府统一领导下,由各乡镇党委组织实施。

他把纪要看了几遍,脸上浮出一丝笑容。正当他拿起电话要与张海生通话时,电话铃响了。他拿起一听,脸色渐渐地变得阴沉起来。

电话是黄副县长打来的。县里要把鱼盆岙渔业公司转制作为群众渔业公司转制的试点,先行一步。县水产局、体改办将派人配合乡里开展清产核资、资产评估、制订方案等工作。黄副县长还将随时听取转制工作进展情况汇报。

赵明龙放下电话后,想了片刻,走出办公室,要驾驶员送他去鱼盆岙渔业公司。张海生并没在公司。他给张海生打电话。张海生说他在家里。只是电话里声音很吵,还有一个女人的哭泣声。赵明龙想了想,要驾驶员调头去张海生家。

通往张海生家是一条环岛公路。路是从山腰开出来的,路下生着稀疏的小松树,再下去就是礁石丛和大海。天气虽好,远处的海面却是迷茫无际。汽车在孤独的山道上吃力地行驶着,翻过山头,张海生家就出现在眼前了。张海生家落成那天,他去祝贺过。这幢小楼让他心生妒忌。也正是因为看了这幢小楼,他有意无意地要张海生帮些忙。他不知道这家伙是不是最后什么都往他身上推。

赵明龙还没到,张海生和他的妻子珊珊已经在门口迎接了。珊珊表情平静地和赵明龙打个招呼就进屋了。

"这里的空气真好。"赵明龙在佛光树下站住,眯着眼,朝着大海。海水冲击沙滩的声音朦胧地传过来:"我退休以后,你要让一间给我住住。"

"好啊。"张海生拉着他的手说:"进屋吧。"

赵明龙小声说:"后院起火了?"

张海生有点沮丧:"她要我说清楚。"

"红旗不能倒彩旗照样飘,"赵明龙说,"特别是现在。"

"我知道,"张海生说,"正哄她呐。你来正好配合我一下。"

赵明龙进屋坐下。珊珊已经端着一杯茶过来了。赵明龙死死地盯了珊珊一眼。心里不由得很是感慨。这张海生何德何能,外面女人风骚,家中女人温婉。世上的好事都让他占了。

珊珊感受到了赵明龙有点灼灼的目光,轻声说:"赵书记,喝茶。"

"珊珊,今天,明龙书记要在我家商量一下公司的事,中饭你准备一下。"张海生接过珊珊端来的第二杯茶说。

珊珊面无表情地应了声。

"珊珊,我最喜欢在你家吃饭,你做的菜好吃啊。海生在宾馆陪客人总是对我说,在家吃饭好。你把他的胃口抓住了。"赵明龙谈笑风生。

珊珊笑了笑:"是吗?"

"珊珊,这些天可能有些风言风语,你可不能相信。比如这几天,海生可是每天和我在一起的,他确实是准备去外地搞平价油的。后来,我要他陪客人,他就没回家。"赵明龙收住笑,正色地说。

张海生接上说:"可是我们家的珊珊不相信哟。"

珊珊瞪了海生一眼,表情有点开朗:"赵书记,我去买些菜。"

"随便吃点好了,"赵明龙说,"我就喜欢吃你们的土菜。不要去买了,我想看你画的渔民画呢。"

"让她去吧,"张海生说,"渔民画就在她画室里摆着,我陪你去好了。"

珊珊冲明龙笑了笑，出去到村头的小菜场去买菜。这笑确实好看。赵明龙看得有些发呆。

"明龙书记，我按你的意思，这几天都搞定了。"张海生并不介意他的表情。

"搞定？搞定什么？"赵明龙回神故作糊涂。他知道海生肯定把一些账本处理掉了。

张海生也不接话："今天，我们在这里喝个痛快。"

"你的公司是转制试点，"赵明龙提醒他，"黄副县长要看转制方案的。他是老转制了，内行得很。"

"我心里有数的。"张海生自信地说。

"那就好。"赵明龙稍稍有点放心。

没过多久，珊珊从菜场回来了。张海生邀赵明龙到二楼的画室继续说话，珊珊在菜做得差不多时，上楼叫他们来吃饭。画室里烟雾腾腾，烟灰缸里全是烟头。

赵明龙见珊珊上来，就站起来装作看墙上挂的渔民画，他一幅幅地看过去，却并不知那些画表达着什么意思。听海生说挂在墙上的渔民画《大鲨鱼红红的牙齿》是在市里获得奖的，他就心不在焉地对陪在旁边的珊珊说："画得好，画得好。"一边称赞着，心里却生出不祥预感。这女人做什么将大鲨鱼的牙齿画得那么红艳？它要吃掉的仅仅是船、鱼、虾，还是其他什么的……

"别看了，没有什么意思的，"珊珊说，"我闲来无事，只是随便画画。"

赵明龙和张海生便顺水推舟地下楼来，在饭桌上坐下，见已放了海菜枯、蟹酱、糟鱼和墨鱼蛋等冷菜。张海生拿来一瓶五粮液，给赵明龙的杯子倒满。

珊珊端上的第一道热菜是土豆杂煮梭子蟹。梭子蟹是渔家常见的海鲜。各种吃法赵明龙都吃过，但用土豆杂煮，却是第一次吃，不由眼睛一亮，夹起一块土豆塞进嘴里，这土豆是本地土豆，样子小而入口细腻，再加上是活的梭子蟹杂煮的，因而味道特别鲜美。

过了一会儿，珊珊端上一只黑乎乎的钵。

"这是珊珊最拿手的菜了。"张海生揭开钵盖，对赵明龙说。

一股特殊的香气扑鼻而来，明龙把筷子伸进钵里，夹了一块红红的东西，塞进嘴。那东西入嘴就化。"这是什么东西？"

"那是毛常鱼的鱼胶。"张海生介绍说。

这个菜，珊珊是不太做的。毛常鱼很少，鱼胶更少。价格也很贵。珊珊在钵内放了猪肉，加了黄酒、红糖。整个屋子洋溢着酒香、肉香、鱼胶香混杂在一起的醇香气。这种做法是珊珊从娘家学来的，以前渔民出海才做这道菜进补。珊珊是春节或者为张海生进补时才特地会做。他不懂珊珊的意思。

"珊珊，你把我当贵客了。"赵明龙诙谐地说。

在张海生和明龙喝得有些醉意时，珊珊端上第三道热菜。张海生有些兴奋地说："这道菜，我叫作神仙鸡。"

这鸡是珊珊放养在后院的土鸡。每天专吃饭和小杂鱼。鸡不大，大概三四斤重。珊珊把鸡杀后，褪毛，去内脏，用井水洗净，放入钵内，加入黄酒等佐料，然后，连钵放入锅中，锅底放少许盐，但不放水，用文火慢慢地烤。

"啊，香，"赵明龙急不可耐地撕了一条腿，"比海上花园的野鸡强多了。"

"是啊，是啊。"张海生也拿起筷子去夹鸡肉。

珊珊似笑非笑地冷不丁地说："野鸡吃多了，家里的就吃少了。"

野鸡暗指野妓。赵明龙、张海生都感到珊珊话里有话，两双筷子一下子僵在半空中了。

13

过了两天,阿良在家里接到张海生的电话,告诉他县里、乡里已同意,鱼盆岙渔业公司将转制。

"你要做好老大们的工作,不要再去县里闹了。"张海生在电话里冷冷地说。

阿良放下电话,心里有些别扭,他和海生从小的友情算是完结了。但事情这么快就有个圆满的结果,又让他如释重负。他并不想为难海生经理、明龙书记、黄副县长这些领导。他实在是在岸上待得太久了,实在是太想有自己的船了。他从家中的院子望出去,感到靠在码头上的渔船也好像是待不住了。渔船上的马达声似乎在轰响着。他想去船上看看,除了晚上管船,已有好几个白天没去船上了。

阿良来到码头,已有一大帮伙计蹲在码头边、船头上说话。胡指挥用一顶小网投进海里,等着隔一段时间,有小鱼小虾落到网里。

"阿良哥来了。"阿狗让出码头上系缆绳的水泥墩让阿良坐。

"县里同意转制了,"阿良拿出香烟,散给众人,"大家马上可以分到船了。"

"反正我要跟你们在一条船上,"阿狗说,"听说转制后,老大可以自由选择伙计。"

"你不想自己做老大啊,这么没出息。"阿良说着,朝胡指挥走去。

"做你船上的大副吧。"阿狗跟在阿良后面说。

"师傅。"阿良和胡指挥打了个招呼。他看了看鱼桶说:"不错啊。"里面有两三条小小的白果子鱼,还有几只小蟹。

"阿良,转制的事,你也别高兴得太早,"胡指挥听到了阿良刚才的话,眯眯老眼说,"不会那么顺当的。"

"你听到什么了?"

"我也说不上什么。"胡指挥把小网拉了起来,是空的,他又把网放了下去。"你要想到明龙和海生不会这么爽气地把公司交出来的。"

"听说县里、乡里的人都已到公司了,这事还要变?"阿良相信胡指挥的经验。

"不管咋样,你不要再领头了。"胡指挥望着海面说。

码头对面是两座小岛,太阳刚刚爬到小岛中间的半空里,照得海面一片金黄。海面看上去平静得很,但细看却可以发现有一个个旋涡,打着转,把海面漂浮物卷进又吐出来。海生知道这一带潮急湍险,有经验的老大才能顺顺当当地靠上码头。

阿良应了声,上次领头让他心累。大闹渔都宾馆和县政府后,翠珠倒是用赞赏的口气议论这件事,说他这次让她也跟着出了次风头,连歌舞厅里的人也在说这件事。父亲福明却把他狠骂了一顿,骂他塌自己的台,塌他做父亲的台。边骂边咳嗽,连眼泪都出来了。而珊珊在路上碰见他,瞟也没瞟他一眼,低下头,匆匆而过,让他连她的表情也看不真切。他知道这次不但把海生得罪了,把珊珊也得罪了。

但是想到转制后能有自己的船,又让阿良感到振奋。他并不后悔自己领头所做的一切。至于以后,是不是还会领头,他自己也说不上来,只是有点茫茫然地答应着胡指挥。

胡指挥站了起来,把鱼桶里的鱼全倒在一只袋子里,递给阿狗:"这些你带回去,给你妈吃。"

阿狗父亲是和胡指挥一道长大的伙伴。

阿狗连连摆手:"不要。不要。"

胡指挥说:"拿着。"

阿良也说:"拿着吧。"

阿狗就拿着了。这时,风向变了。太阳似乎沉落在两座小岛中间的

41

海底去了,远处阴蒙蒙一片。海面生出一排排的小白浪,像一头头小白羊争先恐后地急跑过来。码头边上的渔船在海浪的拍打下,互相碰撞着,发出"咔咔咔"的声响。

　　要刮风暴了。而且是秋天里的第一场风暴。

14

　　这是令阿良他们万万想不到的。鱼盆岙渔业公司实际上早已破产了。当张海生在转制动员大会上面无表情地宣布这一情况时,会场先是一片灿烂的静默,继而是一阵黑乎乎的喧哗声。

　　经过清产核资、资产评估,渔都公司所属的所有资产包括宾馆、办公楼、船队、冰厂、网厂、冷冻厂都是银行和信用社的,还欠银行和信用社不少钱。如果渔民要分船,负担的债务,比渔民自己打新船的费用还要高。

　　原来张海生早把公司败光了。留下的是一包烂鱼网。怪不得他拖着不肯转制。阿良感到自己的血直往脑上冲。他听见周围的老大都在愤怒地叫喊着,推着他往主席台上涌。阿良的理性已被呐喊声所淹没。

　　"打。"

　　"打那个败家精。"

　　……

　　大家叫着、喊着,往前冲着。

　　会场必然混乱,渔民们肯定愤怒,这是张海生估计到的。他们难以接受公司竟然会这么差。他们的公司一直是先进,是红旗。在船开不出去之前,当地的报纸、电视台还在宣传。他们渔都公司的人在官场、在渔场、在水产市场都是响当当的牌子,都是受人尊重的。可现在,他几句话就把这一切结束了。张海生瞅着涌上台来的渔民,竟然有几分报复的快意。这都是你们逼的,是你们要转制。不转制,他是死也不会说出这个真相的。他一点不为自己是造成破产的祸首而感到羞愧。

　　但当阿良、阿狗他们气势汹汹地冲上来时,他有点惊慌:"大家安静点,安静点。"他捏着话筒,努力保持镇静。他看了看旁边,主席台就座的县有关部门、乡领导都不见了。只有小妮起劲地阻拦着冲上来的渔民。

他一直以为小妮看中的仅仅是他的钱。要不作为海洋学院的本科毕业生是不会到他这个村办公司来做秘书的。当然他确实舍得花钱。小妮要多少东西、要报什么费用,他都是二话不说,签字同意。可是,现在只有小妮这个弱小的女子站在他旁边,奋力地替他阻挡着要来打他的渔民。这激起他怜香惜玉的勇气,他挥着话筒,力图把小妮保护起来。但是,他的这一努力没有成功。几个渔民马上把小妮挤到了一边,同时不忘触碰一下她高耸的胸部。他手中的话筒也被阿狗扯掉了,扔在台上。

"打。"

"打死败家精。"

……

整个会场都是这种变形的叫喊声,像是寒风吹彻。台下的渔民还在冲上来。张海生现在彻底感到了害怕。他必须赶快逃出去。但所有的路都被堵死了。他就像一条被网网住的鱼,不能动弹了。张海生绝望地打量四周。

又是于阿良在怪异地望着他。是可怜、是快意、是毒辣?张海生弄不明白也不想弄明白。他必须冲过去,必须从于阿良那里冲过去。他恨死了于阿良。是他于阿良把他网住了。用他那捕鱼的大网死死地把他网住了。不是鱼死就是网破。他是大鲨鱼,他要冲破这张破网。

阿良没有想到张海生会向他反扑过来。他想往后退。张海生嗷嗷叫着,他的眼珠是惨白的。现在,阿良想起来了,那夜管船梦到的眼珠是张海生的眼珠,那么的恐怖,那么的凄厉。

可是阿良无处可让。当张海生用手掐住他的脖子时,他的眼睛慢慢地闪耀出金花,脑子里只有一大群黑压压的海鸥惊惶地飞过。后面的人群不断地涌过来。阿良的意识在消失。他和张海生一起不由自主地从主席台上掉了下来。那就像咬在一起的一上一下的两只大螃蟹。

阿良醒过来时,发现周围一片肃静。他压在张海生身上。他吃力地站起来,动了动手脚,竟然没有什么损伤。张海生的脸是惨白的,双眼紧闭着。两个女人跪在他身边。珊珊在左边,小妮在右边。所有的声音都消失了,只有她们两人的哭声、呼唤声:"海生、海生……"

15

赵明龙得知渔都公司转制动员大会发生的一切,竟有几分暗喜。

开会前,张海生打来电话,要他也参加会议,给他壮壮胆,压压阵。他想了想,最后还是说:"海生,你不要怕,就按我们商量的方案办。今天,我要去县里参加一个会议,我派副书记过来参加你们的转制动员大会。"这以后,他一步也没离开办公室,等着那边传来消息。渔民们果然又闹事了。唯一让他遗憾的是,张海生并没有被渔民打死。按鱼盆岙村渔民的性格,他以为出条人命是完全可能的。这样既可以顺顺当当地抓捕领头的,让转制搞不下去,又可以一劳永逸去掉张海生这块心病。张海生知道太多的东西,他怕张海生一旦被双规,什么都交代出来。从医院传来的消息是,张海生醒过来了,只是脚严重受伤,可能要跛脚。

这是大事,不能不向县里汇报了。赵明龙坐车直奔县政府。黄副县长已经通过公安局了解到了鱼盆岙渔业公司转制事件。他正在《今日要情》上写着什么。

当赵明龙推门进去时,黄副县长把笔一扔,神色严峻地对赵明龙说:"你这个书记是怎么当的?鱼盆岙渔都渔业公司转制是县里的试点,我也跟你说过,转制情况要向我汇报,你们为何事前不汇报,匆匆就把转制方案抛给渔民?"

明龙争辩说:"乡党委认为,群众转制的愿望非常迫切,再说常委会的纪要说,由各乡镇党委负责实施,我想等实施了,来向你汇报。"

"现在出事了汇报有什么用,"黄副县长把文件夹往桌子上一甩,"稳定压倒一切,你懂不懂,我看你如何向县委、县政府交代?"

"我准备向县委、县政府递交书面检讨请求处分，"赵明龙的表情很沉痛，"我们乡镇干部往往政治水平低，可这转制的事不能停。你说呢？"

"这样吧，你先去医院看往一下张海生，代表我向他表示慰问。"对赵明龙的态度，黄副县长有几分满意，他的口气缓和了一下："其他什么也不要说。"

渔都公司搞成这样，张海生是有责任的。但是张海生现在被打伤了，不去慰问一下是说不过去的。黄副县长不想把自己对张海生的看法告诉赵明龙。他早已听说赵明龙和张海生的关系非常特殊，二人经常在海上花园吃吃喝喝。有一次赵明龙来找他汇报工作，他婉转地提醒过他，当领导不能当老板，当老板不能当领导，领导和老板不要搞在一起。他甚至说，赵明龙喜欢做老板，他可以推荐赵明龙去县里的一家房地产公司。但赵明龙婉拒道，他是渔民的儿子，当官不为钱，只为渔民兄弟办点事，争口气。直觉告诉他，赵明龙这么匆忙地抛出转制方案可能隐藏着什么用心。但这只能是他心里想想罢了，对谁也不能说。总不能怀疑自己的同志吧。

"于阿良怎么办？我建议公安局先把他抓起来。是他一而再，再而三地带头闹事。"赵明龙说。

"这个事，你们乡里就不要管了。要依法办事。于阿良是什么问题让公安去处理。乡里要妥善处理好与渔民的关系，不要火上加油，不要引发渔民更大的闹事事件。"黄副县长在政府分管渔农业和政法工作，作为县委常委，他还担任政法委副书记。

"好的。我按你的指示去做。"明龙走了出去。

什么指示啊，不要阳奉阴违就是了。黄副县长摇了摇头，重新坐了下来，抓过一支笔，在《今日要情》上继续写道："对鱼盆岙渔都渔业公司转制事件中的肇事者要严肃查处，以保证转制工作顺利进行。建议县委、县政府组织强有力的工作组，指导渔都渔业公司的转制工作。对公司巨额亏损问题要查清原因，存在经济问题的，必须严肃查处。妥否，请书记、县长阅示。"

当这份《今日要情》再次传到黄副县长手里,黄副县长发现,书记和县长的批示都强调必须严肃查处打人者,以保证转制顺利进行,至于其他的,同意他的意见,并要他负责处理。

黄副县长叹了口气。那个叫于阿良的带头船老大硬是不给他面子啊。他竟会这么没有分寸,有理也变得无理了。说实话,他对那个老大印象一直不差的。那是个有点内向的老大。看上去还有点文气,每年来开工作会议,穿一件西装,还系着领带。酒喝得多,却是静静地喝,从来不在敬酒时,对县里领导咋咋呼呼。鱼也会捕,每年排进县里高产老大榜。真是可惜了。

黄副县长叫来秘书小陈,要他通知政法委、法院、检察院、公安局、审计局、体改办、水产局等部门的领导速来开会。他要马上派工作组去鱼盆甭村。

夜长梦多。不抓紧行动,不知道鱼盆甭村又会出些什么事。

16

  风暴夜的鱼盆岙是黑沉沉的,几粒星星挂在像大网一样的天空,就如被缠住了不能动弹的小鱼,透明地挣扎着,一粒两粒地陨落在黑暗的大海上。从海上吹过来的风带着冷气在行人身上乱七八糟地扎着,发泄满腔的愤慨。渔港边的小山坡上落了叶的小树枝散发着胡乱的阴影。只有沙滩里的小沙蟹静候着什么,但一有声响就飞奔着跑进小洞。

  夜已经很深了,阿良还在鱼盆岙村子里漫无边际地晃荡着。

  张海生是被他和阿狗等人送到医院的。当他醒来时,珊珊绝望的表情令他震惊。这次真的闯大祸了。他什么也没说,推开小妮,和珊珊一起把张海生从地上抱起来:"快,阿狗,快叫出租车。"

  张海生的头是枕着阿良的胸前,一直到医院的。这一路上,珊珊只是哀哀地哭泣,始终没有抬起头来,也没有责骂过他一句,这让他更加不好过。

  当张海生醒过来时,他和阿狗悄悄地离开了。回到家,天已暗了。

  "你快回家,你阿妈要担心的。"阿良对阿狗说。

  "你也回家吧。"阿狗说。

  "我也回家。"阿良说。

  但实际上,他并没回家。他来到那条船上。风大浪高,船激烈地晃动着。今晚连管船人也没了。他钻进驾驶室,把马达发动了。他转了转了舵盘,一切都很正常。他跳上岸,把缆绳解开,复又跳进船里。他把船开了出去。整条船的灯都被他打开了。在黑暗的大海上,那船就像一团火在海面上燃烧,又像是一道光射向海的最深处。阿爸。红帆船。捕鱼去。

晨晨吃力的声音在他耳边响彻云霄。他开着红帆船吗。他要到哪里去？他要干什么？他要捕鱼去。是的，他要开着红帆船上天入地捕鱼去。捕鱼去。他将自己的意识彻底放松。但他到哪里去捕鱼？难道是要逃走么？这一连串的问题让他惊慌。他把船重新开了回来。开得很慢。这风暴马上要过去了。张海生也并没有死。他并没有要打死张海生。他只是想出海捕鱼去。阿良将船靠上码头，系好缆绳。这船是如此听他的调教。阿良跳上船，走出了许多路，回头望了一眼。它这么老实地待在码头上，好像从来没有动过似的。

他准备回家，他想他父亲肯定急死了，说不定边咳嗽边到处在找他。他准备从沙滩里过去，翻过山岗，抄近路回家。没想到，有个黑影从古碉堡中钻出来。

"阿良。"声音很是惊喜。

"翠珠？"阿良也很惊讶。

"阿爸和我找你很多时间了，"翠珠有点得意地说，"我知道你肯定在碉堡里。"

翠珠肯定错了。这个时候他根本没有想过要到碉堡里来。从前夜里，和翠珠吵完架，他倒确是来古碉堡抽烟的。但发生这次事后，他肯定不会再到古碉堡里来了。

"阿良，阿爸很是为你担心，"翠珠说，"村里人都说公安局要来抓你来了。"

阿良不吭声。

"你没有打过他，我看见的，我在下面看见的，"翠珠说，"他们会来抓你吗？"

阿良还是不吭声。

"他们真抓你了，我给你送牢监饭去。"翠珠有点满不在乎。

"算了，你跳舞也来不及。"阿良笑了笑，把翠珠瞒着他跳舞的事点破了。

这次，翠珠不作声了。

阿良和翠珠回家，父亲等在门口。

"阿良，是祸躲不过。你就别怕了。"福明竟然没有骂他，这让他大出意外。

他们要关门时，胡指挥和阿狗进来了。

"福明，我去托人过了。这一关，阿良是躲不过了。县里领导的态度很强硬。"胡指挥看了阿良一眼，对阿良的父亲说。

"师傅，我没领过头。"阿良低声地说。他最信赖的人就是胡指挥。

"我知道。"胡指挥有点悲凉。现在是转制时期，县里领导最怕有人破坏，阿良不管有没有打过张海生，这规矩是不能坏的。杀一儆百。

"阿良哥，我代你去自首。是我推张海生下去的。"阿狗一脸豪气。

"你胡说些什么？"阿良急了，"和你无关的。"

"我已把阿狗阿妈的生活安排好了。"胡指挥说："让阿狗顶，这是没有办法的办法了。"

阿良痛苦地摇了摇头。

这时，又有人推门进来。是三个公安民警。他们成品字形，迅速逼近阿良。"配合一点，跟我们去派出所。"一个年纪大点的说。

阿良顺从地朝门外走去。

"我们阿良没有打过人。我看见的。我在下面看见的。"翠珠尖利地叫了起来，声音像惊心动魄的雷电，划过寂静的夜空。

一个民警一把推开她，迅速把阿良塞进车里。车很快开走了。

翠珠只听见阿良断断续续的声音："明天，陪阿爸去医院看病……"

17

　　黄副县长最讨厌由县委政法委来协调具体的案件了。大凡需要政法委协调的案子不是疑难就是政治性强,分寸难以把握。但是,分管政法的县委副书记到市委党校学习去了,一去就要三个月。只能由他牵头召集公、检、法等部门来协调于阿良的案子。

　　于阿良的案子作为一个案子来说,实在是太小了。根本用不着政法委来协调。但这个案子如何处理关系到整个东山县渔业改革能否顺利进行,关系到渔区社会能否保持稳定,因此,县委书记打电话给他,要他协调政法各家,依法、妥善、严肃、公正地处理。至于是关还是放,书记什么都没有说。

　　黄副县长已经了解到对如何处理于阿良案子,公、检、法、司几家意见是不统一的。正是因为不统一,所以要他牵头协调。

　　会议一开始,县公安局副局长汇报了案件经过和取证情况。"根据我们这几天的调查和于阿良交代,我们认为,于阿良策划闹事,带头滋事,扰乱社会秩序的违法乱纪行为是客观存在的。至于故意伤害当事人张海生,我们有张海生及小妮等人的口供,他们反映张海生是于阿良推下去的。而且张海生伤势比较严重,初步鉴定有可能有轻微的致残。但也有部分群众反映于阿良并没有动手。于阿良至今对自己的行为保持沉默,在审问时,他只是烦躁地说,由政府处理他好了。我们的想法,应当刑事拘留,移交给检察院处理。"

　　检察院副检察长表示了不同意见:"对这个案子,我们根据县领导的意见,提前作了一些了解,也从法理上,作了些研究。于阿良扰乱公共社会秩序罪名似乎是成立的，但要考虑这是在转制这一特殊的场景下发生的。至于伤害罪证据不是很明确，如果说伤害罪成立，也是众人共同行为。我们的想法还是以教育为主，或者由公安局治安处罚。"

法院分管审判的副院长从正确把握审判的法律效果和社会效果关系出发，基本同意检察院意见："如果一定要判的话，可以判个缓刑。"

司法局局长是迟到进来的，他听了个大概说："人民内部矛盾嘛，以教育为主，但对渔民不做规矩是不行的，我们创建法治县，必须加强基层依法治理。我看劳教一下比较妥当。既是对他本人的一次教育，又可以起到震慑其他渔民保证转制顺利进行的目的。"

大家作了充分的发言和讨论后，都把目光集中到黄副县长身上。这确实让他感到烦躁。这就是说，这个案子的处理是轻是重，是公正还是枉法，都要由他来定了。

"我根据大家的意见，就说这么几条吧：一、对于阿良案子的处理是事关我县渔区改革发展稳定的事情，因此，大家一定要把认识统一到大局上来，要讲案件处理的政治效果、社会效果和法律效果。要合情、合理、合法，让社会和群众满意。二、对这个案子的定性，同意几位同志的意见，是在转制这一特殊背景下发生的，涉及群众切身利益，因此要作为人民内部矛盾来处理。三、对于阿良本人的处罚，究竟什么形式好，是劳教、是缓刑、是实刑，还是教育释放，大家有不同看法，我的想法是，从维护社会稳定和渔区改革出发，对于阿良策划闹事，带头滋事，扰乱社会秩序的违法乱纪行为要处罚，有意见可以反映嘛，怎么能闹事？不能因为是渔民是老大是先进就可以迁就。但毕竟是因为我们干部工作中错误引起的，因此，我不主张实刑。至于劳教多长请公安机关定。今天的会就开到这里吧。"

当劳教判决书送到阿良面前，要他鉴字时，阿良什么都不说，接过笔，在判决书上写下了"于阿良"三个字。

"我们会马上通知你的家属。"办案的民警告诉他。

阿良穿着看守所囚服,脸色有点发青,但显得镇定。他抬起头,似乎费了很大力气问:"张海生经理还好吗?"
　　民警有点奇怪地看了他一眼,没有回答。

18

东山医院的病房墙壁是洁白的。无人的时候,张海生躺在床上愣愣地盯着墙壁。他感到一种难以言说的寂寞。他会突然叫出声来,害得护士急忙跑过来。

小妮已经在出事的第四天离开了东山县。那晚,珊珊陪了他三夜后,他看珊珊累,就说:"今晚,你回家吧。""谁陪你?"珊珊的脸冷了下来。恰好小妮进来。小妮叫了声"珊珊姐",就要给张海生削苹果。珊珊制止了小妮,冷冷地说:"我是他妻子。不用麻烦你了。"小妮的脸先是发红,继而转灰,过了半晌,咬咬嘴唇说:"张经理,珊珊姐,我今天是来告辞的。"

"去哪?"张海生感到突然和紧张。

"公司里来了县里的工作组,这些天每天在查账,"小妮说,"我也没多少事了。正好我的同学打来电话,要我到海南帮他去管管公司。我想了想还是准备过去。明天就从上海坐飞机过去。"

张海生转了个脸,再也不看面前的两个女人。工作组查账的事,赵明龙来看他时,已告诉他了。他有思想准备。但小妮要离开,他是任何思想准备都没有的。他还指望小妮今晚陪他呢。好多日子都没有和小妮亲热了。他也曾暗示过珊珊晚上留下来和他亲热一番,可珊珊装作没听懂,脸色像咸过的鳓鱼,淡淡地说:"你没事,我回家了。这是在医院呢。"这小婊子。她竟然在他困难时要走。他在心里狠狠地骂。

"我走了,张经理,你多保重。"小妮努力把音调放得平缓。

张海生的头仍然没有转过来。树倒猢狲散,他妈的,他现在还没倒呢。张海生咬住了枕头。

"走好。"珊珊淡淡地说,起身送小妮出来。

当珊珊回到病房,张海生正在啃苹果。

"削削吧。"珊珊温和地说。

"不要。"张海生忽然把苹果扔在桌上,他动了一下脚,竟是钻心的痛。

现在已经是住院的第十天了。张海生不知道公司查账查得如何。赵明龙几次来看他,他都很讲义气地暗示,我不会出卖你。他真的没想过要出卖赵明龙。他们两人是哥们,明龙很照顾他的。只是明龙这家伙喜欢装腔作势。装成一点没拿过他好处似的。你不会不知每次在海上花园吃饭、玩女人,你家房子装修,你要带儿子旅游,钱都是我付的吧。就是小妮拿了那么多他的钱,一走了之,他也不会出卖她。好汉做事好汉当啊。不过,他确实坐立不安。这一点,连珊珊也看出来了。

"海生,你哪里难过?"珊珊问他。

他摇了摇头,躲开珊珊的目光。

说真心话,即使和小妮打得火热、春风得意时,他也是不会和珊珊离婚的。和珊珊在一起的日子,那是他一生最洁白、最干净的日子。是他老了以后梦想的源头。再也没有比珊珊做老婆更好的女人了。他唯一对珊珊不满的是,珊珊太像妻子,而坦率地说,在生意场上混得久了,他喜欢放荡,喜欢小妮这样放荡的女人。明龙比他还厉害呢。他找情人,明龙嫌找情人麻烦不安全,明龙喜欢的是小姐,一天可以换一个。明龙告诫过他,他会被小妮害死的。如果说要出经济问题,除了被他挥金如土用掉、送掉的,就是为了讨小妮喜欢给她的几万元钱了。莫非真的要给明龙说准么?

"海生,能补救的话,我去想办法。"珊珊说。

张海生故作轻松:"没事的。"

而珊珊直觉张海生肯定是有事的。她哭了。

这一哭,让张海生怒气冲冲:"我又没死。你哭什么。你还是回家去吧。"

珊珊看了看表,快九点多了,便起身回家去做饭,她要去做海生最喜欢吃的神仙鸡。

等珊珊从家中回来,病房里已经没有了张海生。一个出车祸的重病人躺在海生睡过的床上,插满了管子。

"他人呢?"珊珊问护士。护士把她领到医生办公室。

一个陌生的男人对她说:"张海生已被县纪委双规,从今天起,他的护理,由我们负责。需要什么用品,我们会通知你的。"

这一切终于发生了。可是他一分钱都没拿到家里来过。她还多次对他说,海生,你是做大事的人,不要贪集体的钱,咱家不缺钱。唯一能解释得通的是,他把钱给了其他女人。可他从来没有承认过。自从村里传出这样的风声,他们吵过、闹过,他始终没有承认过。他在骗她,而她在骗自己。

珊珊没有哭。她只觉得自己像一条马鲛鱼,头被突然切断,摇摇晃晃地倒下来,满地都是蓝色的血。

在海生被双规的那段日子里,珊珊把自己关在画室里,什么人都不见,什么东西也不吃,也整夜不睡,胡乱在画板上画着什么。当有一天胡指挥怕她出事,和妻子上门来看时,惊愕地发现,画板上躺着横七竖八的马鲛鱼,血红的鱼头和乌黑的鱼身分得开开,鱼身开着一朵朵黑色的玫瑰花。鱼头的眼里滴下血迹斑斑的透明的眼泪。后来,珊珊把这幅画取名为《断头马鲛》。

19

清晨的大王山岛笼罩在薄雾织成的寂静之中。在海面上穿过的船只,哪怕发出很轻的汽笛声,也会撕破这脆弱的寂静,使整个岛显得更加森严。在岛屿的最高处造着个塔,上面有全副武装的武警战士在走动。

大王山岛位于东山县的最北端,以前是一个悬水岛。后来建东山牢监农场,犯人们把泥涂围了起来,变成了半岛。大王山岛分成两半,岛内有大片土地,一大半是东山牢监农场,一小半属东山劳教所。全岛陆上只有一只口子进出,从保卫、防范工作来说,是个关押犯人的理想场所。从来没有发生过犯人逃跑现象。

阿良来到大王山岛已有好些日子了。现在,他穿着劳教所统一发的灰色服装,正和其他劳教人员一起在院子里跑步。听见海面上传来的汽笛声,他的脚步有些迟缓。他想那肯定是一只渔船。他能够从汽笛声分辨船只的种类和汽笛的意思。他在晚上睡不着觉,就侧着耳朵听海面上船只开过的声音,特别是汽笛声。

"于阿良,跟上。"民警在冲他叫喊。

他的表情天天是木木的。现在也是木木的。民警有些愤怒:"于阿良听见没有,跟上。"阿良这才加快脚步。

今天是家属接待日。他不知道翠珠会不会来。

翠珠第一次来,给他带来许多生活用品和吃的东西。翠珠说他瘦了老了,脸色也黄了。说着说着,就哭了起来。他叫她别哭,吓她要是哭的话,管教人员就会赶她出去,不让她探望,翠珠竟信以为真,不哭了。这让他笑了笑。翠珠告诉他,她陪阿爸去医院看过,医生说是肺炎,挂几瓶盐水就好了。这让阿良放心,又冲翠珠笑了笑,说"辛苦你了"。翠珠还说,她把自己的妈妈和孩子都接回鱼盆岙的家了。阿良没有问她还在不在跳舞,只是问晨晨怎样。翠珠有点气馁,回答道:"晨晨老说我魂灵沉落了,沉落了,然后就说,阿爸红帆船捕鱼去,捕鱼去。"就那几句老话。阿良最后问张海生怎么样了?翠珠说,还住在医院里,听人说脚要落下残疾。阿良的脸于是就灰了下来,表情又变得木木的。

每天吃过早饭,本来是要去一所大礼堂,编编织袋的。因为今天是家属接待日,就让阿良待在院子里。院墙里写着"改过自新,重新做人"。是用红漆写的,十分显眼。

一个中年人正蹲在墙根晒太阳,一边和几位劳教人员吹牛,说他父亲过去是做土匪的,开绿眉毛船,专抢别人的鱼货。有人问绿眉毛船是什么船?那人便指了指阿良说,问他。

说起船来,阿良的话就多了。他告诉他们,绿眉毛船是过去这一带最先进的木帆船。他阿爷阿爸撑过这种船,有三只篷,中间一只最大,船头、船尾各有一只,但篷要比中间小多了,顺风顺水,从这里到上海不到一天一夜。为什么叫绿眉毛?船眼睛眉毛是绿的。阿良一边说一边拿起一根树枝在院子的沙地上画起绿眉毛船来,当众人围拢着他,看他的船时,阿良站了起来说,你们不知道还有红帆船吧。众人闲得无聊,便要他说红帆船的故事。阿良说完,还唱起《红帆船》的歌谣来:

二十四海黑黝黝噢,
日出东方一点红呢,
顺风顺水踏潮去噢,
上天入地忙拔篷呢。

阿良唱得低沉悲怆,大家听着都有些沮丧。中年人说,要是我们有你们祖先这样一个棺材就好了,我们坐棺材逃出这岛去。

阿良苦笑了一下,这里连棺材他们都不可能得到。他心里惦记着公司的船分得怎么样了。他开始盼翠珠今天能来看他。

这样想着,管教民警开始叫他:"于阿良。"

他本能地应道:"到。"

翠珠来了。翠珠这次情绪很好,是笑着迎接他的。这是个没有心事的女人啊。老公关在牢监也像没事似的。阿良接过她递过来的一包吃的东西。

"阿良,"翠珠急切地说,"告诉你一个好消息。"

"我家分到船了?"阿良眼睛一亮。

"没。你人不在,船分不到。"翠珠说。

那有什么好消息。阿良不说话,低下头。

"张海生被检察院抓起来了,"翠珠眉飞色舞,"还没出医院,就被抓起来了。"

"什么?"

"贪污犯。判了五年徒刑,"翠珠喋喋不休地说,"太让人开心了。这是报应啊。"

"那珊珊呢?"阿良按捺不住自己。

"她天天哭,"翠珠开心地说,"这下她当不成经理太太了,躲在家里天天用眼泪洗脸,用眼泪画画。"

"你别说了。"阿良忽然吼了起来。

"你……"翠珠诧异地望着他。

"那叫珊珊怎么做人啊?"阿良自言自语地讷讷道,满脸痛楚。他的眼前,又浮出珊珊央求的眼神。

翠珠呜呜地哭了起来:"我就知道你心里还是只有她,我从进你家的门,就知道你心里只有她。告诉你,我回去后,天天跳舞去,从此后,我天天跳舞去。"翠珠边哭边叫着,跑了出去。

那夜,阿良一夜没有睡好。天上一弯月亮似乎挂满了泪水,一滴一滴地落到海面上。迷迷糊糊地睡过去,就梦见那惨白的眼珠,巨大无比地布满天空,以为是海生的,竟是珊珊的。而儿子晨晨端坐在七彩云层里,如一个眉清目秀的天使,庄严地向他宣布:魂灵沉落了,红帆船魂灵沉落了。

20

那是第二年的春天。大王山岛开满了各种各样的杂花。最漂亮的是一丛一丛的杜鹃花,在青山丛中,就像是少女的一张张笑脸。阿良被放出来了,在山道上走着。春天的海面特别的蔚蓝,悬崖下开着的那丛杜鹃花倒映在海水之中,似动非动,美艳至极。向远处望去,海一直蓝到天尽头。

那天家属访问日,翠珠说要来接他回家。他说,不用了,又不是什么回家,是坐牢回家啊。翠珠也就没有作声。但走出劳教所大门,发现只有自己的影子孤零零地拖在门后,他却有些失落。翠珠肯定是跳舞去了。他把装劳教所用品的那包东西和被子,全部扔进了海里。站岗的哨兵看了看他,露出一丝笑意。他拍了拍手,舒了口气。现在是两手空空了。他转过身,向车站走去。

正好有一辆长途车在车站停下。阿良让过一边,等着车上的人下完。他就要坐这辆车回家。

这时,他看见了一个非常眼熟的女人。这不是珊珊吗?

阿良有一阵子像要窒息了。她是来接我的吗?她来接我?阿良的心猛烈地跳。他大叫起来:"珊珊。珊珊。"

那女人听见声音,转过身来。真的是珊珊。

珊珊也看清了叫她的是阿良。

珊珊没见多大变化,只是荡漾在她嘴唇、鼻尖、眼角上的那一丝不易察觉的迷离的笑容不见了。她的脸色是苍白的,穿着一身黑衣,似乎怕冷地抖动了一下身子。

"珊珊。"阿良轻轻地叫着,向珊珊走近了一些。

可是,珊珊转过了身子。在这一瞬间,阿良看见珊珊原先那忧郁的眼眸里突然射出冰冷愤恨的光泽。

阿良不由自主地停住脚步。他现在明白了,珊珊是来看海生的。海生也在大王山岛。只是他在牢狱,而自己是在劳教所。他们是不可能碰面的。

珊珊正在朝通向大王山岛的大桥走去,过了桥,左边方向是东山监狱。

"珊珊。"阿良突然涌出了一种非常强烈的想和珊珊说话的念头,但开口的声音却是如此有气无力。

珊珊的脚步没有停下来。

阿良奔了过去,拦在珊珊面前。他凄凉地望着珊珊:"珊珊……"他不知自己该说什么好,是对不起,是他不是故意的,是他害了她?

珊珊紧咬着嘴唇,一声不吭。过去的阿良哥变得如此陌生。她恨阿良,他把她真的害惨了。她今天确是来看海生的。但她也同时带来了和海生的离婚协议书。这两个男人都不是好东西,不是。她在心底这样呐喊。她再也不想看见他们了,再也不想和他们讲话了。

阿良慢慢地把头低了下去。珊珊把嘴唇都快咬破了,一丝血已从唇边流了下来,很细地流过她那美丽的下巴,然后似乎想凝固在下巴上,但终于滴在了地上。阿良感到整个身心都在震颤,他不想再面对珊珊了。珊珊是再也不会原谅她了。他把她伤害得太深了。阿良像生了一场大病一样难受,转过身,低着头向车站走去。

珊珊在阿良走后,再也控制不住自己,让眼泪跑步似的流下来。就是海生被抓走时,她也没有这样哭过。

她早已知道阿良深深地爱着她。在这个世界上,阿良除了爱船、爱海,其他的就是爱她。她是在和海生结婚前夕,看见阿良喝成一团烂泥后才知道的。这些年来,她心里一直装着这个人,但她从来没有告诉过任何人。她只是把自己的感情藏在渔民画里,其实,她那么喜欢画船、画鱼,一大半也是因为里面可以藏她的心思。《大鲨鱼红红的牙齿》谁都不知即使阿良也不知那分明是藏着她对阿良在海里捕鱼的担忧。那天,阿良上她家,她想让她看才画成的《泪海螺爬上滩》,画里夸张的海螺是她和阿良、海生在童年里一起拾过的,是这些年来,她对阿良无法言说的悄悄话,可是阿良不愿看。夜深人静之时,当她独处空房时,阿良的脸会偷偷地走出来,但每次走出来,都只是惹得她把他在渔民画的船、鱼、风、海里藏得更深。如今,阿良却走出了她的心。是永远地走了出去。阿良也许是没有过错的,可是她的心再也容纳不了他了。所以,她痛哭,那是一种绝望的哭。一种死亡的哭。她想过了,这样哭泣过后,她可以更从容地去面对在牢狱里的海生,和他平平静静地谈离婚。

21

当张海生被宣布"双规"的那瞬间,他知道过去的好日子结束了。他也是一个领导干部了,很清楚纪委要是没有过硬的证据是不会"双规"他的。说不定"双规"他,还要向县委书记办公会议汇报一下,他是市、县的人大代表。

宣布"双规"当天,他就被转移到医院的一个隐蔽的传染病房,边治疗边要他交代自己的问题。因为是病人,给他一个很好的机会,办案的同志也没有过分为难他,只是要他如实说清楚。他的头脑很清醒,查账可能查出的经济问题,他全部如实交代。至于把一些账本处理掉,他一概不说。问他贪污的钱哪去了,也只是说自己花掉了。纪委和检察院的同志去抄家,也没有查到多少钱。病好后,案子被移交给县检察院,很快检察院以贪污罪提起公诉。本来还要加渎职罪的,他把一家群众渔业公司办垮了。但检察院讨论后,认为也不全是他的因素,去掉了这个罪名。最后,县法院一审判决他五年徒刑。一万元一年,这是为小妮小婊子坐的啊。听了判决后,他心里这样感慨了一声。也不知她在何处,知道不知道为她坐牢了。

无论是在"双规"还是在看守所的日子里,物质上的待遇自然是不能和当经理时那种灯红酒绿的排场相比了,但基本的生活待遇还是过得去,肉体上也没吃多少苦。在看守所,第一夜是和小偷等刑事犯关在一起,被打了一顿。第二天就被转移到一间关着像他这样的经济犯罪分子中去了。进了大王山岛,所做的活也比较轻松,只是一些编织袋生产的日常管理工作。他想这可能是明龙书记暗中关照的结果。他有个侄子在公安局工作。明龙是哥们。所以他在接受"双规"时从没提起过明龙,倒是办案人员问他钱、物都给谁了时,他恶作剧般地说,鱼货送给县里的领导了,账上都有的。那是每年春节的一些土特产,弄得办案人员哭笑不得。

但是每当家属探望日和夜深人静时,他感到绝望。自从那天珊珊哭了他要她走后,他再也没有看到过珊珊,就是那天判决,珊珊也没有到庭旁听来看看他。如今在大王山岛也有不少日子了,珊珊还是没有来过。他伤害了珊珊,他能理解珊珊的心情。但是一夜夫妻百日恩,珊珊真的如此绝情了么。还有小妮。想起小妮,他是又恨又感到自己这一生为这个女人付出值得。他始终认为,他之所以变成这样,并不是他一个人的错。和珊珊在一起的日子是波澜不惊的,就是在做爱时也是如此,让他感到生活的平淡和乏味。而当他出入东山渔港那些夜总会、歌舞厅、美容院等声色犬马场所时,更是感到与珊珊在一起的死沉与无聊。这时,小妮青春热情地出现,在做爱时的疯狂与放荡,一下子把他吸引住了。是男人都喜欢这些。他并不后悔和小妮所做的一切,包括坐牢的代价。可是现在,这一切都突然消逝,来得快,去得也快。每天无穷的夜和虚空牢牢罩着他,让他烦躁,他不清楚自己是不是就要发疯。现在,对他来说,就是和珊珊过的平常日子,都是那样的可望不可即。

今天又是家属探望日。张海生意想不到的是珊珊竟然来看他了。这刹那,让他想起珊珊从前谈恋爱时,常常出其不意地出现在他眼前。比如有一次台风来临,他在乡办公室抗台,忽然,珊珊一人浑身湿湿地出现在门口,说她来检查抗台,让他心疼地紧紧地拥住了她。眼下,珊珊更加瘦弱了,苍白的脸色透出灰暗。张海生能够理解珊珊在村子里承受的压力。一个受人尊敬的经理妻子一下子变为牢犯老婆。那种压力是不同于他的。张海生一把抓住了珊珊的手,眼泪流了下来:"珊珊,我让你受苦了。我对不起你。"

让张海生更意想不到的是,珊珊的表情是漠然的,被他抓住的手拼力要往回抽。那是一种多么熟悉的体温。张海生不让珊珊挣脱。

"海生,"珊珊把另一只手上的一包东西递上来,"这些都是你最喜欢吃的东西。"

珊珊努力克制着自己。眼前的海生让她既熟悉又陌生。熟悉的是他那种对她的亲热和喜欢仿佛一下子又回来了,她相信这是发自他内心的;陌生的是这个有点霸气的男人如今竟是如此软弱。

"海生,这是离婚协议书,"珊珊下了下决心,从口袋里把纸拿了出来,"你签一个字。"

"不,"张海生把珊珊的手抓得更紧,像是怕她要逃走似的,"珊珊,我出来后好好做人。"

珊珊的手感到一阵钻心的痛。他捏得这么牢、这么重。她想好的所有的话竟一句都说不出来了。她这次主要是来和海生办离婚手续的。她的心又乱又烦。

"对不起,珊珊,我对不起你。我让小妮骗了。"

当张海生说出小妮,珊珊忽然放声大哭起来。海生都承认了。他现在才把这一切承认。

张海生已经把那张纸撕了,他的手在她的头发上摸着。

22

　　这是一个近几年资源难得好的春汛季节。鱼盆岙的渔港边空无一船,能开出去的船只都开了出去。整个村子看不到几个男人。只有不少妇女在宽大的沙滩上织着网。阿良路过沙滩停了下来。这半年时间,村里就发生了这么大的变化,连捕鱼的网都变了。他估摸这种网如果扔进海里去,可能范围比他村子还要大。但他不知道这种网应是如何操作的。在织网的几个妇女看到阿良拿起网细瞧,都与他打招呼,但打过招呼,就只管自己织网了。要是平常,她们不会织得这么快,到底现在是给自己做了。阿良想回家后,就去找村干部,要求入股分船。

　　阿良穿过沙滩,路过古碉堡,往自己家走去。还离得很远,他就看见一个小孩正跟在几个大一点的孩子后面,摇摇晃晃地朝礁石丛走去。春潮正在往沙滩涨上来,虽然速度很缓,浪头也不大,但这么小的孩子是没有任何躲潮意识的。他细看了一下。这不是自己的孩子吗。他大声地叫道:"晨晨,晨晨。"他有点痴呆啊。阿良不知道儿子怎么会出来得这么远。

　　晨晨转过头来,惊惧地茫茫然地盯着阿良。他已不认识他的父亲了。海里漂着船魂灵一群一群的。阿爸的魂灵不见了。海里有魂灵。人有魂灵。外婆床有魂灵。外婆不给我催魂灵了。亮晶晶的纸魂灵。外婆坐红帆船走了。他是谁。他从沙滩里的小洞里钻出来的。他怎么不像红帆船那样钻进沙滩的洞里去呢。红帆船一个个在沙滩里爬来爬去,看见人就怕得钻进洞里去。晨晨把沙滩里在爬的小蟹当作红帆船,把父亲当作小蟹,把所有的东西都看作红帆船。

　　晨晨,晨晨。阿良呼唤着。

"阿爸。捕鱼去。红帆船捕鱼去。"晨晨的表情生动起来。爷爷说,晨晨回家,外婆坐红帆船走了。阿爸的魂灵回来了。儿子机械的声音,没有一丝欢愉反显得有几分和童声不相称的沉郁。

阿良心头一热,他知道翠珠妈生病去世后,翠珠把晨晨接回家了。他奔过去,抱住了儿子,使劲地亲着儿子。"你一个人在?"

"捕鱼去。捕鱼去。"儿子的声音仍然苍凉,小脸冻得有些红。这时福明提着一只桶从礁石丛中走了出来。

"阿良。"

"阿爸。"

阿良把儿子放下来,拉着儿子,向福明走去。

福明的小木桶内有许多黄螺和佛手。阿良知道阿爸拾螺是为了补贴家用。他一个正劳力不在家,家里是很难过的。

"阿良回来就好,"父亲气喘吁吁地说,"回来就好。"

阿良向阿爸问了一些村里的情况。特别是问起在沙滩上看到的新网。福明告诉他,这是一种近几年来刚从外地引进的网,有的人叫帆涨网,有的人叫雷达网,也有的人叫懒汉网。用油省,效益很高。村里老大们入股分到船后,马上引进这种网,收入很好,今年渔民都是哈哈笑,不像去年哇哇叫了。

"吃亏的是我家,你领头,坐牢监,好处却是给他们得去了,"福明有些气愤,"现在村里早已没有船了。"

"我现在就去找村干部。"阿良掉转头说。

福明没想到阿良心这么急,在后面大声说:"现在公司经理是明龙兼的,你要去乡里找他。"

这又是阿良没有想到的事。公司经理原先和村领导是一回事,现在乡党委书记竟来当村领导了。

张海生被逮捕后,在公司要不要破产问题上,县里有两种意见。最后为维护渔区稳定,不破产占了上风,渔民们入股分船金额,基本上同先前转制的单位差不多,稍微高了几元,鱼盆岙村的渔民们都能接受。其他的资产有的被承包、有的出卖,至于债务仍由公司承担。县委听取工作组和纪委、检察院汇报后,考虑村里没有合适的干部,而鱼盆岙渔都渔业公司的资产和债务又这么多,是渔都乡的主要公司,于是叫赵明龙暂时兼一下。黄副县长并不赞成由赵明龙来兼,但他也说不出合适的理由来反对县委常委会的决定。这些阿良当然是不可能知道的。

阿良来到赵明龙的办公室,让赵明龙吃了一惊。这小子出来了。他没有想过他出来了,会来找他。赵明龙对从大王山岛出来的,都有几分害怕。他不知道阿良要做什么,于是就装出一副很客气的口气说:"是阿良啊。坐,坐。"同时起身去倒茶。

赵明龙书记以前一直对他不错。阿良见他这么客气,竟又对半年前的事生出新的后悔,都怪自己不懂事,人家并没因你带头闹事,劳教过,冷淡你。

"书记,你就不要倒茶了,"阿良诚恳地说,"我就打扰你几分钟时间。我今天刚从大王山岛出来,我想入股分船,我已在陆地待了整整半年。"

这小子想出海想船想得疯了。明龙看了阿良一眼。现在分船后,渔民的积极性都很高,但论产量,渔都乡比其他乡要差一些。不管如何,这小子捕鱼是把好手。过去给集体捕,他是带头船老大。给自己捕,那还会捕得少?一个乡里,这样的人越多,产量越高,当领导的越光彩。县里也要考核乡里啊。赵明龙决定帮助阿良:"我帮你想办法。村里船是确实没有了,你过几天再来找我。不要急,海里鱼是捕不光的。"赵明龙拍了拍阿良的肩膀。

阿良感动地说:"赵书记,给你添乱了。"这句话,其实也暗含了阿良对半年前发生的事的道歉。

但赵明龙听不明白,一个劲地摆手:"应该、应该。"

23

太阳已经照在佛光树上了,春天的佛光树新叶嫩黄绽放,如一只只栖在树枝上的小黄鸭,在春风的吹拂下,似乎在发出叽叽喳喳的叫声。珊珊被映射进的光线唤醒。这是她自从张海生出事后,第一次睡得这么沉、这么死。她看了看表,都已经八点多了。昨晚从大王山岛回到家后,她就给赵明龙书记打了个电话,她说她想在公司找点工作做做。她不想再把自己关在家里。海生说他要好好改造,争取早日回来,然后,他和她再过从前那种平淡和快乐的生活。她最后答应海生,不提离婚。既然作出了这个决定,她感到自己必须勇敢地面对全村的人,再也不能把自己关在家里,终日以画笔排遣内心的郁闷。

赵明龙接到珊珊的电话很是意外,他沉吟了片刻,很快告诉她,可以去渔网厂补补网,至于工资什么的,他都会跟厂长说好,他要她今天八点到厂里上班。

珊珊急忙起床,胡乱洗了把脸,赶到渔网厂。

渔网厂其实就设在鱼盆岙村大沙滩的东头。大沙滩的西头是礁石丛,东头却是一块平地,除了冰厂、冷冻厂,就是渔网厂。渔网厂,除了织网,也修网。珊珊到厂后,厂长就陪她来到沙滩上,让她和村里的其他妇女一起织网。

珊珊已经有好几年没有参加织网劳动了。海生说,经理妻子到沙滩晒太阳织网,那要丢他脸的,珊珊坚持了几回,最后还是听了海生的话。海生说,他心疼她晒得黑黑的。就为这句话,她听海生了。所有妇女的眼

光都盯着珊珊。珊珊有这种思想准备,但毕竟有些不习惯。她低下头,在心里哼起鱼盆岙的古老渔歌《五更调》来:

一更里,郎说肚皮饿,
小妹我,快快起,
烧一碗番薯干,
端到郎面前。

二更里,郎要出海去,
小妹我,对郎言
宁肯饿肚皮,
莫再爱小船。

三更里,送郎对码头,
小妹多,难分离,
手递老白干,
心思随郎去。

四更里,风紧浪翻天,
小妹我,海边立,
忧愁不安望海面,
声声哀求风回去。

五更里,船从海中来,
小妹我,笑眼开,
郎影一闪忽不见,
只听船歌浪中来。

这是首鱼盆岙女人都会唱的歌。珊珊慢慢地哼出声音来,那略带哀怨的腔调,让大家都十分地同情她,不好意思再看她,就低下头织自己的网,同时天南海北地说起其他话题来。

珊珊不说话,只管织网。起初有点生疏,慢慢地也就流利起来。看着自己的膝下,网片长了起来,珊珊感到充实。

"听说,昨晚翠珠老公回来了。"有个妇女说起了阿良。

珊珊不由得有些紧张。她怕她们提起张海生。

"是啊,阿良回来了。听说他一进村连家也没回,就去乡里了。"另一个妇女接着说。

"那他胆子越来越大了。去过大王山岛的人,什么都不怕,他打了乡里领导没有?"

"没有。听说是要分船去的。"

"现在村里还有什么船啊。"

"那他老是在陆上不是要变旱地鸭了么。他过去是公司的带头船老大呢。"

"明龙书记答应帮他忙的。"

……

他还是想着他的船。他不知道为了这船害了他自己,害了海生,害了他们之间从小的友情,也害了她。珊珊低下头,织网的速度慢了下来。不管怎么说,她几次要他帮海生,她以为他会帮海生。不会害海生,只是为了她。结果他阿良为了船还是闹,海生有不对的地方,可阿良不闹,事情也不会出啊。珊珊气阿良的地方,就是在这里。现在他出来了,可她的海生还在大王山岛。她竟必须到沙滩里来表演自己什么都没有变化,自己很坚强。理智告诉珊珊,海生的事主要怪海生自己,不能全怪阿良,可她在感情上接受不了。她接受不了阿良为了自己有船,不听她的。一点不为她着想。她和阿良是从小很要好很要好的朋友啊。她一直把他叫作阿良哥,她在心里把他藏得那么深。是船重要?她重要?这样想着,珊珊确确实实有股很浓很浓的委屈和怨气在心里升腾起来。

晚上，下班时，在山岗通向沙滩的道路上，珊珊碰到了阿良。

阿良有些疲惫，眉头紧锁，神色黯然，脚步匆匆。看得出他心情不好，还没有昨天早上精神状态好，看见她时，眼睛才闪出一丝兴奋的光泽来。

让阿良吃惊的是，珊珊像换了个人似的，在米色的羊毛衫外面，穿了件红色的外套，神情非常平静，全没有昨天看到的那副忧伤。

珊珊目不斜视，脚步有力地朝前走着。阿良欲言又止，不觉让到一边。

珊珊以为阿良会向她打个招呼。如果阿良先打招呼，她想好了，她也会回应，当然不会是很热情的。但阿良却把头低了下去。这更使珊珊感到郁闷，她深深地吸了一口气，从阿良身边走过去。这个男人从某种意义上，比她的海生还要坏。她决心不让阿良得到船，她要替海生出口气，更重要的是要替自己出口气。

24

　　夜。东山渔港一条街灯火辉煌,好似一条光廊。左边靠山的一边是一排排参差不齐的楼房,店面闪耀着五彩缤纷、跳动不已的霓虹灯,大都是一些宾馆、饭店、夜总会、歌舞厅、美容院、洗发厅之类。右边靠海的一边是一长串夜排档,夜排档的前部是摊位,摆放着刚从近海涨网船上送来的各色海鲜,鱼、虾、螺、贝大都还是活的,在水箱里游动。摊位旁边是灶具,厨师现烧现做,"色啦色啦"的炒菜声,热气腾腾的烟雾,使整个渔港都飘浮着鱼香、酒香和海香。这也是最吸引外地人的地方,海鲜原汁原味,味道特别鲜美,因而生意特别兴隆。现在还只有六点多,天刚有点暗,港边摆着的桌子都已坐满了人。夜排档的外侧就是停泊渔船的港口了。虽然这些天天气好,停泊的渔船不多,但这里是鱼货的重要集散地,因而总有无数条渔船在这里停泊进出。船的桅杆上点着明亮的灯,船舱里也有明明暗暗的灯火飘出来,整个渔港从海面远远地望过来,亮堂得像是浮在海上的一座光城。

　　珊珊沿着夜排档摊位,缓缓地往下走,她要去海上花园茶室。赵明龙约她到这个地方。她还从未去过。海生说,他是在那个地方认识小妮的,他说在这样的环境下,男人没法不坏。赵明龙约她到这个地方,她本来要不假思索否定的,但转眼想,去见识见识这个地方也好。

　　赵明龙早在茶室等候了。他不知道珊珊找他有什么事。这些天,珊珊老是找他,让他有些不安。他怕海生把有些事告诉珊珊了。但看情景又有点不像。他已偷偷去大王山岛看过海生。海生暗示他,他只管放心,把他的珊珊照顾好。如果仅此,那他当然是无法推托的。

珊珊坐定,就有一个很漂亮的少女殷勤地过来,笑着甜甜地问赵明龙和她喝什么。海生说,他认识小妮时,小妮在海上花园做服务员。也和这个少女差不多吧。赵明龙告诉服务员,要绿茶和菊花茶各一杯。

"珊珊,"赵明龙说,"这里的茶没你泡得好。"

珊珊笑了笑:"赵书记今晚打扰你了。"是她约他的,但地点却是赵明龙挑的。

"有什么要紧的事?"赵明龙接过小姐的茶杯,示意小姐出去。

珊珊喝了口菊花茶:"也没什么要紧的事。听说于阿良要入股分船?"

赵明龙的心神有点不定:"这跟你有什么关系啊?"

"海生可是他打伤的。"珊珊说。

"听说,于阿良并没动手啊。"赵明龙吃不准珊珊的意图。

"他不闹,海生也不会出事吧?"珊珊有点不满赵明龙的口气。

"那倒是。"赵明龙说。

"海生还在牢里呀,"珊珊说得很婉转,"他倒没事一样。"

赵明龙听明白了,他想当然地以为是海生要他为难为难于阿良。可惜这块撑船捕鱼的好料了。修理于阿良,对于他来说,只是小菜一碟。"那没问题的,"赵明龙马上说,"不会让他好过的。你跟海生说好了。"

"也没别的意思,"珊珊忽然有点犹豫起来,"只是不能让他太轻松太合算地入股分船。"

"我有数了,"赵明龙说,"你放心好了。"

"那我走了。"珊珊起身站了起来。她不习惯茶室的暗幽幽的灯光。

"再坐会儿吧。"赵明龙突然生出一股欲念,想把珊珊搂在怀里。他嬉皮笑脸着,去搂珊珊的肩头,说:"反正你回家也没事。"

珊珊没有察觉赵明龙的企图,侧转身说"我要走了"。她心里突然感到很烦躁,没有一丝丝的快乐。

赵明龙吓了一跳,以为珊珊看透了他的不怀好意,"我送你吧"。

"不用了,"珊珊说,"我打出租车回家。"她急匆匆地推开门,差点和门外的小姐撞在一起。珊珊逃也似的走出海上花园。

赵明龙见珊珊跳上出租车,消失在渔港路上,咽下一口唾沫,拐进海上花园的另一个地方——美容院。自从海生进去后,他已很少来这里了。一则是避避风头,让人家看见不太好。另一方面,确实处理些账务,没有这么方便了。门外的一位小姐把他扯了进去。赵明龙是老客了。

25

阿良在家中待着,比在大王山岛还难受。赵明龙书记说过几天就给他答复,但到今天已快一个星期了,还是没有任何消息。昨天,阿良与父亲一道到礁石丛中去拾螺,路过码头,碰见胡指挥仍在码头边用顶小网在捕小鱼小虾。阿良和福明在胡指挥身边停了下来。

胡指挥听了阿良找赵明龙的经过后说:"他这人,不一定会帮你。我知道的,他这样爽快地答应帮你忙,是很有些奇怪的。你知道乡里干部给他取了个什么绰号吗?"正好有一只海鸥从他们面前的海面飞过。

胡指挥抬头看了看海鸥,叹口气说:"叫拔毛。连海鸥飞过都要拔毛。老实说,这渔业公司交给他管,我看是比海生还要败得快。"

"你是说,他不会帮我的?"阿良有些将信将疑。

胡指挥说:"你没有送他礼过,他不会介快替你办事的。"

阿良和福明对视了一下。

"那送什么好?"福明按住胸部咳嗽着问。

阿良心疼地看了父亲一眼。阿爸老是咳嗽,看来非得自己陪他去医院好好查查了。

"要送他没有的。鱼啊蟹啊,千万别送,"胡指挥的思维不停地跳跃着说,"阿良这样在岸上待着,我也替他难受啊。"

"家里有条大鱼胶,"福明咳嗽好一会儿,眼睛一亮,"我珍藏了好些年了。在米缸里放着。阿良阿妈快过世时,我要给她补补,她都不舍得吃啊。"

"也不知有没有用,"胡指挥说,"只能去试试看了。"

晚上,阿良总算打听到赵明龙家的地址,去他家拜访。可是赵明龙不在家。这个时候,赵明龙刚和珊珊在海上花园茶室说完话,进美容院。他家属打他手机,答复是关机。阿良只得快快不快地回到家。

第二天清晨,阿良去乡里找赵明龙。赵明龙看见阿良走进办公室,也不起身,只管自己看报纸。

"赵书记,"阿良说,"我来问问船的事。"

赵明龙没有应答他,仍然把头埋在报纸里。

"我昨晚去你家找过你,"阿良提高了声调,口气生硬地说,"我要分船。"

"你叫什么叫!"赵明龙把报纸往桌上一拍,"你要船,船就有了?"

"你说过帮我的。"阿良有些急。他竟压根不说昨晚去过他家,送过他那条大鱼胶。还用这种态度对待他。

"你总得给我些时间,"赵明龙冷冷地说,"好了,我马上要去开会。你回去吧,有消息了,会通知你的。"

阿良失望地走出乡政府。看样子胡指挥说得对,赵明龙是靠不住的。自己也得想办法。

这些天正是小水头,帆涨网船都从洋地回来了,停在渔港里。阿良回到村子,就去渔港找过去几个要好的船老大。他跳上一条船,没有任何人,只有阿狗,在清理着网具。

阿狗看见阿良,欢快地扔掉网具,抓住了阿良的手:"阿良哥,你出来了?太好了。要是不出海,我会去接你的。"

"还好吧?"阿良问。

"还好,"阿狗说,"只是船是股东老板的,我没钱入股,帮他们打工,他们的情义比过去差多了。一个个像周剥皮似的。"

"我还没分到船。"阿良说。

"听说还有一条船啊,是坏的,放在公司的船厂里,修一修,就可以的,"阿狗说,"有个外地人要买,不知是否卖掉了。你可以到公司问一问。"

"真的?"

"真的吧。"

"那好,我现在再去找他。"阿良也不跟阿狗说话了,重回乡政府。

赵明龙仍在办公室。阿良又回来了,让他感到来者不善。

"书记,听说公司还有条船?"

"那条船坏了,已经卖掉了。"

"我特意去看过,还在厂里。"

公司是有条船,本来赵明龙打算是要分给他和其他几个人的。但珊珊一说,赵明龙就迅速将船卖了出去。当然他还可以不卖。

"下午人家就要来拿了。"赵明龙抽出香烟,叼在嘴里,戏弄地看着阿良涨红的脸。

"你说过要帮我的。"

"我什么时候说过了?"

"你……"阿良气极,冲过去,一把抓住了赵明龙的胸部。

赵明龙的香烟掉到地上。他惊骇地望着阿良。

阿良对视着赵明龙,他的眼里喷出火来。他要像处理一条烂鱼那样处理掉赵明龙。如果是在船上,他就把他托起来,扔进海里,喂海龙王去。

赵明龙刚要叫外面的乡干部来救他,阿良已经松开了他。在这一刹那间,阿良想起了大王山岛。他再也不想把自己送进大王山岛了。

阿良狠狠地瞪了他一眼,大步走出赵明龙的办公室。

26

阿良回到家,父亲就迎了上来。

福明从阿良的脸色看出,船的事没有着落,便不再说什么,只是按着胸部,弯着背,走进家里。一阵阵咳嗽时高时低地传出来。

父亲的咳嗽已有大半年了,老是不好。父亲自己说,去看过医生了,是支气管炎。阿良总是有点担心。无论如何要抽出时间去陪父亲到东山医院仔细地检查一次了。

阿良感觉肚子有些饿,他是早饭也没吃就去乡里的。走进厨间,揭开锅盖,盛了一碗泡饭,吃了起来。桌上有一小碗糟小带鱼,散发出酒糟香。阿良只是用筷,碰了一下酒糟,很快就把一碗饭吃了下去。正要去盛第二碗,阿狗拎着两条刚分的大鲳鱼进来了。

阿狗可能是刚从船上来,穿着船上作业时的帆布雨衣和雨裤。他连家也没回,不知有什么要紧事了。

"阿良哥,成了吗?"

阿良边吃泡饭边摇头。

"这碰滩横头的。"阿狗愤愤地骂了一句,顺手把鲳鱼放在桌子上。

四月正是溜鲳鱼的季节。这鲳鱼真大。一条怕有二斤重吧。

"阿狗,你拿回去吧,"阿良说,"我下午去滩横头钓鱼去。说不定能钓上几条石斑鱼呢。"

"这两条小鱼给侄子吃。"阿狗把听见声音从楼上下来的晨晨抱了起来。

晨晨挣扎着要下来。阿狗只得把他放下来。

晨晨抱住阿良的腿，口齿清楚地说："魂灵沉落了。船魂灵沉落了。红帆船捕鱼去，捕鱼去。"

阿良轻轻叹了口气，抱起儿子说："好、好，捕鱼去。"

晨晨笑了："捕鱼去，捕鱼去。"

阿狗说："阿良，我是跟你来说个事的。"

"什么事？"阿良放下儿子，"听话，到外面去玩。等会儿，阿爸和你玩捕鱼的游戏。"

"你这风出海，你就可以去我的那条船。"阿狗说。

阿良眼睛一亮："你那条船有人退股了？"

"不是有人退股，"阿狗涨红着脸说，"我和老大刚才吵架了。"

"吵什么？"

"你走后，我要把网具拖到沙滩去修理。半路上碰到了老大。他给我上一风的工资。你猜他给了我多少？"阿狗有点气愤，"他们股东分红的一个零头。"

"那是没有办法的事啊，"阿良说，"你没股，就只能拿个工资。"

"这倒也算了，"阿狗说，"我还了解到，这个老大的良心给海龙王吃了。他还偷偷栽留充冰充油钱，故意多报，多打成本。我不想在这条船干了。"

"那可不行，你不干，做啥去？像我这样做旱地鸭？"阿良摇了摇头说："还不把你阿妈给气死？"

"我看还是你去那条船吧，"阿狗满脸真诚地说，"你当过带头船老大，老大不会欺负你的。"

阿良微笑了一下。这个阿狗是够讲义气的了。他知道阿狗在说谎，阿狗并没和老大吵架，他只是不忍心自己这样做旱地鸭。想把这个工种让给他。阿狗太了解他了。真是个好兄弟。阿良也不说破，只是淡淡地说："阿狗，你知道的，我好歹也是东山县出了名的带头船老大，你说我在那条船上做伙计，不是老大，没有股，我会去吗？"

阿狗急了："那你总不能这样老是做旱地鸭。你家总要过日子的吧。"

阿良白了他一眼："你家就不过日子了？"

阿狗说不出话，只是两只手使劲地在帆布雨衣上绞着。

阿良把手搭在阿狗的肩膀上，坚定地说："我不要做雇工。阿狗，我一定要有自己的船。"

"那我还是去那条船？"

"去，"阿良说，"等我有船了，你上我船来做二副。"

正这样说着，翠珠进来了。她还是穿着那件大红色的紧身羊毛衫，裤子是深绿的。大概这是她最满意的打扮了。只是脸上比过去多了一层白粉，嘴唇上涂着的口红越发鲜艳，让阿良感到不习惯。这打扮跟东山渔港美容院接客的小姐差不多了。他皱皱眉想。

阿狗倒是很客气地和翠珠打招呼："翠珠姐是越来越漂亮了。"

"是吗？"翠珠的脸拉得长长的，表情阴阴的，只是听了阿狗的话，看见桌子上的两条鲳鱼才露出一丝笑容来。

27

阿狗一离开,翠珠就把两条鲳鱼拎到水斗,剖开肚皮,洗了起来。

"阿良,这鱼是清蒸还是红烧?"翠珠把鱼放进碗里,端进厨房问道。

"随你。"阿良抱起儿子,到院外去玩捕鱼的游戏。他把自己当成一顶网像溜鲳鱼一样去溜儿子。儿子这时一点不痴呆,咯咯笑着从他的腋下钻了出去,一边躲得远远地说:"船魂灵沉落了。"阿良不由得发起呆。这情景倒像儿子是正常的,他是痴呆的。

听见翠珠叫吃饭的声音,阿良才回过神来。

翠珠吃得很快,阿良还没吃好,她就把碗一放,要出门。

阿良不由得脸一沉:"又要出去?"

翠珠也把脸拉了下来:"你不是也在家?总不要我天天给你们于家做娘姨吧?你连几只碗都不会洗了?"

"我看你魂灵是给舞厅勾去了。"阿良心情不好,话说得很响。响得似乎整个小楼都哗啦啦地有东西在丢下来。

翠珠觉得有什么东西压在身上,感到生生地痛:"我早就跟你说过,我要去跳舞,我要去跳舞。"

福明从楼上下来,把有点惊慌失措的孙子抱了起来:"你们又吵了,吵得六神都不安啊。"

"这要问你儿子。"翠珠冲着福明尖叫。自从那天从劳教所探望阿良哭着回来后,翠珠对阿良确实是无所谓了许多。后来,她也去看过他,但那种感觉不同于以前了,以前是兴奋,是渴望,这以后,她是完成做妻子的任务,是被动,是应付。阿良回到家,她并没表露出特别的开心,那天回来,她只是淡淡地说:"你总算回来了。"

"你叫什么,你冲我阿爸叫什么。"阿良把碗一搡,吼道。他也想起了那天发生在劳教所的事,他和珊珊什么事都没有,她为什么老是要提跳舞去跳舞去。

"有本事,你冲海叫去,冲船叫去,"翠珠讥讽道,"每天待在家里,你以为你是个男人呀?谁家的男人像你这样待在家里,不去赚钱?哼,船魂灵沉落了,你的魂灵才沉落了。"

阿良一下子说不出话来,脸像被冰冻过一样白。于是空气里就有一股浓浓的冷气肃杀地散漫开来。

翠珠走了出去。她最怕阿良的眉宇间生出这种像冰一样的东西。阿良没有打过她,但这样的时候,就是阿良要打她的时候。

福明轻轻地摇摇头,老泪慢慢地流了出来。

"阿爸。"阿良有点吃惊地望着父亲。

"她每天都要去跳舞,她连麻将都不要打了,"福明痛苦地说,"我看她的心是野了。"

"随她去吧。"阿良苦涩地说。翠珠这样是不是他的不对呢?是不是他始终不能忘掉珊珊呢?现在珊珊都把他当仇人的,可翠珠还这样。他目光空洞地望着大门。

一阵春风吹了进来,把贴在门上挡风的美人照刮得沙沙地响。看样子这玻璃是非配不行了。美人照贴了那么长时间,泛黄又脏旧。

"我看这个家是迟早要散伙的,"福明凄凉地说,"我是老了,阿良,我像那只沙滩上散了架的船,是再也开不出去了,你咋办呢?"

"不会的,"阿良说,"你不会的。"

福明说:"我自己知道,我是过不了这个冬天的。阿良,船要沉了,是托不起的。你也托不起的。"

"不会的,"阿良有些惊慌,"阿爸,你不会的,我今天就陪你去医院。"

"不要了。你还是忙你的事去吧。"福明说着,要去收拾碗筷。

阿良把父亲拦住了:"阿爸,你去休息,我来。我来洗碗。"

福明看着阿良笨手笨脚把碗放进盆里,端到水斗去洗,就跟了出来。阿良是虎落平阳啊,哪个捕鱼的男人做这种女人做的活。"阿良,阿爸不应替你做这桩主意。"

　　阿良明白父亲说的是娶翠珠这件事。是的,他从没想过要娶翠珠。他想娶的是珊珊。珊珊不会像翠珠那样去跳舞,珊珊不会像翠珠那样和他大声吵架。珊珊总是给人一种安静的印象。出海在外的男人在海上叫了这么多,实在不想再在家里这么叫了,可是翠珠逼着他叫逼着他吼。那还不如到海上去吧。

　　可是他的船呢? 他的伙计呢?

　　阿良关掉水龙头,抬起脸,似乎下了决心说:"阿爸,我想给人家的船上去做雇工。"

　　福明有些吃惊:"不做老大?"

　　"不做了。"

28

冬天的风暴仍然刮着,但明显地比前几天小多了。东山渔港停满了避风的渔船。阿良从一条大型机帆船上跳上岸,冲船上的人挥了挥手。快过春节了。他也在那条船上做了近一年的雇工。今天当船老大把工资算给他时,他提出要回家去看看。老大问他开春还来不来,他不置可否地笑了笑。该是他自己拥有船的时候了。他连被子都带走了。老大应当知道他不会再来了。

春节将至,鱼盆岙的节日气氛也浓了起来。阿良从出租车跳下时,看见不少渔民们提着猪肉、鸡肉及其他年货,三三两两地从码头边的市场往家走。阿良这才想起应当在东山县城给家里买点年货。每次出海回家,翠珠都是对他爱理不理的。这次他想好要给父亲、儿子,还有翠珠各买一样东西,结果还是忘了。倒是从县水产局船检科带来的两张船型图,揣在他的裤袋里。

阿良推开院门,家里静悄悄的。已经是腊月二十了,家里还没有一点过节的气氛,晒衣服的竹竿上,要是往年该是晒满了鱼干和肉干。家里的灰尘也像是没扫过。看来翠珠这个年都不想好好过了。也不知父亲和儿子都去哪了。父亲的病一天比一天严重。这次春节一定要陪他去市医院看看。老是在东山医院看,也不管用。

阿良把在船上用过的被子等放到一边,就拿出裤袋里的图纸看了起来。这其实是两张实物船型照片。

阿良把图纸仔细地端详了好一会儿。这两条船都是木质机帆船。阿良算过了,如果按照上面一条船造,用不了多少钱的。只是靠他家的积蓄是无论如何打不起的。看来得去和村里的伙计们商量一下。最好他们能来入股,不能入股的话,肯借一些钱也是好的。现在沿海地区是打船热,民间借贷利息是很高的。

阿良把图纸收起来,准备去找阿狗。阿狗肯定是会来入股的。这时,父亲福明领着儿子咳嗽着进来了。这一风时间不见,父亲更加瘦弱,衣服显得空空荡荡,脸是黑灰色的,气喘得一阵比一阵急。

"阿良,回来了。"福明看见阿良,眼睛一亮,似乎腰也有些挺起来了。晨晨欢快地扑了过来。

"阿爸,你没事吧?"阿良把图纸搁在桌子上,抱住儿子问。

福明的表情有点黯然:"阿良,我这胸部老是痛。"

阿良的心沉了一沉,父亲不会是得了坏病吧。

这时,晨晨跳下地,把图纸打开了:"红帆船。红帆船。红帆船。"

福明也看见了,把目光转向阿良。

"阿爸,我想自己打船。"阿良望着父亲。

福明的眼中掠过一丝喜悦,马上就又消失了:"阿良,翠珠跟我说了。"

"说什么?"阿良见父亲有点迟疑,追问道。

"她说人家都在东山新村买商品房,我们也得去买一套。"

"这不行。"

"那这家迟早要散伙的,"福明阴郁地说,"我看翠珠是热血刮心了,天天说是要到城里买房,做城里人去。"

"这家是我当家,不是她说了算。"阿良说。

"你也别告诉她要打船,先把年过了再说。"福明叮嘱阿良。

阿良应了声,就出门找阿狗去了。

阿狗正在帮他瞎子阿妈打扫卫生,看见阿良进来,高兴地从桌子上跳下来:"阿妈,阿良哥来了。"

"阿良,坐坐。"阿狗妈摸索着来拉阿良的手。阿良赶紧把手伸了过去,握住阿良妈的手:"阿婶,你休息,我来。"

"不用。阿良,你找阿狗有事,"阿良妈说,"阿狗,你也别做了,进屋陪陪你阿良哥。"

阿良在屋里坐下,掏出图纸给阿狗看:"阿狗,我想打船。"

"好极了,阿良哥,"阿狗盯着图纸说,"可是钱呢?"

"我把所有的积蓄都拿出来。你有没有?"

"只有一点点,"阿狗有点难为情,"阿妈说,要讨媳妇用的。你打船,就不讨什么媳妇了。"

"你有多少就出多少,"阿良说,"我们再去村子里其他伙计那边问问,看能不能借到些钱。差不多的话,开春就动工。"

"现在就去?"

"现在。"阿良一分钟也等不住的样子。

"我陪你去。"阿狗把阿良的意思跟他瞎子阿妈一说。

阿良妈说:"听你阿良哥不会错。打船好。有自己的船好。"

二人高兴地出了门。出乎阿良、阿狗意料的是,过去的伙计不想入他们的股,更不愿借钱给他们。理由很简单,没钱,要还信用社的船债。

"他们的良心都让海龙王吃了,"从最后一个伙计家出来,阿狗愤愤地说,"要不是你带头领着他们闹,他们能有今年?"

天都暗下来了。阿良叹了口气:"还是回家吧,先把年过了再说。"

阿良回到家,翠珠正忙碌着在打扫灰尘:"阿良快把毛巾递给我。"

阿良忙把在脸盆上的毛巾拧干,递给翠珠。翠珠边擦窗户边对阿良说:"你快吃饭吧。"

厨房里堆满了一大堆年货。这让阿良暂时忘记了烦恼,他心里暖暖的:"翠珠,你也来吃。"

29

正月初五的半夜,阿良被父亲的呻吟声惊醒。他走出房间,看见父亲倒在从厕所回房间的过道上,嘴角还在流出血来。

阿良扑倒在父亲的身边:"阿爸,阿爸,你怎么啦你怎么啦?"

福明想站起来。阿良抱起父亲的头,心里生痛。

翠珠也起来了,害怕地望着地上的血:"阿良,你快穿好衣服,送阿爸去医院吧。"

"好,"阿良说,"你扶阿爸的脚。"两人一起把福明抬上床。

福明在床上大口大口地喘气,声音微弱:"你们去睡吧,我好些了。"

阿良示意翠珠去睡。

福明自言自语地说:"要沉下去了,这次肯定要沉下去了。"

阿良坐在父亲的床边,手轻握着父亲的手。他想哭,又不敢哭出来。

天一亮,阿良和翠珠就把福明送到市医院。经过半天的检查,医生表情严峻地把阿良叫出观察室:"你们是怎么搞的,为什么现在才送来?"

"我阿爸是什么病?"阿良打断医生的话,急切地问。

"肺癌晚期。"医生说。

"有救吗?"阿良脸色灰灰的。

"太晚了。"医生说。

阿良突然蹲下地,抱住了头。他的手揪着头发。

翠珠眼圈一红,泪就下来了。这些年来,阿良爸对她就如亲生女儿一样。倒是她,常常冲他发脾气。

护士过来说:"你父亲在叫你们。"

翠珠擦掉泪,去拉阿良起来。阿良松开手,一大把头发从头上掉了下来。翠珠看见阿良的头皮上是点点血丝。

是我把阿爸给误了。我早就要把他送医院看看的。阿良木木地站起来。我想着自己要船,可我把阿爸给害了。他撑了这么多年的船,没出事,却让我给害了。阿良机械地跟着翠珠走进病房。

福明睁开眼,看了看他俩,又把眼闭上:"阿良,我要回家。我没事的。"

"你是没事的,阿爸,没事的,住几天医院,就会好的。"翠珠给福明拉了拉被子。

阿良只是讷讷地说:"会好的、会好的。"

当天福明就住进了住院部。阿良和翠珠商定不把病情告诉父亲。医院要他们马上付三千元钱。翠珠在付钱时,冒出一句话:"不知要花多少钱。"阿良皱了皱眉,脸色更加黯然。

住到第十天,福明的病情仍然如故。血不吐了,胃口却更差,胸部痛得时常发出呻吟。那天查过病房后,福明忽然对阿良说:"今天是正月十五,要过元宵节了。阿良,我要回家。"

"不行的。"阿良说。

"我要回家。"福明在护士在挂盐水时,坚决不肯把手伸出来。

"阿爸。"阿良带着哭腔劝阿爸把手伸出来。

"我要回家,"福明坚决地说,"我好了。"

护士和阿良硬是把福明的手抓住了,护士迅速把脉,把盐水挂好。福明也不知哪儿来的力气,硬是坐了起来,双手挥动,把盐水瓶给打翻在地:"我要回家。"

福明老泪纵横:"我要回家。"

护士收拾完盐水瓶,怜悯地看了福明一眼,走了出去。

福明再无力气坐着,倒在床上。阿良把父亲的头摆在枕头上,盖好被子。

"阿良,"过了不少时间,福明缓过气来,"阿爸要沉下去了。这次是谁也托不起了。你别浪费钱了。"

阿良哽咽着说:"阿爸,我一定要把你医好,我不打船了。"

"我是坏病。我知道的。这样住着是烧钱啊,人不见钱也不见的,"福明的眼睛睁得很大,"你也不要哄我了,不会好的,医不好的。听阿爸的话,让我回家。省下的钱,给你打船。"

阿良放声哭了起来。他不要船,他要阿爸。

"阿良,别哭了,阿爸高兴你有船。阿爸会为你高兴的。你死去的阿爷,还有阿狗的阿爸,好大一帮人啊,昨晚坐着红帆船,都来看过我了,"福明的目光变得迷离起来,"他们叫我回家啊,他们骂我啊,他们要我把钱省下来,给你打船。船。船。他们要我坐红帆船回家,与他们一道回家。"

阿良知道父亲是在说胡话了。

30

　　福明弥留之际，已什么都不知道了。只有嘴微张着，一口气很缓慢地进出。这景象让阿良感到父亲就像一条在木盆里快翻白的鱼。"阿爸，阿爸。"阿良一声声地唤着，可父亲没有睁开眼来，始终只有一口气像游丝一样浮在空气里。生命在消逝的片刻是如此艰难、又如此漫长。阿良真不愿父亲这样受罪。

　　医生告诉阿良，再在医院住下去，实际上没多大意义，花钱再多，无非也只是临终关怀而已，换得心灵的安慰。阿良最终听从了父亲的话，把父亲接回家。他什么地方都不去，天天陪坐在父亲床边。父亲清醒时，听父亲喃喃地讲过去；父亲疼痛时，帮父亲摩挲；父亲昏迷时，呆呆地望着父亲，回想自记忆起能想起有关父亲的一切。他怕父亲在他睡熟时就去世，因此，始终不让自己打瞌睡。

　　东方已露出鱼肚白，又一天就要来了。胡指挥昨晚来看父亲，说是怕要走了。阿狗从昨晚起就一直陪着。现在正在烧水。狗在叫了。大概隔壁有人出门。正这样想着，阿良惊觉父亲的喉底轻微地响了一声，父亲的最后一口气吐出了。这刹那间，父亲的脸变得雪白和安详。阿良放声大哭起来。翠珠听见阿良的哭声跑进屋子，"阿爸、阿爸"地叫着哭起来。

　　胡指挥端来一碗粥，示意阿良和翠珠别哭，快喂父亲。翠珠把粥放在父亲嘴边，粥马上沿着福明的嘴角流了下来。这叫吃阴阳饭。

　　阿良不再哭了。有许多事等着要办。他走到院落后，削了几根小竹，和阿狗一起，很快地在堂前搭起了灵床。然后，阿良和胡指挥等乡亲，给福明理发、沐浴、更衣,把福明遗体放入灵床上,在脚后点起一盏长明灯。翠珠把事先准备好的几个菜放在灵堂前的一张八仙桌上,摆上酒,开始做移尸羹饭。

福明落殓在第三天凌晨,那是涨潮时分,夜深人静之时,听得见鱼盆岙沙滩的潮声很响很闷地传到阿良家来。当福明被放进棺材的瞬间,阿良、翠珠及其他亲戚朋友都伏在棺材上痛哭起来。胡指挥在棺材快合笼时,问道:"福明病好了没?"阿良含泪喑哑答道:"好了。"只有儿子晨晨不知从什么角落里溜出来,异常正常地盯着爷爷的棺材,字正腔圆地说:"红帆船。红帆船。红帆船。"众人也懒得理他,只是各忙各的。然后,抬棺材的人就把从福明身上解下的一条黄带分成几段,分别系在阿良等至亲的手上。

清晨,下起了毛毛细雨。棺材已停在大门口。胡指挥开始叫杠:"日出东方一点红,一口棺木停在大路中。"接下去,胡指挥开始回顾赞扬福明一生为人,祝愿后代子孙顺利。

胡指挥叫杠毕,棺材就被抬起起来,众亲戚重新哭了起来。阿良走在棺材后,穿白戴麻,手腕、脖子系细麻绳,脚穿白鞋,鞋后跟缝着短短的一截红布,手握孝杖棒;翠珠穿着白衣,戴着"孝斗",阿良的儿子晨晨则戴着顶黄帽;其他人有的戴白帽,有的臂佩黑纱,浩浩荡荡地跟在棺材后面。

为了把出殡搞得热闹些,阿良听从翠珠的意见,请来了一班专门为婚丧吹吹打打的乐队。在嘈杂的哭声中,乐队发出的声音一开始是参差不齐的,慢慢地声音变得悲哀、沉痛,那是来自东山县渔区的特有哀乐。比一般的哀乐更低沉、更绵长,其中还似乎夹杂着海鸥濒临死亡时的凄凉叫声。哀伤之声如冬天里发抖的小草在风中飘摇,也如细雨在天空里迷茫地飘荡。阿良想哭,实在是因为太累,哭不出声来。

送葬队伍在村子里绕了个圈子,过了几座小桥后,开始朝山上的墓地进发。哭泣声小了起来,乐队吹出一种如同佛乐般的声音,那么宁静、那么轻柔、那么庄严,又显得那么悲天悯人,断断续续,又无间断。

阿良的心尖里涌出一股无法言说的流水,这流水很纤细地把他引导到很久很久的年代,他阿妈牵着他来到沙滩,看落日余晖,等阿爸从海上回来。

福明的墓地按照福明的意思建在鱼盆峇山的最高处。行进的队伍已经来到了半山腰。抬棺材的人感到很吃力。阿良被人叫到前面,要他扶着棺材,一道把棺材往上推。

突然,那仙乐般的安详声音消失了。满山都飘荡着像海水一样滚滚流淌的渔民在出海打鱼时经常唱的号子声,雄浑、悲怆、有力。同时,乐队里有人开始唱鱼盆峇流传悠久的古老歌谣:

　　二十四海黑黝黝噢,
　　日出东方一点红呢,
　　顺风顺水踏潮去噢,
　　上天入地忙拔蓬呢。

声音像海鸥一样凌空飞扬,又像是在惊涛骇浪里有小船从浪中飞起。

阿良的内脏好像被什么东西炸毁了……那惊心动魄的打击乐声、号子声和古老的歌声,让他的身体不由自主地发抖。他嘶哑地叫着号子:"么罗吼嗨,么罗吼嗨,么罗合家里个,嗳罗。嗳山罗,嗳也罗,嗳么来,么罗吼……"他要把父亲送到最高处。让父亲天天看着他开着自己的船,冲向大海深处。

阿良把父亲送上山头。大海一览无余,远处的海面风平浪静。他拉着晨晨的手站在父亲的墓碑前,晨晨突然叫起来:"红帆船。红帆船。红帆船。"在朦胧的海天交界处好像停着一只红帆船。那是来接父亲的吗?

31

办完父亲的丧事后,阿良心中像揣着一团火,又开始筹划打船的事。"于家要有自己的船。"父亲临终清醒时的话,时时在他心里回想。

而翠珠在福明"五七"忌日以后,把所有表示家中有人去世的饰物全都从身上去掉了。她急于到东山渔港的一家叫"春花"的舞厅去。还是在春节前,她已不在渔都乡码头边的舞厅跳了,县城的舞厅无论是装修和情调,都要比下乡的强得多。只是她更加不顾家了。儿子晨晨时常在沙滩上与一帮大一点的儿童在一起,被人家叫着"呆大晨晨,快钻蟹洞"。晨晨只是面无表情,傻傻地叫:"魂灵沉落了。红帆船魂灵沉落了。"

在"春花"舞厅,翠珠认识了一个在国营远洋渔业公司工作,刚从非洲捕鱼回来的自我介绍叫张海舟的年轻人。这是一个年纪看上去要比她小的男人,翠珠估计他大概只有二十七八左右,人长得高大,脸皮有点黑,只是人极瘦,站在舞池,常让翠珠感到就像是一棵被打掉叶子的挺拔的树杆。张海舟每次到舞厅来都是一人,而且都是邀请翠珠跳舞。跳得次数多了,张海舟就告诉翠珠自己的身份,常说些在非洲塞拉利昂等国捕鱼的见闻,他的话又多又风趣,一点不像阿良总是心事重重、沉默无言。张海舟舞也跳得极好,动作非常优雅,常引得舞厅里的人专门看他俩跳,跳毕一曲,张海舟就会很殷勤地问她累不累,想吃什么东西,要不要巧克力等等。张海舟在跳舞时看上去也不像一些粗犷的渔民把腰搂得紧紧的,让人有点心慌,他总是轻轻地搭在她的腰上,似有似无的,这让翠珠很舒服,对他的印象很好。

说老实话,起初有人叫她上舞厅,她很不习惯,觉得作为一个渔家女人有些轻浮,有些对不住阿良。但阿良不管她,并不在意她跳舞,更使她伤心的是阿良在劳教所都记着珊珊,让她的这种心理障碍彻底消除了。如果说,一开始,她跳舞是出于好奇,后来是出于对阿良的报复,那么现在则完全是一种瘾,一种快乐。没有舞跳,让她寂寞难忍。至于留存在心底里的那种渔区朴素的道德感早已烟消云散了。但上一趟"春花"舞厅实在太不便了。鱼盆峇和县城有半个小时车程。从村子出来打的车子都不好找。当她说起这些,张海舟就帮她出主意,说可以在城里买商品房,这样他什么时候都可以约她出来跳舞。于是,翠珠的眼睛一亮,鱼盆峇村已有人在城买房搬迁到城里了。她试探性地跟福明说了。福明不表态。她知道福明是不舍得离开故土。后来,福明去世,她就没有跟阿良提起这个话题。

翠珠赶到"春花"舞厅,张海舟就把她请到一间包厢。"这么多天都不来,想死了。"张海舟说。

"我阿公去世了,"翠珠白了他一眼,"不要没规没矩的,小阿弟。快去跳舞吧。"

于是张海舟就牵着她的手来到了舞池。

"真想你啊。"张海舟在明明灭灭的灯光下,晃着头,有点痴痴地盯着她说。

"想你个大头啊,"翠珠有点不好意思,踩了他一脚,"我又不是小姑娘。老女人了。"翠珠有一种受人奉承的开心,但对张海舟确是不提防的:"嗳,你也得找个对象了。"

正这样说着,舞厅的所有灯忽然都熄灭了,而音乐还在响着。那是一首叫《无尽的爱》轻音乐,节奏很轻很柔。整个舞厅都好像浸泡在那种迷离的水波中。张海舟已紧紧地把自己搂在怀里,贴得那么紧,让她喘不过气来,她正要把他推开,他已在她白皙的脖子上很轻很轻地亲了一下。这让她的心剧烈地抖动起来。谁都没有这样亲过她,都没有这样突如其来地亲她的脖子,就是阿良也没有。阿良从不主动地亲她的。

灯很快又亮了起来,明明灭灭闪烁。翠珠挣脱了张海舟的手,走进包厢。她的心又惊慌又甜蜜,她真的没被男人这样很温柔地爱过,但她又不敢和这个小男人在一起。她要逃离张海舟,要离开包厢。可是小包被张海舟抓住了。这次张海舟更加放肆地搂住了她,一边在她脸上头发上狂吻,一边悄声说:"我喜欢你,我就找你做对象。"

翠珠瘫痪在沙发上,这一瞬间,她的意识全模糊了,任凭这个男人急切地说爱她,同时亲她、摸她……

晚上,翠珠回到家。阿良和孩子已在吃饭。翠珠以为阿良会黑下脸,奇怪的是没有。

"我有话要跟你说。"阿良温和地说。

"我也有话要跟你说。"翠珠紧张地说。

32

阿良看着翠珠说:"我想打船。"这几天,他一直想和翠珠说这事,但怕她要和他吵架。父亲刚去世,心还很累。但今晚他实在忍不住了。要是翠珠不同意,只能吵架,要是一定不肯,就只能离婚散伙了。

翠珠舒了口气,紧绷的脸马上松懈下来。

从春花舞厅出来,她的心一直如狂乱的大海,浊浪翻腾。她从张海舟怀里挣脱出来,就匆匆跑出舞厅,叫了一辆出租车回了家。她担心自己所做的一切是不是让人看见了,让阿良知道了。她痛苦地认为自己正在堕落变成一个轻浮放荡的坏女人。同时,她又怨恨阿良对她不好,害得她和张海舟好上。

"我要到城里去买商品房,"翠珠自己也感到声音有些怪怪的,好像在发抖似的,"村里有不少人都搬到城里去了。"

"他们钱多啊,"阿良叹了口气,"他们都分到了船,这两年捕得好。"

"买小一点的商品房,钱还是够了,"翠珠说,"我算过了。家里的钱刚好。"

"那不行,"阿良表情拉下来了,声音粗粗的,"这点钱,要打船的。"

"真打船,这点钱也不够。"翠珠觉得自己今天没底气和阿良吵起来。要是以前,她是不会让阿良这么凶的。

"我正在想办法,和人家合起来造。"阿良说。

"反正,我要买房。"翠珠没有心情和阿良吵架,但又装出很生气的样子,走进房,重重地把门带上了。这是她和阿良吵架时,经常用的办法。她知道自己无法说服阿良。就像她迷上了跳舞,阿良迷上的是海、是船、是鱼。但是她不知道该如何办。今晚,她心里乱得像一团缠在一起的网,理不出一个头绪。她又想起舞厅关灯瞬间,张海舟在她脖子上的轻轻一吻,想起小张伸过来的手。她感到自己的脸像是被火在烤一样的。更要命的是痴呆儿子晨晨好像看破她心事一样,在屋外一声长、一声短,时轻时重地嚷道:"魂灵沉落了,船魂灵沉落了。"

"晨晨,别说了。"阿良把站在房子外的晨晨拉到饭桌边,侍候儿子吃好晚饭,安顿儿子睡觉。父亲去世前,翠珠生气走进房间,不做家务,收拾饭桌、洗碗,都是父亲做的。今晚,只能由他来做了。有一阵子,他呆坐在饭桌前,想一下把桌子掀了。那碗筷落地粉碎的声音肯定就像他愤怒的呼啸。但他最终还是站起来,把碗端到水斗下。他把水龙头开得很大,水"哗哗"冲着碗,纷纷扬扬地溅到他的袖管上。他洗得很慢。十多年前,他在船上做小伙计时,就这么洗的,气得老大拎起他的耳朵,把他拖到酷热的船板上晒太阳。

阿良把家务收拾完了,推了推房门。门并没有像过去那样倒扣上。

阿良放缓口气说:"翠珠,去吃饭吧。"

翠珠没有理他,仍然像过去那样把头全部埋进被子里。

阿良也不想看什么电视,脱掉衣服,钻进被子,关掉了灯。

翠珠马上把背转到一边。阿良也把背转到另一边。

翠珠想着阿良会转过身来,伸手把她的背揽到他的怀里。过去,她和阿良吵架生气时,阿良都是这样的。往往这时,她就会顺从地偎过去。她从来没有像今晚这样盼望着阿良这样做。但是,偏偏阿良这次没有这样做。

翠珠一动不动,在黑暗中把眼睛睁得大大的,不停地闪烁着一种她自己都不能说清楚的光。阿良不一会儿就睡过去了。翠珠却始终把眼睛睁得大大的。这一夜在她看来是特别地长。从沙滩上传来的潮声,低沉沉地轰响着,就像要把她淹没似的。枕头上越来越湿,那是她止不住的泪水。第二天清晨,翠珠在照镜子时,发现眼圈都发青发黑了。她赶紧扑了一些化妆粉。

中午,翠珠正在犹豫要不要去舞厅时,放在小包里的中文传呼机叫了。那是昨天跳舞前,张海舟送给她的,说是找她时方便些。翠珠拿出一看:"老地方等你。"

阿良已带着晨晨去捕沙蛤了。翠珠站在院子里,望着沙滩方向。这一刻,她竟有点盼阿良和儿子突然回来,不让她离开。可是,她不知等了多少时间,阿良和儿子始终没有出现。

传呼机再次响了起来。翠珠没有去看它。她掏出包里的口红和镜子,把嘴唇涂得又浓又红。

临走时,翠珠见晾杆上晒着儿子的衣服,就收起来,放进屋里。她恋恋不舍地望了一眼家,走了出去。

这一夜,翠珠没有回来。从此以后,翠珠没有活着再回来。

33

翠珠吃晚饭没回来。

翠珠到半夜没回来。

翠珠天亮了,还是没回来。

阿良一觉醒来,有点心慌。以前翠珠打麻将是整夜的,但天一亮准回家。跳舞虽然回来晚,但从没有不回家的。

阿良把儿子托付给阿狗阿妈,去渔都乡附近的舞厅寻找翠珠。舞厅老板们都告诉他,翠珠早不在他们这里跳了。她已经到县城里的高档舞厅跳了。

怪不得她要到城里去买商品房。阿良有些愤懑,他绝对不会答应她的。他甚至不想找她了。但他又怕她出什么事,就叫了一辆出租车直奔县城。

阿良在东山渔港街的舞厅一个一个地找。舞厅的老板和小姐都说没有看见过这样的女人。看见春花舞厅的招牌,阿良几乎是不想进去了。就在他转身要离开时,翠珠和一个高个子瘦男人从楼梯上下来了。

"翠珠。"阿良又气恼又宽慰地叫道。

翠珠吃惊地望着阿良。这个时候,她最不想见的人就是他。可他偏偏出现在她眼前。

"我都找你一天一夜了。"阿良瞟了一眼翠珠身边的男人。

"找我干什么?"翠珠冷漠地说。你为什么不早点来找?现在找到还有什么用?我都是人家的人了,不再是你的人了。反正你也不要我的,你心中只有珊珊。

"回家吧,翠珠。"阿良伸手来拉翠珠。

翠珠甩开了他的手:"你打你的船去。"

"你……"阿良感到翠珠身边的男人始终似笑非笑地看着他们争吵。

"不到城里买房,我是不会回鱼盆岙破家的。"翠珠边说边很快地瞟了张海舟一眼。这是昨晚在张海舟暂住处两人躺在床上,张海舟给她出的主意。她当时顾虑重重,要是我老公真的和我离婚,那我咋办?那我和你结婚。小张捧住她的脸,要吻她。她把脸扭过一边说,我是老太婆了呀,你别开玩笑。我是真话,骗你就不得好死。小张搂住她说,碰滩横头死。她一阵激动,主动用吻堵住了他的嘴。她真的喜欢这个弟弟一样的男人。他真心爱她。他的情话那么甜蜜,絮絮叨叨地在她耳边响个不停,刺激她浑身不由自主地发热酥麻。他的动作那么细腻,轻轻柔柔地触碰她的嘴唇、她的耳朵、她的胸脯,让她情不自禁地搂住他的脖子。他与她做爱的花样那么层出不穷,总是在她快要沉沦时,又把她带到更加飘飘欲仙的境地,让她欲罢不能,这是她和阿良在一起时,从来都没有过的。她舒服地大叫着,把双腿紧紧缠住张海舟的腰,好老公、好老公地大叫着。她过去的日子真是白过了。阿良从来没有这样把她当心肝宝贝过。阿良从来没有爱过她,从来没有。

"翠珠,你先让我打船,"阿良按捺住心头的火焰,"有了钱,我们再到城里来买房。"

"那等你在城里有了房,再来叫我吧。"翠珠一字一顿地说。

阳光非常灿烂。大街上的人不时地看他们一眼。渔港边上的几条渔船正在起锚,机舱里传出轰鸣声,慢慢地离开码头。这是一个很好的出海日子。他却居然羞辱地待在这里。阿良感到血一阵阵地往上涌。他不由自主地捏紧拳头,向前跨上一步。

"你打呀,"翠珠挑衅地迎了上去说,"你打呀。"说真的,她真的希望阿良打她。打她,说明阿良还在乎她。打她,她就和他两清了,她找到了离开他的理由。阿良越是温和,越让她心里难受。至于张海舟会不会帮她,她连想也没有想过。她这样说,绝不是因为身边有了新的男人壮了胆。

"你会后悔的。"阿良悲怆地叫了声,退了下来。这张网彻底破了,一个很大很大的洞。他眼看着无数条鱼狂笑着争先恐后地消失在黑暗的大海里。阿良转身走了。

翠珠眼看着远去的阿良越来越小。这是一个她曾经爱过、恨过、怨过、怒过、骂过的男人。在他彻底消失的时候,她的眼泪不由自主地流了下来。

张海舟小声地劝她:"不要哭、不要哭。有人正看着呢。"

翠珠猛地扑在张海舟的怀里,放声大哭起来。

又过了几天。翠珠爸到阿良家要领晨晨回家。阿良冷冷地拒绝了:"叫翠珠自己来领。"

"阿良,你顾不过来的。你出海去,孩子咋办?"翠珠爸怜悯地看着头发蓬乱、无精打采的阿良。翠珠已经把一切都告诉他了。翠珠说,她想孩子,要她把孩子去领来。翠珠父亲以为他们两夫妻吵架后,还是会和好的。但他没想到阿良这次态度这么冷淡。

"阿伯,你回去吧,"阿良说,"告诉翠珠,我会把孩子照顾得好好的。她什么时候想回来就回来。"

阿良还是不想和翠珠离婚。他还是想着翠珠回来。

34

"阿爸捕鱼去。阿爸捕鱼去。"晨晨在阿良要出门时,缠住了他。一个个魂灵沉落了。外婆的纸魂灵、爷爷的螺魂灵。妈妈的糖魂灵。红帆船开过来又开出去。海面上一艘艘的红帆船。阿爸的脸是白月亮。我要外婆。从蟹洞钻进去,和小蟹小虾一起睡觉,醒来就是外婆家。唉,魂灵沉落了,船魂灵沉落了。晨晨听到了外婆的声音,把阿良的大腿当作了外婆的身子。

"不要烦我。"阿良心正烦着,他今天和阿狗约好,要去隔壁村的一家个体船厂,商量能不能欠一半钱,先把船打起来。打船的事始终没有着落,翠珠又离家不归。他一把推开儿子。儿子冷不防跌倒在地上。一地水晃晃的魂灵。晨晨在魂灵上面漂浮着,突然所有魂灵沉落了,一只红帆船向他冲来。晨晨这时感到火辣辣的痛,就哑哑地大哭起来。

这一幕恰好被路过阿良家、准备去网厂的珊珊看见了。珊珊已经听村里的一些织网的妇女说,翠珠跳舞迷上了一个小男人,私奔到县城里,不要阿良了。珊珊一听这消息,心里猛地一沉。那阿良咋办呢?说实话,她早已后悔对赵明龙所说的话。不管如何,阿良要入股分船没有错,自己不应这样捉弄他。她一直想鼓起勇气与赵明龙再说一下,让他帮阿良能弄到船。她很清楚阿良,对阿良这样的捕鱼人来说,船是一切。没有船或者在人家船上做雇工,那就如一株被人拔起的草插在沙滩上,没有活气。

珊珊想走进院子,又怕阿良有什么想法,正犹豫着,阿良抬起头看见了她。那种无奈的眼神让珊珊不再迟疑跨进院子,她抱起阿良的儿子:

"听阿姨的话,不哭不哭。"

晨晨哭得更凶:"船魂灵沉落了。"

阿妈的魂灵来了。晨晨把珊珊当作了翠珠,珊珊的身子震了震,"爸爸最疼晨晨了。"

"爸爸不肯捕鱼,"晨晨仍然哭着说,"爸爸不要捕鱼。"

珊珊听不明白,看了看阿良。

阿良有些不好意思:"他要我做捕鱼的游戏,我没工夫陪他玩。"

"阿姨和你做织网的游戏。"珊珊把晨晨放下来,擦掉他的眼泪。

"珊珊,你还是去上班吧,"阿良说,"我陪他玩。"

"心里烦,不要拿孩子出气,他什么都不知道。"珊珊怜悯地拉着晨晨的手,拍了拍又放下了。

珊珊透明的眼神,让阿良百感交集。他伤害过珊珊,但珊珊却开始不再记恨他。阿良目送珊珊离开院子。

晚上,阿良和阿狗从个体船厂回来。阿狗从另外一条路回家了。船厂老板很客气,陪他们到造船现场看了一遍,然后说,阿良,我是不欠钱,都来不及造啊。阿良知道他在推托。船的事这么难,让他心里更烦,他想在沙滩上待一会儿。

月亮浮在宁静的海面上,就像是一个轻轻的白梦。海的深处闪烁着朦胧的灯火。那是很久很久以前的事了。阿良第一次学会开船,和海生、珊珊坐在沙滩上看这灯火。珊珊说阿良哥,我们能不能到那个亮着灯光的地方去。阿良说行啊,只要你们游到停在海中的机帆船边。珊珊和海生还真的游到了船边。当然阿良的速度比他们快,他蹿上船,把他们两个人拉进船里。阿良发动了马达,船轰鸣着向那灯火开去。也不知开了多久,这灯火始终是朦胧地闪烁着。眼看柴油快完了,阿良心慌了,赶紧往回开。

阿良已经走到古碉堡门口了。那是一个永远无法靠近的地方。就是现在,他还是没有靠近过。他叹了口气。也不知那是暗礁的灯塔呢,还是巨轮上的灯光。

虽然海上没有浪,因为沙滩两面是山,口子很小,因而还是有浪头一波一波地打上来。在夜里浪涌起时只露出一条微微的白线,当它刚碰到沙滩时就发出尖尖的吼叫,但爬到沙滩的最上面时,声音就变得丝丝响。前后声音一高一低,交叉起伏,最终就显得既雄浑又低沉。阿良脱掉鞋子,拎在手里。春天的海水特别地冷,阿良一直这样往下走,潮水快要冲到膝下了。

"喂,海里是谁?"这声音,阿良非常熟悉。

"是我。"阿良应道。他听出来了,是珊珊。

"你不要吓我。"珊珊的声音在发抖。

"你以会我会自杀啊。"阿良笑了笑,开始往上走。

"做啥去?"阿良问珊珊。

"我常来这里坐一会儿,"珊珊说,"想想画上的东西。"

"海生好吗?"

"好,"珊珊说,"你的船有着落了?"

阿良摇了摇头。

"我早就想过来,帮帮你。你阿爸去世的时候,"珊珊幽幽地说,"可是你叫帮忙的人不要到我家来借桌子。"

"我是不好意思。"阿良被珊珊说得低下了头。

"船的事,我帮你。"珊珊说。

"你?"阿良抬起头。

珊珊目光如月亮那样透明和纯净。那是阿良以为再也永远无法靠近的地方。

35

"不相信?"珊珊心情难得有今晚这样轻松。下午,她已和赵明龙约好,今晚在海上花园茶室再见一次面。

在夜里,阿良看不太清珊珊的表情,但他想珊珊的嘴角肯定浮出他非常熟悉的迷离的微笑:"你有办法?"

"晚上,我会打电话告诉你的,"珊珊说,"我要去网厂了。"

"去网厂的路暗,一个人没事吧?"

"没事。你快回家。晨晨还在阿狗家呢。"珊珊说完,就急匆匆走了。

阿良望着她的背影,想不出珊珊有什么办法。他轻轻地摇了摇头,但心情比过去要好了许多。

珊珊赶到海上花园茶室。赵明龙已等候多时了。

"不好意思,让你等久了。"珊珊笑了笑说。菊花茶都有些凉了。

珊珊的笑这么清丽,赵明龙看得有些发愣。和珊珊见面,让他既害怕,又喜悦:"没关系,晚上也没事。今晚,我买的票贵一些,船要开动,作环岛游。"

"那要两小时呀,"珊珊有点急,"现在都八点多了。"

"我们可以在半路上岸的,"赵明龙说,"反正你在家也没事。"

"海生的事办得怎么样了?"珊珊在倒水的服务员走后说。海生想早点出来。她去看海生时,海生告诉她,明龙书记正在帮他办假释的事。

"我正在通过我侄子找关系,"赵明龙说,"这事要慢慢来,不能急。你去看海生时,劝劝他不要急。"

"我会跟他说的,"珊珊说,"今天,我还想跟你说一件事。"

"什么事?"

"阿良要船的事。"珊珊理了理头发。

"海上花园"游船已经起航了。赵明龙拉开窗帘,回过头说:"这事不是按你说的做了吗?"

从圆形的船窗望出去,对岸灯火如河。游船移动着,岸上的大排档、楼房也好像在缓缓地流着。珊珊把目光从岸上收回来,专注地盯着菊花茶杯。菊花在水里泡得很透,透明而舒展。

"我的想法有点变了,"珊珊缓缓地说,"我觉得你当经理的应当帮帮阿良。"

"你这是什么意思?"赵明龙不明白。

游船驶出渔港,速度快了起来。天暗了,岸上的景物很不真切地跳跃而过。

"我是想让你帮他。"珊珊说。

赵明龙感到珊珊不可思议。以前是她叫他为难阿良的,现在她反过来帮阿良说好话:"你要知道为了按你说的,我差点让他打了。"

"那是以前,现在你要帮他。"珊珊说。

赵明龙有点暧昧地盯着珊珊。外面漆黑一片。只有远处有零碎的灯火在闪烁,那可能是过东山县城了。船舱里的灯光很幽暗,很容易引发胡想。赵明龙有点嬉皮笑脸:"海生不在,你是不是喜欢上这个坏东西了?什么样的男人不好找,你要是寂寞,要是喜欢男人,我……"

赵明龙还要说下去,珊珊猛地一拍桌子:"你在胡说些什么?"

桌子上的两杯茶同时翻倒了。茶叶和菊花叶洒在桌子上顺着水往下流。

"这不会是海生的意思吧?"赵明龙冷冷地说。

"不管是谁的意思,从现在起,你就不要为难他了。你还要帮他。"珊珊咬住嘴说。她的脸是白的。

"要是我不呢?"赵明龙戏弄地看着珊珊。

"我告诉你,"珊珊说,"海生说了,有什么事只管找你。"

"你想诈我啊,"赵明龙有点不甘心,"我和海生过去是朋友不错。可现在他在牢里。你要做的事,也未必是他要我做的。"

"你听不听无所谓,不过,海生告诉我,我家里有你的东西。"珊珊淡淡地说。

"什么东西?"

"我不知道。"珊珊真的不知道。她追问过海生好几次,海生都不肯说是什么东西,放在什么地方。只是说,明龙书记不肯替你办事,你这样说就可以了。

赵明龙的神情一下子变得颓丧起来。珊珊不可能不知道。海生这小子不知跟这个女人说了一些什么。赵明龙最担心的是海生可能没有处理掉公司的账,而是把它放到家里了。如果真是这样的话,那等于在他脖子上套了根绳索,他们夫妻俩随时随地都可以在他不听话时,抽一抽。只是恐怕张海生也没想到被精明的珊珊利用,来帮他和海生的共同敌人阿良这臭小子了。

游船已经来到了鱼盆峇海面。可以看见鱼盆峇山顶那座标志性的灯塔了。灯塔的光线特别地明亮,一柱一柱射向茫茫海面。

"我要回家了。"珊珊知道游船要在这里的码头靠一下,让客人在沙滩上散一会儿步。

"那好吧,"赵明龙说,"明后天,你叫阿良来找我。"

"谢谢赵书记。"珊珊灿烂一笑。阿良还在等她的电话呐。她想快点回家。

赵明龙却一点也笑不起来。

36

珊珊一到家,就给阿良打电话:"阿良哥,船的事办好了。你明天就去找赵明龙书记。他会帮你的。"

"是真的?珊珊,我都去求过他好几次了。他不肯,"阿良不相信,"他不会帮的。"

"你去找他,"珊珊的语气有点怪,"这次他一定肯的。"珊珊难以开口说是自己曾经要赵明龙书记为难他。

"我想知道为啥他会肯。"

珊珊说:"阿良哥,相信我。我找过他了。"

"那太谢谢你了。"阿良说。

"谢什么呀,"珊珊忽然带着哭音说,"你没船,是我不好。是我们不好。"

"珊珊,你怎么了?"阿良说,"那不怪你的,怪我自己,是我不好,对不起你们。"

"我没什么,真没什么,我很高兴,"珊珊的声音平静下来,"你明天就去找赵明龙书记。我把电话放了。"

阿良放下电话,又高兴又有点将信将疑。珊珊凭什么让赵明龙听她呢?

第二天一大早,阿良就来到了乡政府。赵明龙到得比他还早。今天,黄副县长要到渔都乡来检查指导工作。赵明龙要阿良先在乡渔办等一会儿,待黄副县长走后,他再跟阿良说船的事。赵明龙的态度比前一次好得多。阿良确实惊奇珊珊的本事。渔办的人都到会场准备向黄副县长的汇报会去了。阿良就站在贴在墙上的东山渔场台风路径图前,细细地看了起来。

不一会儿,一辆桑塔纳轿车开了进来。从车上跳下黄副县长和他的秘书小陈。早已等候在院子外的赵明龙陪着黄副县长朝二楼会议室走去。

阿良熟悉黄副县长,本来也想走出来,但转念一想,自己是坐过牢的人,是没脸见黄副县长的。于是,就没走出屋子。倒是黄副县长见渔办还有一个人没有出来看看他,让他感到有点奇怪。黄副县长并不是因有人不把他放在眼里而生气,而是在乡机关居然有干部不为他所动而感到难得。他最讨厌一大群人不干自己的事,领导一来,就有事没事团团围着上级领导转。

赵明龙在黄副县长坐定后,开始汇报上半年渔业生产情况。他报了一连串渔业产值、产量、渔民收入、船只等数字。

黄副县长打断了他的汇报:"你说一下,你们打船情况。"

"打船的情况,我们具体还不太清楚。总的来说,势头很好,新办了几个船厂。"赵明龙说。

黄副县长听完赵明龙的汇报后说:"渔都乡近两年来,通过转制渔业生产形势比过去明显好转,渔民的生产积极性大大提高。乡党委、政府做了不少工作,应当肯定。不过,在大好形势下,我们要保持清醒的头脑。最近,我在你们的不少渔村和船厂走了走,有个问题请大家注意。现在外地打钢质渔船的势头很强劲。从我县和外地的情况,钢质渔船的生产能力、安全性大大强于木质渔船。可是我听了你们乡的情况看,到现在为止,打的还都是木质渔船。全乡没有几只钢质渔船。同志们,现在是什么年代了?是二十世纪的九十年代了。我们用木质渔船已经用了几千年了,再打木质渔船实在是说不过去的。县委、县政府对打钢质渔船非常重视。请乡党委、政府积极引导渔民打钢质渔船,不要再打木质渔船了。"

明龙说:"现在渔民也有这方面的积极性,就是资本积累少,一下子还打不起。"

黄副县长说:"这个,我们可以协调信用社嘛。现在,从实际情况看,渔民还贷积极性是很高的。转制以后,船分给了渔民,我了解到渔民有了钱,首先就是还农行、还信用社的钱。"

"我们一定按照黄副县长说的去做。"赵明龙说。

"我希望下次到你们乡里来,在码头里能看到钢质渔船。"黄副县长离开时,叮嘱赵明龙。

"黄副县长,中饭在我们这里吃吧,"赵明龙说,"就在食堂里吃。"

"不了,"黄副县长说,"我们还要去一个乡。"黄副县长从不在本岛的乡镇吃饭。

黄副县长的车一离开,赵明龙转身就看见了阿良。他热情地把阿良请进办公室,对阿良说:"你不是要船吗?打只钢质渔船如何?"

"赵书记,我连打木质渔船都没办法啊。"阿良也知道钢质渔船要比木质渔船好。去年他给人家做雇工,一段时间就在一只钢质渔船上。

"阿良,你想想,如果县里、乡里给你些补贴,信用社贷些钱,你自己也和其他渔民集资,合股打只钢质渔船行不行?"明龙问。

37

阿良回到家,就把赵明龙要他打钢质渔船的事,打电话告诉了珊珊,感谢她对他的帮助。

"这要好多钱呀。"珊珊说。

"你说打不打?"阿良说,"我自己也吃不准。"

"阿良哥,船的事,你是最内行的。我一点都不懂,"珊珊说,"你要打,我一些私房钱可以借给你。"

"那不用了,"阿良说,"我找胡指挥商量一下,再说打不打。"

阿良放下电话,去沙滩找胡指挥。胡指挥正和几个老人在沙滩海面用围网围鱼。

正是晚春时节,鱼盆岙海面由浑黄变得清蓝起来。几只海鸥正悠闲地在海空上盘旋,有时会突然向海面俯冲下来,嘴扎进海里,迅速地又向上腾起来,这时喙里往往含着一条身子还在挣扎的鱼,而水花淅淅沥沥地洒下来。

胡指挥抱着一条毛竹竿站在海中,海水齐到半腰中。另外几个老人,拖着围网"嗳哟嗳哟"叫着,朝胡指挥方向围拢。由于网柱头是紧贴海面的,这样鱼就被围在网里面了,当一个圆圈围成,几个人就把网往岸上拖。阿良走近一看,不少鱼正在网里"噼噼吧吧"地窜着,有小黄鱼、白果仔鱼、刀鱼、虎头鱼等。

"师傅,天气冷啊。"阿良在他们上来时说。

"还好,我们都穿了雨裤,"胡指挥把毛竹竿交给另一人,关切地看着阿良,"还好吧?"

"好。"

"翠珠,还是没回来?"

"没。"

"那你打算咋办?"

"师傅,我打钢质渔船,你看行不行?"阿良把话题扯到正事上,他不想多说翠珠的事。

"好是好的,"胡指挥说,"现在的资源越来越少了。你看,以前,我们这沙滩用围网捕,能捕很多鱼的,可现在少多了。鱼在越来越远的地方。都到东山外海渔场去了。非得造大船,闯外海。木质船当然没有钢质船好。只是钱的事,你咋办?"

"我找过赵明龙书记,他说县里、乡里号召打钢质渔船,还有补贴,"阿良说,"你说打不打?"

"和你拼的人多不多?"胡指挥眯了眯眼说。

"不多。就阿狗他们几个。"阿良说。

"可惜我老了,要不我也来拼一股。阿良,你晚上到我家来,把我的几块退休养老钱都拿去,"胡指挥说,"师傅一点点心意。"

"不了,不了,"阿良慌忙摆手,"那是你的养老钱,不能动。"

"你看,我不是还在做围网嘛。赚点养老钱是有了,"胡指挥说,"我也没什么好办法帮你。你阿爸去世了。我就像你阿爸一样。有啥事,你找我。"

"师傅……"阿良有些哽咽,"你的钱不能动的,我想把房子抵押去信用社贷款。"

"这事,你总得跟翠珠说一下啊,"胡指挥提醒他,"离婚,她也有一份的。"

"我找不到她,"阿良说,"也不想找她。"

"孩子,我们做人总要仁至义尽,"胡指挥劝解道,"宁可人负我,不可我负人。"

"那好吧,"阿良说,"我下午去他娘家找找看。"

翠珠爸看到阿良来,很是高兴:"阿良,你不把孩子带来呀?晨晨想不想外公?"

"想。他老是想外公。"

"那你做啥不带来?"

"下次吧。"阿良问:"翠珠呢?"

翠珠爸不作声,过了一会儿,竟流泪了:"阿良,翠珠对不起你。"

"她不在这儿?"阿良知道翠珠肯定不在这儿,但他还是不愿相信她不在这儿。

翠珠爸无法回答阿良。翠珠自从那天要他到阿良家抱孩子回来后,再也没有来过。现在全村的人都知道翠珠从阿良家出走了,和一个比她年轻得多的男人在一起。他没有想到过去一个这么听话、淳朴的渔家姑娘竟会变成这样。世道在变,还是女儿在变,他实在弄不清楚。真是家门不幸啊。

"阿伯,"阿良说,"你告诉她,我要用房子作抵押,打船去。她要是不愿,我给她一笔钱。"

"你只管去打船,"翠珠爸说,"不用管她。"

"那我走了?"阿良说,"你注意身体。"

"吃了饭,再走吧?"翠珠爸企盼地望着阿良。

阿良摇了摇头,这饭让他如何吃得下去。翠珠给他戴了一顶捕鱼人最愤慨的绿帽子。

38

阿良打定主意要打一艘吨位小一点的钢质渔船。但即便如此,资金还是有缺口。他正犹豫着要不要跟珊珊说这事,赵明龙派人把他叫到了公司里。

老实说,赵明龙看见阿良就厌烦,但是他怕珊珊,同时黄副县长又在抓打钢质渔船,需要老大带头起示范作用,他也要利用一下阿良。因此,见到阿良他表面上装出十分客气的样子:"阿良,我们乡里、公司里全力支持你。资金的事,我打电话给信用社主任。你现在就去找他。"

"谢谢。"阿良礼貌地说了声,就出来了。他很奇怪赵明龙的态度为何与过去大不一样。

阿良来到乡信用社。主任办公室装修得非常豪华。一张宽大的老板桌摆放在屋子中央,桌上放着一台电脑。阿良以为是电视机。桌子旁边是几盆阿良说不上名字的热带植物。

阿良把来意与端坐在老板桌上的主任说了。

主任让他在沙发上坐。

主任问了他姓名和要求后,便什么都不说,只顾自己看文件夹里的文件。

阿良从来没和信用社主任有过任何联系,有些局促不安。但他没有开口,只是坐着。他早就打听过了,现在贷款是非常难的。但既然赵明龙书记叫他来,他就来试试。

过了很久,主任见他不作声,倒忍不住开口了:"你的事,明龙书记已经打来过电话了。你家的房子有没有房产证?"

阿良说："有的。"

"你这房产证没有用的，"主任说，"要城市房子的房产证才能办抵押贷款。"

"你是说不能借了？"阿良站了起来，本来他就有点不太相信赵明龙。阿良忽然想起有人曾到他家来问过，房子卖不卖？干脆把房子卖掉算了。这样，船钱差不多也够了。

"我们再商量商量吧。"主任埋首又看起文件来。

阿良马上告辞走了。

阿良联系买主要卖房的事，马上在村子传开了。鱼盆岙村有沙滩、有灯塔、有风景，还有古船址。这古船址就在沙滩旁边，是新近发现的。那天古船出土时，阿良也去看了。黄副县长都来了，阿良听黄副县长的秘书小陈说，这古船有几千年的历史了。黄副县长说，完全可以像人家挪威、瑞典那样，造一个博物馆，让游客来参观。一些投资意识强烈的城里人已把一些搬到城里的旧楼房买下了。

珊珊在网厂听人说起阿良卖房这件事，很是震惊。她是很少去阿良家的，这天傍晚下班时，她拐进了阿良家。

"阿良哥，你要卖房？"珊珊气恼地责备道。

"是。"阿良平静地说。

"卖掉房，你住什么地方去？"珊珊更加不高兴。

"我住船上。"阿良看珊珊急的，陡然生出逗她的轻松心情。

珊珊大叫起来："你乱来。你儿子晨晨怎么办，拢洋回来，你也住在船上？你想船想疯了？"

阿良看她当真了，就轻轻说："你不要担心，晨晨，阿狗妈养着。我可以租人家的空房子。"

"那也不行，"珊珊说，"你不能乱来。我就去找赵明龙书记。"

"不要找他了，"阿良说，"我再也不想找他们这些当官的了。"

"于阿良，你卖掉房的话，我永远不理你。"珊珊咬着嘴唇，紧盯着阿良。刹那间，阿良的心像被一阵白浪打过似的强烈震颤起来。他竟有些呆呆的,思绪一片空白。

晨晨从屋里走出来。"两个魂灵在打架。船魂灵沉落了。"晨晨哭了起来,"红帆船在骂阿爸。阿妈坐红帆船走了。"

珊珊听明白了晨晨的话,把晨晨抱了起来:"没有。船魂灵还在。"说着说着,竟要哭出声来。

"珊珊,孩子乱说。你不要生气。"阿良讷讷地说着,把儿子从珊珊怀里抱过来,放在地上,低下头,哄道:"宝宝听话,阿爸和阿姨说话,你快去吃饭,吃好饭,阿爸和你一起去捕鱼。"

晨晨止住哭,拍着小手:"阿爸捕鱼去、捕鱼去。"

过了好一会儿,阿良听见珊珊幽幽的声音:"阿良哥,我要马上找赵明龙。过几天,海生就要出来了。"

等阿良回过头,珊珊已急匆匆走了。

海生就要出来了?阿良替珊珊高兴。只是不知道海生回来后会不会对珊珊好些?

月亮早已经从海平面升起,满院子都浮动着这种迷离的光影。月光浇在珊珊的后背,把她的影子拖得绵长又渐渐朦胧,直至消隐。

珊珊是阿良心海里一束永远不会消失的月光。只是赵明龙、海生和他打船贷款有什么关系呢?阿良弄不清楚。

39

珊珊竟找到家里来了,这让赵明龙吃惊。他连忙让珊珊坐。

珊珊把两瓶茅台酒放在沙发一个角落,打量了一下客厅。房屋四角的立柱像火箭模型,屋顶则被装饰成一架飞机。这让珊珊有些错愕。这房子装修风格怪异得像思维跳跃夸张变态的渔民画一样,她不能理解赵明龙从中寄托着什么样的欲望。

"珊珊,你这么客气做啥?"赵明龙试探性地指了指茅台酒。

"海生很快可以出来了,"珊珊含笑说,"这全靠你。"

"这是应该的,我们是老朋友嘛,"赵明龙说,"你不是说要来谢我吧?"

"阿良贷款的事是咋回事?"珊珊也不跟他兜圈子了。

"没有贷成?"赵明龙问。

"很难是不是?"珊珊逼问一句。

"这样吧,"赵明龙说,"我也不清楚信用社主任的意思。明天早晨,我把他叫来问一问。"

"我听说,贷款是要给好处的,"珊珊习惯性地理了理头发,"我想阿良也不是不清楚。比民间借债高,谁也受不了。"

"包在我身上,"赵明龙听了珊珊的话,口气明显热情起来,"我一定叫他贷。"

"那好,"珊珊舒了口气,"海生回家那天,请赵书记赏个脸,再到我家来尝尝我的手艺。"

"我看还是我来安排吧。"赵明龙说。

"海生是从牢里出来的,"珊珊正色地说,"我看你不要出面了。就到我家来吃。这是为你也为海生好。"

赵明龙连连称是,心里暗叫,这女人看似温软,实际上精明着哪。他要在海生出来后,提醒海生提防这个女人。

珊珊要走时,赵明龙硬是要她把茅台酒拿回去,说是海生来的那天喝。珊珊也不和他客气,接过酒走了。

珊珊走后,赵明龙马上打电话给信用社主任:"怎么,我托你的事,你不给办啊?是不是你不是我们乡里管的,可以不买账?是不是嫌他没暗示你意思意思?"

对方的声音明显有些尴尬:"哪里哪里,你书记交代的,我给不办?我还要不要在渔都乡混了?"

"你小子别给我打哈哈,我告诉你,这可是黄副县长的政绩工程,你要是耍滑头,想要意思意思,我看你等着去大王山岛。"赵明龙和信用社主任是哥们,什么话都可以说。

"书记啊,这人是你的什么人?要你这么卖力?他的房子是农村房子不能抵押的。确实不好办啊。"

"这人是我们乡打钢质渔船要树的典型,和我没亲没戚的,给不给面子,你看着办,"赵明龙不高兴了,"至于他的房子有没有价值,我想你不会不知道鱼盆岙村开发旅游大有前途吧?"

"那好,既然书记你这么说了,我们遵命。"

赵明龙放下电话,露出了笑容。他想了想,给黄副县长打电话,把乡里支持阿良打钢质渔船的事,如何协调解决资金的事详细汇报了一遍。

黄副县长在电话里,高兴地说:"好。好。明龙,我们的工作就应该这样抓。"这还是明龙第一次听到黄副县长这样表扬他。

第二天,阿良看到一辆轿车停在门口。他赶紧走了出去。车门开了,竟是赵明龙书记。

"阿良,我把你的事给办了。"赵明龙拍着阿良的肩膀说。

阿良把赵明龙让进院里。

"这地方好啊,"赵明龙看到沙滩和码头一览无余,由衷地赞美,"空气都是甜的。"

"哪里,没有城里好。"阿良想起了翠珠要到城里买房的事。

"阿良,"赵明龙压低声音说,"我费了很大工夫,总算让信用社主任答应贷款给你。你清楚现在办事难啊。"

"珊珊已给我说了,"阿良说,"我想意思意思。"

"那好。现在要贷款都这样,"赵明龙说,"你也不要给的太多。意思意思就可以了。"

"我也不太认识他,"阿良说,"还是书记帮我送吧。"阿良从屋子里拿出一叠钱。

"这不行、这不行,要送,你自己送。"赵明龙连连摆手。

"我真的不认识他,"阿良真心实意地说,"我相信赵书记。你就帮我一次忙吧。"

赵明龙这才把钱接了:"我只负责转交啊。"

阿良心里也有几分担忧,万一他不转交呢?胡指挥说他的绰号是"拔毛",不给好处不办事,不过转念一想,反正,也不管转不转交了,他只要能贷到款就行。

赵明龙离开时,阿良替他拉开车门,高声说:"赵书记,谢谢你。"这话阿良是说给司机听的。他要让司机明白赵明龙书记来找过他这个人。

40

"我自由了。"海生走出东山监狱,高喊着奔向前来迎接的珊珊。他抱住珊珊,也不顾周围有人,贪婪地在珊珊的脸上乱吻。

珊珊满脸羞红,挣脱出来,小声说:"你也不看看这是什么地方。"

"我高兴。"海生在珊珊接过他的东西时说。

"走吧。"珊珊牵着海生的手,朝车站走去。

"这次全靠明龙书记,"海生沉浸在出狱的兴奋之中,"要不还要待上几年。这哪里是人待的地方啊。"海生是通过各种关系以得了乙肝传染病的名义假释出狱的。

"我已经跟他说好了,"珊珊说,"晚上请他到我们家来吃饭。"

"他不是说由他安排在海上花园吃吗?"海生显得不高兴。往日的岁月纷至沓来,他是多么想重温过去那种灯红酒绿的生活场面扫掉他坐牢的晦气。

"你是不是要叫人家放鞭炮庆贺你出来?"珊珊也不开心了,"你还是老实些好,少给人家增加麻烦,也不要给自己增加麻烦。"

"那好吧,家里吃就家里吃,"海生看了看珊珊,情绪又亢奋起来,"老婆越来越漂亮了。"

珊珊白了他一眼。

突然,海生似乎想起什么,向四周看了看。

"走吧。"珊珊急着要回家,她还得准备晚餐。

"走吧。"海生的情绪一下子显得落寞。

珊珊永远不会想到在车站的一个角落,有一双眼睛死死地盯着海生。那是小妮的眼睛。她看到海生和珊珊又说又笑地走了,脸色由红转白,泪水慢慢地从捂着的指缝中渗了出来。

晚上,珊珊把小楼里所有的灯都打开了。自从海生离开家后,她还是第一次这样做。

海生听见赵明龙的车来,急忙奔出来,和赵明龙紧紧地拥抱在一起:"大哥,我这辈子要为你上刀山下火海。"

赵明龙拍了拍他的背:"回来就好。回来就好。"心里却想,你张海生也不要这么说了。你用绳子勒着我啊。不过,我也不是省油的灯。今晚就有你们两夫妻的好看。

珊珊听到赵明龙的声音,从厨房走了出来,热情地说:"赵书记,快坐,我都准备好了。"

"不急,不急,"赵明龙似笑非笑说,"今晚,我还给你们请来了一位客人。"

"谁?快请他进来。"珊珊忙说。

"珊珊姐,你好。"当小妮走进屋子,笑容可掬地向珊珊问好时,珊珊感到自己像被晴天雷打了似的,要昏倒了。

"张经理,你好。"小妮静静地看着海生说。

"你好。"海生的表情显得生动起来,他似乎一点不感到意外。其实,小妮早就和他有联系,而且曾几次到监狱去看过他,小妮还说过在他出狱这天,去接他。只是这一切,珊珊都不知道罢了。

珊珊脸色惨白,目光呆呆,不知道该说什么,做什么。小妮扶住珊珊似乎宽慰她似的说:"我今天刚到东山县,去找明龙书记。明龙书记告诉我,张经理今天出来,我想无论如何,要来看看张经理,也不枉我们曾经同事一场。"

同事一场?你们是夫妻一场啊。珊珊什么都不说,朝厨房走去。她听见赵明龙在说:"我最喜欢吃珊珊的菜了。"

珊珊的神志慢慢地恢复过来,她想哭、想骂,结果却什么都没表露出来,只是机械地烧菜、端菜。

这顿饭吃得非常沉闷。只有赵明龙和小妮又说又笑。

海生和赵明龙干了一杯酒后说:"大哥,我的工作,你有所考虑了吧?"

赵明龙干脆地说:"这事我早就放在心上了,公司的船厂,你承包吧。"

小妮冲海生端起酒杯,一脸娇柔:"张经理,这杯酒我给你接风,还有个小小的请求,我在南方已辞职了,还是跟你干吧。"

珊珊本端着鸡煲出来,听了这话,一愣,砂锅掉到地上,满屋子全是鸡香。于是,他们几个都不再说话。珊珊默默地收拾起来,全扔进垃圾箱里,然后,她走进楼,关住了画室房门。

海生送走赵明龙和小妮后,推门进来。珊珊整张脸都是湿湿的泪。泪水滴在正在画的《马鲛鱼头》画布上,断了头的马鲛鱼变得像一块蓝礁石似的。海生俯下身,对珊珊说:"珊珊,我真的不知道她来。我没想到明龙书记会带她来。"

海生用手去擦珊珊的泪。珊珊打掉他的手,走出画室,冲进卧室,倒在床上咬住枕头。

海生脱掉衣服在珊珊身边躺了下来。珊珊一动不动。海生把手向珊珊胸部伸过去。他要珊珊。珊珊把他的手推开后,抽泣起来。

"我坐了这么多天的牢,"海生低沉地吼道,"你再这样,我就真的再找小妮去。"

珊珊坐了起来,冷冷地说:"你去、你去。"

41

赵明龙以最优惠的条件,把鱼盆岙渔都渔业公司的船厂承包给张海生。

船厂在鱼盆岙码头右侧,前面是一块不大的泥涂,后面是一座不高的小山坡。厂长办公室在二层楼东侧。海生坐在厂长办公室,可以一览无余地看到整个船厂工地。这是个作坊式的小船厂。现在除了几只老旧的木质机帆船在修理,新打的也只是一只吨位不大的木质机帆船。

张海生看着眼前的景象很是感慨。想当初他做经理时,是不会到这家船厂来走走的。产值、投入、利润都太小儿科了,纯粹是为了安排几个劳力。现在,他竟然要以此为生了。

正是深秋季节,远处的小山坡上长着一两株孤零零的杉树,树下拴着雪白的两三只小山羊,山羊啃吃的草已经枯萎了,强劲的海风吹过来,犹如海石一样波动。小山坡和泥涂的连接处搁放着一只看上去还没有散架的小木船,发动机已被撤除了。海生感到自己就像泊在泥涂上的那只被废的孤独船只。这船是没用了。可他也像这只船那样么?张海生不甘心,他实在不甘心像这船那样被困在这里。可现在,包下这家船厂,听明龙书记说,还做了不少工作。要知道他是从监狱假释出来的。他必须知足。

昨晚,小妮来看他,他是高兴的。但选择这样一个时间让他难堪,让他在珊珊那里不好交代。说真的,小妮在他最困难时,离他而去,他确实不愿再理睬她。但当小妮把信寄到监狱,还到监狱来看他时,他就原谅了她,就把自己对珊珊的发誓全忘掉了。小妮是个有情有义的女人,他为她坐牢,值。当然,他也并不是不要珊珊。男人就是这样的动物,吃着嘴里的,盯着碗里的。昨晚他软硬哄珊珊哄了一夜,但珊珊不为他的话所动,累得他现在都无精打采。看来,他不得不收敛些,特别是和小妮的关系。小妮说来船厂帮他,根本是昏头了。她当现在他还是不可一世的张经理啊。不是,他是大王山岛出来的。

当务之急是扩大船厂的业务。但他不好出面。这事只能叫明龙出面。张海生拿起电话,拨通了赵明龙:"大哥,我已在船厂了。不说客气话了。只是这船厂的业务不太忙啊。"

赵明龙的声音压得低低的:"你过一会儿再打过来吧。现在有事。"

赵明龙正在和阿良商量打船的事,他把电话放下,对阿良说:"我看你的船,也不要到外地船厂去打了。一是时间长,二是靠不住。其他乡有几条钢质渔船,乡里介绍到外省的国营船厂打,这家船厂把船钱当工资发了,亏得连买钢板的钱都没有,船打不出,渔民正在县里上访,黄副县长直骂娘呢。"

"我了解过了,我们这里的国营船厂价格高,根本打不起。一些能打的私营船厂业务都满了,这船什么时候能打出来都不清楚的。"阿良说。

"你还是在公司的船厂打吧,"赵明龙说,"乡里也能多收些税。黄副县长开会已说了,再也不要到外地船厂去打了。"

"他们会不会打?"阿良记忆里,公司的船厂还没打过钢质渔船。

"这你放心,"赵明龙说,"人家外地在泥涂里搁一搁,也能打了,我们有船坞、有设备,当然能打。再说,你这只船是乡里的重点,我会叫他们借国营船厂最好的人来打的。"

确实有不少渔民现在为了节省时间是在温台一带的泥涂船厂打的,速度快,价格便宜,也没出什么事。阿良说:"最好越快越好。"

"那是。"赵明龙说。

阿良从乡里出来,仍有点不踏实,叫了一辆出租车,直奔公司船厂。他要亲眼看看船厂的装备和工人的水平,还有钢质渔船几个技术上的事,也要和厂长商量一下。

海生已经接到了赵明龙的电话,告诉他,给他接了一笔最新的业务。阿良要打一只钢质渔船。

　　"他哪里来的钱?"张海生有些惊奇、有些妒忌,"发财了?"

　　"这事,我以后慢慢告诉你,电话里也说不清,"赵明龙说,"咋样,昨晚,珊珊对你还好吧?"

　　"都是你害的。"张海生生气地说。

　　电话里传来一阵嘶哑的笑声。赵明龙说:"小妮一定要我带她来啊。"

　　放下电话,张海生神定气闲地点燃了一支烟。真是冤家路窄啊。他吹着烟雾。

　　阿良一进船厂,就感到今天船厂比以前景气了不少。工人修船的动作快了,没有人三三两两地休息着聊天或打牌。他对伏在船体上填石膏的一个工人说:"你们厂长呢?"

　　"我们厂长今天刚换,在楼上。"

　　阿良走上楼,敲了敲写着厂长办公室的门。门开了,张海生一身西装革履、精神抖擞地出现在阿良眼前。

　　阿良惊诧得下巴都合不拢。

42

　　双目久久对视着。阿良看到的是强烈的敌视,而张海生读出的是深深的鄙夷。

　　阿良的眼神由起初的阴冷转为怜惜,落在张海生的脚下。他很想知道张海生的脚残疾得明显不明显。张海生始终一动不动地瞪着他。这让阿良有些受不了,转身走了。

　　张海生在阿良走后,吐出一口长长的粗气。这辈子,他绝对不会放过阿良。这小子把他害得太惨了。他的目光又落在那条搁在泥涂上的废船。是阿良把他彻底废了。

　　阿良回到家里,打电话给赵明龙:"赵书记,这钢质船就不要在公司的船厂里打了。"

　　"为啥?"赵明龙是责备的口气,"不是说得好好的嘛。"

　　阿良握着话筒,一阵沉默。

　　"你是不相信乡里?叫乡里咋支持你?"

　　海生这么快就承包了船厂,而他们是有很深的怨恨的,叫他如何相信乡里。阿良本来就对赵明龙不太相信。不支持就不支持吧。阿良说:"算了。赵书记,我另找船厂吧。"他不等赵明龙回话,就把电话挂了。

　　赵明龙知道一定是海生承包船厂的事让阿良知道了。按赵明龙的意思,张海生不一定要做这个公开的厂长,暗地里承包这个船厂,找个人管理一下,收入一分不少,低调一些不是更好?但张海生偏偏不听。他要找张海生好好地谈一下。

　　张海生看见赵明龙骑着一辆自行车到船厂来,颇感意外。赵明龙跟他说过,今后,他们不能再像从前那样在公开场合过多地在一起。

赵明龙把自行车在船厂随便一扔,就要张海生到人迹较少的船厂泥涂上去。两人在那只废船上停了下来,坐在船舷上。

快近傍晚,落日余晖洒在海面上,海水变成金灰色的。远处的小岛闪烁着迷离的光芒。一艘小机帆船从海面驶过,"突突"的声音自轻至重,复又消隐在天边外。正是涨潮时分,海水悄无声息地向泥涂涌来,越涌越上,在要接近废船时,又退了下去。废船旁边生满了蒹葭,风一吹,蒹葭花就到处飞扬起来。

"海生,阿良的船不想在厂里打了。"赵明龙把烟递给海生说。

"他来过这里。"张海生说。

"这是一笔不错的生意,"赵明龙说,"你不能意气用事。"

"你的意思呢?"

"还是要叫他到厂里来打,"赵明龙说,"你业务少,这只船打了,其他的生意就好说了。"

"我感到别扭。"张海生说。

"我也感到别扭啊。"赵明龙说。

"那你还帮他?"

"你老婆珊珊不是也在帮他?"

"什么意思?"张海生愠怒地望着赵明龙。

赵明龙把珊珊如何找他,要他帮阿良的事详细说了,然后紧盯着张海生说:"珊珊说,你有我的东西放在家里?"

"没有的事,我哄她的,怕你不肯帮她。"张海生心里骂珊珊,这臭娘们居然帮于阿良。

"海生,你不够朋友吧?"

"账我都烧了,我保存的话,就碰滩横头死。"

"我信你,"赵明龙舒了口气说,"珊珊为啥要帮阿良?"

"我相信珊珊。她和阿良应该是没有什么关系的。可能是出于从小的友情吧,"张海生叹了口气,"我们三个从小都是好朋友啊。小时候,

129

我们三个就在这片泥涂上玩。珊珊最喜欢采这里的蒹葭花了。你知道珊珊是个重感情的人,要是换另外的女人早就跟我离婚了。"

"那好,你就叫珊珊陪你去阿良家,"赵明龙说,"要他心甘情愿地在你的厂里打船。"

"我去他家?"张海生颇不以为然。

"海生,要能屈能伸啊,"赵明龙说,"另外,我劝你还是低调些好。太张扬了,要坏事的。"

"我是坐过牢的人,我怕什么。"张海生把头一扭,你是怕官位保不牢吧。张海生感到自己没把账烧掉实在是太对了。

"我们是兄弟,"赵明龙推心置腹地说,"有大哥一口饭吃,不会忘掉你。你不会不希望大哥帮不上你忙吧?听大哥的,不会错。"

"大哥,我听你的,"张海生被感动了,"只是小妮的事,你还要帮个忙。不要叫她来这里了。你说过的要低调。"

"这容易,我会安排好的,"赵明龙拍了拍他的肩膀说,"你小子是鱼也要,熊掌也要。"

43

"珊珊,等一下我们去阿良家。"张海生吃了晚饭,忽然对正在洗碗的珊珊说。

珊珊已有一天没和张海生说话了,她不知道海生葫芦里卖的什么药,没有应声。

"老婆,你还在生气啊?"张海生走到珊珊跟前,用手围住珊珊的腰。以前,刚结婚时,张海生在她生气时常常这样哄她开心的。

珊珊不由得问:"找阿良做啥?"

"他知道我承包了船厂,不愿打船了。"

"要是我也不会打的。"珊珊把碗擦干净,擦了擦手说。

"你是什么意思?"张海生把手松开了。

"你不要再害阿良了。"珊珊冷冷地说。

"你怎么这样不相信我?"张海生有点急,"我不是答应你,重新做人了吗?"

"你会吗?"珊珊说,"说真的,海生,我为你担心,也为我自己担心。"

"珊珊,我求你了。"张海生似乎要哭的样子。

"你答应我,不能害阿良?"珊珊看着张海生。

"我害他,碰滩横头死。"张海生发誓说。

"那好,我去换件衣服。"珊珊的表情明显开朗不少,甚至有点兴奋。而张海生心里却像刮起风暴一样,珊珊对阿良的态度,让他有一种说不出的难受。

阿良侍候儿子吃好饭,把换下的衣服收拾到脸盆,准备端到院子的水槽里去洗。这时院门被推开了。

阿良再次惊讶。张海生到他家来了,而且是和珊珊一道来的。现在,他发觉张海生的左脚有点难以察觉的跛。这可是他害的啊。

"阿良哥。"珊珊叫了一声,似乎对陪着张海生来阿良家有点不自在。

"快进来,快进来,"阿良热情地招呼,"海生、珊珊,屋里坐,屋里坐。"

张海生打量了一眼阿良的家,大出他意外。他以为阿良要打钢质渔船,家里一定好得不得了了。可实际是比两年前他出事时还要差。家里也乱七八糟的,地上的鞋子东一只、西一只,木沙发里堆满了杂物。阿良把沙发上的几件衣服捧走,让张海生、珊珊坐下。

"阿伯呢?"

"过了。"阿良回答。

"翠珠呢?"张海生刚出口,就感觉袖子被珊珊扯了扯。如果说问阿良父亲,他有点明知故问,翠珠的事,他确实不知道。他茫然地看了看珊珊,珊珊的神情是黯然的。

"她和人家私奔了。"阿良好像在说别人事似的,平静答道。

张海生故作同情地"啊"了一声,心里却有种说不出的快乐。这是一报还一报啊。

"珊珊,你快把阿良家收拾收拾,家里没女人还真的不行。"张海生吩咐珊珊道。

"不用,不用。"阿良起来要拦珊珊。

珊珊沉静地说:"你和海生说会儿话吧。"她早已注意到水槽里的一盆脏衣服,起身去洗了。

张海生目光停留在珊珊背上,心里暗骂了一句,这臭娘们,我说说你倒当真了。他回过神说:"阿良,我是来向你道歉的。上午,我的态度不好。"

"哪里啊。"阿良知道了张海生的来意。

"过去的事算了,"张海生把手伸了过来,"我们还像过去那样是好朋友。我们重新开始。"

阿良有点迟疑地握住了张海生伸过来的手。

"有没有酒?"张海生问。

阿良不好意思了:"我把酒戒了。"

"不喝酒算什么捕鱼人啊,"张海生变戏法似的从西装口袋里掏出一瓶白酒说,"来,我们干一杯。"

阿良拿来两只啤酒杯。张海生倒得满满的:"干。"张海生一饮而尽,倒转酒杯,望着阿良。

阿良喝了一口,又喝了一口,最后顿了一顿,喝了下去。这酒又香又辣。

"阿良哥,你的船还是在我那里打吧?"张海生又把酒倒满了,拖着有点不很明显的跛腿,向阿良走来。

阿良端酒杯的手有点颤抖,他好久没一口气喝这么多酒了。他真的很难回答张海生。

"珊珊,你也来喝一杯。"张海生见阿良不说话,叫珊珊进来。

珊珊见他们喝开了酒,知道他们和好了,脸色生动得像喝过酒似的,娇艳红润。把两个男人看得竟有些痴痴的。两年了,珊珊还没这么高兴过。她笑着说:"阿良哥,我们喝你不过的。想当初你帮海生喝了多少酒也没醉过。"

阿良知道珊珊指的是她和海生结婚时的事。他不再犹豫,举起酒杯和海生、珊珊碰了碰,把酒全喝了:"海生,我的船,你要快打。"

44

黎明四、五点钟,远处的海天相交处已露出一些白光。但整个海面却还是黑蒙蒙的,一颗星星拖着长长的尾巴划过后,夜空显得更加的静谧。海水冲击泥涂的唧哧唧哧声音越来越响,开始涨潮了。

阿良、阿狗等人站在船厂门口。他们的身后摆着一张八仙桌。阿良抬起手,看看表,有些急:

"海生和珊珊咋还不来呢?"

"不会要触触我们霉头吧?"阿狗问道。

阿良皱皱眉说:"不要乱讲。海生不会的。珊珊更不会的。"

今天是阿良他们的钢质渔船开打日子。阿良特地叫当地的风水先生选择了黄道吉日。船开打前,在潮涨时分,要供奉天地神灵,这是渔区的风俗。

在张海生家。珊珊被闹钟闹醒了。她推了推张海生:"海生,快起床了。今天阿良他们打船。"

张海生有点迷迷糊糊的:"还早,再睡一会儿。"

"不早了。"珊珊开灯要起来。

张海生的睡意全消了:"要去你去,我还要睡。"

"你和阿良说好要去的,还叫我帮阿良他们回一下猪肉,"珊珊有点急,"你不去,他们没钥匙进不了厂里。"

"好好,我起来,我去当他的大木师傅,"海生看了看珊珊,有些怪怪地说,"我看你比自己家打船还积极。"

"你啥意思?"珊珊不高兴了。

"没啥意思。"张海生心有些虚。

张海生和珊珊到时,阿良紧张的表情放松了。

"不好意思,我们睡过头了。"张海生打开厂门,把食堂钥匙交给了珊珊。

"快点,潮水越涨越高了。"阿狗提着桶里的供品嚷道。桶里的供品猪肉等要热一热。

珊珊对阿良他们说:"你们先把鱼、水果、蜡烛等其他东西放到桌子上,我热好就拿过来。"

阿狗把八仙桌背进船厂工地。张海生走进办公室,把屋子的灯和工地的灯全都点亮了。

"这还差不多。"阿狗说了一句。

阿良看了看阿狗,轻声说:"今天是我们打船的好日子,你不要故意找事。"

"好。我不说行了吧。"阿狗说。阿良拍拍他肩膀,笑了笑。

珊珊把猪肉等热了后,提着桶,吃力地走过来。阿良急忙跑过去,接了过来:"很重的,我来。"

"你们位置都没放好,"珊珊说,"三牲福礼要放在中间的。"她把猪肉、鸭肉、养殖大黄鱼放在桌子中间。然后,又把放错的酒杯换了个位置。

这情景让阿良忽然想起了翠珠。要是翠珠在,这些事都是翠珠做的。他的心顿时像被针刺了一样疼痛。

"阿良哥,你可以上香了,"珊珊把香递给阿良,"还好,现在潮水还没涨平。"

阿良接过香,抖动着手用打火机点燃。

"阿良哥,你不要用嘴吹。"珊珊见阿良要吹香头的火,急急地说:"让火自然熄了。"

海生站在二楼走廊,冷冷地看着下面这一幕。

阿良弯下腰,第一支香敬天,第二支香敬地,第三支香敬海龙王等众神。然后,他点燃香蜡。

这时,东边的海天交界处是一团朦胧的红光,慢慢地红光变得越来越大,越来越淡。洁白的云朵从红光里缓缓驶过,像被扑上了一层红晕,透明鲜艳,宛若一艘红帆船飘向远方。潮水越涨越高,到处是"涨涨涨"的叫声。阿狗在阿良开始祭拜时放起了鞭炮。鞭炮冲天而上,凌空炸响,又飞到海上,坠落在碧青的海水里。

"大木师傅,大木师傅。"阿良冲在楼上的张海生叫道。

按照打木质船的规矩,阿良要向大木师傅敬酒。张海生是这家船厂的老板,自然是大木师傅了。

张海生只得下来了。

阿良端着满满一碗黄酒递给张海生:"我们这只船全靠你把关了。"

张海生接过后,一饮而尽:"你只管放心。我会交给你一只村子里从来没有过的钢质渔船。"

阿良赶紧把早已准备好的红包塞进张海生的口袋里。按照传统的做法,船主是要给大木师傅一个红包的。

珊珊笑着说:"阿良哥,你全是老派。"

阿良憨厚一笑:"讨个吉利吧。"

45

张海生接下阿良的钢质渔船后,明龙又帮他介绍了几笔生意,这样,船厂就繁忙起来。起初,购料、招收技工、现场管理等,也让张海生很是忙了一阵子。他感到自己就像是那只搁在泥涂上的废船重新下海出航了。珊珊也为张海生感到高兴,她总是在各个方面迁就张海生,就是在房事方面,也尽量按张海生的要求办,除非她感到张海生实在有点过分。

但是,这种平淡的生活,张海生很快就索然无味。他怀念过去当经理时的那种灯红酒绿、醉生梦死的亢奋与躁动。当这天夜里小妮打电话来,他抓过衣服,就要出门。

"是谁的电话?"珊珊从厨房出来警惕地问。

"一个大老大。"

"这么晚了,你还出去?"珊珊在他照镜子、紧领带时,怀疑地问。

"大老大要跟我谈打船的事。"张海生避开珊珊的眼神说。

"早点回来。"珊珊说。

张海生应了声,拉开门,急不可耐地蹿了出去。

小妮是在海上花园的一个豪华餐厅打电话给张海生的。客人们都走了,服务小姐收拾完餐具也走了。小妮关掉餐厅最后一盏灯,让自己泡在黑暗里。她特地辞掉南方的工作来接张海生出狱,可是张海生却像是忘了她,要不是她主动找赵明龙上他家去,可能张海生是不会见她的。她说要到他承包的船厂帮忙,张海生也没答应,她只得接受赵明龙的安排,重新到海上花园餐厅工作。不过,这次她不是一名赚外快的大学在校生,而是餐饮部经理了。

说老实话,当初,她和张海生好上,纯粹是为了钱,那时她读大学,需要钱,她父亲生病动手术更需要钱,张海生出手阔绰,又对她特别的关照,每次来海上花园吃饭,都要她服务,让她主动贴了上去。她才不管什么村办还是国营的。后来,张海生邀她当秘书,可以赚更多的钱,她不假思索就去了。只是后来,她对张海生产生了感情,海生的风流倜傥,海生对她的百般娇宠,让她着迷。可是她也知道,海生是有妻室的人,海生不可能为她和青梅竹马的珊珊离婚。所以,出现转制风波后,她含泪离开了海生。当听说海生是为了送她的钱坐牢,而且没有说出钱的去处,她哭了一天一夜。她向同学借了钱,曾来东山县要为海生退赔,要减轻海生的刑期。只是这一切珊珊早已做了。她听从赵明龙的建议,悄悄地到东山监狱看了海生,然后重回南方。她清楚海生是喜欢她的。她永远不会忘记当她出现在牢狱时,海生眼里放出的那种狂喜光芒。可是,为什么海生出来后,却不联系她了呢。

小妮感到在黑暗里是如此寂寞、孤独,她要海生。她控制不住自己给海生打了电话。当听到海生熟悉的声音时,她哭了起来。海生压低嗓音问她,你在哪里。她哽咽着说:"我在海上花园的大餐厅里。"

张海生一推门,小妮就紧紧地把他抱住了:"你坏你坏你坏。"小妮边疯狂地吻海生的头发、脸庞,一边用小手捶打张海生的背。

张海生被她吻得喘不过气来,他起初有点陌生地搂着小妮,很快记忆中的某种感觉被唤醒了。他搂住小妮将她紧贴在自己胸前,他知道小妮喜欢这样。

"我开好了房间。"小妮缠绵地吻着他的嘴角,微喘着说。

"你像鸦片一样让我上瘾。"当张海生抱着像蛇一样缠着他的浑身光滑的小妮时,脑海里很快地掠过珊珊忧郁的眼神。

"我让你吃过以后还想吃,让你永远戒不掉。永远都离不开我。"

"宝宝,你要害死我的。"张海生的脑里,珊珊的眼神又浮了出来。

"你已被我害过一回,我要报答你一辈子。"小妮见张海生若有所思,不很投入,就问:"想什么?"

反正已不是第一次了。做一次是做,做十次也是做。海生摇了摇头。珊珊哀怨的眼神马上消失了。

当小妮的热情再次排山倒海般地涌来时,张海生感到重新回到了往日的好时光,人生的好时光。他被彻底地淹没了,只有在沉沦中挣扎的喘息声。

46

　　珊珊在张海生走后,看了一会儿电视,就睡了。但她翻来覆去睡不着。张海生这么晚还要出去让她实在放心不下。她索性不睡了,穿好衣服,走到楼下,给张海生打电话。张海生的手机没有开着。

　　"没有音讯"。"没有音讯"。珊珊打了好几次,都是这种回复。

　　她又拿起电话,拨阿良家的电话,她想请阿良陪她去找海生。电话通了,阿良睡意蒙眬地在问谁谁谁。珊珊想了想,把电话放了。这么晚了,又是这样的事,她不想为难阿良。

　　珊珊伏在客厅的沙发上哭了起来。自从小妮再次出现后,她就担心这一天会发生。她真的不想和海生摊牌。她就盼和海生平平静静地把日子过下去。可是,海生不愿。海生要逼着和她摊牌。她该咋办?

　　夜深人静,碧海青天,点点星光,海波不兴,远方的小岛如一片树叶,也如一只小鸟的眼睛。透明的月光纷纷扬扬地浮在地上,像白烟像轻梦也像稍纵即逝的往事。珊珊扶着佛光树,不再想和海生恋爱时和结婚后的旧事,心里慢慢平静下来。她还没这么晚走出家待过。原来这样的时候,这世界什么喧嚣什么烦恼什么哀怨都没有了,到处是一派静谧的气象。

　　第二天清晨,张海生还是没有回家。珊珊到船厂去找他。

　　阿良的钢质渔船高高耸立在船台上。在船尾栏板上贴着"海不扬波"的横幅。船头的两只船眼睛已经嵌钉好了。几个工人正在用红布把船眼睛蒙上。阿良仰着头,一动不动地看着。阿良的船差不多好下水了。

　　"珊珊。"阿良在珊珊无声地走到他身边时,喜悦地叫了声。

"阿良哥。"珊珊应了声。

"怎么了?"阿良注意到珊珊的眼睛红红的,忧郁地望了他一眼,低下头。

"和海生吵架了?"

"他一夜没归。"珊珊幽幽地说。

阿良想起翠珠一夜未归的事。

"我来这里找他。"

"他没来过。"

"我知道他不会来这里。只是想试试。"

"我和阿狗陪你去找他?"

"不要了,"珊珊说,"你的船真漂亮。"珊珊看了阿良一眼。

这个男人并不高大,比她的海生差得远了。胡子好几天没理了,衣服也是脏脏的,一脸疲惫相,但珊珊感到他身上一种她自小迷恋的东西更强烈了。

"我们一起去找他,"阿良对着船叫了起来,"阿狗,阿狗。"

阿狗闻声钻出船舱。他在监督工人装卫导、定位仪等船用设备。

"你下来。"阿良说。

"阿良哥,你知道小妮吧?"

"知道。"

"她来了。海生从牢里出来,她就来了。"

"小妮在海上花园。"阿狗走过来说。

珊珊的身子震了震,脸色雪白。阿良急忙扶了她一下。

"阿良哥,我听一个老大说过。他说海生的姘头……"阿狗看见阿良在恶狠狠瞪他,急忙收住话:"他说小妮在海上花园餐厅当经理。"

"珊珊,不要去了。"阿良想起自己找翠珠时所受到的那种屈辱。他怕珊珊会受不了。

"不去了,"珊珊回过神来,"你们忙吧。"

"珊珊姐,你别怕。我们帮你去打她。"阿狗一脸豪气。

"你打谁呀?"珊珊苦涩地笑了笑。

"打那小婊子。"阿狗挽了挽袖子。

"别乱说了,"阿良皱皱眉,吩咐阿狗,"上船去吧。"

"我走了?"珊珊说。

"有事找我。"阿良叮咛道。

珊珊刚推开家门,一阵责备的声音就传了过来:"你做啥去了,菜也不去买,中饭也不做?"

珊珊不搭理张海生。

张海生坐在沙发上站了起来,口气有些缓:"昨晚,我喝多了。那个大老大一定要我喝。"

"然后你就在海上花园住下了,"珊珊冷冷地说,"让小妮陪你。"

"你啥意思?"张海生涨红着脸,"我没。"

"你不要骗我了,"珊珊说,"我也不骗自己了。"

"你没资格管我,"张海生急了,怒吼道,"你管好自己吧!"

"你说清楚,我怎么了?"珊珊气极,把他的领带抓了出来,"你说!"

"你不要以为我不知道你和阿良的事,"张海生咬牙切齿地说,"我以前不说,是给你面子。"

"你……"珊珊松开手,身子歪了歪,倒在地上。

张海生有些紧张,抱起珊珊:"珊珊,珊珊。"他其实是相信珊珊不会和阿良有什么事的,但他必须平衡心理,必须为自己的行为找到借口。

珊珊缓缓睁开眼。这个风流倜傥的男人是如此丑陋,如此令她恶心。她挣脱张海生后说:"你是自己做贼,防人家收晒、凉。"

从这天开始,珊珊和张海生分床各睡各的。

47

阿良的钢质渔船完成了最后一道工序,按照阿良的意见,船被漆成蓝色的。他有点忌讳红色的,但儿子晨晨看见这船就眼神放光地大嚷红帆船红帆船。渔船静静地躺在船台上,在落日余晖的照射下,显得分外的庞大。工地上已没有一个人了。阿良依依不舍地离开船厂。

这几天,阿良始终待在工地上,看着船从一个灰扑扑的外壳,慢慢地变成一个有生命的生灵。夜深人静时,当他无事可做来到船厂外面,眺望它的影子,他能听见它越来越强劲的呐喊声,那是对海的想念,对浪的渴望。这使他奇怪,自从他出海学会驾驭船只以来,他驾驶过不少新船,但还没有哪一只新船让他还没接触,就产生如此强烈的依恋。阿爸说他天生是和船在一起的,分不清他是船,还是船是他。这只船现在已经变成他了,而他也正在慢慢地变成这只船。

阿良在离开船厂不少路以后,回头望了一下船厂。船已被小山坡挡住了,他不由得加快步伐,去阿狗家接儿子回家。这些天,他照顾儿子没有工夫,都是阿狗瞎子妈照顾的,只带儿子去过一回船厂。这让他特别不好意思。好在儿子很听瞎子妈的话,也不缠着要她捕鱼去,儿子就只缠他一人玩捕鱼的游戏。

阿良没想到接儿子回家后,家里的院子里站满了不少集体时在他船里捕过鱼的一些伙计,他们现在不少都是老大,而且都是大股东了。阿良弄不清发生了什么事。看见阿良进来,这些伙计都把目光朝向了胡指挥。

"阿良,这些老大要祝贺你打了新船,"胡指挥从怀里拿出一叠钱,递给阿良,"你总要办几桌酒,请请我们吧?"

"不!不!师傅,不要,"阿良说,"我请,我已想了在沙滩里办酒请大家。钱,我不要。"

"阿良,你是不是不给师傅面子?"胡指挥把钱塞进阿良的口袋,转身走了。

胡指挥一走,这些伙计们纷纷扔下红包要走。

"你们不能走。"阿良见拦不住他们,把院门关住,铁青着脸说:"你们把钱拿走。"

他们不拿。说阿良的船是村里第一只钢质船,说什么也得讨杯喜酒喝。

胡指挥见阿良把门关起来,知道他牛脾气上来,于是折回身,推起门来:"阿良,你开门。"

阿良一听是师傅,把门开了。

胡指挥语重心长地说:"阿良,你不能不领乡亲的情,谁也没看不起你。大家是真高兴。他们来找我,我就带他们来了。"

阿良被胡指挥说得泪流满面,喃喃地说:"谢谢大家。我一定要请大家。"

在新船下水前一天,阿良真的把酒席摆在了沙滩。这是鱼盆岙有史以来,从未有过的事。乡亲们都把自己家的八仙桌、圆台面桌子和各种各样的凳子、椅子背来,把碗筷盆子用篮子装着提来,一长溜地摆放在沙滩上。那景象比东山渔港的大排档还要壮观。刚拢洋回来的渔民们则把要带到家里去的鱼货直接送到了这里。各种各样的鱼、虾、蟹、贝有的盛在脸盆里,有的养在水桶里,不时地跳出来,落到沙滩里,惹得孩子们高兴地在沙滩里逗鱼玩。最有趣的是梭子蟹慢条斯理地从脸盆爬出来,总是被孩子们纵容着往大海里走,但真的要碰到海水,又被捉到脸盆里来。妇女们把聚在一起洗菜洗碗,当作一次难得的社交场面,诉说各自老公的不是,也会说自己昨天手气不好,打麻将总是输。男人们则有的围在一起,玩一种清墩的纸牌,为一张牌争得面红耳赤,有的互相递着烟,交流下一水去哪个渔场,带什么网具,是带蟹笼呢还是帆涨网。

太阳已在沙滩的正中央,终于到了该开吃的时候了。阿良清点了一下人数,全村能来的,差不多都来了。就是阿狗的瞎子妈也来了,唯独他认为最重要的张海生没有来。他昨晚专门打电话邀请过他的,他也答应得好好的。他正要借手机打电话找海生,珊珊用他最熟悉的忧郁的眼神制止了他。

"海生到哪里去了?"阿良把珊珊叫到一边,轻轻问。

珊珊说:"他还会去哪里呢?"

阿良不再问下去。张海生肯定是去海上花园找小妮去了。

"阿良哥,不要管他,"珊珊绽出笑容,"你高兴点。"

阿良心事重重地离开了珊珊。阳光灿烂得要命。阿良点了一支烟。这一瞬间,他还想起另一个没来的人,翠珠。

阿狗和胡指挥来找阿良。

"阿良,开始吧。"胡指挥不清楚阿良为何表情有点阴沉。

"开始吧。"阿良把没抽完的烟扔掉,轻轻地说。过了一会儿,他又高声地说:"大家喝。多喝一点。"

很快地整个沙滩上空是一阵阵的酒香、肉香、鱼香。这香气是如此浓厚,以致从海上过来的海风都吹不散,反而把这阵阵香气传得更远,似乎要传到天边外,引得在远处海面盘旋的海鸥都想飞过来。阿良敬过酒后,气氛更加热烈,每桌都有人在划拳,在大声地吆喝。阿良不知自己喝了多少酒。他在每张桌子旁穿行,敬人家酒,也来者不拒,接受人家的回敬。已经有人不胜酒力,奔到潮水面前,拼命地吐。后边有人在笑他,介没用介没用。不断地有人提着酒杯要找对手继续干,口里叫着我没醉没醉。也有人醉得吼起从海水里捞起的歌谣来:

　　二十四海黑黝黝噢,
　　日出东方一点红呢,
　　顺风顺水踏潮去噢,
　　上天入地忙拔蓬呢。

人醉海醉沙醉白云醉,整个鱼盆岙都醉得在海里迷迷晃晃了。只有阿良没有醉,他用忧郁的眼神不时地扫一眼同样忧郁的珊珊。珊珊也没醉。她不喝酒,只喝可乐。现在,她连可乐都没动过。

阿良走到珊珊面前,给珊珊倒了杯白酒:"干。"

两人一饮而尽。这时,晨晨提着一瓶啤酒踉踉跄跄地走过来。"红帆船。红帆船。红帆船。"他指着海面上的船只嚷道。阿良和珊珊面面相觑。他们知道晨晨把什么东西都当作红帆船,包括装走他外婆、爷爷的棺材。

48

阿良的钢质渔船马上要下水了。

胡指挥组织了村里二十几名父母双全、身强力壮的青壮年早早来到船厂,只等一声令下,就把新船推向水去。

阿良已进入新船,站在船头。他背后的是高高耸立的驾驶舱,玻璃下的板面上画着的水彩画不是一般渔船画的青山绿水,仙鹤飞翔,而是珊珊的渔民画《三月三海螺爬上滩》,那夸张离奇的海螺只有珊珊知道是什么意思。阿良兴奋地向围观的乡亲们打招呼,不时地把香烟扔给下面的伙计们。阿狗他们抬着一大框馒头放在船头上。

王指挥和珊珊正在渔船后舱。那里设有神龛,叫圣堂舱,供着一尊崭新的船关菩萨,两边有两个木雕小神像,一个是顺风耳,一个是千里眼。珊珊把猪肉、鸭肉和一条大鱼用盆子装好,供在船关菩萨面前。

"阿良,你进来一下。"胡指挥看珊珊摆得差不多了,叫阿良进来点香。

"海生在吧?"珊珊很怕张海生作为大木师傅不在,让阿良触霉头。今天早晨,她怕张海生不来,主动开口叫他早点到船厂里来。这还是那次吵架后,她第一次与海生说话。

"他刚才还在办公室的,问我有没有把给他的红包准备好。"阿良说。

"那我就放心了,"珊珊叮咛阿良道,"等一下分馒头,不要忘了给孩子。胡指挥,是不是?"

胡指挥点点头:"人人都要分的。"

这时一辆轿车来到船厂,后面跟着一辆卡车。卡车上坐着不少人。

大家发现那是乡里的业余鼓乐队。

张海生眼尖,从二楼走廊看见,来的是县里领导的车。从车的样子看,是黄副县长坐的。果然,车门打开后,首先下来的是黄副县长,然后,赵明龙书记也跟着下来了。张海生急忙走下楼去。

"把锣鼓敲起来。"赵明龙下车后,冲鼓乐队喊道。于是鼓乐队就热热闹闹地吹起来、敲起来。

"好。好。好。"黄副县长热情地和认识的一些年老老大和渔民握手、致意。

"黄副县长。"张海生出狱后还是第一次面对面碰见黄副县长。黄副县长只是点点头,又和一些渔民去握手。

张海生不高兴地看了赵明龙一眼。他不理解赵明龙为了阿良的船下水把黄副县长也请来了。要是黄副县长对他热情些倒也罢了,偏偏人家又冷淡。

赵明龙也明白了张海生的眼神。你这小子不知道乡里的第一只钢质渔船出来是我的政绩,也是你今后接生意的招牌。连黄副县长都到你厂里来了,你还怕没生意可做。

"黄副县长,到上面坐一会儿吧?"赵明龙问。

"去看看船吧。"黄副县长说。

于是,赵明龙、张海生等人就陪同黄副县长直接来到新船面前。

阿狗是认识黄副县长的,他急忙到后舱招呼阿良出来。

阿良听说黄副县长来了,有些紧张:"我们这儿正在搞迷信呢。"

"没事吧,"胡指挥说,"黄副县长很了解我们渔民的。"

这时,黄副县长已走进新船里了。他很快来到后舱,看到里面的菩萨和供品,只是笑笑,把手伸向阿良说:"祝贺你。"

"谢谢县长。"阿良说。

黄副县长摆摆手:"谢什么呀,我只是来看看,你们将木船换成钢质船,我很高兴。"

"时辰到了。"胡指挥看了看表。

黄副县长说："按你们的规矩办，我们下去。"

"黄副县长，请你揭红布。"赵明龙马上说。

"这个就按渔民的规矩办吧。"黄副县长说。

其实这个红布是应由张海生揭的，他是船厂负责人，是大木师傅。张海生把脸扭了过去，他才无所谓揭不揭的。

黄副县长参加过不少剪彩仪式，但从未给新船剪过彩，他一时高兴说："行啊。可以开始了吗？"

明龙说："老王早就说时辰到了。"

黄副县长弯下腰，把蒙在船眼睛的红布拉了上来，他站起来说："乡亲们，我今天很高兴，我祝愿鱼盆岙村钢质渔船越来越多，木质渔船越来越少，祝大家生活越来越好。"

阿良也被大家推出来，要求他讲几句。

阿良回想起过去的日子，一边向大家鞠躬，一边说："这只船，不是我和阿狗几个人的，是村里的、乡里的、也是县里的，我代表我们几个人谢谢各位领导，谢谢厂里，谢谢大家了。"

黄副县长带头为阿良鼓掌。

在一阵亢奋的东山锣鼓和鞭炮声中，二十几名青壮年就徐徐地把新船推向水中。这叫赴水，谐音福庶，以示吉利。阿良代表船主站在船头向周围的乡亲抛分馒头，他按照珊珊说的连大人抱着的孩子都抛给了。这在东山渔区叫作新船下水抛馒头。

49

　　新船下水后,黄副县长等人和阿良告辞,从搁板跳上岸。阿良握着驾驶盘舵,吩咐开船。他要试试船的性能。机器发动后,船的速度先是缓缓的,不一会儿,就像箭一样向前冲去,慢慢地,船只越来越小,最后消失在众人的视野里。

　　黄副县长等走后,围观的乡亲也大都走了,只有胡指挥、阿狗瞎子妈、晨晨等人还在泥涂上等着。张海生叫珊珊到二楼办公室休息。珊珊在众人面前,不想让张海生难堪,就随他走了上去。张海生在办公桌坐下,把阿良给他的揭红布的红包漫不经心地扔在桌子上,阴阳怪气地笑了笑。

　　"你冷笑啥?"珊珊责问道。

　　"有出风头时,也有触霉头时,"张海生感觉不妥,马上变了意思,"这是我的体会,也是我的教训。"

　　珊珊打量了一下张海生的表情,涌出一种不祥的预感。她凭女人的直觉,不相信海生这是随口而发的议论,更不相信海生这是在反思总结自己。她已对海生持怀疑态度。海生根本不想重新做人。她现在就怕海生在阿良的船上搞了什么名堂。

　　"海生,你要是害阿良,你就不要做人了。"珊珊告诫道。

　　"老婆,我敢吗? 有你在,我敢吗?"张海生嬉皮笑脸地说,"为了老婆,我也不敢的。"

　　"我已不信你的话了。"珊珊冷冷地说了声,走向楼,与胡指挥等人站在一起,等阿良试船回来。

"要多少时间?"珊珊看了看表,焦虑地问胡指挥。

"要一两个钟头吧。"胡指挥说。

"船上的救生圈有没有?"

"珊珊,你咋了?"胡指挥不高兴了:"你就不会说点吉利话。"

珊珊低下了头。她太敏感了。也许海生没有她想象的那么坏,也许一切都是她的无端猜测吧。

张海生在珊珊走后,长长地吐了口气,把头往后一仰,瘫坐在椅子上。珊珊说,她已不相信他的话了,他何尝相信她?赵明龙曾经提醒说,你老婆看上去温柔,其实是个很精明的女人,你要提防着点她。他当然不会笨到把自己做过的一切告诉她。最毒妇人心,现在是老婆,变成敌人时,珊珊会不会是最毒的人,他是不清楚的。他有点悲哀地意识到,珊珊变了,他再也哄不住她了。她再也不是一个只顾家事,最多有闲时画画渔民画的听话女人了。到底是什么原因引起的,是自己太过分还是她真的喜欢上了阿良呢?他相信珊珊是绝对不会先背叛他的,那么是自己太坏了太过分了?

张海生被自己的想法吓了一跳。不。我没。我没过分。过分的是他们,是阿良。是他把我害成这样的,是他让我变成现在这样的。我恨。我愤。我气。凭什么要我放过他。不不不。我决不放过。我不能容忍他那副春风得意的样子。是的,我们过去是朋友,是从小在一起的好朋友。可他害了我。他嫉妒我比他风光。他只是一个捕鱼的男人,而我是干部,是经理,还有漂亮年轻的小妮跟着我。他要我好看。我为啥不能要他好看。要沉,大家一起沉吧;要死,大家一起死吧。

张海生的内心平静下来。他点了一支烟,站起来,踱到走廊前,把目光投向等候船只的人群。

人群的后面是一大批随风飞舞的兼葭草。现在正是兼葭花盛开的日子。那花起初是白色的,毛茸茸的,慢慢地随着季节的转换就变成淡咖啡色,这时就是割下来,做室内扫帚的最好材料。张海生怀念和珊珊一起在兼葭花盛开的日子里跑来跑去的情景。只是过去的这一切永远不会回来了。

　　远处的海面,出现了阿良钢质渔船的影子,不一会儿,船头越来越清晰。从外观上看,真是一艘雄壮的好船,可谁知道它能在海上威风多少时间呢?有个人正站在那儿向岸上的人挥手。不用说,那肯定是阿良了。

　　他当然会回来的。不会这么快就完蛋的。张海生想了想,走了下去。

　　阿良的船已在船厂的临时码头停泊。等机器全部熄灭后,阿良跳上岸来。

　　珊珊的紧张表情完全松懈下来。她看了张海生一眼。她感到自己也许是错怪海生了。

　　张海生正走向阿良:"怎么样?阿良,很好吧?"

　　"很好。很好。"阿良高兴地握住张海生的手说:"真很好。比木质船不知要好多少。真要好好谢你了。"

　　张海生得意地笑了。

　　所有的人包括珊珊都开心地笑了。

50

晚上,阿良来到鱼盆岙山的最高处,那儿安葬着父亲。密密麻麻的小松树,在海风吹拂下,发出瑟瑟声响。天空一碧如洗,星星近得几乎伸手可摘。

阿良抚摸着父亲的墓碑,喃喃地说:"阿爸,我们有船了。我们于家有船了。"

阿良说着,就呜咽起来。他想起父亲在临死时的景象。他到现在还是认为,这船是父亲用生命换来的。如果不是他要船,父亲的病就不会被拖延,就不会离开得那么快。

明天就要出海了。阿良在墓碑前坐了下来,他要在父亲的身边坐一会儿,听父亲说一会儿话。但是只有松树摇动的影子,不知名小虫的低吟声以及山下浪潮拍击悬崖的隐约吼声,还有阿良他自己的呼吸声。

父亲是什么都不会告诉他了。父亲只是在冥冥之中看着他。阿良点了一支烟,静静地抽完后,站起来,向墓地磕了几个头:"阿爸,我走了。"

阿良回到家,倒头就睡。他有点累了。明天还要出海,他把儿子完全托付给了阿狗瞎子妈。但是他睡得并不踏实,总有什么东西像压着他似的,让他喘不过气来。一会儿,这沉重的东西没有了。父亲坐着红帆船穿过茫茫大海飘了进来,一脸忧郁地坐在他的床前,好像在用手摸他的额头。他要推开父亲的手,父亲就痛苦地咳嗽起来,转过了身。他想给父亲捶捶背,父亲却不见了。当他迷惘地寻找时,父亲哀怨的脸突然重重叠叠地向他压过来。他很吃惊也很难受,猛地跃起身来,父亲像是受了惊吓,倒在红帆船下,海水慢慢地淹过父亲的身,淹过他,他看见海水深处有一只黑洞洞的眼睛,大鲨鱼的牙齿在不断疯长,最后把黑洞全填满了,只剩下凄惨恐怖的血腥。

阿良醒了过来了。他浑身发冷。他再也睡不着了。

第二天清晨,阿良在关门准备出海时,珊珊来了。她提着一袋苹果。

"珊珊,你这是做啥?"阿良接过苹果,"船里吃的都有了。"

"给你讨个吉利,平平安安,"珊珊说,"我也是早晨路过水果摊临时买的。"

阿良想起了昨夜的梦,忍不住对珊珊说了,"我经常梦见你画的大鲨鱼牙齿"。说过以后,他又有些后悔。这不是不相信人家海生吗?珊珊会如何想?

"老实说,我也有些担心,"珊珊听了阿良的梦,忧虑地说,"不会是你阿爸托梦给你吧?要不要再叫县里的船检科来查一查?"

"按理说,这船的质量是没有问题的,"阿良说,"我基本上是每天到船厂去一次的。用料、电焊,我都盯得很紧的。"

"你说海生会不会这么坏?"珊珊紧盯着阿良。

"应当不会吧。"阿良说。

"阿良哥,我真的很怕,"珊珊说,"你是不是晚一水再出去,好好地把船查一查?"

"珊珊,你放心,"阿良安慰珊珊,"不会的。你要相信海生。"

晚一水出去,那又要耽误很多时间,现在是伏季休渔后出海的最好季节。错过这一水,损失是不小的。再说准备工作都做好了,要是不出去,股东们、伙计们都会有很大意见。船的安全问题,船检科都验收通过了,单凭自己的一个梦和珊珊的担心,就怀疑船的质量,就不出海,说出去,不让海生骂死,也会让渔民笑死。他阿良岂不是变成缩手缩脚的疑心鬼了?

"船有没有保过险?"珊珊问。

"水产局叫我到船东协会保险,"阿良犹豫了一下说,"实在是拿不出保险的钱了。有些欠款还是靠大家送的一些钱还掉的。"

"你把要办保险的资料给我。"珊珊咬了咬嘴唇说。

阿良熟悉珊珊的这个动作,那是她下定决心要做这件事了。

"这不行,"阿良说,"要办保险,等这水回来,有钱了,我自己来办。"

"阿良哥,你听我的,"珊珊扯了扯阿良的袖子说,"你开门,把资料交给我。"

阿良看了看四周,幸好没有什么人。他怕人家有什么议论,传到张海生的耳朵,张海生让珊珊难堪,就不与珊珊争执,打开了门。

阿良进屋后说:"珊珊,真的不要了。"

"你把船的资料给我,"珊珊提高了声调,"你不给我,我真不理你了。"

"你又不懂办这个手续,"阿良说,"很烦的。"

"我懂的,"珊珊说,"你把委托书写好,把私章给我就行了。我知道你是为了钱。就算借我的好了。以后捕得好了,再还我不是一样的。"

阿良深深地盯了珊珊一眼,有点腼腆地说:"我真不知该如何谢你。"

"好了,阿良哥,你就不要说这么多了。"珊珊抿着嘴笑一下,盯着阿良。阿良不好意思地扭过了头。

等阿良把所有证件交给珊珊后,珊珊突然说:"你看你这屋脏不脏,衣服一大堆都不洗。信我的话,把钥匙给我。我有空时来做做好。"

阿良看着珊珊透明的眼神,没有犹豫,把钥匙交给了珊珊。

阿良要走时,珊珊叫住他,把放在一边的苹果递到阿良手里:"你不要忘带了。"

51

阿良在开船前,把所有伙计叫到一起,举行"行文书"仪式。在用三牲福礼祭告海龙王等神灵后,船上的人便庄严地面向大海跪拜叩头,阿良把胡指挥给他准备的纸碟用打火机点燃,然后,端起一杯酒洒向大海,把割下的一小块肉抛入海里,这叫作酬游魂,以祈求渔船出海后顺风顺水。

做完这一切,阿良就吩咐伙计,解开缆绳开船。阿良他们从事的捕捞作业是大机拖虾。除了他之外,还有二副阿狗,负责机舱的老轨一名,负责网具管理的多人一名,其他捕捞人员四名,还有一名年纪很轻的伙将团,专门是管烧饭的。除了阿良是大股东外,阿狗、老轨、多人也入了小股,其他就都是雇员了。

这天风平浪静。船开出近海后,星罗棋布的小岛、礁石不见了,整个天空是空荡单调的一派蓝色,浪也大了起来,海水变得蔚蓝、浓稠,远处是一片灰灰的光团。阿良知道船已经来到外洋了。船在涌浪中颠簸着,一会儿,被浪尖抬得高高的,好像要脱离海水冲上天去,一会儿,又被白浪罩住,似乎潜入海里,突然凌空而起,拨开海面,把一些白色的泡沫抛在船的两边。阿良看到有几个外地雇员已经吐得连黄水也出来了。这个时候,是他最快乐、成就感很强的时刻,往往连出海许多年的老渔民都受不了时,他却什么事都没有似的,而且精神比在陆地上还要好。所以,他父亲说他天生是出海的命、是撑船的命。

经过十多个小时的行驶,阿良看了看定位仪,船到了海礁渔场的中心。过去,渔民作业,船只要开两三小时就够了。现在,鱼是越来越少,也长在越来越远的地方了。

阿良吩咐老轨停车,打开彩色鱼探仪。从鱼探仪可以断定鱼类的活动情况。

船只没有动力开始随波逐流。多人早已来到舱面指挥放网。大机拖虾作业,放网很有讲究。先要放袋子,再放网纲,最后才放网。好几个外地来的雇员还处在晕船反应中,在舱板上站也站不稳,拿网袋的动作迟缓。

阿狗看得冒火,推开旁边的一个伙计:"做啥用也不知道,走开。"

阿良听见阿狗的骂声,从驾驶舱出来,恶狠狠地瞪了阿狗一眼,扶起那个被推倒在舱板的伙计:"你先到舱里休息一下。"

阿良自己代替这伙计开始放网。

阿狗说:"你干脆叫他当老大好了。"

阿良也不理他,与多人一起指挥着,把网全部放了下去。网很快地在海中随着潮流的流动张了开来。

待网放好后,机器重新发动。阿良掌握好速度开始行驶,这时,系在船上的两条网纲就顺水拖着水下的三只袋筒擦着海底行进,在海底里的各种虾和鱼随之被拖进网袋。

这驾驶的速度大有讲究,太快不行,太慢也不行。有的木质船拖力不键,就无法高产。钢质渔船拖力键,相对产量就高。

这样要拖大约两个小时。阿良要伙将团开饭。船上吃饭也有讲究。阿良先用筷子挑了几粒饭撒向海里,这叫作与海龙王结缘。然后,他坐在铺位中间,伙将团坐在地上,其他人坐在四周开始吃饭。吃饭时,碗杯是不能翻转的,吃剩的饭菜也不能说是倒掉,要说过鲜。否则,就不吉利。

吃罢饭,阿良要伙计们休息片刻。这捕鱼是日夜活,夜里也要连着干。等过了两小时,多人的哨子一吹,所有的人都从铺位上起来了。开始起网。多人指挥绞纲机起纲,然后把网往上吊,众伙计散在船舷,全力以赴把网具拖进船来。

今天的生意不错。网袋里有不少滑皮虾、小黄鱼和蟹。阿良露出快乐的笑容。这是这只新船的第一网。有这么多鱼货,开局是很不错的。

鱼被倒在舱面的泡沫箱里。伙计们先集中精力把网具放下去,待放好后,再回头按照鱼货的种类开始理鱼,分门别类地装进箱子,放进冰舱里。这样一天一夜,放网、起网、理鱼要五六次。

过了十多天,舱里的鱼货必须卖出。天气也有些变化。阿良的船开始回航。这些天,为了试试新船的性能,大多数日子是他自己驾驶的。现在,他实在有些倦,就叫阿狗代他一下。

船已开了十多天,他想质量应当是没问题了。阿良看到驾驶台上还放着的一袋不舍得吃的苹果,觉得应当给珊珊打个电话,告诉她一切平安。可是手机打不通,仍然在盲区里。

52

阿良打开那袋苹果,扔了几只给阿狗。阿狗一只手把着舵,一只手拿起苹果在裤子上擦了一下,猛咬一口:"好吃。"

阿良笑笑,拍了拍阿狗的肩:"我去睡一会儿,你要把眼睛瞪大些。"

阿狗点了点头。

驾驶窗外黑沉沉一片。偶尔有浪花飞溅到玻璃上,然后,又很快地滑下去。

阿良来到自己的铺位。铺位很窄,阿良弯着腰,在机器的单调轰鸣声中,迷迷糊糊地睡了过去。

突然,船似乎是撞在什么东西上,猛烈地向上跳了跳,瞬间,又恢复常态。阿良被震醒了。他迅速跃起身,奔向驾驶台。

"阿狗,有什么事?"

阿狗有点紧张说地:"好像在海底擦了一下。"

"这里海底都是沙沟,还有暗礁,你要当心一些。"阿良皱皱眉,走了出去。

阿良来到机舱下:"怎么样?"

老轨说:"刚才在海底好像和什么东西碰了一下。我看了看船底。没啥事。"

"现在风大,还在外海里,又是重载,"阿良说,"你仔细点。机器千万不能熄火了。"

"你放心,"老轨说,"马达都是新的。"

"新的都有个磨合期,不能大意的。"阿良走出机舱后,又有些不放心,折回头去看船底的龙骨部位。好像没什么变化。阿良用手摸了摸,也没有水迹。他吁了口气。

"你多看几遍。"阿良对老轨说。

老轨觉得阿良有点神经质。船在海底里擦一下,这样的事多了。有什么可大惊小怪的。于是,他漫不经心地应了声。

阿良径直来到驾驶舱,对阿狗说:"你去睡一会儿,我来。"

阿狗知道刚才擦了一下,阿良是不放心,也不说什么,快快地把舵交给阿良。

"不要睡死了。"阿良说。

阿狗应了声。

阿良看了看表,已经四点了。海面比过去少了很多黑暗,远处露出了一些灰白色的光。在海里,天总是比在陆地亮得早些。

"老大,不好了。"一阵凄厉的叫声从机舱下传了上来,阿良在驾驶舱,根本没法听见。

"不好了,不好了,不好了,"老轨边叫边冲向驾驶舱,"老大,船漏了。"

"什么?"阿良的身子震荡了一下,气急败坏地叫道,"你上来做啥,还不快去堵死。"

"机舱里全是海水了。"老轨哭丧着脸说。等他发现,海水已经淹到他的脚板上了。他根本没有想到船会漏。也没按阿良说的去检查龙骨。

"快。你快叫他们把被子拿下来。"阿良拉响了紧急报警器,转身,向机舱蹿去。阿良走进机舱,脑袋一涨,呆住了。海水已有齐腰高了。大鲨鱼的红牙齿忽隐忽现,儿子晨晨一声长一声短地惊叫,魂灵要沉落了。船魂灵要沉落了。

阿狗他们已把被子拿了下来。"没用了。"阿良大吼一声。海水正在汹涌地涌进来,也不知是从什么地方涌进来的。

马达发出一阵阵异样的声音。"快上去。"阿良绝望地推着阿狗往上走。很快马达熄了,船上的灯都熄灭了。

所有伙计都已来到舱板上。船很快地在往下沉。阿狗已打出求救的信号。

　　"快。大家快去穿救生衣。"阿良吩咐道。有个伙计开始跪在舱板上："观音菩萨，保佑我们，保佑我们。"阿良急了，狠狠的踹了他一脚："快穿救生衣，解救生圈。"

　　年轻的伙将囝不会穿救生衣，号啕大哭起来："阿爸阿爸，你来救我，快来救我。"

　　阿良急忙为他穿好救生衣，转身走进驾驶舱。

　　失去动力的船只在浪涛中东倒西歪地飘荡着。船在急速地下沉。大块大块的巨浪像小山一样压向在舱板上惊慌失措的船员。

　　"阿良哥，阿良哥。"阿狗见阿良走进船舱，撕心裂肺地叫起来。阿良哥是不打算逃了。他要和船在一起了。

　　浪涛一浪高过一浪扑了过来。阿狗等人都被打进海里。阿狗在浪里钻出时，看见驾驶舱里有团火熊熊燃烧着。

53

阿狗水性好,又穿着救生衣,一直在浪涛中挣扎着。已经看不见船上的火光了。不知是船沉下去了,还是自己离开船的距离很远了。阿狗竭力从浪中抬起头,寻找与他一同下水的伙伴。远处有一只救生圈在沉沉浮浮,但是看不见是不是还有人。那是阿狗他们留给年纪最轻的伙将团的。不知阿良哥是不是从船里出来了。那团火,肯定是阿良哥为了让路过的船只看见,点燃自己的衣服的。

天已大亮。幸好海水不太冷。阿狗还能坚持下去。但是他的力气已用得差不多了。只能随波逐流地在浪中钻进钻出。用不了多久,他就会像他阿爸那样,死在海里。阿狗不想死。他还有阿妈。要是他也死了,瞎子阿妈咋办?

这时,阿狗看见了一只机帆船。"突、突、突"的声音自远而近。阿狗要全力冲出水面,想让船上的人看见自己。一阵涌浪当头把他罩住,当他再次浮出水面,只有意识尚是清晰的,身子却完全不能动弹了。

机帆船上的人实际上早已看到在海面上沉浮的阿狗。在此之前,他们已救上了两个人,算上阿狗,是第三个了。他们是在看见那团红光后,才发现有船出事的。

当阿狗被船上的人拖进船里,他睁开了眼。

"醒过来了。醒过来了。"船老大惊喜地叫着,连搂带抱把阿狗弄进舱里。阿狗想站起来,终于没有成功。他看见了让人抱着在喂水的老轨和伙将团。老轨和伙将团挣扎着,扑倒在阿狗跟前,把手伸向阿狗,激动地哭了,他们根本没有想到还能活着,还能和阿狗见面。

"老大,不要管我们了,"阿狗软气无力地说,"海里还有我们的人。求你救救他们。救救他们。"

"我晓得。我晓得。"老大急忙转身发动机器,在海面上再次寻找。

海上涌浪阵阵,金光闪耀。已经是早晨八点多了。海面还是没有发现什么。老大按照阿狗的要求,把船开到出事海域。早已不见了沉船的影子,连浮油也看不到。

阿狗换掉湿衣服,吃了些东西后,体力有些恢复。他来到驾驶台,请求老大扩大范围,再到附近的海面找一找。阿狗是活要见人,死要见尸。

就在这时,对面过来一只运输船。老大与他们联系是否发现过落难的渔民。运输船靠过来说,救起两名渔民。

这两名渔民已站在运输船的甲板上了。他俩看见阿狗他们兴奋地挥着手,扑向船舷,哭着大喊:"阿狗、阿狗。"阿狗在高兴之余,心又沉了下去。阿良哥,你在哪里。

运输船要北上。机帆船要南下,而阿狗他们回家的方向与机帆船一致。

这两名渔民在运输船和机帆船并拢后,跳到了机帆船上。他们再三向运输船船长表示感谢:"等你们回来,我们专门来向你们谢恩。"

现在,连阿良在内,还有三名没找到。

"我看再找也找不到了,"老大缓缓驶离运输船后说,"是不是我们回去算了?"

"老大,你行行好,再帮我们找找吧。"阿狗跪倒在老大面前。不见阿良他们,他的心像被刀子捅一样生疼。老轨等人也齐刷刷地跪了下来。

"不要,不要,"老大慌忙把泪流满面的阿狗扶了起来,"我们再找找,再找找。"

中午时分。一直站在船头的阿狗发现海面上有橘红色的飘浮物。

船快速向飘浮物靠近。那是一个人,头朝下。橘红色是救生衣。

"要拾元宝了。"老大沉痛地走出来说。

阿狗知道老大的意思,那肯定是具尸体了。渔民们把捞海上的尸体,叫作拾元宝。

船舷旁边站着阿狗他们。阿狗还分不清这是不是自己船上的伙计。他希望不是。阿狗接过老大递过来的工具,把那具尸体翻了过来。

　　那人的额头已被撞得雪白,露出白骨,两只眼睛一只鼓着,一只紧闭着。阿狗他们赶紧把他捞了上来。阿狗等人把他拖进船,仔细分辨后,确认是自己的伙计。他们一边哭一边清理那人嘴里的沙子。阿狗把他突出的眼珠按进去,并撕下自己的衣服,把他的头包了起来。

　　后来,在不远处,他们又捞到另一具尸体。

　　阿狗告诉老大,还缺一位。是他们的老大。阿狗无论如何恳求船老大再找找。活要见人,死要见尸。老大望着躺在舱板上的两具尸体,真怕再找上一条。可是他经不起阿狗的死死恳求,又在海上兜圈子寻找,他们也不知找了多久,找到天暗下来了,还是没找到阿良。

　　阿狗绝望地跪在舱板上,阿良哥,你要是去了,显显灵,让我们找到你。

54

  乡渔办在阿狗他们回村后,才把阿良船只出事情况报告县水产局。等黄副县长接到有关信息已是当天晚上了。他当即打电话给水产局长和赵明龙,要求做好以下工作:
  一是立即组织渔政船、公边艇、海事艇赶赴出事海域再次进行搜救。二是乡党委、政府立即派出工作组到鱼盆呑村,做好死难、失踪人员家属的安抚工作,同时准备处理和应付可能发生的任何突发情况。三是立即做好召开全县钢质渔船建船质量、安全工作会议的准备工作。
  黄副县长放下电话,晚饭也顾不上吃,对秘书小陈说:"通知驾驶员,马上去鱼盆呑村。"
  小陈是上一任渔业副县长的秘书,在县政府已经待了五六年。他在大学里学的是历史系,那时就立志要写一本《中国渔船史》,冲着这个志向,来当县府办的秘书。没想到跟着领导渔船是看了不少,但沉湎于服务领导的细碎事务,早已没有了以前的雄心壮志,不过倒是练就了身处官场的不少本事。他小心翼翼地建议道:"现在这个时候去,是不是会被群众包围?"
  黄副县长皱皱眉说:"你去通知驾驶员。"他也想过这个问题,但不去看看失事渔民家属,他心里更不安。
  赵明龙知道黄副县长要来,立即来到村里。他知道这事后,第一个念头就是怀疑张海生在船上搞了什么名堂,便打电话责问:"海生,阿良的钢质船出事了。你知道不知道?"
  "我才知道。"

"是不是你干的？你可是刚刚从大王山岛出来的。"赵明龙很烦躁。

"大哥，你放心。我要是故意搞的话，不是自找苦吃？"张海生说，"船的质量，水产局验过。过不了关，他们是不会发证通过的。"

"你可要跟我说实话，"赵明龙说，"一旦查出来，你我全完蛋的。"

"绝对没问题，"张海生在电话那头轻松地说，"你尽管放心。"

赵明龙这才放心地把电话挂了。这阵子，他在县里已经活动了不少时间，准备动动位置。可能马上会考虑让他到好一点的局办去当一把手。出了这个事，他就怕黄副县长作梗。

黄副县长的车在鱼盆岙公司门口停下，赵明龙拉开车门，坐在黄副县长旁边。

"工作组下去了吗？"黄副县长问。

"下去了。"

"有啥情况？"

"现在群众情绪是稳定的。"赵明龙小心地答道。

黄副县长沉默了。赵明龙也不作声。

"停，停，"黄副县长突然说，"这是于阿良家吧？怎么没人？"阿良家一片漆黑。黄副县长本来想去看看阿良的家属。

赵明龙说："他父亲上半年过了，他老婆因为他要打船跟人家跑了。"

黄副县长说："那他孩子呢。孩子呢？"

"不知道。"赵明龙说。

黄副县长叹了口气。他是很喜欢这个沉默的老大的，现在竟不知生死。看来是凶多吉少了。那孩子怎么办呢？他还不知道晨晨是个痴呆儿。

在村头，黄副县长要汽车停下来。他走进第一户死难家。家属哭得已昏死过几次，现正躺在床上吊盐水。她听见黄副县长来看她，要起身。黄副县长急忙过去，握住她手说："你要节哀顺变，保重身体。"

"县长呀，他一走，我们就没法过了。"家属的声音是哑的，眼泪已流不出了。

黄副县长忍住泪，轻轻地说："你相信政府，有困难，政府会帮的。"

他从自己口袋拿出这个月的工资全塞在家属手里。

家属的手松松地捏着钱,又哭泣起来,但声音是全然没有的。

黄副县长走后,其他亲属又重新哭了起来。

看完第二户死难家属后,黄副县长吩咐赵明龙:"我看这两家生活都不怎么好,你们要妥善照顾好。还有于阿良的孩子怎么办?你们也商量一下,过几天,我听你们的打算。"

明龙应了声说:"黄副县长去吃点晚饭吧?"

"不了,"黄副县长摇了摇头,"我马上去水产局。"他要听搜救情况汇报。到了水产局,渔政船、公边艇、海事艇的搜救情况都出来了:没有找到于阿良,也没有发现任何线索。由于风大浪高,担心出事。渔政船、公边艇、海事艇请示返航。

"返航吧。"黄副县长在水产局长办公室,看了看航海图说。

这时,他的手机响了。是县委书记的电话。

书记在电话里告诉他,考虑县水产局最近的工作,特别是在安全生产方面存在的问题,他和组织部长商量了一下,也征求了县长和几位副书记的意见,打算换一下县水产局长。

"好吧。"黄副县长看了一下水产局长,走到办公室外,迟疑了一下:"叫谁来?"

"渔都乡的明龙吧,"书记在电话那头说,"明晨开书记办公会,下午开常委会,定掉算了。"

"我明天下午已安排了钢质渔船建造质量安全会议,"黄副县长说,"请假了。"说真的,对这项人事安排,他不太赞成。

55

珊珊得知阿良的船出事后,跑到她和阿良自小玩过的礁石丛中,呆呆地坐了一天。阿良哥,你一定要回来。你要回来。那是很久以前的事了。常常是她正为在礁石丛中拾螺的阿良担心时,阿良会突然向她伸出湿淋淋的小脑袋来,让她又高兴又害怕。

雪白的浪花打在礁石上,也打在她的脚下,发出惊心动魄的巨响,差点要把她卷走,可她竟毫无知觉似的一动也不动。她紧紧抓着一块尖尖的礁石,让又苦又咸的海水不断地泼向她的脸,泼向她的头发,带走她脸上的泪水。

晚上,珊珊回家了。张海生见她披头散发,眼睛红肿,浑身湿淋淋的,吃惊地问:"你怎么了?"

珊珊不说话。

张海生弄不懂珊珊为何会这样:"快把衣服换了。"

珊珊抬头盯着海生:"你知不知道阿良哥的船出事了?"

"我正要跟你说呢,"张海生不解地说,"可你怎么会这副样子,落到海里过了?"

"你快去自首吧。"珊珊目不转睛地看着张海生。

张海生的脸色一下子变得十分难看:"你疯了?我自首啥?"

"你去自首,我还是你老婆。我还会到大王山岛像过去那样来看你。"珊珊目光散乱,也不看张海生,仿佛在自言自语。

"你神经病啊,你以为我害了阿良?"张海生大怒,"哪有你这样做老婆的,巴不得老公被抓去。告诉你,水产局正在船厂调查。是建造质量问题,我自会承担责任。进了牢,也不要你送饭。"

珊珊似乎被张海生骂得有些清醒过来。也许真的不关海生的事。鱼盆岙村每年总要发生几起海难事故。可是阿良哥呢?阿良哥在哪里呢?两个人死了,阿良哥失踪了。珊珊神志恍惚地坐在椅子上。

"你对阿良好,你喜欢阿良,那是你的事。你要离婚也可以。做啥非要认定是我害死阿良?"张海生气势汹汹地把门一甩,走了出去。

珊珊把自己关在画室里,伏在画板上失声痛哭起来。这次,她弄不清是哭阿良还是哭自己。挂在墙上的《断头马鲛》《大鲨鱼红红的牙齿》《三月三海螺爬上滩》随着她的哭声都爬了下来,夸张地包围着她,不知道是要安慰她还是要来吃掉她。

张海生出村后,叫了一辆出租车到东山城里找小妮。

小妮在张海生走进海上花园的客房时,顺手带上门,欢快地扑在张海生怀里:"你今晚怎么有空记起我来了,你自己算算几天没来了?"

张海生神情有点颓丧地说:"今晚不走了,整夜都陪你。"

"和你的珊珊吵架了?"

"那个阿良翻船死了。"张海生说。

"该死!"小妮说,"谁叫他以前对我们这么凶的。"

张海生说:"不说他了。我累了。想早点睡。"

"你要洗吧,"小妮娇嗔地点点他的头,"我给你放水去。"

小妮走进卫生间后,张海生直直地倒在床上,愣愣望着天花板。

"海生,好了。"小妮在里面朦胧地叫着。

那夜,张海生睡得很不踏实。他看见无边无际的浊浪向他涌来,阿良也向他涌来,驾着他的船,他躲闪着,他躲过了。可是很快地阿良的尸体向他压了过来。他急忙转身向前奔去。他推开了一扇血红的大门。里面射出猛烈的强光,照射着他的眼睛。有几个朦朦胧胧地向他挥着什么东西。啊,那是湿毛巾。快说,阿良是不是你害死的?快说,是不是?是。不是。是。不是。他拼命挣扎着,躲避着湿毛巾。终于让他躲开了。他躺在床上喘粗气。猛然,响起一阵报告声。报告,我要揭发张海生。

169

揭发他什么？管教走了过来。他自己在梦中说，他杀了人。杀死了三个人。我没有，没有。他向那人扑去。他狠狠地咬着那人。

　　小妮感到一阵钻心的痛，她醒了。张海生的嘴还在寻找着什么。小妮推了推张海生，生气地说："海生，你做什么梦？把我的肩膀都咬破了。"

　　张海生醒了，神情有些古怪，呆呆地过了一会儿才说："做了个噩梦。"

　　"痛死我了。"小妮抓起张海生的手，让他摸自己的肩膀。

　　"小妮，"张海生把小妮紧搂在怀里："要是我再去大王山岛，你来看我吗？"

　　"你……"小妮坐起身，惊疑地望着张海生。

　　张海生把她拉下来："回答我。"

　　小妮把赤裸的胸脯用力压在张海生的身上，简洁地说："看。"

56

　　海难事故的第五天,阿良还是没有消息。阿良活着的可能性是不大了。珊珊来到阿狗家来看阿良的孩子晨晨。

　　晨晨抱住珊珊的腿说:"捕鱼去,捕鱼去。"

　　珊珊抱起晨晨,流着泪亲着:"孩子,你怎么办?"

　　"孩子你怎么办?"晨晨学着珊珊的话。"你阿爸不会来了,"珊珊的泪流得更凶,"你阿爸不会来了。"晨晨继续学着话,小手擦着珊珊的脸。

　　"珊珊姐,"阿狗低沉地说,"第五天了。"

　　"去找找胡指挥吧,"珊珊哽咽道,"要招魂的话,今晚是最后一天,明天可以出丧。"

　　"我也这样想。"阿狗说。

　　二人来到胡指挥家。

　　"胡指挥,阿良是回不来了,"阿狗说,"后事再不办,要和头七重叠了。"

　　"我正想这件事,"胡指挥长叹一声,"阿良命苦啊!"

　　珊珊嘤嘤哭了起来。

　　"这样吧,"胡指挥说,"阿良和翠珠还没离婚。阿狗你马上去翠珠娘家,报个讣音。翠珠在更好。今晚招魂,来不来是他们的事。我估计翠珠是在城里的,珊珊,你去打听一下,到底在哪里,能把她叫来是最好了。"

　　珊珊擦掉泪说:"我马上去。"

　　"那我也走了。"阿狗说。

　　"你们放心,晚上招魂的准备工作,我已在做了,"胡指挥挥了挥手说,"阿良也没啥亲人了,你们对他这么好,我想他也会安心的。"

珊珊放声哭了,郁积在心的哀伤终于在今天无拘无束地得以宣泄。阿狗抹了抹眼泪,低下头走了。

胡指挥把一块热毛巾递到珊珊手里:"珊珊,擦一擦,快去找翠珠吧。我也难过啊。我把他当自己的儿子一样。"

珊珊看到胡指挥老泪纵横,急忙擦掉泪说:"胡指挥,我走了。"

珊珊根据平时听说的情况,找遍了东山城里的所有歌舞厅,但是,没有翠珠。后来,有人告诉他,翠珠和她的男朋友张海舟已经很久没来了。经多方打听,珊珊总算找到了张海舟住的地方。

翠珠开门见是珊珊很是吃惊:"有事?"

"出来说好吗?"珊珊站在门外。

"进来说吧。"翠珠把珊珊让进屋里。

屋里很简陋,也很小,但收拾得很干净。没有其他人。

珊珊抬头细细打量了一下翠珠。她什么都没变,只是有些清瘦,神情显得无精打采。

"快说吧,啥事?"翠珠好像很急。

"阿良出事了,"珊珊选择着词语,"海里出事五天了。今晚要给他招魂。"

翠珠张大嘴巴,不相信地盯着珊珊。

珊珊的泪忍不住流了下来:"胡指挥叫你今晚非得去一趟,要招魂。"

翠珠想起和阿良最后一次见面的情景。一日夫妻百日恩。虽然她和阿良的缘分早已尽了,可她和他还没办离婚手续。翠珠的眼泪终于克制不住流了下来。

"好不好,翠珠?"珊珊拉起她手。

过了很长时间,翠珠摇了摇头说:"我去不了了。"

"翠珠,你是阿良哥的老婆。"珊珊急了。

"我……"翠珠表情很复杂。

"翠珠,你不要怕,村里人不会把你咋的。"珊珊以为翠珠有顾虑。

"珊珊,"翠珠突然大哭起来,"我只能管一个人了。我命苦呀!"

珊珊不明白。翠珠断断续续把意思说清了。她的那位住院已经好些日子了,每天发热,是什么原因查不清。市医院要他们转到上海医院去。今晚六点的船票。她现在就要去医院接他。

"我只能管活人,不能管死人了,"翠珠把头垂下轻轻地说,"珊珊,我知道阿良对你好,有你在也是一样的,你帮帮我,也帮帮阿良吧。"

"我在哪里一样呀,"珊珊有点悲愤地叫道,"可是你的孩子呢,你孩子也不要了?"

翠珠停顿了一下。她已很长时间没见到儿子了:"我从上海回来就去看他。珊珊求求你,帮我照顾他,帮我一下,也算是帮阿良吧。我回来就带他到身边。"

57

晚上,下起了蒙蒙细雨。今晚必须为阿良招魂。胡指挥与珊珊、阿狗他们商量了一下,通知阿良众好友,招魂仪式正常进行。

众人有的穿着雨衣,有的撑着雨伞,举着白色灯笼和火把,早早来到了沙滩。从老远的地方望过来,那散在沙滩上的灯笼和火把星星点点,似乎要照亮黑暗,但由于光亮不足,反而使整个沙滩看上去更加阴沉和漆黑。还没有涨潮,海水成一条淡淡的白线,快接触到沙滩时,缓缓地退下去,发出一阵轻轻的叹息。

珊珊把晨晨紧紧拉到自己身边,怕雨水打湿他的衣服。晨晨皱着眉,表情忧郁。他不知他们带他到这里来做什么。我能听见红帆船和船魂灵的声音。这个人叫阿姨。这个人不是阿妈。阿爸在红帆船里。红帆船在海里。海在海里。从蟹洞爬进去,钻出头来。就在海里了。以前的魂灵是亮晶晶的,白花花的,现在是蓝牙齿的、红灯笼形状。阿妈的魂灵沉落了。船魂灵沉落了。阿爸捕鱼去、捕鱼去。晨晨突然使劲挣脱掉珊珊的手,向前奔去:"阿爸,我也要去。阿爸,我也要去。"

珊珊跟着跑过去,把晨晨拉住:"听阿姨的话,等阿公要你叫阿爸了,你再叫。"

胡指挥已把一束捆在棒中的稻草,插在沙滩中,众人将灯笼和火把围成一团,看上去就像一只灿烂的花环。珊珊把阿良儿子抱到胡指挥身边:"听阿公的话,阿公要你叫阿爸回来,你就叫阿爸回来。"

孩子好像忘记了刚才的情绪,拍着小手,冲着灯笼尖叫:"真好看,真好看,红帆船真好看。"众人默不作声,胡指挥轻轻地摇着头,珊珊则抹了抹眼泪。

雨停了。夜空里,奇形怪状的乱云到处飞奔,好像一下子从什么地方涌出来似的,有的像小山一样,有的如动物,也有的则像一艘正在行进中的巨船。一两颗星星透过乱云固执地探出头来,但很快又如受了惊吓一般,缩了回去。

开始涨潮了。在黑暗中窜起的浪头特别的醒目,就像一群群从远方奔来的白狼,蹬打着黑沉沉的海水,起初是低沉的咆哮,慢慢地潮声越来越激越、惨烈,整个沙滩都滚动这种亘古就有的沉重轰鸣声。

"开始吧。"胡指挥把香烛放在沙滩上,低沉地说。

阿狗、珊珊等众人齐刷刷地面向骚动的大海跪下去。

"第一拜。"

胡指挥合掌,带头向大海一拜,众人也跟着一拜,这样连着拜了三次。

"起。"胡指挥说完,众人就缓缓地站了起来。

"现在可以招魂了,"胡指挥说,"珊珊,你让孩子先叫。"

珊珊把晨晨拉到众人中间说:"听阿姨话,叫阿爸回来。"

可是阿良儿子的喊声,让众人大吃一惊:"船魂灵沉落了。"

珊珊急了,哽咽着说:"听阿姨话,就说海里冷,阿爸回来。"

晨晨看了看珊珊,大哭起来。外婆。阿爸、阿妈。听阿姨话。纸魂灵、水魂灵、船魂灵、鱼魂灵、小蟹魂灵。晨晨魂灵。

"阿姨陪你捕鱼去,"珊珊抱起晨晨,离开人群说,"现在,阿姨就陪你捕鱼去。"

"阿狗,你先来吧。"胡指挥说。

阿狗说:"胡指挥,你先来。阿良哥就像你儿子一样。"

胡指挥也不推辞了:"阿良儿嗳,海里冷冷,回屋里来嗬。"胡指挥的声音抑扬顿挫,和一浪一浪扑向沙滩的潮声一致,显得更加沉痛悲怆。

"阿良哥嗳,海里冷冷,回屋里来嗬。"阿狗呜咽着叫道。

接下去,众人一起齐声喊道:"阿良嗳,海里冷冷,回屋里来嗬。"声音整齐雄浑,一下子把潮声压了下去,满沙滩都回荡着这种余音袅袅的祈求声。

珊珊再也忍不住了。怕吓着孩子,她用一种平静却又透出清冷的声调,喃喃地喊:"阿良哥嗳,海里冷冷,回屋里来唷。"

阿良的儿子突然在珊珊喊后,大哭大叫起来:"阿爸嗳,海里冷冷,回屋里来唷。"

众人配合着阿良儿子的喊声,又齐声叫起来:"阿良嗳,船魂灵沉落了。海里冷冷,回屋里来唷。"

这时,天空一派透明,一弯冷月随着喊声像一只船似的不安晃动,漾出一缕缕的清光,纷纷扬扬地浮在海水中、沙滩中,远处的礁石丛中……

胡指挥本来要把供奉过的那束稻草放在阿良儿子的后背。但回家的路上要一步一跪,他和阿狗等商量了一下,叫阿狗背着回阿良家。

招魂仪式,一夜来回要进行三次。等第三次结束,已是后半夜了。大海复归平静,沙滩里只有小蟹沙沙的爬动声特别响亮。

58

招魂人群回到阿良家后,大家就在厅堂静静地观看胡指挥把那束祭过的稻草分开,扎成草人。接着,珊珊从衣柜中捧出阿良平常做客穿的西装,几个人七手八脚地把西装套在草人上。

在大家看了时辰,要把草人放进棺材时,胡指挥忽然说:"慢,还差一样东西。可以代表阿良灵魂的东西。"

大家面面相觑,不知道阿良最喜欢的东西是什么。

珊珊想了想,凑近胡指挥,耳语了几句。

"那你快点。现在是后半夜,要不要阿狗陪你去?"胡指挥说。

"不要了,"珊珊说,"阿狗这里也很忙的。我拿了,马上就来。"

珊珊到自己家去取阿良在她结婚时送给她和海生的小船模型。那个用黄杨木雕刻成的小船模型是阿良有一次出海时,用拖网从海底偶然拖上来的。据说是文物,有人出高价要向阿良收购。恰好珊珊要结婚,阿良想来想去没有什么礼物可送,就把这个小船模型送给了珊珊。

珊珊觉得唯有这样东西最配成为阿良的灵魂。她要将这样东西从家里取来,永远伴随在阿良身边。

珊珊家离阿良家隔着一座山岗,为了快点把小船模型取来,珊珊连跑带奔,抄山道近路到了家。她以为海生肯定不在家。这几天海生每晚是不在家的,她也不想再管他了,连跟他吵架的念头都没有了。她想一切等阿良的事情办好再说。但是,房里竟然还亮着灯让她颇为奇怪。

她打开门,走上二楼,站在房门口。她听见里面有女人的说话声。她本来扭头想走,可是那只小船模型就放在房里的梳妆台前。她咳嗽了一声。里面倏地静下来。过了一会儿,有脚步声过来。珊珊推开了门。她惊呆了。海生穿着条短裤,刚下地,而床上有个人正用被子把自己包得紧紧的。不用说,那就是小妮了。

"你们……"珊珊气得站不住,她扶住了大衣柜的把手。

珊珊居然会半夜到家来,这是海生和小妮根本想不到的。张海生和小妮在海上花园祝贺赵明龙到水产局当局长。张海生是实在太高兴,把自己喝得酩酊大醉。他知道今夜村里要为阿良招魂,本来也要参加,以防人家怀疑是他在船上做了手脚。小妮见他醉得厉害,而张海生又执意要回家,就扶着他,坐出租车回家。上半夜,张海生呕吐折腾,下半夜,他清醒了不少,发现小妮为他端水擦脸,知道珊珊在帮阿良招魂办后事,不会回来,就放心地叫小妮一道睡了。

现在他颇为难堪地看着珊珊。他怕珊珊会扑过去,掀掉被子,让小妮出丑。

珊珊铁青着脸,一言不发,冲到梳妆台前,她要拿了小船模型,马上离开这里,她受不了,再待一分钟也受不了。

可是小船模型没有了。也不知从什么时候起没的,小船模型不见了。

"你把小船放到哪里去了?你快把小船拿出来。"珊珊冲到张海生面前,歇斯底里地狂叫起来。

"小船?什么小船?"张海生本来就心虚,等着珊珊爆发,没想到珊珊竟是问小船哪里去了。他想起来了,这小船赵明龙喜欢,说了好几次,他觉得也没多大用处,就给了赵明龙:"这小船,我早就送掉了。"

珊珊的身体一下子如一片落叶在血光迷离的海浪中飘荡,她看见自己正在急速地往下沉往下沉,激起一阵阵尖锐的叫声,刺得她无法承受地痛楚。

胡指挥等了不少时间,不见珊珊回来,怕出事情,就叫阿狗去张海生家。阿狗赶到张海生家,吃惊地发现张海生和小妮正要把珊珊送医院。

"珊珊姐,珊珊姐,"阿狗急着叫道。他弄不清珊珊回家为何就晕了过去,"珊珊姐,阿良的灵魂还等着你呢。"

阿狗的唤声使珊珊醒了过来。她挣脱掉张海生和小妮,艰难地站了起来,急促地对阿狗说:"走,阿狗,我们走,快走。"

珊珊的脸色在苍白的灯光下,显得更加苍白。但是,张海生明显地感到,珊珊的表情已经没有了丝毫的痛恨和痛楚,唯有一种神圣的光芒像晕似的不断扩大。珊珊从此以后,不可能再是他的珊珊了。

小妮的腿不停地抖动着,她从没见过这样的场面。她以为珊珊会在阿狗出现后,把她像狗一样狠狠地痛打一顿,她甚至做好了挨打的思想准备。

可是珊珊和阿狗如风飘然而走,就像从没出现过。张海生和小妮呆呆地站立在院子里,分不清刚才一幕是真是梦。

佛光树连叶子都一动不动,好像庄严地沉思着……

59

在路上,阿狗问道:"珊珊姐,到底发生了什么事?"

珊珊咬着唇,只是摇摇头:"刚才的事,你在阿良哥家不要说。"

到了阿良家,珊珊带着哭音对胡指挥说:"小船找不到了。"

胡指挥说:"那用啥东西呢?"

大家也想不出啥东西。最后,胡指挥看见了放在屋角的几面船旗,那是阿良新船下水时好友送的礼物。因为有好几面,阿良只带一面系在中舱的主桅杆顶上,其他就都放在家中了。

胡指挥指了指船旗:"用这个吧。"

大家一致认为比较合适。珊珊把船旗折成方块盖在草人身上。等一切准备妥当,天已大亮了。

阿良的墓地选在山脚边的一个小岙里,往下通向沙滩,往左靠近礁石丛,不太让人看得见,却可以终日看见从海里驶过的船只,听见海浪的拍打声。

等棺材放进墓穴,垒起坟头,大家就三三两两从原路返回。只有珊珊没有要走的意思,牵着阿良的儿子晨晨呆呆地站在墓碑前。"红帆船。红帆船。红帆船。"晨晨流露出一种不可思议的惊喜目光,热切地指着墓穴。这是他第三次看见棺材了。他牢牢地记住了外公取的名字,红帆船。大家都把晨晨的话当作痴呆儿的疯话。

"珊珊回去吧,"胡指挥说,"不要难过了。"

"珊珊姐,阿良哥不会怪你没找到船的。"阿狗来拉珊珊回去。

"胡指挥、阿狗,你们带着晨晨回阿良家去吧。我过会儿再来。"珊珊平静地说。她想一个人再待一会儿。

胡指挥轻轻地摇摇头走了。阿狗牵着晨晨也走了。

珊珊再也抑制不住,放声大哭了起来。阿良哥,阿良哥,你告诉我,我该怎么办?阿良哥,张海生不是人啊。你说我怎么办?你说,你说呀。她泪眼婆娑。

"于阿良之墓"的字样触目地惊心。一阵风吹来,花圈上的纸花发出沙沙的声响,垒起的坟头新土黄得逼人。山岙却像是屏住了呼吸,静听阿良的回答。但是当她抬起央求的眼神看着阿良哥时,阿良哥却是空空无人。阿良哥已在海里了。

珊珊忽然转身向自己家走去。

小妮已经离开张海生家。张海生一个人坐在沙发上抽烟。他不知道珊珊会如何对付他。

"你回来了,"珊珊推门进去,张海生站了起来,"我本来也要去的。"

珊珊没有看他,只是自顾自地走上二楼,进了房间。

海生跟了上来:"你累了吧?今天我去买菜。"他可是从没说过这样低声下气的话。

珊珊打开衣橱,把自己的衣服拿了出来。有一件是放在最底层的她新婚时的白色婚服。那是她留作纪念的衣服,一直舍不得穿,后来又舍不得处理掉。她把黑衣服脱下,换穿上这套象征纯洁无瑕的白色婚服。

张海生紧张了:"珊珊,你要做啥?"

珊珊接下去把衣服一件一件装进一个行李箱里。

"珊珊,昨晚,我喝多了,"张海生说,"实在对不起。"

珊珊"砰"地把箱子合上了。

"珊珊,你再原谅我。"张海生站在珊珊面前。

珊珊把行李箱提在手里。

张海生跪倒在珊珊脚下。珊珊这次是认真了,而他并不想离婚。在张海生看来,作为一个男人,离婚是人生失败的象征。

"你走开。"珊珊低声喝道。在她看来,现在这个男人是如此陌生。

"珊珊……"张海生哀求地抬起头,抱住珊珊的腿。

"我们已经无法再过下去了,"珊珊冷冷地说,"现在我走。你也好好想想,是协议离婚还是到法院去。"

"你不要以为了不起。阿良也死了,没人会要你的。你是二婚头。你不会生孩子。你要离,你去离好了。"张海生放开珊珊的腿,站了起来,大嚷着,咒骂着:"你这个吃里爬外的坏女人。"

珊珊也不应声,沉静地从张海生面前走了过去。

张海生跟了下来,他把楼下餐厅的桌子掀翻了。珊珊听见一阵哗啦啦的响声,她没有回头。现在不管这个男人做什么都与她无关。外面的阳光很安宁,海风吹来是清爽的。佛光树的影子斜着越过院墙,断在外面。珊珊快步向阿良家走去。

现在该是让阿良家的客人吃斋饭的时辰了。她要帮着洗碗洗菜,等客人走后,还要还桌子,还碗筷,有一大堆事情要做。

珊珊一身白衣,打扮得如同观音娘娘,一脸庄严地走进来,还提着一只箱子。这让胡指挥、阿狗他们都有些吃惊。

60

"孩子,怎么了?"胡指挥问。

"没事。什么事都没有。"珊珊不想让大家知道。她把箱子放进屋里,就开始洗菜了。

吃过斋饭,客人和乡亲们差不多都走了。只剩下胡指挥、阿狗、阿狗妈、晨晨几个人。

"孩子,说吧。"胡指挥看着欲言又止的珊珊说。

"胡指挥,我要和他离婚。"珊珊说。

"我理解你的心情,"胡指挥说,"孩子,阿良出事,也很难说一定是船厂的责任。很难说是海生搞了名堂。离婚,你难啊。"珊珊的爸妈都过世了,也无兄弟姐妹,在鱼盆岙村没有亲戚。

"胡指挥,我不能和他过下去了,"珊珊哭了,"我真的无法和他过下去了。他伤过我心,我原谅了他。可他再也回不到从前的他了。"

"胡指挥,昨晚,海生的小姘头让珊珊姐撞见了,"阿狗插嘴说,"我看还是离了好。"

"有这样的事?"胡指挥吃惊了。他一直弄不清珊珊凌晨回家为啥待了这么久。原来如此。他没法劝珊珊不要离婚了:"孩子,你铁心了?"

"铁心了。"珊珊擦掉泪,声音有点喑哑。

"你总得有个住处,"胡指挥拉了拉阿狗妈说,"嫂子,珊珊住到你家好不好?"

阿狗妈摸索着去拉珊珊的手说:"好。好。孩子,你就当我的女儿吧。"

珊珊急忙抓住阿狗妈的手:"那不行呀,胡指挥,阿狗家屋小,又住着晨晨。"

"我也想过了,"胡指挥忽然问,"珊珊,翠珠跟你是咋说的?"

"她说从上海回来就来带晨晨。"

"我就怕她不要晨晨,"胡指挥说,"晨晨的痴呆病是好不了的。"

"那我一辈子带着晨晨。"珊珊坚定地说。

"孩子,你还年轻,"胡指挥悲哀地摇了摇头,顿了顿对阿狗妈说,"嫂子,这样好不好,翠珠没来前,阿狗晚上先住到阿良家里。珊珊和晨晨住在你家。"

"好,"阿狗妈说,"珊珊每晚会陪我说话了。"

"我真不晓得咋谢你们。"珊珊的泪水顺着面颊无声地往下流。

"阿姨不哭。阿姨不哭。捕鱼去,捕鱼去。"晨晨抱住珊珊的腿嚷道。

珊珊低下身,把晨晨抱起来说:"阿姨没哭,阿姨和你一起捕鱼去。"

晨晨开心地笑着:"捕鱼去。阿爸捕鱼去。"

张海生在珊珊走后,发泄了一通,在沙发上枯坐着。他想不出什么办法,能使珊珊回心转意。现在,珊珊肯定是在阿良家,但他不愿上阿良家找她。都是阿良害的,都是那死东西害的。

到吃中饭时间了。海生感到肚子有些饿。他又想起珊珊的种种贤惠处来了,不由得重重叹了口气。有时失去,是一种解脱,有时失去,方觉珍贵。他搞不清对他来说,是前者呢,是后者呢,还是二者都有。

他想了一想,打电话给小妮:"我没饭吃了,要到你那里去。"

电话那头传来小妮兴奋的声音:"你快来。我在宿舍等你。"

张海生很少到小妮宿舍来,嫌房间太小,进进出出的人太多。今天,他无所谓了,不避嫌疑了。张海生推开门,满屋子的烟雾和菜香。

"你在做啥?"张海生懒洋洋地问。

"我知道你要来吃饭,特地买菜在这里做。我想你在饭店肯定吃厌了。"小妮解掉围裙,亲热地围住张海生的脖子,娇柔地问:"还好吧?"

张海生听了小妮的前半句话很是受用,但听了后面的问话,脸色阴了下来,他推开小妮说:"好什么好。她要走了。要离婚。"

"海生,都是我不好。"小妮有点讪讪地说。

"我没怪你。"张海生见小妮楚楚动人的样子,把小妮揽在怀里:"不说这事了,我们吃饭。"

小妮高兴地在张海生的脸上亲了一下,起身去准备碗筷:"喝一点吧?"

"不喝了,就吃饭。我饿。"

张海生吃着饭,话很少,一副心事重重的样子。"要不,我还是回南方去?"小妮忍不住试探道:"珊珊姐,也许会原谅你。"

"回南方?"张海生瞪大眼,把筷放下来,"做啥去?"

"我是第三者,"小妮哭了,"我对不起珊珊姐。"

"你烦不烦啊?"海生叫了起来,"我怨你了,我说你了?"

"我不想让你不高兴,"小妮擦着泪说,"真的,海生,你高兴,我做啥都行。"

"她恨透了我,"张海生说,"她不会原谅我们的。"

"那……"小妮看着张海生。

"我们喝酒,"张海生被小妮看得一股豪气直涌心头,"天要下雨,娘要嫁人。她要离就离吧。你不许再去南方。"

"真喝?"小妮无限娇媚地盯着张海生。

"喝!"张海生说,"我满杯敬你。"

61

阿良钢质渔船的沉没原因迟迟没有报上来,而阿狗等及海难事故的家属则联名写信给黄副县长,要求查清原因,如是船厂建造的质量问题,要求赔偿损失并依法处理责任者。

黄副县长看到阿狗等人的信,提笔写道:"请水产局明龙局长阅处。此事我在事发第二天就要求查清原因,严肃处理。请抓紧进行,结果报我。"

赵明龙收到这封信,皱皱眉,他叫隔壁的办公室主任把船检科汪科长叫到自己的办公室。

汪科长进来后,赵明龙叫办公室主任出去,并关严了门。

汪科长在沙发上落座后,赵明龙盯着他低沉地说:"你老实告诉我,张海生给了你多少好处?"

"没有,赵局长,"汪科长跳了起来,"我发誓,一分钱也没收。"

"你说实话。你是怎么让这只渔船通过船检的?"赵明龙更加不高兴了,"没收钱,这船怎么会沉?我是老船检出身的,这船你不觉得沉得莫名其妙?"

"赵局长,"汪科长涨红着脸说,"船的质量绝对没有问题。我们船检是很严格的,这是性命关天的事。你怀疑我收了钱,可以叫局纪检组调查,也可以叫县纪委直接双规我。"

"那好,"赵明龙拍了拍他的肩膀说,"你们是在第一线,面对广大渔民群众,一定要作风过硬。我相信你。你是老科长了,多支持我的工作。"

"赵局长咳嗽一声好了,"汪科长松了一口气,"我坚决听赵局长的吩咐。"

"好，"赵明龙挥了挥手，"你可以回去了。"

汪科长走后，赵明龙马上拿起电话："我是明龙。海生，你是不见棺材不掉泪啊。"

"大哥，什么事？你不要吓我。"对方的声音有点紧张。

"你给了我的船检科汪科长多少钱？"赵明龙问，"我上次问你，你说没搞过名堂。人家汪科长都承认了。你对大哥不够坦白吧？黄副县长叫我查，你说如何查？"

"大哥，钱是意思过了。但那是为了快点办手续，"张海生的口气明显轻松了，"查当然是要查的，否则，你向黄副县长也不好交代。不过，我听说有人要向县里反映是你包庇我、重用我，让我承包了船厂。如何查，反正你比我更清楚。大哥，我这下半辈子全靠你了，但我为大哥也是赴汤蹈火，不皱眉头。还要告诉你，我家破人亡了，珊珊这小婊子要和我离婚。"

"珊珊，要和你离婚？"赵明龙高兴地说，"离了就离了，那是祸根。你不是还有小妮嘛。"

"大哥，我和小妮再安排一次，"张海生在电话里说，"你给个脸。"

"啥脸不脸啊，咱们兄弟见个面。"赵明龙心里暗骂了一句。张海生这家伙越学越精了，本来是他要紧紧他，没想到他的绳子一点也不松，真是成了一串绳上的两只螃蟹了。

赵明龙放下电话后，要通汪科长的电话，叫他再上来一趟。

"赵局长，"汪科长的手里提着一包东西，"这是几块明代的银元，是一个船老大朋友从海里捕鱼捞上来送我的。听说你是古董专家，给你鉴定鉴定。"

"我有空看看，"赵明龙翻着文件夹，并不抬头，"这是一封群众来信，你明天组织几个人去查一下。"

汪科长接过一看，是反映阿良钢质渔船沉没事件的，信中说很有可能是船检科和船厂勾结，使这一艘粗制滥造的渔船得以出厂。汪科长故作镇静，却看得浑身冷汗。

赵明龙抬起了头:"调查报告中有关船检的部分,你们说是认真的,那就要实事求是。"

"是。"汪科长响亮地回答道。

汪科长带着水产局几个人到渔都乡和鱼盆岙村找了阿狗等当事人,找了船厂工人和张海生,也找了气象局,最后形成了一份报告。结论是,船只设计图纸系船老大阿良从县水产局有关部门取得,没有任何问题;所用材料和焊接是无问题的,基本可以排除建造质量问题。船只沉没的最大可能是因驾驶不当,和海底暗礁碰撞导致船底破裂,再加上当时风浪较大,无法及时采取有力措施。责任应由老大及船员承担。

赵明龙看了报告后,提笔写道:"同意上报。"他放下笔,笑眯眯地对汪科长说:"你在船检科的日子也很长了,现在局里日子难过,机关干部的福利经费紧张,我看你是个人才,到渔政科去当科长吧,帮局里好好抓一下创收。"汪科长深知船检科的油水要比渔政科多,但地位是渔政科重要。局里担任副局长的,不是生产科就是渔政科,便恭恭敬敬地说:"谢谢局长关照。"

黄副县长看到文件夹中的这一报告,简单地写了个"阅"字。他想了想,把秘书小陈叫来说:"你复印一份给我。"

小陈马上复印好交给他。黄副县长只是把它放进自己的抽屉里。

62

张海生自从牢里出来,珊珊就不去网厂补网。张海生说给他丢脸。珊珊和晨晨住到阿狗家后,开销又大了不少。她后悔辞了这份工作。

阿狗还没有找到合适的渔船可去做雇工,只能到海边礁丛处铲些淡菜,拾些螺、簌,由珊珊到农贸市场卖出后,以维持全家生计。

珊珊心中不安,几次打电话催张海生快去办离婚手续,想从中把财产分割了,能补贴阿狗家的费用。但每次张海生都是支支吾吾的不答应。珊珊知道看来只能通过法院起诉解决这个事了。她想等阿良哥做了五七斋饭以后,再请人帮忙写起诉书。

阿狗觉得不出海捕鱼,收入总归有限。他花了三千元钱买来了一只舢板船,准备再雇个人,出海做推绺作业。但是这样的人雇不到,要价很高。

"阿狗,姐和你一起去。"珊珊知道后说。

"不行的。珊珊姐,出海很苦很累的,"阿狗说,"你是个女的,受不了的。你的手是拿画笔的,最多织织渔网了。"

"没事,姐懂马达,就替你管机器好了,"珊珊说,"先试试看。你不会怕女人上船不吉利吧?"

"那倒不是,"阿狗说,"就怕太苦了。"

"我不怕,"珊珊说,"阿狗,我们去试试。人家夫妻二人在近海放蟹笼、张网,都能干。我们做啥不能干?"

"要是阿良哥知道我同意你下海,非得把我骂死打死。"阿狗长叹了一声。

珊珊心一酸,但她忍住泪,避开有关阿良的话题说:"否则,你这船要白白买了。"

"珊珊姐,这事千万不能告诉我阿妈,"阿狗说,"她知道的话,是绝对不会让你下海的。"

"好。"珊珊高兴地说:"明天早晨,我在阿良哥家门口等你。"

第二天清晨,阿狗看到珊珊把自己的头发包得严严实实,看上去像个假小子,不由得笑了:"珊珊姐,你看上去像个伙将团了。"

珊珊说:"村里人肯定不会想到我下海去了。我们快走,不要让人家看到。否则让人笑话我们。"

两人说着,很快来到泥涂,坐上小舢板。

这是一种很简陋的船只,只在船头装了一匹十二马力的发动机,船身的漆有些剥落,只有船眼睛还是黑得分明。要是让晨晨看见了,肯定会说是红帆船,珊珊跳上船想起晨晨的早饭不知道肯不肯吃。阿狗发动机器,捏住舵把,小舢板像一辆陆上的手扶拖拉机,突突叫着,朝海里驶去。

船开了大约二十分钟,来到一个无人的小岛旁边。海面虽然风平浪静,但船小,机器一停下来,船就晃动起来。珊珊原来就有点晕,这时再也控制不住,呕吐起来。

"珊珊姐,你要是吃不消,我们回去。"阿狗看珊珊吐得脸色雪白,担心地从船尾走过来。他刚刚把推缉网放下去。

推缉网是用两根竹竿固定而成的。人离开竹竿,潮流就要把网具和竹竿都带下去。珊珊有点急:"阿狗,你管住网,不要管我。"

阿狗没办法,只得重新回去,抓紧要滑向海里的竹竿。

珊珊怕自己支撑不住,只得把身子整个压在舵把上,同时,配合阿狗把船的方向固定住,防止潮流把网具带走。

第一网上来是空的,第二网上来是几条小杂鱼。半天下来,所获得的海货并不多。阿狗算了算除掉柴油钱,可能所得不会太多。

"珊珊姐,近洋的鱼是越来越难捕了。以前,我们小时候,在泥涂里也能拾这么多,"阿狗在驾船回来时说,"所以,我们大船一去就要去二十多小时远的地方。"

珊珊却很高兴,她虽然有些晕,但比起初要好了不少。她指了指船舱中的鱼虾说:"不错了,我们第一天出来就有这么多。明天,我们再来。"

小舢板重回泥涂,阿狗系好船缆绳,把船舱里的鱼放进桶里,递给已跳上船的珊珊。

"珊珊,你在做啥?"忽然,张海生出现在他俩的面前。

从泥涂到村里,必经船厂。张海生肯定是看见珊珊,从厂里走过来的。

桶有些重,珊珊接过后放在地上。阿狗跳上岸,阴着脸对张海生说:"你要做什么?"

"不关你的事。"张海生皱了皱眉,转头对珊珊说:"你不是要离婚吗,我们商量一下如何办手续。"

珊珊咬了咬嘴唇,对阿狗说:"你先回吧。"

"你对珊珊姐不客气,不要怪我的手重。"阿狗死死地盯了一眼张海生,走了。

"珊珊,你还是回家吧。"张海生看了一眼泥涂上随风飘荡的蒹葭花。蒹葭的叶子已经开始发黄,花絮由白色转为咖啡色了。

"你不要再说这个了,"珊珊扭过头,"你说我们是协议还是上法院?"

"珊珊,你不觉得你这样生活很荒唐吗?"张海生说,"你不知你的脸色有多难看,你居然会下海去。"

"你不要管我,"珊珊说,"我再问你一次是协议还是上法院?"

"你……"张海生指着她。

珊珊快步走了。

63

张海生不肯协议离婚,珊珊只得上诉至东山县人民法院。

那天,民事庭内部审判。珊珊作为原告在起诉状中要求解除与张海生的婚姻关系,理由是张海生已有外遇,双方感情破裂,同时鉴于张海生不忠行为已伤害女方,在共有财产依法公平分割的同时,要求赔偿精神损失。

张海生作为被告出庭,他称自己仍然爱着妻子,并几次动员妻子回家。他的律师称被告并无不轨行为,原告所称已有外遇,无法证明,相反原告移情别恋,早就和同村于阿良有不清不白关系,导致于阿良妻子愤然出走,至今未归。张海生律师向法官出示了他所收集的证言。

张海生的律师发言后,张海生露出一丝微笑,瞟了一眼珊珊。珊珊没想到张海生的律师竟然会说出这样的话,她求援的目光望了自己的律师一眼。

"刚才被告律师的辩护是荒唐的。于阿良妻子出走,并不能等同原告就和于阿良有不正当的关系,被告律师出示的证人证言只是证实了于阿良妻子出走这一事实,但不能证实于阿良和我的原告有不正当关系。根据我们的证人证言,张海生和一个小妮的女人则有不正当的关系。我请求法官传证人证言。"

法官下令传原告的证人。第一个进来的是海上花园客房部的服务员。她证实亲眼看见张海生和小妮晚上进了房间,第二天清晨才出来。

"在同一个房间不能证实就有不正当关系。"被告律师辩称。

下面旁听的都发出一阵哄笑。

"肃静。"法官也忍俊不禁,敲了一下:"传第二个证人。"

第二个证人是阿狗。阿狗有点紧张。他在按照法官的要求声明自己不作伪证后,详细讲述了那夜小妮在张海生家、珊珊昏倒的经过。

"我们做了些什么,你看见了?"张海生恶狠狠地盯着阿狗。

"你们做了些什么,你们自己知道。"阿狗理直气壮,并不胆怯。

"张海生,你这么这样无耻?"珊珊忍不住痛骂道。

"肃静。肃静。"法官大声叫道。

最后,法官在听取了原告、被告律师的辩护后,作出如下判决:

因双方感情不合,准予原告提出的和被告的离婚请求。

不支持原告提出的要求赔偿精神损失的要求。

双方共同财产按现有动产和不动产平均分割。

如对本判决不服,可在十五日内上诉中级人民法院。

法院的判决基本达到了珊珊要求离婚的目的,但海生不甘心一半财产落到珊珊手里,向中级法院提起诉讼。中级法院经过审理,最终驳回张海生的上诉,维持县法院的原判。

珊珊收到中级法院的终审裁定书,正是阿良遇难百日祭日。

翠珠说好从上海回来,就来带晨晨的,但一直没出现过。反而,在阿良遇难百日祭日那天,村里收到了县法院关于解除于阿良与翠珠婚姻关系的判决书。赵明龙调离渔都乡后,乡党委在村民民主推举下,批准胡指挥再次出山任鱼盆呑渔都渔业公司经理。

胡指挥到阿良家办阿良遇难百日祭日时,把这事告诉了珊珊和阿狗他们。

"有没有提抚养晨晨的事?"珊珊问。

"翠珠附了几句话,她说会来带孩子的。房子她也不要,都放在晨晨的名下。叫我们先带带晨晨。我看是她不要晨晨了。"胡指挥说。

"也不管她要不要了,"珊珊抬起头说,"晨晨,我带了。我带他一辈子。"

"孩子,"胡指挥语重心长地说,"你还年轻,什么时候你带不了,你告诉公司。这事黄副县长也专门打电话来问过我,要求村里一定要照顾好晨晨。"

"胡指挥,你放心,"珊珊抿了抿嘴,坚定地说,"晨晨就是我儿子。"

为阿良办百日斋饭的客人、乡亲吃好晚饭都回家了。阿狗妈带着晨晨也走了。珊珊和阿狗把阿良家收拾干净后,阿狗叫珊珊早点回去,明天还要出海。

珊珊在离开阿良家时,抬头看见了挂在客堂的阿良的黑白肖像画。阿良的眼神充满忧愁,好像有满腹心事。珊珊突然涌出想和阿良哥说说话的念头。她径直朝阿良的墓地走去。

夜已全黑了。珊珊站在阿良的墓碑旁。坟头的土已经有些灰了,生出了一些杂草。在微风下轻轻地低吟着。一轮圆月已从海面升起,月光好像是从海面那头飘浮过来的,有些湿湿的雾气。远处的潮声很迷茫却很透明。

阿良哥,我来看你来了。我和海生离婚了。你在我结婚时为我喝的酒全白喝了。珊珊的泪流了下来。你不要劝我。我自己要求离的。

海生还想要我和他复婚。我执意不肯。过不下去了。真过不下去了。我真悔选择了他。可是你那时在干什么。我以为你只有你的船、你的海,我真的不知道你还有我。当我知道时,你就只能替我喝酒了,你喝了那么多的酒。

阿良哥,我知道你不喜欢翠珠,可你是不会离开翠珠的。你不是像张海生这样的男人。你有船你有海。只是现在翠珠也离开了你。她今天寄来了解除你和她婚姻关系的判决书。你是不是很难过?你是不是怕晨晨没人管?你放心,我会来看你。我会照顾你。我会带好晨晨。我会教晨晨画渔民画。将他画的渔民画烧在你的墓前。我一定不会教他画大鲨鱼的牙齿,你放心。阿良哥,你的眼里有很多很多的水,是海水,是泪水?你不要忧愁,你放心,有我在。

"阿良哥,你听见我的话了吗?你听见了吗?你说,你说。"珊珊发出低低的声音。

一阵风过后,断续的低沉的带有颤抖的话音清晰地冲击着珊珊的耳膜:"珊珊,我听见了。我听见了。"

　　珊珊急速地转过身。阿良真切地站在她的身旁。

64

当阿狗他们跳船逃生时,阿良还在驾驶舱里。

他不甘心。他不甘心刚打好的钢质渔船就这样沉没。可是凭着多年的经验,他知道这船是无法控制了。必须叫阿狗他们快逃。现在正是黎明时分,虽然天已亮了,但能见度不好,来往的船只也少。

阿良把自己的衣服脱下来,用打火机点燃衣服,然后他点燃驾驶舱里一切可以点燃的东西。他要让路过的船只看到快要沉没的船,看到落水的阿狗他们。海水像天塌一般涌进舱里来,船已完全进水了。海水在他脸上冲抓着。微弱的火光很快被海水扑灭了。

阿良抓住了漂在舱里的那袋珊珊送的苹果。船并没有沉没,而是随着潮流急速地往前方冲去。阿良从海水里钻出头,他握住了驾驶舵。他看见不远处是一坐荒礁,上面正一明一灭亮着灯光。那是航标灯。阿良转动舵,把船对准了荒礁。轰然一声,船撞在礁石上。阿良在船快要撞上去的刹那,跳进了浪花中。

冰冷的海水直往阿良的嗓子里呛。他的腿在礁石上碰撞了一下。一阵钻心的痛差点让他松开紧捏着的那袋苹果。他在浪头即将打上来时,灵巧地把头和脚缩了起来。当他从浪潮中钻出来时,他看见自己快到礁石丛了。

这时候是最危险的时刻,如果把握不好,轻则会被浪头重新带回海里,重则会随着白花花的浪头一同撞在滩横头里,非死即伤,而且一旦受伤,基本上是躲不过第二波海浪的打击。那就是渔民常说的碰滩横头死。

阿良在海浪再次打上来时,把身子埋得更低。几乎是潜入了海底。

在海浪再卷起他带向前时,他猛地抓住海水下的礁石。尖利的石头把他的手割破了,但他没有松手,然后,他纵身往前一冲,听凭浪头把他往前带去。就在这瞬间,他死死地攀住了露出海面的礁石。这时他的左手还紧紧地捏着那袋苹果。

阿良终于爬上了礁石。他的右腿肚被礁石划开了一个大口子,左手的虎口血淋淋的,少了一块肉。阿良精疲力尽,待在荒礁上,直喘粗气。

船已彻底沉没了,连桅杆也看不见了。海面上就是一些浮油也消失得无影无踪。阿良绝望地哭了。他就是在牢狱里都没有这么伤心地哭过。这只凝聚着他父亲生命、导致翠珠出走,也寄托着县里、乡里、村里不少人希望的钢质渔船一水鱼都没捕完就沉没了,让他感到自己还不如不逃生到礁石上来,干脆与船一起沉没。

哭了一会儿,他想站起来看看四周。他要看到阿狗他们。但是站不起来,那条腿好像不再属于他,一动就钻心般地痛。

阿良咬着牙,向灯礁的最高处爬去。每爬一步,汗珠就从他的头上滴下来。我不能停止,我一定要爬上去。他手里始终捏着那袋苹果。但终于他支持不住,手一松,痛昏过去。这一昏迷让阿良失去了让搜救他的人发现的机会。

阿良是被深夜的海风冻醒的。他睁开眼,天上满天星斗。礁石上的灯塔就在他旁边有规律地一闪一灭。他一下子反应不过来自己在何处,慢慢地才意识到自己的船沉没了。阿狗呢?阿狗他们在什么地方?他们被人家救起了吗?

阿良继续往礁上最高处爬。他终于爬到了灯塔门口。这时腿上的疼痛不如白天那么强烈,阿良摇摇晃晃站了起来,他和身猛烈地向灯塔门撞去。幸而门上的锁已经被海风锈蚀了,门哐当一声开了。

在灯塔中,阿良发现了一些旧报纸和纸箱。他摸了摸裤袋,居然还有一只打火机。他掏出打火机,急忙打了起来,一下,两下,第三下,打出了火花。这让阿良忘记了疼痛和难过,他点燃了旧报纸,一股暖暖的感觉在四周弥漫。阿良这时开始盘点自己的所有东西:一件背心、一条长裤,一条棉毛裤,还有就是捏在手里的一袋苹果。

阿良把苹果全倒在地上。他数了数,总共五只。他不假思索抓起一只苹果噬咬起来。他实在饿极了。但吃了半只,他忽然把苹果放了下来。他现在只有五只苹果,如果一口气全部吃光,以后如何办?他必须平均地吃这几只苹果。第一天只能吃半只,就是连核也不能浪费。还有报纸和纸箱也不能一下子烧光。

能不能获救,什么时候能获救,都是未知数,他要做好长期打算的准备,甚至要做好回不了家的准备。

灯塔里没有了火光,只有航标灯一闪一灭。阿良把纸箱拆开,铺在地上,躺了下来。他实在太累,很快就睡了过去。但是他睡得并不踏实,他仍然在海水里挣扎着,而旁边是阿狗他们飘浮着的尸体,在尸体与尸体中间,有一双狰狞的眼睛不断出没,眼瞳越来越大、越来越白。这是谁的眼睛?

65

阿良从噩梦中醒来,已是第二天早晨。他睁开眼看见海面出现奇异的景象。

刚刚从海平面升起的太阳消失了。远处的海天涌出被轻纱般的薄雾笼罩的一层层山峦、一座座翠峰,山径蜿蜒曲折,就像家中南岙通向北岙的石级路,薄雾缓缓移向山脚,一艘艘红帆船整齐地排在码头上。篷布大红色,船身也被漆成大红色。在缥缈中人来人往,若隐若现。

阿良晃了晃头,以为是自己的幻觉。

这瞬间,海面上油然生出矗立的高大牌楼,无数莲花在海面上硕大盛开,他曾在舟山普陀山寺院中看到过的佛幡在猎猎飘扬。

最让阿良吃惊的是倏忽间观音娘娘一袭白衣,手持杨枝,自远而近飘忽而来,悲悯地望着前方。那观音娘娘特别像珊珊,紧接着在观音娘娘旁边出现了一尊小沙弥,几乎与他的儿子晨晨一模一样。

阿良情不自禁地跪在灯塔的水泥地上,不停地磕头膜拜。当他再抬起头细看,眼前的景象消失得无影无踪。太阳已经从海面钻出,湿漉漉的,被海水洗得那么红艳,那么纯明。整个天空红光闪耀,云彩迷离,海面则金波澄澄,无边无际地伸向远处。

我一定要活下去。阿良站了起来。他的耳边响起晨晨"阿爸捕鱼去。捕鱼去。"的声音,他的眼前晃动着珊珊、胡指挥、阿狗他们焦虑的眼神。一种强烈的求生欲望在阿良心里升腾。船沉了,船魂灵沉落了,但他从沉落中逃上来了,他不能让自己沉下去。他要活。要活着回家。

阿良拖着受伤的腿,在荒礁上搜索着一切可以食用的东西。他找到了礁石上的一汪淡水。这水已经发绿，而且被海水侵蚀，还有股咸味，但他只有四只半苹果了。这水是如此的珍贵。阿良只是用手掬起，尝了少许，他不敢将水一下子喝光。当他看到礁石丛中生着的螺和簇，他笑了。这是多么好的早餐。他拿了两块石头，站到齐腰深的海水中，用力砸破簇壳，凑近后吮吸。一股腥味让他一阵恶心，但他还是咽了下去。

为了节省体力，阿良除了寻找食物，大部分时间躺在灯塔里，只是在看见船的影子时，他才拿出撕下的裤筒，在礁石的最高处，一边挥着裤筒，一边高喊。但是每次他都只能失望地看着路过的船只远去。这礁石实在太小，不显眼，人在礁上更小。而且这里还是暗礁丛生的海域，一般船只是不敢靠得太近的。

阿良在灯塔的水泥地上，已用石块划了四道。四天过去了，还是没能把船叫到这里来。他的腿已经化脓了，手也青肿。为了防止得破伤风，他就每天用海水洗一洗。第七天，他已把四只苹果吃完了。只剩下最后一只苹果。他无论如何不敢再吃了。每当吃苹果时，他就想起珊珊，要不是珊珊这袋苹果，可能他现在已死了也说不定。他不知道珊珊过得好不好。珊珊怀疑海生在船上搞了名堂，他现在也这么怀疑。但是他没有任何证据。船好像是在和暗礁碰撞后进水的。如果说海生搞的，只有两种可能，一种是电焊质量不行，一种是钢板质量不行。可自己一直在船厂管着。他就担心珊珊和海生会争吵，不知他们会吵成什么样子。

第八天，阿良开始吃礁石中的青草。胃阵阵抽搐，但他逼着自己咽下去。他也想吃唯一的那只苹果。最终只是嗅了嗅，放下了。苹果的皮已经有些皱。阿良担心它会烂。令他高兴的是，这天他在礁石丛中找到了三只小蟹，他小心翼翼地吃着小蟹，感觉以前吃过的所有鱼蟹，都没有现在这样味道鲜美。

他吃完小蟹，又看见了驶来的船只，他向礁石外的海面走去，张开嘴叫喊，但他的喉咙已经嘶哑，什么声音都没有了。船从阿良的眼皮下越驶越远，他绝望地哭了。现在他想起来了，每次在噩梦中出现的眼睛，其实就是残酷命运的眼睛，死神的眼睛，他可能再也避不开了。接下来，就是晨晨说的红帆船把他接到爷爷、阿爸他们待遇的地方。

海水正向他袭来。他不愿动,他想让海水就这样把他冲走。但是在海水劈头盖脑打来的瞬间,阿良看见了珊珊央求的眼神,那种忧郁透明的眼神。珊珊不让他死。阿良清醒了。他别无选择。不能选择死,就只能选择生。

阿良从海水里爬了上来。他感觉自己好像又一次从死神手中逃了出来。他浑身无力,慢慢地往上爬,一直爬到灯塔里。他在小便时发现尿中带血,他知道自己再也不能乱动了。必须把体力保持住。

第十天上午,阿良从昏睡中醒来。他已经不会走了。他瞪着眼,望着海面。终于一艘渔轮驶了过来。这艘渔轮外形有点古怪,而且似乎对这里的航道也不很熟悉,离礁特别近。阿良一阵狂喜。他爬出灯塔,拼命挥动裤筒。这裤筒对他来说就是希望,就是生命。

渔轮上的人看见了灯塔,看见了一个光着身子的人在挥着一块东西。他们把船慢慢地向礁石丛靠了过来。

阿良听见船上的人在大声叫唤。这一刻,他感到这船上的人都是观音娘娘。

66

　　阿良看清了来救他的渔轮船头写着"茂昌号"三个字,那是台湾的渔轮。
　　"于船长,前面灯塔上好像有面旗子在摇,"站在驾驶台上的大副说,"靠上去吗?"
　　"靠上去,"被称为于船长的是个矮胖的中年人。他刚从船长休息室过来,"救人一命,胜造七级浮屠,胜过一年去十趟普陀山。"
　　"船长,这里暗礁丛生,潮流急,船很难靠上去。"大副是大陆人,对这一带海域情况比较了解,但驾船技术一般,他怕出事。
　　于船长有点不高兴,阴着脸骂道:"我出了这么高的工资,雇了你们这种饭桶。走开,我自己来。"
　　于船长自己试了一下,也觉得没把握,就吩咐大副:"你带几个人,放救生艇下去。一定要把那人救上来。"
　　这时,阿良因为有人来救他,意志开始松懈,他再也支撑不住,昏迷过去。
　　"于船长,他已昏过去了,救不救?"大副他们驾着救生艇靠上礁石,看到一脸蜡黄、眼睛紧闭的阿良吃不准如何办。
　　于船长已走到船头。不要救上一个死人,那可麻烦了。他们还要到北太平洋钓鱿鱼去。他犹豫了一会儿说:"心还有没有在跳?在跳的话救上来。"
　　大副摸了摸阿良的胸部,在很好地跳着。他就和下来的几个人把阿良抬进救生艇,回到渔轮。

"他是累的。休息几天就会好的。"于船长把阿良安排到二副铺位。二副生病这次没有出海。

"给他擦拭一下,"于船长在出去前说,"醒来叫我。"

阿良是在第二天才醒来的。"饿、饿、饿……"他微弱地呻吟道。

守在他船边的船员高兴地叫喊起来:"于船长,他醒过来了。"

于船长听到叫声,急忙从船长室出来:"快喂他饮料。"

阿良睁开眼,眼前有好几张脸。有一股甜甜的东西流进他的嘴里,他很快咽了下去。

"你是哪里人?"于船长问。

"东山人。"阿良虚弱地答道,伸出手夺过饮料就喝。他实在饿坏了。

"啊,那我们还是老乡。我老家也在东山。"于船长大声嚷了起来。

"东山哪乡?"

"渔都。"

"哪村?"

"鱼盆岙。"

"你姓于?"

"是。"阿良吃惊了。这台湾人竟然知道他的姓。

"我老家也在鱼盆岙。我们是自己人了。"于船长抓住阿良的手。

阿良这时想起父亲说的爷爷买的那条小船是从当时逃到台湾的本家财主于财发手中买的。他们这个村里姓于的本姓人,只有于财发这家逃到台湾去了。

"我爷爷还向你家买过船的,"阿良也握住于船长的手,"你是我的救命恩人。"

"我太高兴了,"于船长说,"你吃点东西,再休息一下。等你有气力了,我们再聊。"

阿良挣扎着下来,跪倒在于船长面前,连连叩头。

"不要啦,不要啦,"于船长慌着把阿良扶到床位,"你休息,你休息。"

阿良实在太累了,又睡了过去。

这觉让他睡得很沉。等他醒来,感到浪特别的大。渔轮好像在旋转。自从出海以来,阿良还没碰到过这么大的浪,这浪和台风的浪不同。台风浪头是铺天盖地,会在头顶炸响,而这浪是从四面八方挤压船,好像要把船挤成一堆粉才肯罢休。船舱里不断传出一阵阵呕吐声。阿良有点惊奇,他觉得力气恢复不少,起床走了出去。

阿良来到驾驶台。于船长正在亲自驾驶。

"你醒了。好点了吗?"于船长问。

阿良感激地说:"好多了。"

"这些人真没用,"于船长说,"都在吐了,害得我也要吐了。"

于船长真的吐了。

"我来,"阿良把于船长扶到一边说,"我来把舵。"

于船长见阿良技术熟练,问:"你是老大吧?船为何沉了?"

阿良把沉船的事说了一遍。

"你打算如何办?"于船长关切地问。

"我想告诉家里,我还活着,"阿良黯然地说,"也不知同船的人到底如何了。"

"这里已在日本海了,"于船长说,"手机都打不通的。"

阿良想怪不得浪这么大。他们鱼盆岙的机帆船最远是在临近韩国的济州岛一带海域捕鱼。

"我们到那边去钓鱿鱼,"于船长说,"我看你驾船的技术比我大副还要好,就在我船上做事如何?"

67

  阿良迟疑了。从他个人的愿望来说,最好越快回家越好。他怪自己稀里糊涂,睡了这么长时间,要不他可以叫于船长在离中国最近的城市靠一下岸,让他上岸回家。现在,于船长的意思是最明白不过了。这么大的渔轮是非常耗油的。现在油价这么高,不可能为他再折回去。
  "好吧,"阿良不想让人家为难,"我就在你的船上干。"
  "我不会亏待你的,"于船长满意地说,"你是我的老乡啊,说来我们还是远房本家。"其实他确实看中了阿良,阿良在这么高的浪里,一点反应都没有,还从容不迫代他驾船。他想让阿良做他的二副。
  "哪里,"阿良说,"你是我的救命恩人,我白做好了。"
  "那不行,"于船长连连摆手,"他们多少工资你也多少。我不会少你一分的。"
  船已经到北太平洋了。夜晚时分,"茂昌号"渔轮舱面上的所有钨丝灯都亮了。灯光是一种白白的冷光,却特别的耀眼。不但把整条船照得明亮,而且把附近的海面也照得如同白昼一样。
  钓鱿鱼的作业方式和网捕明显不同,那是用机器把一连串的钓钩抛下海里,然后就用另一台机器把钓钩收上来。往往收上来时,都挂着鱿鱼。鱿鱼被甩进箱里时还是活的,体积看上去特别的大。
  "茂昌号"没装几台鱿鱼钓机器,因此,不少船员是用手工钓的,手不停地在放钓钩,收钓钩,一天下来,都累得手酸腰痛。
  能体验远洋渔业的作业方式,这让阿良亢奋。他做得很投入,思乡情绪淡了不少。但并不是所有船员做得都像阿良这样勤快。日子久了,一些船员的动作慢了,产量也降下来了。这让于船长很不高兴。他的脸色越来越阴沉,骂声也越来越多。

一天夜里,于船长终于发作了,他站在一个手脚木讷的年轻船员面前,骂道:"呆子,你在想什么啊?还不干活?"

那船员仿佛没有听到,仍然神情恍惚地望着被灯光照得雪白的海面发呆。

于船长火了,他抬起脚就往那船员身上踢。踢得船员在舱面上打滚。所有的船员都停止干活,但没有吭声。

阿良正在驾驶台帮于船长操舵。看见这景象,不由得火大了。这台湾人为赚钱对待船员像猪狗一样,也太没人心了。

他急忙走了出去:"于船长,你不能打人。"

"打人?"于船长大叫起来,"你们大陆人都是懒猪!我打猪。"

"你不能打人,"阿良站在那船员面前,"你打他,就是在打我们。"

于船长有点迷惑:"阿良,我可救过你,我没骂过你啊。"

"我感谢你,我可以为你白做,不要工钱,"阿良坚定地说,"但你不能打人。"

"好吧,看在我老乡的面子上饶你一回。"于船长冲躺在舱上的船员喝道,转身走了。

阿良急忙把那船员扶起来,轻声问:"你在想什么?"

那船员看了看阿良,喃喃地说:"我怕。我的眼前都是一些乱七八糟的东西。家。黑黑的太阳。紫色的女朋友。绿树。红雪。会叫的蓝色的鱿鱼。你听见了吗?它在叫,它在哭。我在棺材里,我在地狱里。你看见大大小小的鬼了吗?他们一船一船地从海里冒出来,从船里冒出来。"

阿良紧张了。他在船上也待了好几个月了。就这个年轻的船员话最少。性格内向,在这样紧张、单调、寂寞的环境里,最容易胡思乱想。那是发疯的前奏啊。他可不想让这个船员变得像自己的儿子晨晨那样。阿良突然狠狠地冲那船员刮耳光:"我叫你乱想,我叫你乱想,你快叫,你痛,快叫、快哭!"

于船长听见舱板又是一阵喧哗,急忙走了出来。他吃惊地看着阿良痛打着那船员。这个老乡,不让他打,自己倒打得欢。真是发疯了。

　　"于阿良,你干什么?"于船长大叫起来。

　　那被打的船员半晌都是没有反应的,慢慢地神志恢复过来,大哭大嚷:"我要回家!我要回家!我要回家!"

　　阿良收住手,转身走开了。众船员则纷纷走过来:"于老板会叫我们回家的。你干活就能回家的。"

　　阿良走到舱面的背灯地方,在暗中点燃一支烟。他也想家。想他痴呆的儿子晨晨。想珊珊。想胡指挥。想阿狗他们。

　　他从舱里拿来一只塑料桶,贴在船边,从海里打上来一桶海水,然后,缓缓地脱光所有衣服,将海水从头直淋了下来。

　　"阿良,阿良,"于船长高声叫着,走了过来,"你这是做什么?这么冷的天,你也疯了?"

　　阿良擦掉脸上的海水,什么也不说,只是静静地盯着于船长。

　　"真谢谢你。要不是你,他要疯了,那我可惨了。"于船长抽起了烟。

　　"于船长,你不要逼得太紧了。"阿良说。

　　"我也没办法啊!在海上就是这样难熬的,"于船长看着阿良的光身说,"要是靠了码头,喝花酒、玩女人的钱,我都帮他们出的。下次,你也去试试。"

68

经过漫长的一个鱼汛,"茂昌号"渔轮开始返回。这个生产季节,人和船都没出什么大事,获利丰厚。这让于船长很高兴。船驶过轻津海峡,他来到舱面。

"怎么样,阿良,很想家、很想女人吧?"于船长笑着问靠在船舷上的阿良。

阿良正和几个船员在看远处的海面。有几只海鸥飞了过来。

阿良听到于船长的话,只是冲他苦苦地一笑。

"快回家了,还心事重重啊。"于船长拍了拍阿良的肩膀。于船长本来要同阿良开些性方面的玩笑,看他这副样子,没了兴趣。

"于船长,手机可以打通吗?"阿良问。

"不行,"于船长答,"还在盲区。"

阿良悄悄地叹了口气。出来这么多天了,真不知家里变得如何。晨晨好吗?翠珠不知有没有回过家?珊珊好吗?胡指挥好吗?最让他担忧的是不知阿狗他们如何?他们还活着吗?

"阿良,再过两天就可以到大陆了,"于船长说,"我本来打算在青波市台轮停泊渔港靠一下后,让大陆的船员上岸,然后回台湾。可你的家在东山。我想直接送你回家。"

"那太感谢你了,"阿良说,"我从青波直接回吧。"

"我这是有条件的,"于船长说,"你回一趟家后,再到我船上来做事如何?"

"让我想一想再说好不好?"阿良心有些乱。越靠近家,他就越紧张。

沉船是他心中的一块痛。他想搞清楚沉船的真正原因。要是死了人，天天面对失去亲人的家属，他是一辈子都无法在鱼盆岙抬起头来的。他是永远没胆量再打自己的船的。这样的话，就只配在外流浪做雇工了。

"你再想想，工资不会低的，"于船长说，"要不，我先给你这次的工资？"

阿良说："于船长，我说过这次是不要工资的。你救了我命。"

"那不行的，"于船长要把阿良拖进船长室，"你来。"

阿良挣扎着不肯进去。于船长只得作罢。

第三天傍晚，船驶进台轮停泊渔港。阿良借了于船长的手机来到船舱角落。他打电话到珊珊家没人，再打电话到胡指挥家也没人。他试着打进乡渔办的值班室。

对方问："找谁？"阿良想了想问："你知道鱼盆岙村于阿良沉船的事吗？"

对方答："知道。死了两人，一人失踪。"

"死了的是谁？"阿良的声音颤抖了。

对方报了两个名字。没有阿狗。

"事故的原因查了吗？"

"查了。老大驾船不当的责任。"

阿良关掉了电话，呆呆地望着远处的海面。海面的小岛灯火辉煌。

"阿良，"于船长在大声地叫他，"快来。吃好饭，我们上岸去玩玩。"

于船长草草地吃了晚饭，就招呼阿良他们上岸去。阿良不肯去。他要好好地想一想。

"我管船吧。"阿良说。

"不行，不行，"于船长说，"今晚你非去不可。"

阿良说："你们去吧。"

"把他拖去。"于船长不高兴了，他一挥手，真有几个船员过来要拖。

"好吧，好吧。"阿良只得被他们拥着走上码头。他们有好几个月没踏上陆地了，在走上码头的刹那，叫了一下，就像是快乐的呻吟。

"这地方我是熟门熟路了。"于船长兴高采烈地对大家说着,把他们领到一条开满美容院、发廊的小街上。

在一处写着"元春楼"招牌的美容院,于船长停了下来:"就这家,小姐档次可以的。大家进去吧。"

阿良抬起头,"元春楼"招牌下挂着几盏红灯笼,大门是用磨砂玻璃磨过的,看不见里面的人,但可以看到里面迷离的灯光。

于船长推开了门,阿良想退出去,但船员已拥着他进去了。

在一条长沙发上,不少小姐有的在假睡、有的在描眉毛、也有几个好像在玩牌。看见于船长他们进来,都像是猫嗅到了腥味,扑了过来。

"先生,去敲个背吧。"

"大哥,很舒服的。"

于船长他们一个个被她们拉到楼上去了。

于船长在上去前扔下一句话:"兄弟们只管玩得痛快,钱我会结的。"

"大哥,是洗头还是敲背?"一个小姐看阿良进也不是退也不是,就问。

"洗头吧。"阿良想剪一下头发。在船上总是剪得不太好。阿良在镜子里看到自己的头发样子很怪。

洗了头,剪了发,也吹干了。于船长他们还没有下来。

"大哥,我看你很累的,去敲敲吧。"

阿良以为是理发的组成部分,就跟着小姐走到楼下的里间房子。房里是一间间有板隔开的小间,放着一张沙发床。小姐要阿良躺下。阿良刚躺下,小姐却坐到他头边,低下脸问:"大哥,要玩玩吗?"一只手向阿良的下身伸了过来。

阿良惊慌地跳了起来。他看见了珊珊的眼神。他推开小姐,冲出了美容院。

69

"阿良呢,阿良还没下来吗?"于船长从楼上下来,在付钱时看了看自己带来的人说,"这小子倒有耐力,还不下来啊。"

"你就付上楼的几个吧,"老板娘告诉他,"有一个只洗了头。现在出去了。"

这人肯定是阿良了,于船长推开门说:"这小子。"

阿良在美容院外徘徊,刚才的一幕,让他格外地想家,想珊珊他们。不管等待他的将是如何,他一定要回一趟家。

"你真不够朋友。宝贝藏着孝敬老婆去啊,"于船长对等在外面的阿良埋怨道,"又不是要你出钱。"

孝敬谁啊?阿良苦笑一下。老婆翠珠的事,在于船长的渔轮里,他从没跟他们说起过。

"走吧,"于船长挥了挥手,"现在就去东山。不过,阿良今晚你得给我驾船。我要好好地睡一觉。让那小姐折腾死了。"

"好的。"阿良笑了笑说。

回到船里,阿良看天色不对头,就收听气象节目,说是十八号台风明后天就要影响这一带。

"真是怪。都这么晚了,还有台风。"于船长说。

"可能你的船要关在东山了。"阿良说。

"没关系的,"于船长说,"我正好在东山可以玩几天,熬死了。"

第二天清晨,"茂昌号"靠在东山渔港台轮停泊码头。阿良开了一夜船,于船长说:"你还是睡一觉再走吧。"

累倒是不累,但阿良不想大白天回家。他要在晚上悄悄地进村。

"先做完你的事。要充油配东西,只管说。我是这里人,情况熟。"阿良说。

"阿良,你不是急着要回家吗?"于船长问道。

"没关系。"阿良说。

于船长有点弄不明白,看看阿良,这人有点怪怪的。

夜暗下来时,阿良从"茂昌号"渔轮的伙房冰箱里取出冰了三个多月的苹果。这苹果,阿良在荒礁上舍不得吃,被救到"茂昌号"渔轮时,他也没有扔掉,怕烂掉,就悄悄地放在了冰箱里,在北太平洋的日子里,他经常打开冰箱看一下,怕被伙将团扔掉。阿良把苹果小心地洗了洗,还没有烂,只是颜色变了不少。阿良把苹果放进口袋里,和于船长话别。

"阿良,你想好了没有。到底来不来我船做事?"于船长问。

"不管来还是不来,我都会跟你来讲一声。"阿良说完,挥挥手,跳上岸。

渔港的一切是那样的熟悉。夜排档仍然生意兴隆,街两边的灯火依旧辉煌。阿良没有心思细细地看街市,他跳上一辆出租车,也不还价:"去鱼盆岙。"

在车快到鱼盆岙村口时,阿良叫车停下。家里的钥匙还在珊珊那儿,他要从沙滩的山岙上去,去珊珊家。

已经不早了。村子分外寂静。只是在路过山边的人家时,传来几声狗叫声。阿良已经穿过沙滩,拐进了山岙。

在朦胧的夜色中,他看见不远处有一个人,站在新建的坟墓前。阿良心里感到特别难受。他想起一首古老的渔歌:"捕鱼人一只脚在娘房,一只脚在浪中;捕鱼人一只手在船里,一只手在棺中。"也不知谁家又出事了。他知道在那次出海前,这里还是没有坟墓的。

阿良不想惊动人家,打算悄悄地走过去。

可是,他突然停住了脚步。

那人的背影他实在是太熟悉了,虽然是背着他的,可他还是能认出来,他在北太平洋的梦中梦到过好几次啊。他想开口叫,但又心紧张得厉害,好像要脱离他的身体,飞奔出去一般。

是的,她是珊珊。她穿着一身白衣,那样的孤单,那样的凄美,她的肩膀在抖,身子在动,好像哀伤马上就要把她击倒一样。

她在为谁伤心?为谁悲悼?她好像在发出声音。那是一阵阵像轻风一样的叹息,也像坟墓顶长出的蒹葭草一般慢慢地倒下来,更像阿良从心里涌出的像海水一样无穷的思念。

阿良听不真切。他又向前走了几步。现在他差不多就在珊珊的身旁了。他甚至看清了墓碑上的字,"于阿良之墓"。

珊珊是在想他。阿良什么话都说不出来。他从口袋里拿出了那只苹果。他的眼泪无声地滴在苹果上。

这时,他听清了珊珊的话,他噙着泪轻声说:"我听见了。听见了。"

70

阿良哥？真的是阿良哥吗？还是阿良哥的魂灵？珊珊瞪大眼睛望着面前既熟悉又陌生的人影。她不能相信这是阿良。阿良不是在海里吗？他怎么突然出现了？这一定是阿良哥的魂灵了。他是不忍心让她难过现身了。阿良哥，带我走，带我到你的世界里去。珊珊的神志迷乱起来，眼前的一切变得迷离和凄惨起来。天上乱云翻腾，海风不断吹彻，整个山岙阴气呜咽，仿佛真要把她带进阿良哥的坟里。

"珊珊，珊珊，"阿良冲过去，抱住了摇摇晃晃的珊珊，大声地叫道，"我是阿良，是阿良。"

真的是阿良哥，是活生生的阿良哥。他拥着她的手劲是那样的有力。他的心跳是那样的分明。他的呼吸是那样的真切。他的手在轻抚着她的背部。

刹那间，整个天地静下来了，星星冲着她在眨眼，光滑的月亮把自己的身子完全飘在巨大无边的海面上。只有海风还在跳跃着，爬过浪尖，爬过沙滩，爬过阿良的坟墓，爬过山岙，向远方传递着它的力量。

阿良哥从海龙王那里逃出来了。阿良哥从死亡堆里爬出来了。珊珊无法承受这由死到生、由悲到喜的巨大冲击，她竟浑身一软，在阿良怀里昏厥过去。

"珊珊，珊珊。"阿良抱着珊珊急切地呼唤。珊珊脸色苍白，嘴唇紧闭，眼里却渗出一滴滴泪来，在月光的映照下，这泪晶莹如透明之珠。阿良倚坐在墓碑前，把珊珊的头搁在自己的胸前，手不停地在她的背上摩挲。终于，珊珊长长地吐出一口气，醒了过来。

"阿良哥,你还活着。你还活着。"珊珊喃喃着,摸着阿良的头发,忽然,她抓住一根揪了下来。阿良当即痛得"哎呀"叫了一声。

"阿良哥。你活着。太好了,你活着。"珊珊摩挲着阿良被她揪过头发的地方,放声大哭起来。

阿良搂着珊珊,心跳得特别猛。他从来没有想过,今生今世还会这样亲密地拥着珊珊。这只能在梦中在来世发生的事,现在竟这样毫无预兆地出现了。他贪婪地吸着珊珊头发上的微香,在珊珊的耳朵上轻轻地抚摸着。

珊珊哭着哭着,慢慢抬起头来。她的嘴角不可抑制地绽开笑容,笑得那样的轻松、那样的快乐,也那样的迷人。

阿良痴痴地凝望着珊珊。他有一种强烈的冲动,他要亲她。他想经常在梦中碰到珊珊那样,把梦变成真实。他想了这么多年。他把头低了下来。珊珊的嘴角在夜里都笑得这么鲜美,这么透明,他的嘴都快要碰到珊珊的唇了。可是,阿良在最后一刻,把嘴移开了。

"阿良哥,你是怎么从海龙王那里逃出来的?"珊珊被阿良盯得低下头,轻轻地问。

阿良把自己这些日子所经历的事情详详细细地说了一遍。最后,他掏出口袋里那只苹果:"珊珊,要不是你那袋苹果,我可能真的回不来了。在荒礁的最后一两天里,那种饿得难过,是你无法想象的,我几次想吃这只苹果,几次都只是舔舔它,又放下了。我知道吃了这只苹果,我啥都没有了。后来,被救上来后,我舍不得扔掉它。临走时,我什么都不要,连老板的工资也不要,我只悄悄地带上它。"

"阿良哥,你受苦了,"珊珊把苹果和阿良的手紧紧捏着,"是我害了你,那天,我不应陪他到你家的。阿良哥,你告他吧,你起诉他吧。"

"你是说海生?"阿良把手抽回来了,"我就担心你会和他争吵。你说发生了什么?"

"答应我,你别劝我和他复婚?"珊珊央求的眼神又出现了。

"你和他离婚了?"阿良虽然有预感,但仍然震惊,"是不是为了我?

为了沉船的事？"

"阿良哥，你不要劝我，"珊珊从阿良的表情中知道阿良想说什么，"过不下去了，真的过不下去了。"

"好。我不劝。你说都发生了什么。"

珊珊告诉了阿良出事后自己的以及和阿良有关的所有的事。

"真没想到海生会变成这样，"阿良长叹了口气，"他恨着我。我现在想想，他从牢里出来就没原谅过我，他把一切都怪罪我了。"

"我总怀疑他在船上搞啥名堂了。"珊珊说。

"可没证据啊。我给乡渔办打过电话，调查的结论是我的责任。"阿良摇了摇头说，"我自己也搞不清楚船沉掉是不是建造时的质量问题。要是无法认定，那沉船事故的责任人就是我。珊珊，死了两个人啊。要是我不拿出钱赔他们的家属，可能是回不来鱼盆吞的。还有那么多的贷款。"

"我们想办法找他的证据。"珊珊说。

"我没把握，珊珊，"阿良说，"我再和海生斗，一点把握都没有。再说现在水产局长是赵明龙了。弄不好，说不定他们先把我送进大王山岛去。"

珊珊忧郁地看着阿良："那今后怎么办？就这样算了？"

71

就这样算了？阿良也问自己。不。他咬了咬牙说："我要重新来过。"他真的不甘心这样。

"你是说再打船？"珊珊知道阿良肯定还想着船。

"是。"阿良摸着墓碑，轻轻地说。他现在还活着，活着就不能没有自己的船。

"钱呢？"珊珊说，"要么我把我名下的一半房子卖了？海生要先买就给他，他不要，我卖给别人。"

"上次保险钱还是你出的，"阿良瞪大眼说，"卖你的房子，我还是在海里不上来好。"

"于阿良，你再乱说，我不理你了。"珊珊不高兴地转过背。

"珊珊，开个玩笑，你别生气，"阿良拍了拍墓碑说，"你信不信，我这人命硬，海龙王都不想要的。"

"阿良哥，你别说了，"珊珊似乎冷，缩了缩脖子，重新转过身来，忧郁地看着阿良，"我怕。真怕。"

"珊珊，到里面来。"阿良脱了外衣，铺在墓首前的地上，让珊珊坐。

珊珊坐下后，阿良在外首也坐了下来。

夜已经很晚了。星月又不见了。阴云不知从什么地方跑出来，占领了整个天空。涛声从轻吟变得低沉，好像在海底里不安地扭动着身子，山坡上的小草发出一些尖锐的声音，这是台风即将来临的景象。

"珊珊，我想再回'茂昌号'去，"阿良说，"那条船上收入高。我想挣些钱，把欠债还清后，再争取打船。你说好不好？"

"我听你的。"珊珊幽幽地说。

"我要马上走。今晚就走。"阿良说。

"这么急?"珊珊恋恋不舍地说,"你不去看看晨晨,看看胡指挥,看看阿狗他们?他们知道你活着会很高兴的。"

"我不走,让死难家属知道恐怕要来闹,还有我怕海生、明龙他们。"阿良摇摇头,手揪着头发。

珊珊把他的手从头上拿了下来。珊珊的手是冷的。阿良用两只手握住珊珊的小手,他要让珊珊暖和起来。

珊珊将另一只手放在阿良的手上面。

"你就告诉他们几个,就说我还活着。让他们放心。还有要他们不要告诉别人。"阿良想了想,摆摆头,好像要抖掉所有痛苦似的。他站起来说:"珊珊,我赚些钱后,一定会回来的。"

"阿良哥,"珊珊随着阿良一起站了起来,"有一件事,我本来不想告诉你的。我怕你难过。"

"说吧。"阿良静静地望着珊珊。

"你下落不明,翠珠提出要和你离婚,今天村里收到了法院寄来的判决书。"珊珊说得很慢,一边还注意着阿良的表情。

阿良深深地吸了口气:"她在哪?回来过吗?"

"没有。我为了你招魂的事,去找过她。她说她要去上海,只能管活人了。"

"我最放心不下的是晨晨了。"阿良扭过头说。这夜真静。只有晨晨"阿爸捕鱼去,红帆船捕鱼去"的声响隐约而嘹亮。

"要不,去看看他?"

"算了,太晚了,"阿良回过神来,摇了摇头,"他什么都不懂的。他只会说阿爸捕鱼去,红帆船捕鱼去,船魂灵沉落了。"

珊珊沉默了。

也不知过了多少时间,阿良下决心似的说:"珊珊,我要走了。"

"阿良哥。"珊珊短促地叫了一声,又止住了,只是望着他。

"珊珊,我……"阿良的心又激烈地跳动起来。珊珊的眼神是央求?是企盼?是哀怨?他想说。他要说出他最想说出的话。

他正要说出来时,珊珊开口了:"阿良哥,你放心去。晨晨我会照顾好的。我会当成自己的儿子。我已当他是我的儿子了。我在教他画渔民画呢。"

"真的?"阿良惊喜道,"他会不会?"

"我慢慢教他。"

阿良突然跪了下来:"珊珊,你就是我的观音娘娘。"

珊珊气恼地去扶阿良:"我不要做什么观音娘娘。你做啥呀,快起来,于阿良。"

"我是真心的。"

"我不喜欢做观音娘娘。"珊珊哭了。

阿良急忙站起来,抬手去擦珊珊脸上的泪。

"阿良哥,我不要做观音娘娘。"珊珊哭得更响了。

一种从未有过的冲动像一阵阵波浪向阿良打来,他突然捧住珊珊的脸,吮吸着珊珊的眼睛、面颊,把所有的泪水全咽了下去。

珊珊轻轻呻吟了声:"阿良",紧紧地搂着阿良,吻住了阿良的嘴。

以前在和翠珠亲吻时,总会跑出各种各样的念头,特别是会闪出珊珊的眼神,弄得他什么兴趣都没有,也让翠珠不满。这瞬间,阿良心中的沉船、晨晨、翠珠……一切的一切都消失了。唯有珊珊的脸像太阳一样辉煌地笼罩住他。他疯狂地贪婪地甚至于歇斯底里地亲着珊珊,宣泄着他对珊珊那份被时光也被他自己压抑了很久很久的爱。

风刮得更大,涛响得更重,夜也静得更深。

72

  阿良口袋里的那只苹果搁了一下珊珊。珊珊把苹果掏出来说:"都软了,不能吃了。"
  阿良松开珊珊说:"不要扔掉,在荒礁上,这是宝贝。"
  "别吃,"珊珊放进自己口袋说,"以后出海,不给你带苹果了。"
  "为啥?"
  "不吉利。"
  "那带啥?"
  "带我。你说我是观音娘娘呀。"珊珊哧哧笑了。
  阿良也不好意思地笑了:"走吧,珊珊,太晚了,风越来越大了。我送你回去。"
  "阿良,这坟墓咋办呀?"珊珊走时回头看了一眼。
  "就当是我的寿坟。"阿良满不在乎地说。
  阿良把珊珊送到阿狗家门前。"进去吗?"珊珊悄悄问。
  "算了。"
  "去吧。"珊珊努力保持声调平缓。阿良冲珊珊挥挥手,走了。珊珊还不肯进屋。阿良回头,又朝珊珊挥手。珊珊忽然向阿良跑来。阿良停住了。
  "阿良哥,把这个挂上,"珊珊来到阿良面前,摘下挂在自己脖子上的一块玉,给阿良挂上,"是观音娘娘呀。"
  "珊珊。"阿良抱住她,一阵狂亲。
  "真贪,"珊珊被他亲得喘不过气来,"有人来了。"

阿良这才松开,抬头四望,什么都没:"你……"

珊珊轻轻地说:"快去吧,阿良哥,我永远等着你。"

阿良回到"茂昌号"渔轮,已是后半夜了。

于船长他们刚从外面回来,几个人正在船上高谈阔论着什么。看到阿良上船来,于船长很是惊喜:"阿良,这么快就来了?"

"来了,"阿良笑笑说,"你们又去了啊?"

"你又不肯去,"于船长说,"和老婆这么快就完事了?"

阿良仍然沉浸在和珊珊相处的快乐中:"哪像你们这批色狼啊。"

"阿良,确定在我船上做事了?"于船长把阿良叫到船长室问。

"确定下来了,"阿良说,"我看今晚天气有些不对头,就抓紧来了。"

"好好好,"于船长高兴地说,"我就需要你这样的人才。聘你做二副吧。"

"于船长,这次我可是真来做了。我们先小人后君子。工资你先定一下。"阿良正色道。

于船长的表情有点复杂。他喜欢阿良,但阿良这么说,他有些踌躇,定不准该给他一个什么样的工资。"我知道你技术好,工资的事这样定好不好,参照以前的大副,再加你每月五百台币。"

"行。"阿良心里算了一下,答应了。

"你还是睡二副室吧,"于船长打了个哈欠,"也不早了。真累死我了。阿良,你也去睡吧。"

"你去睡吧,"阿良说,"看样子,这次台风不会小。我去听一下气象节目。"

"好吧,"于船长又打了个哈欠,"这渔港避风是很好的。"

阿良离开船长室,来到驾驶台,打开收听设备。市广播电台正在播台风紧急警报:

"今年第十八号台风正以每小时十八公里的速度朝东南偏西方向移动,台风中心的最大风力在十二级以上,从今天夜里起,本市已受到台风的外围影响,预计最大可能在明晚或后天早上靠近我市,穿过东山县北上。这次台风风力大,范围广,请沿海各县区切实做好抗台准备工作……"

气象节目以后,是加播的东山县广播电台自办节目,正在播送一个领导在全县抗台工作会议上的讲话:"各级党委、政府必须高度重视十八号台风可能给我县带来的危害,各级领导必须坚守工作岗位,必须深入一线指挥抗击台风,要到可能出现危险的地方如海塘、港口、码头、水库检查,全力防范出现船只沉没、人员伤亡现象,并确保避风所里的群众的人身安全,为他们提供必要的防护措施。乡镇(街道)以及村的各级主要领导要通宵值班,密切关注台风动向,随时准备采取应急措施。要千方百计把人民的生命财产损失降到最低限度,把台风可能造成的损失降到最低限度……"

阿良一听就听出来了。那是黄副县长的声音。他不由得想起那天黄副县长弯腰为他的钢质渔船揭红布的情景来。他叹了口气。

73

第二天清晨,整个东山渔港泊满了来自全省沿海地区的船只。从街后的小山上望下来,就像一群群密密麻麻的蚂蚁。所有船只的主桅杆上都迎风飘扬着各种旗帜,远处的海面不断拱着雪白的涌浪,一排排向港内扑来,港内也起了波浪,在船与船的空隙上碰撞着,发出刺耳的"咯咯"声。天边外翻腾着灰扑扑的云层。台风雨时断时续,被风圈成一团团乱麻。不时有船员跳上岸来,嬉笑着走到街上来。

"茂昌号"渔轮停泊在台轮码头,挨在一起的船少,减少了互相碰撞的危险,但风浪太大,一旦移锚,那也是很要命的。

吃过早饭,阿良做的第一件事就是,仔细地在船上检查一遍,怕有什么措施不到位。这次台风可能会很大的。台风还没来,外围影响就这么厉害。

台风雨越来越大了。暴雨中夹杂着狂风的呼号。街上两边不时发出啪啪的声响,那是一些并不牢固的广告牌倒下来了。

于船长他们还在睡觉。起得早的船员吃罢饭,开始打清墩。阿良躲进了二副室,把脖子上的玉挂件拿了出来。观音像塑得非常精美。观音娘娘含笑拈着杨枝,仿佛要向他洒向水来。

珊珊的笑比观音娘娘还要好看。珊珊很早前就挂着这玉了。珊珊说这是她妈妈去世前传给她的。

"阿良啊,在看什么啊?"于船长过来看他。

"没。没看什么。"阿良慌忙把玉挂件放进脖子里。

"是老婆给的还是情人给的?"于船长显然看见了,"还保密啊。"

"于船长,这台风可能很凶的。"阿良把话题岔开了。

"是啊,"于船长说,"我正是跟你说这事的。"

"今晚是不能再去玩了。都得准备抗台。"阿良说。

"那是,"于船长说,"要玩也得白天去。嗳,对了,阿良,我一次也没请你喝花酒,敲花背呢。下午一道去。"

"你们去,你们去,"阿良连连摆手,"我管船好了。风大浪大,我管船好了。"

"那可要委屈你了,"于船长笑了,"你在船上,我上去也放心了。"

"于船长,晚上无论如何得回来。"阿良在于船长他们离开渔轮时,大声说道。风雨把阿良的声音割得断断续续的。只有于船长的声音含含混混地传过来,也不知他在说些什么。

到了下午两、三点钟,阿良从驾驶台往下走,看见一群人穿着雨衣,来到台轮码头。身后还跟着扛摄像机的人。肯定是哪一级的领导来检查抗台工作了。阿良有些紧张。他想躲在船里不出来。可是这群人跨过船舷,进入了"茂昌号"渔轮。

"船长在吗?"有个人把雨衣帽揭掉,大声问。

阿良已认出来了。他是黄副县长。阿良本想不出来,可船上没有人。他只得硬着头皮出来了。

"我们船长上街去了。"阿良低着头,避开黄副县长的目光。

"告诉你们船长,"黄副县长擦了擦被雨水打湿的脸,"我们是县政府的,来检查抗台情况。这是条台轮。大陆政府非常欢迎台胞到这里来避风,有什么困难向我们反映。"

"谢谢,谢谢黄副县长,"阿良有点激动,"我会告诉我们船长的。"

"你知道我姓黄啊,"黄副县长奇怪了,"你是这里人?"

阿良点点头。

"这是条鱿钓船吧?"

阿良又点点头。

"产量高不高?"黄副县长十分想了解远洋渔业的情况。

"很高的。"

"你是鱼盆岙人吧?"黄副县长忽然问道。

阿良没有回答。

"我不会认错吧?"黄副县长在自言自语。

阿良把脸扭过一边,看着舱外的急雨。

"你是于阿良?"黄副县长急问,"是不是失踪的于阿良?"

"黄副县长。"阿良觉得没法隐瞒了,抬起头,看着黄副县长。

"真是你啊,"黄副县长握住阿良的手,"我进来就感到眼熟。"

74

摄像机的镜头对准了阿良。阿良急忙抬手捂住脸。要是上了电视,他就瞒不了村里人了。

"阿良,你是怎么脱险的?"黄副县长问。阿良活着,竟然没人向他报告过。

阿良把自己脱险的经过详细地说了一遍。

"阿良,为了救你,县里出动了不少船只找过你。"黄副县长说。

"谢谢政府。"阿良机械地说,这句话还是从劳教所学来的。他不知黄副县长会怎么处理他。死了两个人啊,乡渔办说,他要负主要责任的。

"现在村里、乡里还不知你活着?"黄副县长问。

"是的。"阿良低下头,额头上汗涔涔的。

"你就打算这样瞒过去?"黄副县长的表情严峻起来。

阿良抬头看了看黄副县长,声音小得连自己也听不清:"我怕再进劳教所。死了两个人。"

"你认为沉船的原因是什么?"黄副县长的口气缓和了。

"根据我的经验,这船沉得很奇怪。"阿良鼓起勇气说。

"黄副县长,时间不早了。还得去看个地方。"秘书小陈看看表,走到黄副县长旁边,小声提醒道。

"我知道,"黄副县长转过身,对阿良说,"去远洋,浪大不大?"

"大。"

"受得了吗?"

"我行,一般人都要吐。"

"很苦?"

"很苦。"

"很寂寞?"

"有个人差点发神经病了。"

"老板行吗?"

阿良没有吭声。他感觉很难回答。

"收入呢?"

"比国内要好。"

"我们县里的船能去吗?"

"钓鱿鱼不行,"阿良说,"听我老板说,像我们县的铁壳船,搞过洋性渔业是可以的。他们台湾的船经常到南边的其他国家沿海去。"

"国内资源很少了,"黄副县长说,"你会到那里去捕吗?"

"我没船了。"阿良黯然地说。

"要是有呢?"黄副县长问。

"国内资源不好,效益不好,我会去试试。"阿良说。

"好。好。"黄副县长看着阿良频频点头。农业部已在东海区实行伏季休渔制度,下一步,国家和日本、韩国要签订渔业协定,这意味着传统的作业渔场不能准入,大量国内渔船挤在国内渔场,不仅会严重影响渔民收入,而且将加剧资源枯竭。他曾经跟着一只渔船出海一个航程,亲眼目睹一网下去,只捕上来几只蟹。渔场缩小,资源又严重枯竭,用不了多少时间,八九十年代富过的渔民就会越来越穷。富过又穷,和一直贫困的人,心理感受是不一样的,很可能会成为严重的社会问题。作为分管渔业的县长,他必须为渔民的出路着想,打到远洋去,无疑是一条重要的路子。

"黄副县长,我想弄清楚沉船的原因,"阿良壮着胆子说,"盼你能帮忙。"

"这样吧,"黄副县长沉吟了一下,"这次台风过后,你到我的办公室来找我。我再请人好好调查一下。"

"谢谢黄副县长。"阿良情不自禁抓住黄副县长的手,久久不肯放下。电视台的摄像机对准了这一幕。这次,阿良不躲闪了,也不看镜头,一个劲地说:"谢谢黄副县长。"

黄副县长不好意思地把手抽了回来:"我们走了。这次台风大,你要当心。"

黄副县长一行离开"茂昌号"渔轮,跳上码头,很快消失在雨幕里。风更大了,海浪咆哮着扑进舱板上,水在甲板流成了河。船不停地晃动着。阿良兴奋地站在甲板上,让雨把自己淋个精湿。

75

十八号台风正面袭击东山县。到傍晚,整个渔港笼罩在惊涛骇浪之中。风浪像导弹发出一阵阵巨响,拍打着码头、船只和码头旁边的建筑物。阿良透过雨幕,看见巨浪过后,码头边的一家冷库消失了,只剩下一些断垣在水中隐约挣扎。阿良倒吸了一口冷气。这台风的威力实在太大了,他还是第一次碰到。他打开手机要于船长他们快过来。

"阿良,过不来了,"于船长在电话那头惊慌地说,"街上都是倒灌的海水,人根本过不来。我们在的美容院都进水了。"

"那你们要当心。"阿良看了看街头,已经分不清哪是街哪是海了。

"阿良,船交给你了,你千万当心。"于船长说。

船剧烈地晃动着,不时地往码头上撞,发出尖锐的声响。

"于船长,你放心,只要我阿良在,船也在的。"阿良站不稳,跌倒在铺位上说。

街上突然一片漆黑,所有的灯火都熄灭了。手机发出嘟嘟的声音,再打,也不通了。看来是断电了,通信也中断了。

阿良掏出挂在脖子上的玉挂件,借着船上自发电的灯光,他看见观音若有若无地微笑着。他镇静了不少。他给阿狗家拨电话,想问问晨晨、珊珊、阿狗他们是不是好,可电话也是不通的。

风浪越来越大,黑沉沉的怪叫声在渔轮周围打转,浪头像一排排炸弹凌空飞下来,庞大的渔轮被炸得东倒西歪地摇晃着。

船的摆动幅度越来越大。阿良来到了驾驶舱。风浪再这样大下去,这船看样子要移锚。阿良点燃了一支烟,想让紧张的心平静下来。

过了十二点,风的叫声好像没有刚才这样惨烈了,但浪头仍然很大。台风正在离开。这几个小时是最要紧的时刻。往往出事就在台风离去、风向转西之时。阿良感到很倦,眼皮不由自主地要合起来。他走出驾驶舱,来到舱板上,铺天盖地的浪头打到舱板上,一下子把他淋个精湿。倦意全消失了,阿良正要走进舱里换衣服,从船尾传来一阵隐约的异样声音,紧接着渔轮一阵剧烈的抖动,很快地渔轮脱离了码头,飞速地往海面滑去。

不好。船舵断裂,锚绳绷断了。这个最让人担心的事还是发生了。阿良赶紧奔进驾驶舱,发动机器。可是不知什么原因,机器发动不了。四面八方涌起的浪头扑向渔轮,失去动力的渔轮像个醉汉在浪中跳跃着。

现在,渔轮在渔港的主航道。阿良是有办法让渔轮靠近对面的礁石,让自己脱险的。只是这渔轮一旦无人把舵,不知道会变成如何。

阿良一手把舵,一手拨打手机给于船长。电话是通了,可过了很久,没人接。只听到一阵阵嘈杂的声音,还夹杂着女人的尖叫声。真是活见鬼了。阿良不知于船长他们在搞什么名堂。他正要关掉手机,有人说话了:"你是阿良吗?于船长晕过去了。"

"晕过去了?"阿良一听颤抖的声音就知是那个在北太平洋差点要发疯的船员。

"是晕过去了。于船长被一个女的折腾得翻白眼了。"

天!我在帮他抢救船,他却这样。阿良长啸一声,把手机扔在一边。他得集中精力考虑保船的事,顾不上想于船长的事了。手机在驾驶台上跳了跳,滚了下来。阿良眼睛发直,紧盯着前方。

渔轮在黑浪滔天的海面上漂浮着。阿良把着舵,避开一个又一个无人小岛和暗礁,把渔轮驶出了渔港海面。

往左是一个大山坡,虽然没有码头可以靠船,但凭着阿良的水性,要逃生是没有问题的。浪头正把船往这个方向带。只要阿良转一下舵,船只会走得更快。但这样的话,船肯定要撞坏沉掉。

往右是一块长长的滩涂,平时潮水落出时,长满了蒹葭花。这是那么好的一艘渔轮。阿良扫了一眼驾驶台,把舵往右一打,渔轮慢慢地向滩涂方向驶过去。停靠那个地方,只要能拖过台风过境的时间,人和船都能保下来。对船的强烈钟爱,让阿良做出这个决定。

阿良要将渔轮靠过去,风浪却要把渔轮推向另一方向。这是一个漫长的过程。终于,渔轮底部碰到了海底,随着一阵剧烈的抖动,船头撞进泥涂,不动了。

浪头更加猛烈地涌向搁浅的渔轮。用不了多久,渔轮就会灌满水,继而会翻转沉没。更要命的是船底也破了,水从各个角落涌进机舱。

难道说这是命?"茂昌号"渔轮救过他,最终要用命回报它?阿良从机舱里爬上来,头上直冒冷汗。

阿良走到驾驶舱,擦着汗水。这时,他看到了放在驾驶台角落里的信号枪。

在北太平洋的日子里,于船长教过阿良如何打信号枪。阿良扑过去,抓起信号枪,来到舱外。

阿良颤抖着手,扣动扳机。一颗红色的信号弹窜向雨幕中的夜空。

76

得知县城海水倒灌,黄副县长带了一支抗台小分队,坐着部队支援的冲锋舟,火速赶到进水的低洼地带,转移居民。

"大家不要急。一个一个上船,先让老人、孩子上。"黄副县长从冲锋舟下来,站在半腰深的水里,举着应急灯,看到一些青年人抢着上冲锋舟,急得大喊。

"黄副县长,你没事吧?"秘书小陈也有些急,他知道黄副县长腰不好,这样浸在海水里会有危险。

"你别管我,"黄副县长推了他一下,"快把那个哭着的女孩抱上船去。"

小陈应声而去。

"小分队的同志快拉成一条线,"黄副县长指挥着,"让老人、孩子先上。"

转移完一个小区的居民,黄副县长他们来到美容院比较集中的那条街上。

"黄副县长,这些小姐也帮吗?"有人在风雨中大声发问。

"废话,"黄副县长气恼地说,"当然帮。"

"黄副县长,还是先去转移其他居民吧。"小陈秘书提醒道。

"她们不是人吗?"黄副县长说,"你们动作快点,一个街一个街地把危险地方的居民转移到安全地方。"

这时,有人推开楼上的窗户大叫:"有个台胞晕过去了。政府快派人来救啊!"

黄副县长本来不想上去的,但一听里面有台胞,就带了几个人,走进美容院。一楼是几个打扮妖艳的女人,看见黄副县长后她们面色惊慌,躲到柜台的一个角落。黄副县长扫了她们一眼,示意跟来的人,把她们转移到冲锋舟上去,自己和秘书走上楼。

围在一张沙发床边的男男女女都让开了一些。沙发床上的男人衣衫不整。下半身盖着一床被子。他的头歪在一边,嘴角上流着白色的泡沫,眼睛睁得大大的。

"赶紧送医院。"黄副县长皱了皱眉。他估计这人八成是没救了。

小分队的人和在美容院的几个男人把那人抬到一楼,刚好冲锋舟送小姐回来。黄副县长了解了一下,才知这个台胞是自己去过的"茂昌号"渔轮的老板于船长。而且他是在和小姐做爱时突然昏死的。

"马上将这里的小姐控制起来。一个也不能让她们走掉。"黄副县长暗骂了一句,对小分队的公安局同志说。

公安局同志应了声。冲锋舟载着于船长,迅速朝县医院方向驶去。

已经是下半夜了。台风在弱下来,只是雨一阵比一阵紧。街上局部地区的灯亮了,手机也能打通了。黄副县长打电话给卫生局局长,要求他组织最好的医生不惜代价抢救"茂昌号"渔轮老板。

刚结束通话,水产局赵明龙局长打来电话,县公安边防大队告知,泊在台轮码头的"茂昌号"渔轮失踪了。

"什么?"黄副县长很吃惊。"茂昌号"渔轮上还有于阿良。

"要千方百计找到那渔轮。我马上来水产局,"黄副县长招呼小陈秘书跳上冲锋舟,大声吩咐小分队的负责人,"冲锋舟回来后,你们继续转移居民。"

黄副县长在去县水产局的路上,看到了渔港外夜空升起的红色的信号弹。能配这种装备的,也就是台湾渔轮了。那肯定是"茂昌号"发出的求救信号。

"看见信号弹了吗?"黄副县长给赵明龙打电话,"立即组织渔政船到出事地点营救。"

"我们已接到县委统战部的电话,他们也发现了'茂昌号'的下落。"赵明龙在电话那头说。

"渔政船出去了吗?"黄副县长到了县水产局,着急地问等候在大门外的赵明龙。

"黄副县长,你先换一下衣服吧?"赵明龙说。

"我问你渔政船出去了没有?"黄副县长发火了。

"现在风大、浪大,渔政船出去可能有危险,"赵明龙说,"我问过渔政船船长了。"

"你这个局长。你知不知道渔政船的一个重要职能是抢险?没有危险,还要动用渔政船吗?"黄副县长瞪着赵明龙说,"你叫渔政船马上出发,我也到船上去。"

"黄副县长,无论如何你是不能上渔政船的。"赵明龙还是不愿下命令。

"我的局长,救人要紧,"黄副县长缓了口气,"渔政船出了事,我负责行不行?"

"我按县长说的办。"赵明龙说。

黄副县长与赵明龙一道往楼上走:"我们准备得周全些,我联系驻县海军部队,请他们以最快速度派军舰帮助我们。你马上调几只有拖船能力的大船。第一步是把船上的人救出来。第二步把'茂昌号'拖到安全港区。"

"好吧。"赵明龙答应道。

这时,黄副县长的手机响了。黄副县长打开一听,惊喜地叫了起来:"于阿良,是你吗?"

77

阿良一口气把信号枪中的所有信号弹都打了出去。没有子弹了。他吹了吹冒烟的枪管,将信号枪搁在驾驶台上。现在,只有等待了。他感到有点饿,摸黑来到厨房间,抓过几根黄瓜,啃了起来。

风声小了不少,雨也是一阵一阵的。只有黑色的浪头还在毫不间断地泼向渔轮。渔轮不停地晃动着,好像就要散架一般。

后半夜了,珊珊他们肯定是睡熟了。阿良试着拨打阿狗家的电话,电话竟然通了。阿良赶忙放下电话。他不想让珊珊他们为他担心。在这样生死难卜的关键时刻,让珊珊他们知道自己的处境,除了让他们捏一把汗,什么用都没有。

还是求助于黄副县长吧。阿良记起黄副县长曾叫小陈秘书给过的名片。他找出名片,拨打黄副县长的电话。电话通了:"黄副县长,我是鱼盆岙村的于阿良。"

阿良听到黄副县长在惊喜地呼叫他。

"'茂昌号'轮出事了,船在渔港外的一块小泥涂上搁浅了。"阿良说。

"于阿良,你要坚持住,"黄副县长的声音很清晰,"我们马上派渔政船来救你。"

"谢谢县长,"阿良颤抖地说,"谢谢政府。"

阿良舒了一口气,点燃一支烟。

过了半小时,灯火通明的渔政船出现了。

手机急促地响了。阿良将手机贴在耳边。"于阿良,你身体没问题吧?"是黄副县长的声音。

"没问题。"阿良高兴地说。

"你马上做好准备。"手机里传来另一个声音:"我是渔政船船长。当渔政船靠过来时,你马上跳过来。"

"好的。"阿良不假思索应道。

渔政船小心翼翼地向有点倾斜的"茂昌号"靠上去。

"于阿良,你快跳过来。"渔政船的甲板上晃动着好几个人影。他们已经做好了接应阿良的准备。

可是,阿良没有动静。

黄副县长站在渔政船长旁边,疑惑地问:"怎么回事,跳不过来吗?"

"不会,"渔政船长转着舵说,"我已经靠得很近了。"

"你再靠近些。"

借着渔政船的灯光,已能看清"茂昌号"甲板了。但没有阿良的踪影。

"他搞什么名堂啊,"黄副县长急了,"打电话给他。"

"于阿良,你马上跳过来。黄副县长要你马上跳过来。他就在渔政船上。"渔政船长说。

阿良捏着手机,眼泪流了下来。人家黄副县长都亲自来救他了。可是,他不能离开"茂昌号"。"茂昌号"救过他的命。现在,他要救"茂昌号"。

"于阿良,你快跳过来!"那是黄副县长的声音了。有点恼怒的声音。

"黄副县长,我不能只顾自己逃命,"于阿良哽咽着说,"我对于船长说过,我在,船在。船在,我在。这船就我一人,我一走,就彻底完了。"

黄副县长沉默了。他把手机递给渔政船长:"他要保'茂昌号'。"

"于阿良,你先过来,"渔政船长说,"县里的拖轮马上要到了。"

"你把手机给我,"黄副县长接过渔政船长的手机说,"于阿良,我理解你。'茂昌号'是台轮,政府不会不管的。你先过来,以防万一。"

阿良更加冷静了:"黄副县长,这样的话,我更加不能过来了。拖轮来拖时,一定要有人在'茂昌号'的。别人过来,不熟悉情况,还是我在吧。"

黄副县长沉吟片刻:"那好,于阿良,你千万当心。我们渔政船就守在'茂昌号'旁边。出现意外情况,你立即和我们联系,跳到渔政船上来,不要硬撑,好不好?"

黄副县长是活菩萨啊。阿良对着手机说:"黄副县长,谢谢你。"

这时,海军的军舰和赵明龙从县交通局调来的拖轮也出现了。强烈的灯光从不同角度照在"茂昌号"上。

阿良麻利地把一捆捆缆绳准确地扔到拖轮的甲板上。当一切就绪,阿良来到驾驶台,把住了方向盘。这时,他想起了于船长。上半夜,船员说于船长晕过去了,现在不知如何了。他要告诉于船长,他的"茂昌"号得救了。

阿良腾出手,拨打于船长的手机。手机响了很长时间。最后,通了,是阿良熟悉的那个差点发疯的船员哭丧着的声音:"于船长死了。"

天!阿良惊叫一声,差点松掉方向盘。

78

　　"茂昌号"被顺利拖到安全港区。渔政船比"茂昌号"到码头早。当阿良跳上码头时,黄副县长已经在等候了。阿良抓住黄副县长的手,紧握着不肯放。

　　"阿良。'茂昌号'老板已死了,"黄副县长说,"这是只台轮,不同于一般的渔船。有关事情很多,需要县委、县政府妥善处理。你是这只渔轮的当事人,又为保住这只渔轮立了大功。请你配合我们,行不行?"

　　"行。"阿良说。

　　"可能你暂时不能回家,渔轮修理、鱼货保管、老板后事,都需要你在场,"黄副县长说,"一直要到老板家属到东山为止。"

　　"没问题的,"阿良说,"早晨,我想去医院的太平间,看看于船长。他救过我。"

　　"你坐我的车去吧,"黄副县长说,"渔轮修理的事,我已布置了。你回来后就去修理现场。"

　　天亮了。正是落潮时分,倒灌的海水已退出渔港大街。台风过后的渔港大街一片狼藉。渔船上用来装鱼的泡沫箱板、折断的树枝、倒下的广告牌、打碎的船板到处可见,甚至还有供奉在码头边的饭菜,有几个人正在哀哀地哭泣。不用说,那肯定是有船在台风中沉了,有人死了。

　　阿良突然想到要给珊珊报个平安。他拨通了阿狗家的电话。恰好是珊珊接电话:"珊珊,我是阿良。"

　　珊珊不出声,过了一会儿,传来一阵啜泣。

　　"怎么了?"阿良紧张地问。

"这么大的台风,我一夜都打你电话,就是打不通,"珊珊说,"我做了个噩梦。阿良,我怕你出事。"

"我好好的,"阿良故作轻松地笑着说,"有你的菩萨保佑,很灵的。晨晨、阿狗他们都好吗?"

"他们都很好,都想你,"珊珊说,"我叫晨晨和你说话。"

电话那头传来晨晨的声音:"阿爸捕鱼去。红帆船捕鱼去。"

阿良听到晨晨的声音,竟涌出从未有过的空落和悲凉。是担忧晨晨以后的生活?是为昨晚的事后怕?还是为于船长死了难过?他自己也不知。

阿良来到医院,在"茂昌号"其他船员的陪同下,征得医院的同意,来到太平间看望于船长。

他揭开蒙在于船长头上的布。于船长脸色青灰,嘴角挂着一丝若有若无的茫然,下巴似乎又长出了胡子。阿良不由得想起于船长常说的话:"阿良,胡子多的人性欲强,你信不信?我们二人是一样的,你是假装不要小姐,对不对?"

阿良把目光移到于船长的眼睛上。于船长的眼睛睁得大大的。眼白特别地多。这是阿良经常在梦中、在昏迷中、在幻觉中看见的眼白。阿良感到一阵晕,好像这眼白突然向他扑过来一样。他抖动了一下身子,仿佛要倒下一般。

"阿良,你怎么了?"那个差点发疯的船员惊慌地扶住了阿良。

阿良惊醒了:"我没什么。"

阿良弯下腰,用手去抚于船长的眼皮:"于船长,你安心去吧,你的船和事,我们都会给你办好的。"

这样抚了好一会儿,于船长的眼睛总算合了起来。这时的于船长就像熟睡了一样,安详平静。

阿良长长地吐了口气。他最怕看见那恐怖的眼白了。

阿良从医院出来,带着部分"茂昌号"的船员,来到东山船厂。"茂昌号"已被拖进船坞。船底只有很小的裂缝。

阿良问一个技工:"如果是新打的钢质渔船在海底擦一下,会破得很厉害吗?"

"不会。除非钢板或者焊接有问题。"技工觉得阿良问得古怪。

那么自己的船沉掉,肯定是张海生搞的名堂了?

阿良的眼前又晃动起刚才在太平间看到的于船长的眼睛。

他呕吐了。

79

来处理于船长后事的是解放前逃到台湾去的鱼盆岙人于船长的父亲和于船长的妻子。县里成立了由县委统战部、县公安局、县水产局等有关部门人员组成接待小组。县接待小组先把他们接到医院,瞻仰遗容,然后送到县宾馆会议室,向他们介绍于船长暴死的情况和"茂昌号"遇险及被抢救的经过。

"于老伯、于夫人,对于于船长的亡故,我们非常遗憾,"县公安局同志最后说,"经过我们的鉴定,排除了他杀可能。如果你们对此有疑义,可以考虑尸体解剖。这是他的遗物。"

于夫人接过遗物,抬头看了公公一眼。于老伯缓缓地摇了摇头,老泪潸然而下:"这孩子,这孩子。他能吃苦,他喜欢捕鱼,我都不肯让他出来,他说我们家世代就做这行当的,他喜欢。他就这毛病,就这毛病……"

"于船长的遗体如何处理,我们尊重你们的意见。"县委统战部负责台湾事务的科长说。

"我们想通过'茂昌号'运回去。"于老伯说。

"关于'茂昌号'遇险的经过是这样的,"县水产局的同志详细介绍了于阿良保船的经过,"现在'茂昌号'已被我县船厂修复。船上的鱿鱼等一批鱼货,已由我县一家水产企业代冻。我们努力把你们的损失减到最低限度。"

"感谢大陆政府,"于老伯最后说,"我想去一趟鱼盆岙,那是我的老家。我想见见你们说起过的阿良。我和他的父亲从小认识。"

"他仍在'茂昌号'上帮助处理船只修理等有关事宜,"统战部的科长说,"可以马上把他叫来。"

"不用了,"于老伯说,"我去船上看他。"

于老伯在县委统战部科长等人的陪同下来到"茂昌号"渔轮,阿良从驾驶舱出来迎接。

"于老伯,"阿良挽住了于船长父亲的手,"你坐。"

"阿良阿侄啊,"于老伯抱住阿良哭泣着说,"看见你,阿伯心里苦啊。出来时,他是好好一个人啊。"

"阿伯,你也别难过了,"阿良鼻子一酸,"身体要紧。"

"阿侄啊,"于老伯哭了一会儿说,"阿伯谢你了。要不是你,这船也没了。"

"于老伯,"阿良说,"我在船里不保船是说不过去的。"

"好,阿良,阿伯喜欢你这性格。说起来我们还是本家啊,"于老伯说,"你爷爷当初向我父亲买过一只小船的。我听我父亲说,你爷爷想疯了要有自己的船。小时候,我还和你父亲玩过呢。对了,你父亲好吗?"

阿良低沉地说:"他上半年去世了。"

于老伯看了看周围的人说:"你们出去一下好不好?我想跟阿良侄说个事。"

众人不知于老伯要干什么,在统战部科长的示意下,退了出去。

阿良也不知于老伯要说什么,静静地望着他。

"阿良侄,像你这样的捕鱼人,在台湾是很难找到了。你喜欢船,喜欢海,这点你跟我儿子一样啊,"于老伯抓住阿良的手,两眼放光,"你是我的远侄,做我的干儿子好不好?我把'茂昌号'交给你。"

阿良坚决地摇了摇头。

"为啥?"于老伯问,"'茂昌号'你不喜欢?"

"喜欢。"阿良说。

"那为啥不要?"

"我能要吗?"阿良笑了,"阿伯,你别开玩笑了。"

"那我的'茂昌号'交给谁啊。"于老伯呜呜地哭了。

阿良知道于老伯是沉浸在悲痛之中,神志有点迷乱。他阿良再喜欢"茂昌号",也不会走这样的捷径的。

　　于老伯似乎有些清醒了:"阿良侄,不管如何,你保船有功,总归要让阿伯谢你的。船你不要,钱你不能不要。"于老伯把一只信封递到阿良手里。

　　"于老伯,"阿良诚恳地说,"你不要再说了。于船长救过我的命。这钱,我无论如何不会收的。"

　　于老伯怔怔地望着阿良。

　　这时,阿良的手机响了。

　　"你叫于阿良吗?我是市卫生防疫站的。请你马上到我们这里来一趟。"手机里的声音生硬冰冷。

　　"有什么事吗?"阿良感到怪怪的。

　　"你来了,就知道了。"手机里的声音仍是生硬冰冷。

80

张海舟在上海一家医院没有待多久,就被转移到传染病区。

医生没有告诉翠珠,张海舟得的是什么病,只是问她:"他和你是什么关系?"

翠珠满腹狐疑地看了看医生说:"是夫妻关系。"

"他有嫖娼的事吗?"

翠珠摇头。从她认识张海舟起,就没听说也没见过。

"他吸过毒吗?"

翠珠更是急着摇头。这医生越问越离谱了。

"他出过国吗?"医生又问。

翠珠的表情开朗了,有些兴奋也有些炫耀地说:"他当然出过国,到过非洲不少国家,就在那些国家沿海捕鱼。"

医生怜悯地看着她说:"这就对了,你也得马上住院。"

"医生,他得的是什么病?"翠珠紧张了,"我为什么也要住院?"

医生没有接翠珠的话:"你赶紧办住院手续。马上会有护士来给你抽血。"

翠珠从没见过大世面,老实地按照医生说的办了住院手续,第二天早晨就有护士来给她抽血。抽完血后,她就要到男病房去看张海舟,护士坚决拒绝她离开病房。这让她非常疑惑。

张海舟奇瘦,经常发热不退,在市医院查不出是什么病,她才让张海舟到上海来的。张海舟起初不愿到上海来,情绪也非常低落,做什么都没有兴趣。只是在做爱时,才会放出野兽般的狠劲来,但又显得力不从心,往往到最后绝望地搂着她哭泣。

翠珠把自己的后半生都寄托在张海舟身上,她不愿张海舟这副样子,因此,在张海舟几次拒绝到上海治病后,她发火了:"你要是不去上海,我就回鱼盆岙去。"张海舟这才不情愿地答应到上海去,只是在跳上船时,阴沉地说:"翠珠,这次我去了上海就回不来了。""你又乱说了。"翠珠没有深深地体会他的意思,只顾给他铺床位。张海舟有点复杂地看了翠珠一眼,欲言又止地闭上了眼。

过了几天,医生把翠珠叫到办公室,面无表情地说:"你是哪里人,能叫家属来医院吗?"

"我家里没人了,医生有什么事吗?"翠珠心里涌出一种不祥的预感,不会是得了癌症吧?

"你是阳性,是带毒者。现在还没发病。可能是你丈夫传染给你的。"医生悲悯地看了她一眼说:"你丈夫已发作了,在世的时间可能没几个月了,你要做好思想准备。"

"医生,那是什么病?"

"AIDS 后天免疫不全症候群。"

翠珠忍不住哭了:"医生,我的男人还有救吗?"翠珠不知道那是艾滋病,但她知道那肯定是一个不好的病。

医生摇了摇头。

"我要见我的男人。"

"好吧。"医生复杂地看了翠珠一眼。他是不忍心说出艾滋病这个词。这是一个朴素的渔家女人,能瞒她就瞒一下吧。何况从医生的角度说,他已如实地把病情告诉她了。

也就是十八号台风来临的前夕,张海舟陷入昏迷状态。十八号台风的影响范围很广,台风吹得上海医院草坪上的大树都不停地摇晃,台风雨在高楼的窗外发出阵阵怪叫声。翠珠紧握着张海舟如柴棒似的手,不停地哀哭。她哭张海舟命苦,这么年轻就要离开,她哭自己命苦,下了这么大决心离开原来的丈夫,没过多少开心的日子,又一个男人就要离她而去,而且是永远离她而去。

张海舟醒了过来,精神比前几天好像好了不少,声音清晰流利:"翠珠,我很高兴。我有你,真的很高兴。你以前怎么会喜欢我呢?我告诉你,我早知道自己要死的,我死之前,能找到你,真开心。我是个很坏很自私的男人。我的病是从非洲传染的,是从非洲的坏女人那里传染的。翠珠,你知道我们在远洋捕鱼苦啊。我们寂寞啊。我是男人啊。翠珠,我要死了,我舍不得你。我真爱你。是真的,以前是哄你啊。"

张海舟说完这些,好像如释重负,很快进入弥留状态。

翠珠停止哭泣,脸色雪白,过了一会儿,她疯狂地拍打着张海舟:"你在胡说,你在胡说对不对?你在胡说啊,你胡说些什么啊!"

台风在肆意吹着,不断地把翠珠的狂叫声刮得零零碎碎。

81

　　张海舟的父母亲是在张海舟去世后才赶到上海的。听完医生的介绍,张海舟的母亲从医生办公室冲出来,哭叫着揪住等在门外的翠珠的头发,一阵猛打:"你这个烂婊子,你把脏病传染给我儿子。我儿子从国外捕鱼回来一直是好好的,就是搭上了你婊子精,生了这艾滋病。"

　　翠珠没有任何心理准备,她的头皮钻心般地痛。她不知道张海舟的母亲在叫着什么。只是到后来才明白过来,张海舟得的是艾滋病,张海舟的母亲认为是她传给她儿子的。那就是说,她也得了艾滋病? 医生说,她是带毒者,只是没发作而已。所有的疼痛都麻木了,翠珠只是感觉身子像被无数只狗在狠踩一样,黑云从地上不断地涌起,而她正在很快地变成黑云下的一堆破网。

　　等翠珠醒过来时,张海舟的父母亲已不在了。周围是躲得远远的看客。我是艾滋病。我得了艾滋病。张海舟死鬼得的是艾滋病。翠珠涂得猩红的嘴角不停地抽搐着,两眼放出一种骇人的光亮:"我得了艾滋病,我得了艾滋病……"她这样自言自语轻声而沙哑地叫着,像个疯子摇摇晃晃走着,医院过道两边的人都惊骇地让过。

　　翠珠当夜就坐长途汽车离开上海。第二天清晨,她与初升的太阳一道来到了鱼盆岙。这是久违了的家。台风刚过的空气是这样的清新。微风从远处的海面吹来,似乎在梳理她的披头散发。海鸥闪动着翅膀,从海面飞回来了。波浪远远望去就像银子大把大把地浮在海上。笼罩着一层透明蜃气的山峰迷离地绽放出太阳的金光。山上的树木被台风雨洗过,就像初春时那样,充满绿色的生机和活力。翠珠第一次看到自己的家原来这么好。可是,我很快要看不到了。

　　翠珠来到自己家,才发现钥匙不知何时丢了。她在院门口停了许久,折身去阿狗家。她听珊珊说过,晨晨就寄养在阿狗的瞎子妈那儿。珊珊不在。瞎子妈和晨晨正在吃早饭。晨晨看见翠珠跳下餐桌,欢快地叫了起来:"妈妈魂灵回来了。船魂灵回来了。"

　　回来了。我回来了。翠珠看见晨晨,心里好像涌出一股非常愉悦的血水。很痛很难过,却很舒服。她突然明白自己要做些什么了。翠珠牵着晨晨的手,悄悄地从阿狗瞎子妈身边走过。晨晨要发出声音,翠珠急忙捂住了他的嘴。

　　"晨晨,你不要乱跑,"阿狗妈在到处摸索,"珊珊阿姨要急死的。"

　　翠珠已牵着晨晨走出了院门,走上通向沙滩的山路。翠珠在阿良的墓地前停了下来。她想起了阿良最后对她说的话。阿良死鬼,让你说中了,让你笑死了。翠珠踢着墓碑,努力把汹涌而来的哭泣压下去。都是你害的。这辈子说到底是你害了我。这下你满意了吧,我也到你这儿来了。我是再也不会跟你见面了。阿良,你是白白笑的,你是看不了我的笑话的。

　　海鸥在伤感地鸣叫着。海浪奋力向沙滩爬来,最终绝望地无可奈何地退了下去,发出沉痛的呻吟。一股风在墓地打着转,忽然轻快地向山坡飘荡而去。翠珠在阿良的墓地坐了下来。这里的寂静让她情不自禁地流出眼泪。

　　"阿妈,我们捕鱼去。阿妈不哭,我们捕鱼去。"晨晨的叫声让翠珠的神志恍惚起来。是呀,捕鱼去,捕鱼去。他阿爸阿良眼下也正在海里捕鱼呢。

　　"晨晨,晨晨。"突然,传来一阵急切的叫声。翠珠回头一看是珊珊。

　　"是翠珠呀,"珊珊已来到了面前,"我以为晨晨让人哄走了呢。"

　　"珊珊姐,谢谢你照顾着晨晨,"翠珠平静地说,"我早就应当来带晨晨的。"

　　"没事的。"珊珊理了理头发,仔细地看着翠珠。几个月没见,翠珠似乎变了个人,刘海的头发是灰白色的。眼圈是微青色的,眼睫毛上还挂着泪痕。不再化妆的脸是灰黑色的,脸庞明显消瘦了。

"翠珠,你怎么了?"珊珊同情地拉住翠珠的手。

"我怎么了?"翠珠凄惨地一笑,"我得艾滋病了。坏得不能再坏的人才可能得的病。"

"你乱说。"珊珊不由得松开翠珠的手,后退一步。

"你不相信?那死鬼害的,他传给我的。如今我可算是到头了。"翠珠嘲讽地看着珊珊,"你怕了吧?你不用怕的。医生说只有上床、血液接触,才有可能传染。我还没发作呢。"

"现在你打算怎么办?"珊珊惊恐地哭了。

翠珠不吭声,只是专注地望着墓顶上长出的一丛蒹葭草。这草已经开始发黄,风一吹,轻得像要断似的。翠珠狠狠地扯了一根下来:"我能做什么,我和晨晨捕鱼去。捕鱼去。他阿爸不也是和鱼在一起?"

82

"翠珠,你不要想不开。"珊珊擦了擦眼泪,迟疑了一下说:"阿良哥也只是失踪。他不一定不回来。"

"你是说他还活着?"翠珠的眼里第一次放出光芒来,不过很快就熄灭了,"他活着也和我无关。我和他离婚了。珊珊姐,我的病是治不好的。很快全村的人都会知道这件事,她们会说丢人现眼啊,竟然得这种病。人人都会指点我,都会躲着我,我是完了。我是活不下去了。"

"翠珠,你千万不能有这种想法,"珊珊劝道,"阿良哥在,也不会让你这样做的。"

"你再也不要提他了,"翠珠呜呜地哭了,哭得很响很绝望,惨白的嘴唇不停地抖动着,"珊珊姐,他心里只有你,他从来没有爱过我。他害了我,我到阴间都不会放过他的。"

珊珊打了个冷战。

"阿妈不哭,阿妈捕鱼去。捕鱼去。"晨晨牵了牵翠珠的手。

"好。捕鱼去。捕鱼去。"翠珠把晨晨抱了起来,含泪"咯咯"地疯笑着,向沙滩走去。她已想好了,她要和晨晨一起到海里去。她不愿在阿良和自己走后,留下痴呆的晨晨活在人世。

"翠珠,你不能去。你回家吧。"珊珊急了,抢着跑过去,拦在翠珠面前。

翠珠只得把晨晨放下了:"珊珊姐,我没有家了。我回不了家了。我把钥匙掉了。"

珊珊犹豫了一会儿,撒了个谎:"我有阿良的钥匙。阿良最后一次出海时说,你回来了把钥匙交给你。"

"没用了。这家已不是我的了,"翠珠把头摇了摇说,"你拿着吧。"

"翠珠,事情已出了,你千万不能想不开。"珊珊把晨晨牢牢地牵在手里。

翠珠又哭了:"珊珊姐,我谢谢你照顾晨晨,我不会忘记你的大恩大德的。"她离开晨晨这么久,晨晨都是好好的。她相信自己走后,珊珊会照顾好晨晨的。看着晨晨一脸灿烂无辜的表情,翠珠要把晨晨带下海的念头动摇了。

"翠珠跟我回家吧。"珊珊不敢拉翠珠的手,艾滋病总是一种很可怕的病,但她离翠珠很近。翠珠眼睫毛上挂着的眼泪让她深深地同情与难过。事情怎么会变得这么悲惨与残酷呢?

"珊珊姐,你放心,"翠珠去意已决,但珊珊盯得这么紧,她想做的事是做不了的。她故作镇静地说,"我不会自杀的。医生说我只是带毒。离死早着呢。我要独自租一个房子过。这病是不能和晨晨住在一起的。晨晨麻烦你帮我带着,行不行? 就算帮阿良死鬼吧。他对你好呀。他从我到他家想着的都是你呀。"翠珠说着说着,双眼闪烁着燃烧的光芒,怨恨地望着珊珊。

珊珊一时脸色通红,好像翠珠的不幸真的是她带来的,是她抢了她老公。她想解释几句,又觉得不能再和翠珠计较什么了。她诚挚地说:"翠珠,你回家吧,晨晨我会带的。"

"你带着晨晨走吧,我想一个人在这里静静。我会回来的,"翠珠说,"你不要把我的事告诉村里其他人。不过也没关系,可能人家早就知道了。"

珊珊看了一眼翠珠,见她神情平静了不少,就说:"我得帮阿狗妈做饭去了。晨晨我带走了。"

"你回去吧。"翠珠死死地盯着晨晨。

阿姨快把我放下。我走进了阿妈房间。阿爸还在床上捕鱼。床头有一碗水魂灵。黄纸都是湿的,有落雨的香味。阿妈在给阿爸催魂灵。阿妈说阿爸病了。镜子里有一朵红花,像火一样,我能闻到阿妈喜欢阿爸的香味。阿妈不喜欢我。阿妈的魂灵沉落了。阿妈的船魂灵又回来了。突突地回来,海里开着一大群红帆船。阿妈的胸前有一朵花。阿妈的眼睛里有一朵花。阿妈就像一朵花。晨晨温温柔柔地重复珊珊的话说:"你回家吧,晨晨我会带的。"

翠珠扭转脸不看晨晨了,悄然地叹口气。晨晨什么都不知道。他只会学别人的话,幸而有珊珊照顾。

珊珊领着晨晨朝山坡小路走去,不久就成了两个黑点。翠珠再次从胸腔爆发出一阵无可抑制的抽搐哭泣,向沙滩旁的礁石丛狂奔而去。

碧空如洗,偶尔一两朵白云慢悠悠地浮在蓝天上。小鸟欢快地叫着,从翠珠的头顶飞过。金黄色的沙滩上一个人都没有,只有蔚蓝透明的海水轻轻地吻着沙滩。翠珠在湿润的沙滩上留下了一长串高低不一的脚印。这脚印很快被海水淹没了,时间是那么的短暂,好像这脚印从没出现过似的。

翠珠已跑到了礁石丛最大的一块岩石上。无边无际的海浪来到礁石丛,开出惨白的芙蓉花,一丛接着一丛。她气喘吁吁,胸部不停地起伏着。远处的海面泊着一艘很小的红机帆船,好像女人的发卡。不断地有各色各样的船只从海面突突地驶过,唯有这只红机帆船一动不动,好像等待着什么。正是九、十点钟时辰,太阳被海水洗得特别的透彻,巨大的一团红光悬挂在清蓝的空间中,不断有红雾向四周飘荡出来。于是整个海面也漾着一层层湿漉漉的金光。

翠珠回头看了看山岗。山岗上飘浮着一团红火,那是穿红衣服的珊珊;还有一朵白云,那是穿白色运动衣的晨晨。"晨晨,妈妈对不起你。"翠珠张开喉咙大喊了一声,迅速掉转身,把两只手捂住耳朵,纵身向浪花丛中跳了下去。她掉下去时轻飘飘的,就像一片树叶,也像一只被打中的小鸟。巨大的旋涡把她带到了无边无际的黑暗中,让她什么感觉都没有产生。

83

在回家的山路上，珊珊的眼前还晃动着翠珠的影子。翠珠从来没有像今天这么赏心悦目过。她的头发有几缕烫成栗色的，那是眼下东山渔港的大街上时髦女子才刚开始风行的发式，脖子上围着一条黑中带金黄色花点的围巾，大红色衬衣衣领翻在外边，套着一件V字领、带有条纹的红、黄、灰相间的杂色的羊毛衫，外面是一件紫色的风衣，别着玫瑰花形状的胸针。珊珊心里不由得"咯噔"了一下。翠珠没必要得了这病还穿得这么漂亮。她停住脚步，往山脚看了一看，阿良的墓地前已没了翠珠的踪影。珊珊急忙领着晨晨回到阿狗家，拿起电话就拨阿良的手机。

"阿良，你在哪里？翠珠回来了，"珊珊急切地说，"她说她得了艾滋病。"

电话里阿良的声音翁声翁气的："我知道了。正在市卫生防疫站检查。"

"阿良，她要自杀呀，"珊珊听出阿良的声音里带着怒气，"你快来。"

阿良在电话里沉默了片刻："我马上来。"

阿良是在送走"茂昌号"后，来到市卫生防疫站的。当被告知翠珠得了艾滋病时，他傻了。他以为凡得艾滋病的人要么是吸毒，要么是做小姐，正常人是不会得艾滋病的。她怎么会下流堕落成这样？她怎么变成这样的人？她曾经是他的老婆。他怎么会有一个这样的老婆？他阴着脸，转身要走："她和我没关系。"

防疫站的医生一把拉住了他："你不能走，你曾是她的老公，你得接受检查。"

阿良无奈地停了下来,当伸出手接受医生抽血时,心里充满了屈辱和害怕,就怯怯地询问医生。他不知自己是不是也会得这病。

"一般来说,你这么久没和她在一起,是不会感染的。但上海方通知我们,我们要对你负责。"医生在抽完血后,怜悯地看了阿良一眼。

等阿良赶到沙滩边,已有不少村里人聚在礁石丛附近了。大家已知道翠珠得了艾滋病自杀了。珊珊正焦急地求村里的男人下海把翠珠捞上来。翠珠已飘浮在沙滩外的海面了,一沉一浮的。

但没有一个人愿意下海。翠珠得的是艾滋病啊。

阿良坐出租车在村头跳下,得知消息,直奔了过来。阿良还活着,大家看过前几天抗台的电视都知道了。大家都静静地看着他。

"阿良哥。"珊珊轻轻地叫了声。

阿良一脸灰黑。他冲珊珊无言地点了点头,很快脱下鞋子,朝海滩走去。

"阿良哥。"珊珊脱下鞋,跟了过去。

阿良做了个手势,要珊珊回去。珊珊不肯,还是跟着。

"你去我就不去了。"阿良低沉地吼道。

珊珊只得停了下来:"阿良哥,你要小心。"

潮水正把翠珠的尸体推了上来。阿良已在海里,冰冷的海水浸到了他的腰部。他没有任何冷得发痛的感觉。

当海水快淹到阿良的下巴时,他伸出手,抓住了翠珠飘浮在海水中的如同青苔般的头发。翠珠的尸体好像非常听话似的,很快向阿良游了过来。翠珠的尸体是翻面伏在海上的。当阿良能弯下腰时,他把翠珠翻了过来。翠珠的脸是肿胀的,被海水浸泡过的眼睛微张着,竟有一种陌生的庄严的神情。阿良把粘在她脸上、眼睫上、嘴巴上的沙子轻轻地擦拭掉,合上她的双眼,然后把她抱了起来。金色的阳光铺天盖地洒了下来,海面一片灿烂的金光。阿良抱着翠珠一动不动地站在海中,由于背着阳光,阿良和翠珠的形态就像是在白光背景中的黑色剪影。

阿良第一次这样细细地端详和他同床共寝了好几年的女人。她原来这么美丽这么温柔这么安详这么冰冷。这是一个说爱他而又说他不爱她最终不爱他的女人,一个给他生过孩子帮助他送父母上山的女人。阿良的眼泪一滴一滴掉在翠珠浮肿的脸上。那眼泪清澈透明,当落在翠珠脸上时,竟如珠一样凝结着,一动不动。慢慢地眼泪越来越多,翠珠的脸变得越来越晶白。

珊珊已经跑到了阿良的身边,她协助阿良抬起了翠珠的脚。海水轻轻地舔着珊珊的脚脖子,好像针在刺着。

人们都沉默地看着阿良和珊珊把翠珠这样抱抬着走上沙滩。

闻讯赶来的胡指挥带人拖着一辆手推车向这里走来。车上铺着席子,放着大红色的被子。

胡指挥叫人把手推车停下,拿着被子向阿良跑了过来。

阿良接过胡指挥的被子把翠珠严严实实地裹了起来,放在车上。

围观的人群中有几个年老的走了过来:"阿良,全村的人都知道她和你离婚了。她是不能送你家的。就是你的老婆,死在家外,也不能送家里的。你送她娘家吧。"

阿良缓缓地抬起头,寻找着什么。珊珊知道阿良用目光在征询她的意见。她勇敢无声地与阿良的目光碰在一起,微微点了下头。

阿良的腮帮子抖动了一下,用喑哑的声音说:"送家去。"

"送家去。"跟着阿狗妈而来的晨晨拍着小手,学着阿良的话:"送家去。"阿妈回来了。这些人都像腌带鱼。阿妈的船魂灵回来了。小蟹在沙洞里爬出来。我要爬进沙洞去。从沙洞里爬到外婆家去,把阿妈从红帆船里拉出来。"阿妈,我要阿妈。"晨晨跟在手推车后面,突然挣脱阿狗妈的手,向海里跑去。珊珊急忙跟了过去。

84

阿良以最正规的丧葬习俗为翠珠办了后事。下午,客人和帮忙的乡亲都走了。只剩下帮助还碗筷和打扫卫生的阿狗、珊珊等人。

"阿良哥,你回来了,今晚,我搬回家去睡吧。"阿狗看了看疲惫地坐在破沙发上抽烟的阿良,也瞟了一眼正在擦大门门框的珊珊。

珊珊拿着揩布的手在门框上停了一停,绕过刚贴的驱邪的鬼画符,把糊玻璃的破得不能再破的美人画挂历纸全撕了下来。

"不急,"阿良淡淡地说,"今晚你陪我睡。"阿狗回去,珊珊睡哪里?总不能这么快就叫珊珊和自己住在一起。还有珊珊也不一定会答应。翠珠刚刚离开这个家啊。

"那叫晨晨过来吧?"珊珊要从凳子上跳下来,"叫他也来陪你。"

"晨晨陪你。"阿良急忙奔过来,扶珊珊下来。

珊珊感激地温柔地看了阿良一眼。

"你歇着,我来。"阿良伸手向珊珊要揩布。

"你去睡一会儿,"珊珊轻轻地说,"这两天两夜你都没睡过,眼圈都是黑的。"

"是啊,"阿狗说,"你去睡一会儿。这里的活交给我和珊珊姐好了。"

"我睡不熟的,"阿良心事重重地说,"我就坐一会儿吧。"

珊珊知道阿良还没从翠珠的事上缓过劲来,也不多说什么,擦完门框,就拿起拆下的被单、床单,放进脸盆,端到水池,洗了起来。

阿狗的事都做完了,他陪阿良抽了一支烟说:"我到家里去穿件衣服。有些冷。"

阿良点点头。

阿狗走后,阿良有些坐不住。他站起身叫了声:"珊珊。"

珊珊手上都是洗衣粉泡沫,听见阿良的喊声,洗了洗手,走进屋,坐在阿良身边,伸出手去握阿良的手。

阿良悄悄地要把手抽回:"珊珊,那天你打我手机时,我在市卫生防疫站化验。"

"化验什么?"

"市防疫站的医生说,翠珠得了这病,我也得化验。"阿良叹口气。

"你不会的。"珊珊抬头时看见了挂在堂间的翠珠遗照,心里打个战,但还是握住了阿良要抽回去的手。

就在这时,院外传来一阵猛烈的敲门声。珊珊松开阿良的手。阿良急忙走了出来。

院门已经被撞开,十多人涌了进来。都是沉船死难者的亲属。阿良一直担心的事还是发生了。只是他没想到这些人在翠珠刚办完后事就来了。

"于阿良,你还活着,我哥可是死了。"带头的是一个气势汹汹的男人。

"是啊,于阿良,我们给你面子,没在你家办丧事时来闹。现在,你得给我们一个说法。"一个女的尖声地说。

"船出事,我也很难过的,"阿良说,"实在是没办法。"

"没办法?你倒说得一点事都没的。水产局都说了是你老大的责任,"其中一个死难者的家属哭叫着,"你还我老公来,还我老公来!"

人群向阿良逼来,阿良无路可退,只得退到屋里。珊珊要出来,与这些人理论。阿良将珊珊护在后面。

"你们要我做什么?"阿良耐住火说,"我们可以商量的。"

"于阿良,你要识相点。你要是不赔,今天是不会让你过去的。"

"家里实在没钱,"阿良好言好语地解释道,"有钱一定会赔你们。"

"你骗人,"又是那个尖叫的女人,"全东山的人都知道台湾人给了你十多万。要不你会给翠珠的后事办得这么体面?"

原来如此。阿良委屈地说:"那人是要给我钱,可我没拿。"

"你不赔,今天是过不去的。"

"快点把钱交出来!"

"于阿良,你识相点!"

……

阿良急了:"我真的没钱。家里就这些了。"

"于阿良,你不要充好汉。你不赔,不会让你好过的。"

"要钱没有,要命只有一条。"阿良冷冷地说。

"不要以为我们不会打你。"

几个男人抢着铁棒乱砸起来,桌子被推翻了。铁棒砸在电视机上,碎片飞起来,落在地上,发出"哗啦"的声响。

珊珊再也受不了了,迎着铁棒,不让他们上楼去砸东西:"你们太过分了。船沉掉又不是阿良哥故意的。"

"你算什么东西?走开。这里没你说话的权利。"带头的那个气势汹汹的男人挥着铁棒。

阿良怕他真用铁棒打珊珊,趁他不备,一把将铁棒从那人手里夺了过来。

那群人见阿良夺了他们的铁棒,都围了过来。

这时,胡指挥、阿狗等人得知有人在阿良家闹事,都赶了过来。

"有话好说,阿良快把铁棒放下,"胡指挥站在那群人面前,"都是一个村的,大家不要伤了和气。"

阿良舒了口气,把铁棒扔在一楼楼梯旁。

"胡指挥呀,他阿良还活着,可我男人不在了呀。我如何过呀?"一个死难者的家属突然坐倒在地上,号啕大哭起来。

85

阿狗挽着袖子,从厨房拿出一把菜刀,站在阿良旁边。那群人怕事情闹大了,不好收拾,见胡指挥好言劝说,也乐得找个台阶,就骂骂咧咧走了,但他们在走时放话说,今天给胡指挥面子。要是不给死难者家属补偿,他们以后还会来的。

"狗娘养的!"阿狗冲着他们的背影狠狠骂道。珊珊急忙弯腰捡拾地上的玻璃等杂物。胡指挥帮阿良把推倒的八仙桌扶了起来。

"阿良,这事不会完啊,"胡指挥说,"你今后得小心点。"

"师傅,"阿良的脸还是青的,"我想去找黄副县长。让他帮我查船出事的原因。真是我的原因,我再上大王山去。"

"你有把握不是你的原因?"胡指挥问。

"我和阿良哥都怀疑是海生搞的名堂。"珊珊插话说。

"对了,你在电视里跟黄副县长握过手的。"胡指挥说。

"他叫我台风过后去找他。"阿良的脸色明亮起来。

阿良来到县机关大院被门岗拦住了。门岗一脸警惕地问他找谁。

阿良说:"找黄副县长。"

门岗就问有没有约过,阿良说:"黄副县长要我台风过后来找他。"

门岗拿起电话说,问问他秘书小陈,说了几句,放下电话,态度便异常地热情:"黄副县长要你快去。县政府在二楼。"

阿良来到县机关大楼二楼,黄副县长的秘书小陈已在楼梯口等了。

"黄副县长正和水产局赵局长他们商量工作,你在我的办公室坐一会儿吧。"小陈热情地招呼他进了二楼北面的一间办公室。他的对面就是黄副县长的办公室。

秘书办公室坐了好几个人。都是领导干部模样的。阿良在小陈给他让出来的椅子上坐了下来。小陈秘书从书架上拿了一只一次性杯子,放了一撮茶叶,从净水器冲了一杯水递给阿良:"黄副县长要你稍等一会儿,他马上就好。"

从在座几个人的议论中,阿良听出来,这几个领导都是来向黄副县长汇报工作的。阿良感到黄副县长这工作就像医生看门诊似的,病人就是那些向他汇报的干部。今天他竟也成黄副县长的病人了。黄副县长这么忙,来打扰他,阿良有些坐不住。

正这样想着,黄副县长从办公室出来,大声地叫道:"阿良,阿良,你先过来。"

阿良应了声,急忙起身,而那几个领导看看他,分明是把他当作黄副县长的亲戚了。

黄副县长的办公室除了阿良认识的赵明龙局长,还有好几个人。

黄副县长笑着说:"阿良,我们正商量去远洋捕鱼的事。明龙局长,你认识吧?"

阿良冲赵明龙笑笑,叫了声:"赵局长好。"赵明龙也笑了笑,但笑得不自在:"我们早就认识的。"

"阿良,明龙局长已和外商谈好了,县里要组织船只去国外捕鱼,"黄副县长说,"现在渔民的积极性好像不高啊。你去不去?"

"我没船,船沉掉了,"阿良说,"有船……"

赵明龙的脸上掠过一丝不易察觉的阴影,腮帮子跳了一跳。

"这事,等一会儿再说,"黄副县长打断阿良的话说,"那么,就这样吧。明龙,今晚我出面请外商用个晚餐,你们要仔细把合同推敲后,尽快签下来。回去后,要抓紧把能去远洋的船只搞清楚。力争今年内我县的远洋渔业能有个实质性的起步。另外,你安排一艘渔政船。我想下渔场,检查一下渔场情况。"

"您身体吃得消吗?"赵明龙关切地问,"外海浪很大。"

"总得下去,"黄副县长冲阿良笑笑说,"你们都叫我渔业司令。不下海算什么司令。"

"那好,"明龙说,"我去准备渔政船,陪你一起去。"

"好的。"黄副县长说。

赵明龙看出来黄副县长要打发他们快走,与阿良说事,他控制住自己的表情说:"我们一定按照黄副县长的指示精神,尽快把各项任务落实好。"

赵明龙他们出去前,冲阿良点点头,阿良也冲他们笑笑。黄副县长在明龙他们出去后,把办公室门关死,并倒锁上。

"阿良,受了不少苦吧?"黄副县长把阿良拉到沙发上坐下来。

"还好。"阿良说。

"你家的事,我都听说了。翠珠的事在县里都反响不小。我看了卫生局报来的信息,说明我们渔民出国后还得进行各方面的教育,"黄副县长说,"另外,我已跟乡里打了电话,要他们做好群众的思想工作。船沉了,不能把人家的家也砸了。"

"沉船的事,还得请黄副县长帮忙,"阿良说,"我就为这事来的。"

"这事我会建议有关部门进行复查,你什么话都不要对外界讲,"黄副县长看着阿良,"一定要保密,知道吗?"

"谢谢黄副县长,"阿良激动地站了起来,"如果是船厂责任,能赔钱造船,我就能去远洋了。"

"行。希望你能为我县的远洋渔业带个头,"黄副县长打开门说,"还有好几个人等着,我也不留你了。"

"黄副县长,再会。"

"再会。"黄副县长在阿良走后,并没叫对面秘书办公室的人进来,而是拉开抽屉,拿出县水产局有关阿良沉船情况报告复印件,在上头批了几个字:"请县公安局主要负责同志阅,建议由经侦大队调查此事,并请做好保密工作。"

86

阿良去找黄副县长前,就与珊珊、阿狗他们说过,县政府去后,暂时不回家了,先到他约好的外村渔船上去做一水雇工,省得死难者家属再来吵闹。一水就是从开船出发,到离渔场回港,根据捕捞作业不同,时间也不同。

阿良临时做雇工的是一只帆涨网船。他从来没有捕过帆涨网,便特意选择了这艘渔船。

从东山渔场出发,船开了二十多小时,才到渔场。阿良估摸那是东外渔场了。这帆涨网船果然是节省柴油的,到渔场只需把网扔下海便行,然后渔船就熄火抛在海里,到了一定时间,帆涨网被拔上来,大大小小各种鱼都有。效益果然要比大机拖虾、蟹笼船要好。要是造船,就要造这样的船,既可以带帆涨网,也可带拖网和蟹笼。只是这样捕下去,这海里的鱼非捕光不可。现在都在吃子孙饭了。小鱼小虾一点点大都被捕上来。国外是禁止拖网的,只允许钓。要是不禁止拖网,这北太的鱿鱼可能早就捕光了。

阿良坐在桅杆下,正这样想着,老大走过来问他:"阿良,你带四小证了吗?"阿良站起来回答:"带了。""四小证"是指渔民必须会的求生、救生艇筏操作、消防、海上急救四种技能。

"那水上户口本呢?"

"也带了,"阿良感到好,"你问这些做什么?"

"唉,"老大叹口气,"现在的渔政船不是为渔民服务的抢险船、帮忙船,变成强盗船了。上次出海,在码头边卖鱼货,一个外地伙计没有'四小证',我被罚去五百元。"

"那算什么,"阿良说,"以前我连卫导都被边防支队拆去过。"

"为什么?"

"也不为什么,"阿良说,"只是我不肯出示水上户口本。从那以后,我是不管什么证书都带在身上。"

"但愿这次出海运气不要这么坏吧。"老大递给阿良一支"利群牌"香烟。

"你的船钱赚回来了吧?"阿良拍拍堆在甲板的网绳,羡慕地问。

"呵呵,"老大眉飞色舞,"不瞒你兄弟说,我们村比你们鱼盆岙转制早,也算差不多吧"。末了,老大收起笑容:"只是这鱼是越来越少了。等我们分到船了,有自己的大船了,这渔场也小了,柴油也涨了,政府也管理紧了,我看我们捕鱼人的日子要越来越难过了。唉,对了,你船沉掉的原因可查出来? 老大们都在传说,你让人家打了。这也太不像话了,捕鱼人出海脑袋就别在裤腰袋里,要保性命,就不要上船。"

提到自己沉船的事,阿良反而不想说了,只是闷闷地大口吸烟。

这时,在船头瞭望的一个伙计走了过来:"老大,对面过来的好像是808渔政船。"

"哦。"老大急忙扔掉烟蒂,奔向驾驶舱。前些日子,罚他的,也是808渔政船。

网才放下去,现在船是不能动的。就是把网拔起来,也要给渔政船追上的。

"怎么办?"老大紧张地问跟上驾驶舱的阿良。

"你又没有违规,别逃,"阿良说,"一逃,他们肯定追上来。"

船在外海,海水特别地蓝。涌浪扑到船头,浪花像大块白岩石爆炸开来,纷纷扬扬地飞进甲板。一只铁色的海鸥从浪花中尖叫着冲天而出,掠过驾驶舱。

这海上,再也没有其他渔船。808渔政船笔直开了过来。

老大的额头涌出的汗珠就像爬了一只只活泥螺,阿良回了口唾沫,

263

不知今天会发生些什么事。

他的玉佩菩萨静静在挂在脖子上。玉佩凉凉的。阿良陡然想起了珊珊。

"阿良,阿良。"对面的渔政船甲板上有三四个人,声音迷迷蒙蒙地传过来。

那是谁在叫他?莫非是……

87

渔政船靠了过来。

现在阿良看清渔政船上的人了。

"是黄副县长他们。"阿良兴奋地对老大说。黄副县长的秘书小陈手里举着望远镜。叫他的一定是小陈了。可是不见黄副县长和赵明龙局长。

船老大哦了一声,急忙去翻船舶证书和捕捞许可证。天杀的,这两本最重要的证书在扰洋时怕小偷偷去,带到了家里。

"这下完了,"老大沮丧地对阿良说,"最重要的证书没有带来。"

阿良不由得也呆了呆,不知黄副县长会怎么处理了。但他相信黄副县长是讲理的,不会乱来。

"把缆头打过来。"站在渔政船甲板上几个穿制服的,已发出命令,小陈他们也从渔政船上的甲板上跑了下来,还跟着几个扛着摄像机的县电视台记者。

现在,阿良看清了为首发命令的是汪科长。他在造船时,和那人打过交道,知道是船检科长,怎么也到渔政船来了。阿良不知汪科长现在是渔政科的科长了。

老大知道,把缆头打过来,就是两艘船要靠在一起,他们的人要到捕鱼船里来仔细地检查,于是,他就不吭声。伙计们没有老大吩咐,谁也没动缆头。

渔政船到渔场后,黄副县长起初还能站在驾驶台或甲板活动,碰到渔民船只,也只是靠拢询问几句渔发情况、渔场治安情况。看得出黄副县长硬撑着,他受不了涌浪颠簸,果然,没过多久,黄副县长就开始晕船了,呕吐以后,只能躺在船员的铺位上了,连说话的力气都没有,东西也吃不下。现在,赵明龙局长在照顾着黄副县长。

自己该履行职责,好好查查违规渔船了。汪科长想给黄副县长留下工作泼辣、敢作敢为的好印象,这样有赵明龙局长撑腰,有黄副县长欣赏,再用金钱开路,自己年纪虽然大了些,提个副局长还是很有希望的。

汪科长见没有什么动静,挥了挥手,这个老大怎么这样不识相。他也不等他们把缆头打来,不管船与船之间有一段距离,带头飞跳到渔船上。他的手下也一个个跟着飞跳而下。

"把你的伙计都叫到舱板上来。"汪科长问清谁是老大后,板着脸,威严地说。

"汪科长,抽烟。"阿良想缓和一下紧张的气氛。

"不要。"汪科长看着阿良面熟,但还是抬手打掉了阿良递过来的香烟。

阿良俯下身子,要去捡烟,可是他旁边的一名渔政人员却有意无意间把香烟踩在脚底下,阿良愤怒地抬起头,盯了那人一眼。这一切都被站在渔政船甲板上的秘书小陈看得一清二楚,他扯了扯摄像记者的衣袖,记者会意地把这一切都摄进镜头里。

"把四小证都拿出来。"汪科长站在一排船员面前,挨个检查四小证。

"四小证"居然都带着。这次汪科长大失所望。他原本以为,只要他想查,没有一艘渔船是没有问题的。这最容易查出也是最细小的问题就是"四小证"不齐,可是这艘渔船偏偏没有这个错误。

汪科长狐疑地打量着一个个船员,最后把目光落在老大身上。老大的脸色比带鱼还要银白。

汪科长心里有了底:"去把你的捕捞许可证、船质证书都拿来,接受检查。"

"我忘在家里了。"老大低下了头。

哈哈,查到了一艘无证船。汪科长脸上绽开笑意。"谁叫你忘在家里了?这么重要的证件,你会忘在家里?你是第一次在东外渔场混的?"汪科长收住笑容,铁青着脸,厉声喝道。

"我真是忘在家里了,"老大争辩道,"上次你们808查我,看过这两本证书,我不是无证船。那次有个伙计忘带四小证,让你们罚去五百元。"

汪科长愣了一下,看看旁边的渔政船船员。

"我们没有印象。"一个渔政船船员说。

"谁能给你们证明,你不是无证船?"汪科长傲慢地说,"没有上次,我在场的,就只有这一次。这次你是无证船。"

"这是有证船,"阿良忍不住站了出来,"我能证明。我是鱼盆吞的于阿良。我能证明。"

汪科长想不到有人会站出来与他作对。现在他想起来了,于阿良的船是他检验的,赵明龙局长还叫他复查过。"你是于阿良?"汪科长一刹那有点心慌,但很快他镇定下来,"你还是管管你自己吧,你的船死两个人的事,我们水产局还没有处理过你。"

"那是另一回事,"阿良坚定地注视着汪科长,"我作证,这是有证的船。"

"你把证书拿出来,"汪科长避开阿良的目光,对着老大吼道,"你没有,就接受处罚。"

"要钱没有,"老大胆壮了,抡起了斧子,"要命一条!"

"你……"汪科长被激怒了,向手下挥手道,"拆卫导。"

"不能,"老大慌了,"拆了卫导,这一水生意无法做了。"

"那你就接受处罚,"汪科长吩咐手下,"三千元,开罚单。"

"我没有钱,"老大哭丧着脸求道,"少罚一点吧,我真没钱。"

"充冰钱呢?油钱呢?"汪科长冷笑起来,"你当我第一次出门啊!一分也不能少。"

"我真没有这么多钱。"

"上。"汪科长拨开老大,带头向驾驶台走去。

"不能拆卫导,"阿良拦住汪科长,"卫导是船魂灵,不能动卫导!"

"你让开!"汪科长喝道。

"不!"阿良的脾气上来了,他求援似的朝渔政船望去。甲板上除了

267

几个摄像记者,小陈他们都不见了。黄副县长怎么不管这种事?他怎么不在渔政船上?

"把他拖开。"汪科长对手下说,他今天非要拆这艘船的卫导。

"谁敢动他?"渔政船上飘来若隐若现的声音。

88

"黄副县长。"小陈走进黄副县长躺着的船员舱位,见他脸色暗黄,欲言又止。

"怎么了?"黄副县长坐起身,打起精神。

"汪科长查到一艘渔船没带证,要罚款。渔民说没钱,汪科长要带人拆卫导。渔民不肯,正僵着,我怕出事。"小陈匆匆地说道。

"怎么能这样执法?"黄副县长要跳下铺位。

"黄副县长,你躺着,"赵明龙按住黄副县长的肩,"我去处理吧。"

"我也去看看。"黄副县长推开赵明龙的手。他早就听说渔政船乱执法,渔民意见很大,没想到这次当着他的面也这么做。

赵明龙和小陈扶着黄副县长出了船舱,穿过船廊,来到甲板上。

"谁敢动他?"黄副县长看到渔政船员在汪科长的指挥下,要拖开阿良,又厉声喝道。可是他的声音实在太轻。渔船上的伙计在老大的鼓动下,提着斧头、铁棒之类站到了阿良旁边。

一场纠纷一触即发。黄副县长推开赵明龙和小陈,一个箭步蹿到船舷边,怒喝道:"你们给我住手!"

汪科长和阿良他们这次听到黄副县长的吼声和赵明龙的叫声,都往后退了一步。就在这时,黄副县长也已经跳到渔政船与渔船的空隙间。

要是平常这么短的距离,黄副县长是能轻松跳过的,可是这次船在晃动,他又刚刚呕吐过,浑身没有力气,竟控制不住,身子直往两船之间的空隙里掉下去。

要出大事。赵明龙惊叫一声,急忙伸手去拉黄副县长,可是反应不够快,黄副县长马上要坠进海里。渔政船和渔船都在晃动。要是两船都往里挤一下,那黄副县长肯定完了。赵明龙这时顾不得想什么,本能地跳进海里,去救黄副县长。

"快救黄副县长!"阿良也本能地跃过来,不假思索地跳进海里。他一只脚顶住渔政船,双手托住渔船,不让渔船往渔政船靠拢。他要为赵明龙救黄副县长提供一个从容的空间。

千钧一发之际,老大和汪科长他们也停止对峙。老大果断地砍掉一截桅杆,提着木杆来到船舷旁。

黄副县长被赵明龙托住身体。"黄副县长,快抓住木杆。"阿良看到老大伸到黄副县长面前的木杆,急忙叫道。

黄副县长抓住了木杆。老大和汪科长等提着木杆把黄副县长救了上来。在黄副县长落水瞬间,赵明龙和阿良双双托住船舷,把身子往上跃,腾落在渔船船舷旁。

真险。黄副县长吐出一大口灌进肚里的海水,神志慢慢地清醒过来。

"黄副县长。"

"黄副县长。"

赵明龙,阿良等都十分紧张地围在黄副县长旁边。

黄副县长在舱板上坐了一会儿后,在赵明龙、阿良等人的搀扶下,站了起来,缓缓地说:"看来,我这个县长不合格。要你们拼死相救。"

"哪里,哪里,"赵明龙赶紧检讨,"我们工作没有做好。让黄副县长受惊了。"

"不是,是让老大受惊了,"黄副县长握住老大的手,"感谢你出手相救。你应该用木杆把我和这个水产局长都捅进海里去才是。"

"哪里,哪里,"老大赶紧说,"没有你,今天要出大事了。"

"我代表县政府向你道歉,"黄副县长慎重地说,"我们的渔政船快成了海盗船。"

汪科长顿时脸发白,这下闯大祸了。

"不误你们捕鱼,"黄副县长说,"我们还是回渔政船吧。"

阿良走过来说:"黄副县长,我扶你过去。"

89

翠珠做"五七"那天,阿良回家了。

珊珊、阿狗他们已帮阿良买来了供奉用的菜。阿良到家时,珊珊正在洗菜,看见阿良进来,急忙迎了上去:"还好吧?"

"还好,"阿良笑了笑,很快收住笑问,"这几天,他们来吵过吗?"

"没有,"珊珊说,"黄副县长答应帮了?"

阿良点点头。他高兴地说:"这次出海,我又碰到了黄副县长。"阿良把船上的事告诉了珊珊。他不是不肯告诉珊珊,只是黄副县长关照过他,查沉船的事对任何人都不能说。

"那就好。"珊珊舒展了眉头。

"那检查也出来了,"阿良已走进堂间,"医生说是阴性,没事的。"

珊珊跟着阿良进屋,看见在堂间上方的翠珠遗照一脸的冷漠。便背过脸说:"吓得我这几天都想着这事。"

"今天翠珠做五七,不知他们会不会来吵。"阿良忧心忡忡。

珊珊说:"胡指挥说,会做他们工作的。"

正说着,胡指挥来了:"阿良,你回来了?"

"回来了。师傅。"阿良说。

"听说这次出海,你救了黄副县长?"胡指挥问。

"没有,"阿良说,"那是大家一起救的。"

"现在全县老大都传开了,黄副县长骂渔政船是海盗船。这下他们不会乱来了,"胡指挥说,"看你胡子都好几天没剃了。黄副县长也打电话到乡里,叫乡里出面做工作,不要再砸人家屋里的东西。乡里和村里都商量了,死难者家属有困难,乡村帮助解决。我把这两户人家叫到村里跟他们说了。再砸人家东西,派出所不会不管的。他们都答应不来闹了。"

"谢谢师傅。"阿良感激地说,接过珊珊从屋里找来的剃须刀剃了起来。

"我还有事,乡里要我问问哪些老大愿去远洋捕鱼。"胡指挥说。

"我愿去的。"阿良说。

"我跟阿良哥去。"阿狗也说。

"你都没船了。"珊珊拉拉阿良的衣服,脸上掠过一丝不安。

"船再想办法吧。"阿良说。

"好,"胡指挥高兴地说,"阿良也算一个。"

阿良送胡指挥出去。珊珊继续在水池洗菜。阿狗把洗完的碗筷送到厨房。

阿良进来后,站在珊珊身边,看珊珊洗菜。他本来想说,珊珊,你今晚搬过来吧,但动了动嘴,最后没说出来。刚才他在门口看到了张海生。张海生正叫了一辆出租车坐进去。当他的目光和张海生的碰在一起,他看到张海生有些惶恐。

阿良活着,这让张海生大感震惊。那天台风夜,他是从电视里看到阿良还活着的。当时他和小妮正躺在床上看电视。当电视里出现阿良和黄副县长在握手的镜头,手上的遥控器落了下来,砸在小妮手上。

小妮吓了一跳:"海生,你怎么了?"

张海生愣了半晌说:"他没死。"

"谁没死呀?"

"就是那个该死的于阿良。"张海生一脸沮丧。

"没死就没死,人家命大呀,"小妮不愿看到张海生那副不高兴的样子,朝张海生偎了偎说,"你呀,就不要老想人家死了。"

"你不知道的。"张海生恶声恶气地吼了一声,身子往床上一瘫。

"我又不是你肚里的蛔虫,我哪知你在想些什么。"小妮不高兴了,拿过遥控器把电视机啪地关掉了。

外面的台风好像要把整幢小楼吹到海里去。突然,停电了,屋里顿时死一般的静寂,死一般的黑暗。

张海生从床柜上拿起打火机,点燃一支香烟。一星点红烟头就像一颗血红的花生米。小妮忍不了张海生的无声,悄悄地把手伸到张海生的胸部。张海生的胸部有一丛黑色的毛。这是小妮认为张海生最具男人特点的体征。她要哄张海生欢喜,屈服在她面前,就常常轻轻地抚弄这丛毛,让张海生陶醉,不能自已。但今晚张海生仿佛死了一样,什么反应都没有。

"海生……"小妮差不多要哭了。

忽然,张海生把烟头狠狠一摔,扑在小妮身上,把头埋在小妮胸部乱吸乱吮。

"海生……"小妮快乐地呻吟着。

台风雨疯狂地从屋檐下窜下来,过了很久很久,张海生的声音好像从台风雨中挣扎出来一样:"小妮,我再进大王山,你会来看我吗?"

90

张海生进了出租车还在想阿良的眼神。这家伙好像显得很平静。得知死难家属们到阿良家闹事的消息,张海生是异常快乐的。他巴不得阿良被打个半死,或者死难家属起诉阿良,把阿良再次送进大王山岛去。但过了一个月,却什么事都没发生,阿良也居然在今天重新出现在村里了。

刚才,赵明龙局长打来电话,要他马上到水产局去一趟,问什么事,只说到了再讲。十有八九是和阿良的沉船有关了。

张海生来到赵明龙局长室,满屋子烟雾腾腾的。赵明龙一个人正站在窗台边看着什么。

"大哥。"张海生不高不低叫了声。

张明龙转过身来:"海生,你来看。"

张海生走到赵明龙身边,窗外是一个公园操场,一个马戏团搭了一个简易的台子正在表演戏弄猴子的节目。猴子被关在笼里,当演员扔东西给它吃时,猴子总是急匆匆地跑过来,但每次总因为有铁链拉着,够不着东西,恼怒地叫着,失败而回。观众总是在这时发出一阵开心的哄笑。

"海生,"赵明龙意味深长地盯着张海生,"你说我是猴子,还是你是猴子?"

"没有自由,还不如死掉算了。"张海生没有接明龙的话,只是深有感慨地说。他想起自己被关在大王山的日日夜夜。无论如何,他是不想再去那地方了。

"没有自由,就死?"赵明龙反问了一句,张海生想得比他深多了。他还没想过这个问题。看来张海生是有最坏的思想准备了。

"活一天,自由一天,快活一天。今晚,我们好好玩玩,"张海生说,"我不带小妮,陪你玩。"

"算了,"赵明龙说,"今晚安排了党组会。黄副县长叫我们整顿渔政执法作风,批评我们只顾向渔民捞钱,为了部门利益。幸好我拼死救了他,他没有要求县委撤我职。"

"什么党组会,"张海生说,"还不是你局长说了算,要开就开,不开就不开。"

"行。不开了,"赵明龙起身叫对面的办公室主任进来,"今晚的党组会不开了,明天上午开。"

"我已经通知了。"办公室主任有些为难。

"取消。"赵明龙的脸阴了下来。

办公室主任小心地应了一声,退了出去,并带上门。

张海生笑了:"这才像个局长哟。"

赵明龙把张海生拉到会客区的沙发上坐下来说:"你的事帮你打听过了。弄不清黄副县长搞的是什么名堂。但他接待过于阿良,这是我碰到过的。我想来想去,只有沉船的事,他才会去找黄副县长。"

"这事,你不是帮我摆平了?"

"我也在想这事,"赵明龙说,"这沉船的事,按理应是我们水产局管的。黄副县长要帮于阿良查沉船的原因,肯定要通过我们来办。但过了这么多日子,我也碰到了他好几次,他都没有提起过这事。"

"除了你们,还有哪个部门管这事?"张海生紧张地问。

"县安全办。"赵明龙喝了口茶,他最喜欢看张海生这副表情。这家伙太精明了,一步一步把他拉到深渊。当然他会帮他,他有东西在张海生手里捏着,他预感这次张海生再出事,他是跑不了了。

"你去问过没有?"张海生欠身紧盯着赵明龙。

"我侧面打听了。黄副县长也没交代过他们。"

"那不是没事了吗?"张海生坐下身,喝口茶,"人家县长事多,也许早就忘记这事了。"

"你浑!"赵明龙不满地瞪了张海生一眼,"姓黄的才不是这种人。他要管的事,肯定会下决心去管。我在他手下还不知道他的性格?"

"那你说,他会叫谁去查这事?总不会他自己去查吧?"

"我想来想去,只有一种可能。"

"哪种?"

"叫公安局来查,"赵明龙看着目瞪口呆的张海生说,"所以,我要叫你过来一趟。"

"大哥,你说,我应当做些什么?"张海生手足无措地说,"我不想再进大王山岛。"

"海生啊,你老实告诉大哥,那些账,到底保存着没有?"赵明龙感到这个时候是张海生心理防线最弱的时候,他会说出真相以换取他的帮助。可是他想错了。

张海生仿佛要哭似的说:"大哥,你还记着这事啊。我都忘记了。你不够哥们啊。我都说几遍了,烧了。你还不相信?要卖你,我还会留到现在吗?"

赵明龙满意地拍着张海生的肩膀说:"跟你开玩笑呢。今晚我把在县公安局工作的侄子也请来。向他打听一下。"

"太好了,"张海生叫了起来,"大哥就是有水平。"

"我的侄子是民警。他不愿去乱七八糟的地方。你不要安排在那里。"赵明龙一听张海生又要安排在海上花园,皱皱眉说。

"那去什么地方?"张海生有点茫然。

"就去茶馆吧。你找一个隐蔽一点的包房。"赵明龙说。

"行,"张海生说,"找好茶馆就打电话给你。"

91

  海生最后把会面的地点选在悠然茶馆。那个茶馆在东山县城最古老的一条小胡同里。地面是青石板,到了晚上没有几个行人,显得十分的寂寥。茶馆门口两边各挂着一个红灯笼,灯光并不明亮,只能隐约看见招牌上用篆书写着"悠然茶馆"四个字。

  七点整,明龙就带着他的侄子来到茶馆门口。等在门外的海生急忙把明龙他们引进一个穿曲径、过小桥的隐蔽包房。

  墙壁上绘着一幅山水画,一轮明月刚从海上升起,一艘舢板悠悠从礁边而出,一个打鱼笠翁正将一顶网撒下去。屋中间放着一张古色古香的八仙桌。桌上放了一些水果之类的食品。屋角边是一丛非常逼真的假竹。

  "介绍一下,这是我的朋友海生,"明龙等海生坐下后,对正在欣赏屋内布置的侄子说,"这是我的侄子小赵。"

  "幸会,幸会,"海生忙把手伸向还未坐下来的小赵,"你都帮我不少忙了。"

  "哪里哪里,"小赵坐下说,"你是我伯的朋友,等于是我的朋友。"

  "要什么茶?"服务员过来说。

  "来杯正宗的龙井。"赵明龙说。

  "佛茶有没有?"张海生说,"有,就给我来杯佛茶。"

  "这好像是过去珊珊在家里常泡给你喝的茶吧?"赵明龙忍不住调侃海生,"现在她和那小子在一起吗?"

  "不清楚。"张海生心里不快,话里显得平淡。

  "我要浓的福建产的铁观音,"小赵笑笑说,"我们要破案,经常熬夜,浓点习惯了。"

等茶上来了，张海生对服务员说："你出去吧。"

服务员走后，张海生关上门说："今天也没什么事。好些天没见赵局长了，找个地方会会面。很高兴认识小赵啊。"

"有事尽管说好了。大伯，你说呢?"小赵喝了口茶，看着自己的大伯。大伯从小就像父亲一样照顾他，差不多考警校，进县公安局，都是大伯帮助张罗的，对大伯的话，他从来都是听的。

"鱼盆吞村沉船事件听说过吗?"赵明龙问。

小赵摇了摇头："这种事，公安局不管的，大伯，这是你们水产局管的啊。"

"如果公安局要管呢?"赵明龙又问。

"我在刑侦队。不知这事。"

"这两个单位有人在查这事吗?"张海生急切地问道。

赵明龙很不高兴地瞪了海生一眼。他问得也太直白了。他了解自己的侄子，不能说的他决不会说。

"这我不知道，"小赵低下头喝了口水，抬起头，"和你有关系?"

"没，没，"张海生不自在地否定，"随便问问。"

"海生也是朋友托的，"赵明龙打圆场了，"只是想心中有数。"

"我的朋友碰到了一点麻烦，"张海生说，"他开的船厂帮一个渔民打了条铁壳船。这船沉了。渔民就找各种关系要和船厂打官司。"

"如果局里要管，案子可能在治安科或者经侦队那里。"小赵分析道。

"你能不能帮助问问?"赵明龙看着自己的侄子。

小赵避开赵明龙的眼光，半晌说："我们有纪律的，不能知的，不知，不能问的，不问。"

"你就随便打听一下，"赵明龙说，"为难也就算了。"

小赵说："我有数了。"

"你说，这船厂要做些什么?"张海生又问。

"案子要讲证据，"小赵到底年轻，忍不住炫耀自己查案经验，"证人啊、证词啊、证物啊等等。这船厂真做了坏事,有这些东西,我看是过不了关的。你的朋友,再帮也没用。"

张海生还想再问什么,赵明龙用目光示意他别问。

接下去,他们就天南地北地闲聊开了。到了分手时,张海生从包里拿出一包东西:

"真谢谢你这么给面子。这是一点小意思。"

"不行不行,我什么都没帮过你。"

小赵再三推托,张海生焦急地看了看赵明龙。

"拿着吧,是我朋友,没关系的。"赵明龙说。

小赵只得接了下来,回到宿舍,打开一看,是一叠钱,一数,有一万元。他从没收过人家这么多的钱,就连电话也不打,直奔大伯赵明龙家。

"都这么晚了,有事?"赵明龙打开门见是侄子,颇感意外。

"那张海生送了一万元,"小赵的声音有点颤抖,"我不要,你还给他吧。"

赵明龙想了想接了过来:"那也行,但这事你要帮的,就当帮大伯。"

"行,大伯。"小赵把钱递给赵明龙后,长长地吐了口气。

赵明龙送走侄子,开始数这叠崭新的钱。张海生这家伙出手也真大,不过这钱赵明龙是不会还张海生的。数新钱时发出的那种轻微的"唰唰"声,在他听来,比任何音乐都要悦耳。他心中充满了一种说不出的喜悦。

92

张海生从悠然茶馆回家,已是十点多了。小妮半躺在客厅的沙发上看电视。

"你总算回来了,想死我了,"小妮扑在张海生怀里,"为什么这次不带我出去?"

"宝贝,去休息吧。"张海生亲了亲小妮说:"我还有事,要去一趟船厂。"

"我和你一起去。"小妮说。

"不行,"张海生的脸冷了下来,"你不要管我的事。这样,对你只有好处。"

"你这几天怎么了?"小妮不高兴地松开张海生,"我看你对我是没感情了。"

"我这样做是为你好。"张海生上楼从里屋的写字台抽屉里拿出一叠钱,然后推出楼梯下放着的一辆刚从处理走私货市场买的半新旧摩托车要出门。

"海生,我好想坐着你的车兜风去。感觉肯定很爽。"小妮拉着摩托车说。

"算了,"张海生发动了摩托车,"今晚不行,明晚一定陪你兜风去。"

摩托车轰然叫着,像一块大石头撞开沉沉黑夜。但车一消失,夜闭合得更加黑暗。小妮的心像被什么东西撞了一下。张海生肯定有什么事瞒着她。看样子平静的生活马上就要结束,她又将会成为一个在深夜里飘荡、无处着落的黑蝴蝶。

张海生到了船厂,停好车,径直走到一排简陋的工人宿舍,敲响一个标有 03 字样的房门。

"谁?"里面传来迷迷糊糊的声音。

"是我,小郑,你快起床。"张海生急促地说。

"是张经理啊。"很快门开了,走出一个个子极矮的年轻男人,他手提着裤子,吃惊地望着张海生。

"你马上到我的办公室来,谁都不要告诉。"张海生说完,就快步离开了。

这是一个阴沉的暗夜。张海生一脚高一脚低地在工地上走着。还未造好的新船和正在修理的旧船像一个个怪物,不知里面会跑出什么东西出来。

也是这样的夜吧?那天他来船厂检查,发现建造阿良船只的现场,只有一个工人。他知道那人叫小郑,是江西九江人,焊接技术极好。

小郑看到他极其慌乱,转身要跑。

他起疑了,大声喝道:"你在干什么?给我站住!"

小郑一动不动了,身子不停地发抖。

他从小郑的身后发现一个大包。拉开拉链,里面是一捆捆崭新的电焊条。而阿良未造好的船上是一些看上去不怎么样的电焊条。

"你小子在搞调包啊。"他嘴里这么说,心里一阵狂喜。总算抓住这个千载难逢的机会了。

"张经理,你饶了我!"小郑当初跪在铁屑下向他求饶。那铁屑都像一枚枚针,当他让小郑站起来时,他发觉小郑都一拐一拐的了。他要的就是这种效果。

"要饶你可以,甚至你可以带走那大包新的电焊条,"他当初就像猫戏弄老鼠那样,"但你要做一样事,必须做一样事。你做不到,我马上送你到派出所去。你是贼,你知道派出所的人会如何治你们这些外地人的。"

"张经理,你要我做什么都行,"小郑扑倒在他脚下,"我是第一次做这种事。你饶我。"

"张经理,你说好了。"

"对你来说实在太简单了。"他轻笑了一下说:"不过,你要明白这事是你做的。不是我要你做的。"

"是我做的,是我做的。"他听到小郑那时一边做这事,一边这样说。他看着电焊花在漆黑的夜里突然四起,心里充满了快感。于阿良啊,我是生意人啊,你不要说我在报复你。

是的,我们有仇,但换成别人,我也会这样做的。你一点不要恨我。他记得自己抬头仰望夜空,快活地长啸一声。

张海生来到办公室,没开灯,在沙发上干坐着。

不一会儿,小郑像幽灵一样飘了进来:"张经理,我来了。"

"你知道我为什么把你叫来吗?"张海生的声音既低又轻,像是浮在空气中一样,"你做的好事,可能让公安局知道了。"

"我做的?"小郑喃喃地反问道,心想,分明是你逼我做的。

"不是你做的,是我做的吗?"张海生恶狠狠地踢了小郑一脚,手里提着一只洋酒瓶。

小郑怕了,惊恐地叫着:"是我做的,是我做的。"

"你给我轻点,"张海生压低声音说,"这样吧,我帮你想了个办法。你今晚就离开东山。现在就走。什么时候回来到船厂打工,我会通知你。"

"张经理,我没钱,"小郑抬起头,"我这样回九江,不好向家里交代。"

"我已给你考虑了,"张海生拿出一叠钱,"这里是五千元钱,算是你今年的工钱吧。记住,你马上给我滚,滚得越快越好。"

"那我明天一早就走吧。"小郑接过钱说。

"不行。现在就走,"张海生烦躁地说,"马上!"

"现在没车啊。"小郑反而不急了。

"我用摩托车送你到县城。"

93

　　黄副县长在县委常委会结束后,把县委常委、公安局长请到自己的办公室,将县水产局关于阿良沉船事件的调查报告复印件当面交给了他。他们两人都是县委常委,论任常委的时间,公安局长还早于他,所以,黄副县长就半认真半开玩笑地说:"上面我批了几个字,我想还是当面交给你好。大局长可要支持我一下哟。"

　　"县长大人可别客气,"公安局长笑了笑,草草看了一遍报告,认真地说,"我们一定重视这个事,并做好保密工作。有结果马上叫他们向你汇报。"

　　公安局长回到局里后,将分管局长、经侦队长叫到办公室,单独向他们布置了这一任务:"水产局已排除是船厂原因,你们复查时,可不受水产局调查结论的影响。如你们调查的与水产局有很大的出入,不要惊动水产局,如果有问题,这是人家纪委、监察局的事。我们可以建议纪委、监察局调查,以免给局里工作造成被动。另外,一定要做好保密工作。这是个小事,希望你们能立即查清。"

　　经侦队长领了任务,马上与几个民警商定调查思路,他们从船板、电焊进货渠道着手调查,并秘密询问了船主阿良等当事人,初步结论船厂承包人在建造船只过程中,没有偷工减料以致影响质量的可疑之处。但他们在秘密调查参与建造船只的工人时,发现九江人小郑将一大包崭新电焊条向一家关系较好的电焊商店代销。经侦队长请示局领导后,县局要求渔都乡派出所民警对该郑实行监控,发现离开船厂,立即跟踪。

　　但派出所并没有日夜跟踪,第二天清晨到船厂才发现小郑不见了。县公安局经侦队在其他科室的配合下,很快在东山县长途汽车客运站发现了小郑。当小郑刚坐上通向上海的长途汽车,几个便衣民警把他请下来,塞进警车。

经侦队长亲自审问小郑。在问过姓名、性别、出生年月、家庭住址等以后,经侦队长冷不防地问:"你的电焊条都卖光了吗?"

"卖光了,"小郑本能地应了声,马上又说,"不,我没有电焊条。"

经侦队长拿出几根电焊条说:"这是我们从你委托的商店里找来的。说,你这些电焊条是从哪里来的?"

"从船厂调的。"小郑低下头,小声地说。

"用什么调的?"

"旧的电焊条。"

"那旧的呢?"

小郑的冷汗出来了:"扔了。"

"到底做什么了?"经侦队长一拍桌子,"你不说是不是?"

"我说,我说,"小郑抬起头看了一眼经侦队长,"我全说出来,能放我出去吗?"

"你说。"经侦队长扔给他一支香烟。

"焊了。全部焊在船上了。"

"哪条船?"

"阿良那条沉掉的船。"

"你一个人焊的?"

"不,"小郑吃力地说,"在场的还有张经理。"

"张经理?"

"就是张海生。那天夜里,我在调换电焊条,让张经理发现了。他要把我送到派出所去,说我是小偷。我就求他饶了我。后来他提出了一个条件。我答应了这个条件。"小郑抽着经侦队长给他的烟,说话流利了起来。

那夜,张海生提出的条件是,让小郑把已经焊接上的新钢板切割下来,换上从前一个承包人那里接收的只能当烂铁卖的旧薄板。如若肯做

284

这事,就把这一大包新电焊条给他,并答应他偷电焊条的事不外扬。当时那新钢板已上了漆,旧钢板也上了同样的漆。第二天清晨,连他自己都看不出这船板已经被人换过了。记得当时张海生还拍着他的肩膀,夸他做得真好。

"你不知这是犯罪吗?"经侦队长严肃地说,"船沉掉后,死了两个人,还不包括船的价值。"

小郑哭了:"求你们救我,是张经理逼我的。昨晚,他叫我先到外面去躲一躲。"

"他消息得知的这么快?"经侦队长心里不禁一愣。

经侦队长不知道小郑被拘留的消息已经传到了县水产局长赵明龙那里。他更不知道告诉这消息的,是配合他们抓捕小郑的刑侦队民警小赵。

从长途汽车上把小郑请下来的其中一个便衣民警就是小赵。当小郑被带进审问室时,他就走到局外的公用电话亭,把这事告诉了大伯赵明龙。

94

县公安局立即将小郑交代的情况向黄副县长作了汇报。黄副县长指示公安局在掌握铁证的前提下，及时抓捕犯罪分子。县公安局决定分两路人马，一路突击检查船厂，继续掌握证据，另一路立即传唤张海生。

刑侦队的小赵被派到去抓张海生的那支队伍。他想给他的大伯打个电话，但经侦队长在出发时，命令所有参与抓捕的人员全部上交手机。他怕泄密。审讯过小郑后，他隐约感到公安局里有张海生的耳目。奇怪的是，所有的民警都没有什么特别的表情，自觉地把手机堆在他的办公桌前。这反而让他有点不好意思了："这是头儿交代的，大家不要误会。"

小赵听到要求上交手机的命令时，心里松口气。这下好了，他不用做思想斗争了。大伯吩咐他凡是查沉船的事，一有消息都要告诉他。上午，他思想矛盾了很多时间，才将抓了船厂工人的事，告诉了大伯。这次抓捕张海生比抓工人更要紧，如泄密，那是吃不了兜着走的，大伯再有本事，也难以摆平。反正，我手机都被收上去了，如若大伯怪罪，也有了堂皇的理由。正这样想着，经侦队长命令上车去鱼盆岙。

其实，这个时候，讲不讲这个消息，对赵明龙和张海生来说已经不重要了。赵明龙得知小郑被抓的消息，立即预感张海生要出事。他知道张海生肯定是搞了名堂的，他必须帮张海生。电话是不能打了，如若公安监控，连他自己都会被牵涉进去。他想了很久，只得派出自己最信得过的水产局驾驶员要他火速把张海生接到海上花园。

水产局驾驶员按照局长的意思用公用电话约张海生，接上后，直接开往海上花园。

"你们局长有什么事吗?"张海生埋头抽着烟。

"他没说。"驾驶员回答说。

赵明龙已经在约定的船尾的一间客房里等张海生。

"出事了?"张海生问。

"你的工人刚被抓。"

"我想是出事了。"张海生好像意料之中,平静地说。

"你真不应当干这种事,"赵明龙阴着脸,责备他,"一点意思都没有。"

"哪个船厂不搞偷工减料的事?"张海生嘴硬了,"你没去过大王山岛,不知道我对那小子有多恨。要不是他,我会去坐牢?"

"可你现在又得去大王山岛,你有两条人命,"赵明龙说,"好了,好了。不说这事了,当务之急是如何办才好。"

"去大王山岛?"张海生叫了起来,"这辈子就是死,我也不去大王山岛了。那是人待的地方吗?"

"那你打算如何办?"赵明龙惊恐地望着脸有点扭曲的张海生,他不清楚张海生会搞出什么举动来。

"争取立功减罪。"张海生似笑非笑地看着赵明龙。

"你……"赵明龙气急败坏地瞪着张海生。

"哈哈哈,"张海生突然爆发出一阵怪笑,"大哥,你放心。我还要做人。我不会出卖你的。我说过,我为朋友两肋插刀。以前没卖过你,现在更不会。我打算离开东山。前几天,我已和小妮商量好了,风声不对,就马上走。去南方。"

"那你快走。现在就走。"赵明龙急着说。

"你总得让我带上小妮吧。总得让我带些钱吧,"张海生说,"你不知道小妮对我有多好,比珊珊那婊子精要强多了。"

"你还要回家啊?"赵明龙说,"我好像听到警车在你家门口了。"

"胡说,"张海生恶狠狠地打断赵明龙的话,"你快给你的侄子打个电话,问问他们是不是出发了?"

赵明龙拿起手机拨打侄子的手机,说了几句,就把手机关掉了:"我侄子说,正在审问,也不知那工人说了些什么。"

"说些什么?"张海生讥讽地说,"他会像我这样不说你吗?"

赵明龙被张海生说得脸红一阵白一阵的。

"大局长,用一下你的车,我得马上回家,立即逃。"张海生说。

"别!别!别!"赵明龙不情愿地从口袋里拿出一叠钱,"你还是打的吧,用我的车目标太大。这些钱就作你的路费吧。"

"还是你自己留着,"张海生把钱推了回去,"以后,向你要钱时,你大方点就行了。"

95

出租车已经快得不能再快,路两边的景物一掠而过。现在,车子已拐上通向家的山道,悬崖下的海浪的咆哮声沉闷清晰。山崖上长出的青绿色树枝不时挡住视线,让张海生看不在海浪旋涡里到底卷着些什么东西。

车子在门口停了下来。小楼周围静悄悄的。张海生紧绷的心松弛下来。他推开院门,小妮迎了出来。

"小妮,我们得马上离开这里,"张海生对还穿着睡衣的小妮说,"你快去换衣服。"

"走?"小妮惊诧地问,"去哪里?"

"前几天我不是跟你说过了吗?"张海生装出若无其事的样子说,"去南方。我们去玩玩。"

"那太好了,"小妮惊喜地说,"在这小楼里我都快要被关疯了呢。"

"你快去收拾东西,"张海生说,"把我拿来的所有现金都带上。"

小妮惊讶地说:"那有很多啊,用不了的。"

"全带上。"张海生不再说话。

小妮上楼去收拾东西时,张海生从保险箱拿出一包东西,从杂物间拿了一把生了锈的锄头,来到了佛光树下。

他吃力地挖了一个洞,把那包东西埋了下去。

小妮下楼来看他时,他正用脚踩着。

"海生,我差不多好了,"小妮来到张海生旁边,"你在做什么?"

"一包东西,"张海生意味深长地看了小妮一眼,"如果我以后不在了,你有什么难事就去找明龙。他不肯,你就说,我知道你有一包东西在我那儿。"

"你乱说呀，"小妮伸出小手在张海生的背上轻敲了一下，"什么时候走？出租车会来吗？"

"我再看看这里。"张海生把目光从树冠庞大的佛光树转向小楼。在佛光树的映衬下，小楼显得异常的沉稳和气派。从小楼边花坛上伸出的一株小桂花树正飘出淡淡的清香。小楼后的山坡上灌木丛绿中透出一团团红花。他到现在还弄不清这是什么样的野花。

张海生来到院墙旁边，他拿出手机，拨了一个号码，过了一会儿说："船都来到了吧？"听到肯定的答复，他关了手机，眺望远处。鱼盆岙码头的船厂依稀可见，他不清楚这些工人正在干什么。当他想象着即将发生的那幕时，他不由得从阴沉的嘴角露出一丝像孩子似的童笑。

正在这时，他看到路上有一辆警车向船厂方向开去。他嘴角的微笑很快凝结成一个痛苦的模样，说出来的话有些走调："小妮，小妮，你快出来。"

该走了。到了该走的时候了。他迅速冲进车库里，推出了摩托车。

"快。小妮，快。"他冲小妮吼道，声音差不多高过了摩托车的轰鸣声。小妮惊慌失措地看着他。

"你走不走？"张海生把摩托车车把一捏，车子向小妮冲了过来。

小妮这才清醒过来，跳上车，用手抱住张海生的腰。

"戴上你的头盔。"张海生叫了一声，车子从他家院子的石阶梯上蹿过，飞奔着冲向小山道。

车子激烈地抖动着。小妮差不多要被摔下来，她带着哭音问："海生，你这是做什么？"

张海生只是烦躁地叫着："抱紧我！"

车子的速度又快了一些。他必须在警车来到家前，赶到山下的一个简易码头去。早在从城里回家的出租车上，他已通过手机，出高价联系好了远房亲戚的一艘渔船，让他们送他到宁波去。他要从宁波直接坐飞机去海南。

当车子冲上大路时,他听到一阵阵异常响亮的警车鸣叫声越来越近地向他逼来。警车这么快就到家里来,这是他没想到的。

"海生,他们是来抓你的吗?"小妮的声音紧贴着他的耳朵说,让他更加慌乱了。

"不要胡说。"张海生定了定神,大幅度地转弯,试图抢在警车出现前,与警车同一方向。但就在这瞬间,警车里所有的人都清楚地看到了他的这一动作。

"他就是张海生。"坐在警车上的小赵脱口而出。

"你认识他?"坐在旁边的经侦队长马上问。

"没错,就是他。"小赵肯定地说。

"追!"经侦队长命令道。

如果是来抓他的,警车就应在大路口,拐进通向他家的小山道。但警车没这样做,一定是有人认出他来了,张海生加大油门,试图抢在警车前,拐进一条更小的山路。这条山路可直接通向那个简易码头。

但警车已加速追了上来。无路可走的张海生把摩托车油门踩到最高挡。车子像飞一样直插那条小山路。

96

　　张海生的摩托车失去控制,在空中划了一个弧线后,直直地朝小路外的山坡冲去。

　　先是小妮被震到空中,接着像一只急速下坠的风筝挂在一棵大树的树枝上,缓冲一下以后,很快又摔在地上。

　　接着,摩托车侧倒在地上,而张海生则从另一个方向,如一团无法控制的雪球,往山坡下滚去,最后,撞在一块大岩石上。这一切,刚从简易码头上来的阿良、阿狗、珊珊看得清清楚楚。

　　阿良回村后,人手多了,阿狗、珊珊不再做扳罾作业,而是搞近洋张网了。阿良不要珊珊下海、下船。珊珊说,她从没搞过近洋张网,让她体验一下。阿良还是不答应。珊珊冲阿狗眨眨眼。阿狗就说:"阿良哥,珊珊管机器的水平还是很好的。多一个人,说说话也好啊。"

　　阿良抬头见珊珊央求的眼神,就不再说什么了。这一天他们捕得很好,把鱼货卖掉后,他们说说笑笑往山坡小路上走来,打算抄近路去阿狗家吃晚饭。

　　就在这时,一辆摩托车凌空摔了下来。

　　"不好。"阿良把鱼货筐一扔,急忙跑了上去。阿狗、珊珊也跑着跟上来。

　　是海生啊。阿良怔怔地望着倒在大岩石旁的他。张海生的额头上流着血,整张脸成了一张血脸,眼睛微闭。

　　"海生,海生。"阿良蹲下去,捧起张海生的脸。

　　已经赶到阿良身边的珊珊,撕下自己的外衣边擦张海生的血脸,边焦急地喊:"海生,海生。"

张海生的眼睛慢慢张了开来。这是一张他多么熟悉的脸,这是珊珊。眼前都是迎风招展的雪白的蒹葭花,珊珊的眼神在无边无际的花中晃动着,不一会儿,就迅速地后退。珊珊感到张海生抓住了自己的手,抓得很紧。张海生带血的嘴角在抖动:"你不要为难小妮,不要……"

"海生,海生,"阿良把张海生的头搁在自己的腿上,冲阿狗叫道,"你快来捧他的脚。"

这时,张海生的眼睛睁得越来越圆,一大片的眼白瞪着阿良,声音低沉而断续:"我不会放过你,在阴间也不会放过你,放……"

张海生再也说不出来了,眼前是一片辽阔的黄色海面,密密麻麻蓝色的海鸥尖锐地叫着,不断起飞,一艘黑色的小机帆船正向他驶来,没有任何声响。很快这一切都消失了。

张海生把头一歪,一动不动了。一大片的眼白始终瞪着阿良。

"海生,海生。"珊珊轻轻喊着,泪水流了出来。海生和她在一起的那些往事不可抑制地从她眼前一幕幕地映现:海生穿着开裆裤,光着晒得漆黑的上身,蹿上停在码头边的渔船上,偷了厨房里的鱼羹,给梳着两根小辫子的她吃;海生与她在读书回家时,跑到船厂泥涂上去摘蒹葭花,海水漫上来了,海生嫌花不够,不顾她的大叫,还是继续去摘;海生在那个古碉堡,第一次紧紧抱住她,说一辈子爱她;海生说她做的本鸡煲最好吃;海生抱住她的腿,让她不要走……

"快,送他去医院。"阿良冲朝他们跑过来的民警叫道。

经侦队长和小赵跑了过来。

"死了,"经侦队长蹲下身子,老练地翻了翻张海生的眼皮,站了起来,踢了一下张海生,"你逃什么逃?你有本事沉人家的船,就要敢做敢当。"

阿良和珊珊复杂地对视了一下,大体知道是怎么回事了。珊珊悄悄擦掉挂在脸上的泪,用央求的眼神望着阿良。

阿良看懂了珊珊的意思,握住珊珊的手,对经侦队长说:"还是送医院试试吧,说不定有救。"

经侦队长不回答,扭头冲在小妮那边的两个民警说:"她还好吗?"

"还有气。只是昏迷。"

"都送医院。"经侦队长挥了挥手,阿良、阿狗与小赵一起把张海生往山上抬。

97

送到医院,医生检查了一下张海生,就挥挥手说,送太平间吧。张海生在鱼盆岙村没有什么至亲,后事是由村里胡指挥、珊珊、阿良他们帮助操办的。

小妮经过两天两夜的抢救醒了过来。她是在张海生做"头七"那天,才知道张海生死了。她挂着拐杖,从医院坐车来到海生家,以妻子的身份,为张海生做了"头七"。她长跪在张海生的灵牌前,痛哭不已。她还要求在张海生的墓碑上,加上"妻小妮立"的字样。

张海生死后,相应的刑事责任不再追究。但九江人小郑依法受到惩处。为了维护社会稳定,保护阿良他们的合法利益,黄副县长批示县水产局和乡、村组织对张海生承包的船厂进行资产清理,视情对阿良他们进行赔偿。在发过工人工资及正在修理、打造的船只支出后,张海生承包期资产已没有多少剩余。阿良他们所得到的赔偿大大低于实际受到的损失。但对阿良他们来说,这已是最好的结果了。

赵明龙接到侄子有关张海生死亡的消息时,兴奋地在电话中叫了起来:"真的?"得到肯定的答复后,赵明龙把手机扔在办公桌上,端起茶杯,吹掉茶叶,舒心地喝了一口。这样的结局实在是太令他满意了。近几年来,张海生一直是他的心头之患,看见他,神经就会绷得紧紧的,现在总算没有这根勒索他的绳子了。今晚,他要去海上花园好好地乐一乐。

弄清了沉船原因,这让阿良也轻松了不少。那两个死去的渔民,不再经常出现在他的梦中。同时,也洗清了人们对他技术的怀疑。但自从与珊珊等人把张海生送进医院的太平间后,一种说不出的难受像一张网一样牢牢地罩住了他。他从珊珊痛苦的眼神中,也读到了这同样的难受。

他们二人一直怀疑张海生,但同时,又不愿相信这是张海生干的。现在一旦证实,他们在感情上仍然无法接受。这一点,对珊珊精神上的打击特别大。得知事情的真相后,珊珊不再为张海生流泪,她只是感到心像被刺破一样痛。张海生可以不爱她,可以去找其他的女人,但做出这样的事来,等于说她过去的选择完全是荒唐的,她的青春是错的,她与张海生所做的一切都是错的,包括她在离婚后所能回想起来的过去与张海生在一起的美好生活情景,都是错的。张海生否定了自己,同时也否定了她。

那夜,从医院回来,阿良和珊珊都不想吃晚饭。珊珊要阿良陪着她来沙滩走走。当来到古碉堡旁,阿良和珊珊都没有进去。珊珊突然抱着阿良,幽幽地哭了起来。她知道阿良也知晓她是在彻底哭别自己的过去,哭别他们三人曾经有过的那段纯洁美好的过去。

阿良听着珊珊的哭声,长长地叹了口气。到底是发生了什么,会变得这样呢?这些年来的变化实在是太大了。先是阿爸去世了,接着是翠珠自杀了,现在是海生摔死了。围绕着他和珊珊二人发生的事,实在是太惊心动魄了。这到底是为了什么?是船吗?是为了自己的船吗?是他自己太执着于船吗?阿爸在生前曾经说过,这船要是属于自己,总要出事的。那翠珠呢?海生呢?他们也是为船吗?他们没有为船啊。如果说他们是为船,那又是什么样的船呢?啊,晨晨又在自言自语了。红帆船。红帆船。红帆船。

今晚无月。那海一片漆黑。只有潮水像几百年几千年几万年前一样,永不疲倦地冲上来,又死不瞑目地退下去。今晚,它看着他们,过去,不知看着谁,以后也不知看谁了。阿良发现珊珊已不再哭泣了,好像睡了似的靠在他的肩膀上。

"珊珊。"阿良喃喃地叫了声。

珊珊"嗯"了一声。

"你困不困?"阿良说。

珊珊摇摇头。

"那我们再坐一会儿。"

珊珊点点头："回去也睡不熟的。"

"潮水涨上来了。"阿良说。

"是的,涨上来了。"

"我们还是回吧,"阿良说,"阿狗他们要心急的。"

"对了,"珊珊突然急急地站了起来,"阿良,我们快回,我不回,晨晨,不肯睡的。"

晨晨的声音在阿良的耳边又一次回响起来,魂灵沉落了。船魂灵沉落了。捕鱼去。捕鱼去。不知今夜是什么东西入梦来了。会是张海生那直瞪着的眼白吗？会是红帆船吗？还是珊珊那迷人的下巴呢？

98

　　东山县除了国有渔业公司从事远洋渔业外,群众渔业还没有一艘渔船出过国门。好不容易谈成了一个过洋性渔业项目,却组织不到渔民出去。这让黄副县长十分焦虑。现在,省里提出要推动渔民转产转业,以适应渔业资源衰退和渔场缩小的新形势。东山县几千年来一直以渔业为生,对渔民来说,转移到其他产业谈何容易,就是最现实、也最容易的,转移到国外渔场去,渔民们也并不积极。那天,黄副县长到渔都乡鱼盆岙渔业公司,专门召开老大座谈会,想听听渔民到底有什么困难和要求,以便现场解决。

　　"大家说说吧。是资金的问题、技术的问题还是其他什么问题?"黄副县长开门见山,要老大们发言。

　　挤在公司破旧不堪的会议室,老大们只顾抽烟,没人发言。黄副县长已经看了乡里给他的统计表。渔都乡有点名气的老大,除了阿良报名参加之外,其他的人都没有报,而阿良已经没有船了。

　　胡指挥现在既是村公司的经理又是村委会主任,没人吭声,让他脸上有些挂不住,他只能代在座老大说了:"黄副县长,也不是资金等原因,我们这里的老大在海上的时间最长都不会超过一水的。这出远洋,一去就是几个月,心里不踏实,要想家啊。"

　　"想家里的女人。"不知谁在下面小声嘀咕了一声。大家都不约而同地笑了起来。

　　"这么没出息啊,"黄副县长也笑了,"亏你们还是老大,什么渔民敢于斗风斗浪,我看都是你们自己吹的。我知道你们鱼盆岙村的历史,知道你们有一首红帆船的渔歌:二十四海黑黝黝噢,日出东方一点红呢,顺风顺水踏潮去噢,上天入地忙拔蓬呢。我不会唱,胡指挥、阿良,你们会唱吧?"

"主要是大家心里没底,从来没去过啊。"胡指挥说。

"现在近洋资源越来越少了,"黄副县长脸色凝重起来,"不转产转业,不想方设法打到远洋去,我们渔民的日子会越来越难过啊。"

胡指挥说:"有人带个头,有甜头,接下来,就会有人跟了。"

黄副县长点点头,看了看阿良说:"阿良,你给大家说说远洋作业的体会。"

阿良本不打算发言的,他的船到现在都八字没一撇,是没资格说的,可现在黄副县长点他的名,他就站起来,向大家说了些在北太钓鱿鱼的事。

大家议论了一番,会场又静了下来。黄副县长见大家没什么说的,就宣布散会。

在老大们走后,黄副县长叫住了走在后面的阿良。

"阿良,你真想去远洋?"黄副县长郑重地问。

"是。"阿良点头说。

"现在主要的困难是资金、是船只?"黄副县长接着问。

阿良又点头。

"贷款要比过去难多了,"黄副县长说,"过去县里有财政周转金,像你这种情况,我可以批条子叫他们借钱给你,也可以下行政命令叫银行、信用社贷款,现在都不能这样了。"

"黄副县长,现在渔民难啊,"胡指挥说,"木船更新为铁壳船,都要靠民间借贷。不打,又过不去。"

"那你打算怎么办?"黄副县长关切地问。

"从海生的船厂里赔了点钱,已还给信用社了,"阿良说,"想集股试试,还有打算这次把家里的房子再抵押给银行,看能贷多少钱。反正,船还是要的,是打还是向人家买,我还没想好。要是去远洋的话,船要买大一点。"

"还是向人家买吧,"黄副县长给阿良出主意,"可能更合算些。我帮你问一问。"

"那谢谢黄副县长了，"阿良说，"你熟悉的人比我多多了。"

黄副县长在和阿良、胡指挥告辞时，突然拉住阿良的手说："阿良，我也没什么可以帮你，家里有五万元钱，我明天叫秘书给你送来。今天，胡指挥、我的秘书在场，不是要到你的船里来入股。入股那可是纪律不允许的，而是借给你，也不要你的利息，不算一种投资，你收到钱后，可以给我出一张借条。"

小陈听了这话急了："黄副县长，你儿子都要结婚了。我听你说过，这钱是给儿子结婚用的。"

"你多什么嘴啊，"黄副县长有点恼怒，"别听他的。"

"黄副县长。这不行,哪里能借你的钱？"阿良急了，"再说这是你给儿子结婚的钱，我会自己想办法的。"

"就算我帮朋友，好不好？我们是生死之交啊。你和赵明龙救过我的命，"黄副县长盯着阿良诚挚地说，"交你这样的老大朋友，我很高兴的。不过，万一人家误会，告到纪委，说我老黄在渔民那里入股搞腐败，你得给我作证哟。"

99

  这些天来，珊珊是第一次看到阿良嘴角挂着笑意回到家的。

  自从翠珠做过"五七"以后，村里对阿良与珊珊关系的非议渐渐少了。珊珊经常与阿良一起在村子出入，宛若一对夫妻。但他们还是没有搬到一起。有几次，阿良夜里从阿狗家出来，好像要开口对珊珊说什么的样子，但最终阿良只是说他走了。

  珊珊还是住在阿狗家，但一日三餐，不在阿狗家做。阿良说，阿狗家太小了，还是到他家里来做。阿狗说，那我和阿妈就不过来了。珊珊说，一起过去，这样热闹。于是，白天珊珊是在阿良家，晚上，则和阿狗妈、晨晨一起回到阿狗家，阿狗还是和阿良在一起。

  那些噩梦般的事情已经过去很多日子了，今天阿良情绪又这么好，珊珊想细细地和阿良商量一下他们俩的事。当然，这事得由阿良先说。只要阿良像以往几次那样，暗示一下，珊珊打算今晚就从阿狗家搬过来，明天和阿良到乡里去办结婚登记手续。

  "今天这么高兴？"珊珊打开院门，抿着嘴也笑。

  "进屋说吧。"阿良看着珊珊娇娇的样子，呆呆的。

  "傻子。"珊珊拉了阿良一下。

  阿良憨憨一笑，走进屋，脱下外衣。珊珊接过，挂在堂间的衣架上。阿良扫了一眼说："你一来，家里就干净了。"

  "你还没说呀。"珊珊期待地等着阿良说。

  阿良高兴地说："我的船有着落了。"

  "噢。"珊珊应了声，有些失望，但仍带着笑容看着阿良。

"珊珊，我可以去远洋了，"阿良继续说，"今天开老大会议，碰到黄副县长了。黄副县长说要借钱给我。他真是个大好人。"

"你真的准备去远洋？"珊珊收住笑，眼神马上漾出一波波的忧郁。

"是啊，"阿良兴奋地说，"有船就去远洋。人家黄副县长都很支持我的。连他儿子的结婚钱都舍得借给我了。"

"阿良。"珊珊轻轻喊了一声，低下头。

"什么事？"阿良说，"你说啊。"

珊珊抬起头，把话缩了回去，她不想扫阿良的兴："没什么事。"

"真没事？"阿良不相信。

珊珊转过脸说："没。"

"你不开心？"阿良又问。

珊珊把脸转过来了，平静地说："没。我做饭去了。你上楼去看看晨晨他们。"

阿良满腹狐疑，不知珊珊为何突然情绪变坏了。他进来时，珊珊是很开心的。阿良走上楼，晨晨就抱住了他的腿说："阿爸，看电视。看电视。"

晨晨总算没说阿爸捕鱼去捕鱼去。阿良把晨晨抱了起来，对阿狗妈说："我们晨晨越来越乖了。"

阿狗妈说："阿良呀，你不晓得珊珊都教他好几天了。"

原来如此。阿良不由得一阵感动。

吃罢晚饭，珊珊在收拾碗筷。阿狗想给阿良和珊珊一个二人单独在一起的环境，就借口陪他妈和晨晨，先回自己的家，说晚些回家，要去打一会儿电子游戏。

"我来洗吧。"阿良在阿狗他们走后，从堂间走进厨房间。

"不要，"珊珊把阿良手中的碗夺了过来，"你去看电视。"

"那我擦桌子吧。"阿良要拿抹布。

"阿良，"珊珊不高兴地瞪着他，"你今天做啥呀？快去看电视。"

"珊珊你在养懒汉啊。"阿良笑笑，走开了。

珊珊不作声,只管自己洗碗。做完家务后,珊珊来到堂间,坐在阿良身旁。

电视机那天被死难者家属敲坏后,虽然修了,图像模糊。阿良在珊珊过来后,起身把电视机关了。

"珊珊,"阿良鼓起勇气说,"你什么时候和晨晨一起搬过来?"

"阿良,"珊珊也鼓起勇气说,"你不去远洋好不好?"

阿良这才明白珊珊原来是不想让他去远洋。他不作声了。

"我怕,"珊珊把手环在阿良的脖子上,"阿良,不去好不好?"

"不。"阿良生硬地说。珊珊怎么也变了?

珊珊的手滑了下来。

阿良想缓和一下气氛,抓住了珊珊的手:"怕什么?"阿良不明白捕鱼人到哪个海上都是一样的,有什么好怕。

珊珊想起翠珠的话,想起海生的话。他们二人在临死前都说在阴间都不会放过她的阿良呀。她再也经不起折腾了。但她怎能如此对阿良说,那不是在咒阿良吗?

"船钱够了吗?"珊珊问道。

"还差些。"阿良说。

"明天,我去找小妮,"珊珊说,"她要我这一半的房子,就给我钱。不要的话,给我房产证。船钱,就从这儿出。"

"珊珊。"阿良感动地把珊珊搂在怀里,一动不动。

过了许久,珊珊悄悄地说:"我得回去了。"

阿良失落地说:"你真走?"

珊珊整了整衣服说:"晨晨等我呢。"

100

阿狗很晚才回到阿良家。阿良还没有睡,一个人正在喝酒。

"珊珊姐走了?"阿良一个人在喝闷酒,这让阿狗吃惊。

"早走了,"阿良说,"你也来一杯吧。"

阿狗坐在桌子前,接过阿良推过来的酒:"和珊珊姐吵架了?"

"没。"阿良把杯中酒全喝了下去说。

阿狗数了数瓶子说:"你都快把一箱的酒喝完了。"

"我俩把剩下的全喝了吧?"阿良的脸有点微红,但没一点醉意。

"阿良哥,你酒量好,"阿狗说,"我喝不过你的。"

"陪我,"阿良央求地对阿狗说,"陪我喝。"

"好吧。"阿狗应了声,两人默默地喝开了。

第二天清晨,珊珊带着晨晨来到阿良家。阿狗醉倒在沙发上,鼾声像打雷一般。阿良手提着酒瓶,正往杯子里倒着。

"阿良,你……"珊珊又气又恼,走过去把阿良的酒瓶夺了下来。她知道是昨晚自己伤了阿良的心。可是……

"天亮了啊,"阿良喝完酒杯里的酒,结结巴巴地说,"我以为还在半夜里呢。"

珊珊俯下身,去收拾一地的空酒瓶。有些酒瓶里还有剩酒,她把它们合在一只酒瓶里,然后用盖子压。晚上,还能让阿良喝的。

看珊珊吃力压盖子的样子,阿良讪讪地说:"我来吧。"

珊珊把酒瓶交给阿良。

阿良压住盖子,抬头与珊珊对视着:"珊珊,我想了一夜,还是去远洋。"

"我知道，"珊珊移开了自己央求的忧郁眼神，轻轻地说，"看你一夜都没睡，去睡一下吧。我到外面去一趟。"

"干什么去?"阿良问。

"不告诉你。"珊珊忽然舒展眉头，匆匆出去了。

阿良感到头有点痛。刚躺下，外面就有人敲门。他打开门，进来的竟是黄副县长的秘书小陈。

"黄副县长给你联系了，一家国有渔业公司要出卖渔轮。你现在就坐车去看看吧，"小陈拉开包说，"这是黄副县长的五万元借款。你查收。"

"这么快就联系了啊!"阿良说，"借黄副县长的钱不好意思，你还是拿回去吧。"

"嗳，阿良，你不要让我为难，"小陈说，"你不收，我要让他批评的。"

"那好，"阿良想了想，"我给你一张借条。"他写好借条，叫醒阿狗："快起来了，黄副县长帮我们联系好渔轮了，我们去看看。"

阿良和阿狗坐上黄副县长的车子，又叫上一个村里参与集股的渔民去看渔轮。

这是一艘八成新的钢质渔轮。高耸的驾驶舱，首尾三角形的桅杆，流线型的船身，比阿良自己打的那条钢质机帆船要气派得多了。一看外形，阿良就喜欢上了。主机功率是294千瓦，从于船长告诉他的情况来看，去S国渔场，从事远洋作业，应是没有问题的。

黄副县长在联系时，已跟企业经理说过，要支持群众渔业打到远洋去，所以，企业出的价格也并不高，是个实价。黄副县长的秘书有心促成此事，再三做工作，又压低了一些。

但即便如此，阿良他们还是感到资金缺口大，买不下来。

阿良、阿狗回到家，珊珊已做好中饭，等他们了。

"昨晚喝了一夜的酒，都不睡，还要到外面去呀。"珊珊边给他们盛饭，边埋怨他们。

"我们看船去了。"阿良接过碗说。

"怎么样?"珊珊关切地问。

"船是好的，"阿良说，"钱不够。"

珊珊"噢"了一声。

阿狗吃了一碗，就不吃了。

"你怎么了？"珊珊问阿狗。

"昨晚酒喝多了，有点难受。"阿狗说。

"孩儿，你去困觉。"阿狗妈摸索着抓住阿狗的手说。

阿狗应了声，上楼去了。

阿狗妈和晨晨吃完饭，仍去阿狗家的平屋。阿狗妈信佛，今天是吃素的日子，她要在那儿念经。

"船钱还差多少？"珊珊问在院子整理网具的阿良。

"差几万吧。"阿良说："已经算上黄副县长的了，还差几万。不想用他的钱，那要差十几万。"

"我上午去找过小妮。"珊珊说。

"找小妮？"阿良不解。

101

小妮把他和珊珊当仇人一样,认为是他和珊珊害死了海生。阿良不明白珊珊为何要去找她。

"我跟她说了房子的事,"珊珊说,"海生的房子,是我和他共有的财产,离婚时,法院都这样判的。我对她说,你要我这一半的房子,就给我钱。如不要的话,你给我海生的房产证。我拿自己的部分去银行抵押。我等钱用。"

"小妮怎么说?"

"她说,她不要我这一半,也付不出钱。她要等海生做完'百日'后,离开这里。海生那部分的房子,她想处理给我,"珊珊说,"她把房产证给了我。"珊珊把房产证从口袋里掏出来,递给阿良:"你去银行办抵押手续吧。可能船钱的缺口够了。"

"我不要。"阿良推给珊珊。

"拿着。你不拿,我再也不理你了。"珊珊又推过来,口气生硬。

"珊珊。"阿良感动地把珊珊搂在怀里:"今晚就搬过来?"

珊珊幽幽哭了。她不想再看到阿良喝一夜的酒。她要阿良,和阿良平平稳稳地白头偕老。可是阿良要船、要海、要鱼。她喜欢阿良要船、要海、要鱼,又怕阿良要船、要海、要鱼。她已被以前的事吓怕了。她怕失去眼下的平静和幸福。

阿良松开珊珊,悄然叹口气。

阿良他们最后把那条钢质渔轮买了下来。这以后,阿良就忙于出国捕鱼的各项准备工作。但鱼盆岙村的本地捕鱼劳力已经不多,一些技术较差的,阿良他们又看不上。这样,一条渔轮除了几个集资的股东和阿狗是本地人外,大部分都是外地劳力。

胡指挥看到阿良船上的船员外地人这么多,来找阿良。

"师傅,"阿良心情很好,正在渔轮调试各种设备。再过几天就要出国了。他必须抓紧把各项准备工作做好,"这渔轮还好吧?"

"船是很好的,"胡指挥走进驾驶舱,指指甲板上正在忙碌的船员说,"有不少生面孔啊。"

"是啊,"阿良说,"本地人不好招。"

"我就担心这事,"胡指挥说,"外地人不像本地人懂渔民的规矩,万一有事,就不好管啊。"

"有阿狗他们在,不会出事吧?"阿良说。

"反正,你自己要当心点,长一个心眼。保险箱啊什么的,要管好。"胡指挥叮嘱道。

"谢谢,师傅。"阿良送胡指挥下船后,回到驾驶舱,见阿狗抽着烟,脸色阴沉。

"阿狗,你不舒服?"

"没。"

"有什么话?"阿良说,"我正忙呢,你快讲。"

"阿良哥,"阿狗扔掉烟头,仿佛很吃力地说:"我不想去了。"

"你说什么?"阿良大惊。他把阿狗当作不可缺少的帮手,虽然阿狗在这条船上没有股份,但阿良心里已想好了,要把自己从黄副县长那里借的钱,算作阿狗的股份,可现在阿狗竟说不去了。他开什么玩笑啊!

"是你阿妈不同意?"阿良知道阿狗是个孝顺的儿子。

阿狗摇摇头。

"那是你珊珊姐说的?"阿良方寸大乱了,他猜测珊珊是不好意思来劝他,通过做阿狗的工作来逼他不去远洋。

"不是。珊珊姐还要我去了后好好帮你呢。"阿狗说。

阿良心里略安,不满地说:"那你总得给我一个理由。"

"你们几个股东给的工资不高，"阿狗避开阿良的目光，"太少了。"

工资确实不是很高。可阿狗的工资已比外地人高不少了。而且作为从小在一起的好朋友，阿狗以前从来没计较过工资什么的。

"还有人家去远洋，都保险的，"阿狗继续低着头说，"你们都没给我们保险。"

阿良也想过保险的事，除了给船保险，实在是没钱再给人保险了。可这事是阿狗提出来的，他感到不可思议。

"阿狗，你知道，我没钱。"阿良耐心地说。

"阿良哥，我也不难为你了，"阿狗说，"我不去算了。"

阿良不认识地久久看着阿狗："好，你的这些条件，我都答应你。给你再加工资，给你办保险。"

阿狗抬起头，脸色雪白，他想说什么，又没说什么，因为他看见阿良阴着脸，转过了背。

那天，珊珊一大早说，要去普陀山，给海生和翠珠做佛事，晨晨也让她带去了。晚上，阿狗说不来他家睡了，要睡在自己的平屋里，陪陪阿妈。

阿良胡乱吃了一点冷饭，坐在堂间的破沙发上。一轮残月挂在如洗的夜空里。阿良把目光从屋外转回来，与挂在堂间上方翠珠遗像的阴冷目光碰在一起，竟涌出一种从未有过的孤独。

102

　　珊珊是在夜里做了一个噩梦以后,萌发到普陀山去给海生、翠珠做佛事的念头的。

　　在梦里,翠珠把她从阿良的身边一把拎起来,扔到床下,自己直挺挺地躺到阿良旁边。翠珠一脸惨白,仿佛仍浮在海面上一样。翠珠双手戏弄着阿良熟睡的脸,猩红的嘴唇耀眼地裸在黑暗里就像大鲨鱼的红牙齿。翠珠"咯咯"地笑着:"死鬼,我不会放过你的,不会放过你的。"她忍着疼痛,向翠珠扑去,要推开翠珠的手。可是却有个黑影挡在她面前。那不是海生吗? 海生满脸是血,驾驶着一艘黑帆船向阿良撞来,嘴里吐出一口口血来:"我不会放过你,不会放过你。"

　　"阿良,你快逃,快逃。"珊珊惊叫着醒了过来,额头上全是汗津津的。第二天,她就对阿良、阿狗妈说,她要去普陀山给海生、翠珠做佛事。

　　"珊珊,要陪你去吗?"阿良问道,他觉得珊珊有点怪怪的。

　　"不用。有晨晨陪着我呢,"珊珊说,"你马上要出海了,事情很多的。"

　　珊珊来到普陀山前寺,走进一个写着"佛事登记处"的屋子,说明了自己的来意。接待她的和尚师傅告诉她,为亡人做佛事,有焰口和蒙山两种,可任由选择。

　　焰口的仪式复杂些,价格也高些,而蒙山则相对简略些,珊珊问了一下价格,选择了蒙山佛事。

　　"你付五百元,等做完佛事,再付师傅们二百元辛苦钱就行了,"和尚收下钱说,"你还得在寺院住下来,佛事一般要在晚上做的。"

　　到了晚上,前寺的游客稀疏散落。珊珊伫立在大殿前,双手合在一起,面对着观音像,嘴里默念着什么。她最喜欢在这种人影稀落的时候,向观音菩萨求恳。晨晨异常安静地跟着珊珊,目光呆呆地盯着金碧辉煌的观音菩萨塑像。偶尔有一两个游客转到大殿门口,在上完香后,略带惊奇地看一眼神情忧郁、身穿白衣的珊珊和牵着珊珊手的晨晨。

佛事开始前,珊珊把自己带来的水果、鲜花等供品放在案几前,寺院也备有几样简易的素菜。一阵冷风吹来,挂在菩萨前的几条幡抖动了一下,香烛也好像要熄的样子,但很快香烛又亮直了。珊珊舒了口气。

做佛事的有七八个和尚,身穿黄色袈裟,有的手持木鱼,有的拿着引磬,有的数着佛珠,在他们头顶有一口青铜色的钟,旁边则有一面大鼓。

和尚们脸色凝重,口中念念有词。珊珊不懂他们念的是什么经,只是双手下垂,默默地低下头,站在一边。

念到一定时候,和尚们有的敲木鱼,有的敲引磬,有的敲大鼓,声音错落有致,庄严神秘,如同一群青鸟在大殿里飞来飞去,突然,所有的声音静寂下来,只有晨晨尖锐的声音在大殿里穿来穿去:"阿爸捕鱼去,捕鱼去。"

晨晨看见了红帆船。阿妈端坐在云层里,外公、外婆在飞奔,在海浪里转来转去,还有爷爷呢,在礁石里捕鱼,一大群一大群的鱼在叫着,发出阵阵香味。呆大晨晨,这是村里的小朋友在叫他。他们是呆大,他们不肯和他玩,他们在用树枝咬他,像鱼一样咬他。阿爸快抓住鱼,然后看电视。

珊珊拉住惊惶烦躁的晨晨:"晨晨,阿姨陪你玩,陪你玩。"

"阿弥陀佛。阿弥陀佛。"和尚们齐声叫着,晨晨感到声音慈祥,便慢慢地静了下来,又呆呆地盯着金碧辉煌的观音菩萨塑像。

珊珊按照吩咐,拿着香,向海生、翠珠的牌位跪拜。她恳求海生、翠珠放过阿良,让阿良这次出海平平安安。当她从蒲团爬起来时,眼睛不经意地看见了观音菩萨的嘴边似乎若隐若现地绽出一丝丝微笑,这让珊珊欢喜得要哭出来。也就在这一瞬间,她打定了主意。明天,阿良就要出海去了。这一去,也不知多久才能回来,阿良说要好几个月。她要在今晚赶回鱼盆岙,她要告诉阿良,她要立即搬到阿良家去。

佛事完后,珊珊赶到码头,出高价租了一只渔船,离开了普陀山。等她坐长途车回到鱼盆岙已是夜深人静了。

破旧的电视机只有声音,屏幕上跳动着雪花般的影子。阿良半躺在沙发上发出响亮的鼾声。他实在是太累了。珊珊将一件衣服盖在阿良身上,轻手轻脚地将晨晨领到房间,等晨晨睡熟了,她又走了下来,坐在沉睡的阿良旁边,痴痴地看着。

103

  珊珊还是第一次这么近距离地打量阿良熟睡时的神态。阿良脸色微微发灰,显得困倦。他睡得并不踏实,眉毛不时地跳着,只有腮帮子偶尔会露出孩子般的酒窝。她喜欢看他的酒窝。
  "阿狗,阿狗。"突然,阿良大叫起来。
  珊珊吓了一跳:"阿良,阿良,你怎么了?"她这才开始奇怪,阿狗怎么让阿良一个人睡在沙发上。
  阿良醒过来了,茫然地看着珊珊,半晌才说:"做了个梦。几点了?你这么快就回来了?怎么还不去睡啊?"
  "傻瓜,我是连夜赶回来的,都快一点多了,"珊珊娇嗔地看了阿良一眼,"你怎么不睡到房里去?梦里都听见你在叫阿狗呢。"
  阿良说:"我看着电视就睡过去了。晨晨呢?"
  "我已让他睡了。"
  阿良不好意思地说:"看我睡得这么死,你们来了,都不知道。"
  "就是呀,把你喂鱼,你都不知道,"珊珊抿着嘴,笑着问,"阿狗呢?"
  "他说他要陪他阿妈去。"阿良淡淡地说。
  "快去睡吧,明天要出海了。"珊珊轻声说。
  "你也上去睡吧,"阿良说,"不早了。"
  "我……"珊珊低下了头。她本来想说,从今晚开始我就搬过来了。可她一下子又说不出口。这话应是阿良说才是,他明天要出海了。
  可是,阿良却平静地说:"我和晨晨睡到阿狗的房里,你睡我房里吧。"
  珊珊灿烂的脸色一下子变得阴郁,坐在破沙发上,一动不动。

阿良看到珊珊的眼窝里眼泪慢慢流了出来,眼泪顺着珊珊的面颊,流到嘴角,一滴一滴往下滴。他半蹲在珊珊面前,捧起了珊珊的脸:"珊珊,我……"

"你坏!你坏!"珊珊用手环住阿良的脖子,脸贴着阿良的脸,幽幽地抽泣着说。

阿良被压抑的激情猛然爆发出来,他揽住珊珊的腰,一把将她抱起来,一边疯狂地亲着,一边往楼上走。

"傻瓜,你抱不动我的,你要累死的。"珊珊悄声说。

阿良停在楼梯上,弯下腰说:"嫁给我?"

珊珊害羞地"嗯"了一声。

阿良把珊珊抱得更紧,轻松得如同举着一片树叶,将珊珊抱进房里,与珊珊一起倒在床上。

"阿良哥,我们都还没登记呢。"珊珊喘着气,娇柔地说。

"明天就去办手续。"阿良边说边吮着珊珊的唇。

"你明天要开船了呀。"珊珊喘了口气说。

"明天登记好了,再开船。"阿良把珊珊拥得更紧,好像怕珊珊逃走似的。

"傻瓜,你像要把我吃了。"珊珊感到阿良的吻又长又猛。

"珊珊,我要你,"阿良发出阵阵呓语,"我要吃了你。"

"你坏,阿良哥,你坏。"珊珊像被阿良带进了一个要窒息的灿烂梦中。那里有香气,却看不见鲜花,那里有乐声,却看不到乐器,那里有泉水,却看不清水流。

正是下半夜。穿越巨大黑暗的弯月,光芒如无边无际的大海,在房内朦胧地流淌。而阿良和珊珊这时变成了在光流中游动的鱼。被激扬起来的水声在夜空中是如此嘹亮,就像大群大群飞翔的红鸟。

"珊珊,你让我活了。"阿良好像沉没在波涛之中,当他挣扎着伸出头来时,眼前一片空明。他伏在珊珊身上突然哭了:"你让我变成了男人。"

自从和翠珠结婚以来,他没有几次感到自己是个男人,和翠珠做这事时,他总是不能响应翠珠的热烈,只有把翠珠想象成珊珊时,他才觉得自己是个男人,但这样的想象又让他处于极度的冲突之中。翠珠常常在事后,骂他不是男人。

"阿良哥,我要给你生个儿子。"珊珊搂着阿良,也欢喜得哭出声来。

他们二人一直到天明还在说话。

"对了,阿良,昨晚阿狗为什么不来了?"珊珊问道。

"珊珊,你说奇怪不奇怪?"阿良迷惑不解地说,"阿狗突然说不去远洋了。我做梦都在和他吵架。"

"是不是有什么原因?"珊珊问。

"我不清楚。昨晚我伤心得连觉都不想睡了。你不睬我,阿狗也不睬我,"阿良说,"你说我伤心不伤心?"

"傻瓜,我不睬你了吗?"珊珊点了点阿良的额头,"我是怕。我想阿狗肯定是有原因的。他不想去,肯定不是他对你说的那样。你们走后,我要把他的阿妈接到这里来。"

"行。"阿良亲了亲珊珊。

104

　　黄副县长坐进来接他的轿车,脸色铁青。刚才儿子的几句话让他生气。儿子向他要结婚钱。他抱歉地说,借给一个渔民朋友了。儿子很不高兴地责怪他,你这个县长也当得太不近人情了。人家当领导的儿子结婚,哪个不是由老爸操心的。你倒好,什么事都不操心,连答应的五万元钱都不能痛快地到位。不要以为你这样做,就可以让你们这些当官的形象,在老百姓心中好起来。告诉你,人家这样对我说,现今的干部,隔一个枪毙一个,都不冤枉,包括你爸。

　　你放屁！当时,他正在吃早餐,把碗一揉,抓起包,就下楼来了。

　　黄副县长脸色不好,肯定有不高兴的事。小陈秘书和司机也就不像平常那样主动开口与黄副县长拉扯。

　　"今天要走后门吗？"黄副县长放缓表情问道。要走后门,就说明县机关大院门口有上访的群众。

　　"不用。"小陈说。

　　黄副县长的脸生动起来了："下午,船队要出发去远洋,我要去送送,你告诉水产局了吗？"

　　"说了。"小陈答道。

　　经过再三动员,总算组织了二十多艘群众渔业公司的钢质渔轮在今天出发去远洋。本来,今天起床时,他的心情是很好的,可让儿子这样一搅和,他竟隐约有点不踏实。

　　"去水产局。"黄副县长在车子快到机关大院时,突然说。

　　赵明龙没想到大清早黄副县长来局里。他刚接过办公室秘书给他泡的茶,要抿一口时,黄副县长推开门进来了,惊得他连忙放下杯子:"黄副县长,这么早啊。快坐,快坐。"

黄副县长在沙发上落座后说:"明龙,今天,远洋船队就要出发了。这是我们县群众渔业公司第一次闯远洋,如果出什么问题,对今后远洋渔业的发展会带来严重的后果。我们进入S国渔场的所有入渔手续,合作公司是不是全部办妥?"

"在谈合同时,这一点他们答应得很好的,也写进了合同里,"赵明龙说,"这点请县长放心。合作方公司是个大商人,在S国也是很有影响的人。今天,他的代表也要来送船队。"

"外事无小事。渔民出国,这是东山县从来没有过的事。你到S国考察过,应当对合作公司了解得很透彻吧?"黄副县长看着赵明龙说。

"我仔细了解过了。应当没什么问题的。合作方绝对可靠。"赵明龙说。虽然这样说,但合作的公司到底如何,其实赵明龙自己也是没把握的。在考察期间,公司只是陪他们看了一下码头、渔场和公司所在地,接着就是让他们在风景区游玩。当晚公司还特意在下榻的饭店安排他享受了一次色情按摩。

记得他当时是拒绝的。在国外毕竟不同于国内,一旦出了事,那可是全完了。

"放心好了,"负责全程陪同的是设在东山县合资公司的总经理,"我和你一起玩。"就这样,他半推半就被那个总经理带到了饭店的桑拿房。当他从桑拿房出来,看到异国情调的按摩女时,他就把一切抛在脑后了。事后,那个总经理不但付了钱,还给了他一万美元,说是给他在考察期间,买一点东西。

在谈合同时,他当然与那个公司总经理谈到了入渔手续的事。那个总经理总是有点支支吾吾。

他发火了,把那个总经理叫到一个密室,将那叠美元摔给他说:"这可不是闹着玩的。你这点做不到,我可不能叫船队到你这儿来。"

过了几天后,那个总经理来办公室找他:"赵局长,我们请示总部了。

入渔手续绝对全部办好,我们就按你们的条件签合同。"

他这才高兴地说:"那才行。"

但总经理还是把那叠美元留下了。数着那钱,赵明龙明知这事总有点不放心,也当作没什么问题了。今天,黄副县长这样盯着他,他心里又产生了一种强烈的不安感。但愿他们把所有的手续都办齐了。

"那我就放心了,"黄副县长看赵明龙回答得那么肯定,就高兴地说,"下午,我叫县几套班子的领导也来送送。这是我县一件值得庆贺的大事。锣鼓队准备好了吗?"

105

装饰一新的二十多艘钢质渔轮整齐地排在东山渔港东侧,主桅杆上悬挂的国旗特别地耀眼,像是要把蓝的天空映红。偶尔有一两朵极薄的白云飘过,就如这船的白色驾驶舱倒映在天空中一般。

码头边已站了不少人,有来送别的亲友,有来敲锣鼓、吹乐器的艺人,也有毫不相干、纯是看热闹的过路行人。

阿良的船被编为"东远渔一号",正泊在众船之中。阿狗站在船头的甲板上,不时地抬手看看表。两点二十八分,要开船出发的,只剩下不到一个小时了,阿良竟还没有来。也不知他做啥去了。今天早晨,阿良和珊珊很早就到他家来看他,言语中,特别地小心,再也不如过去那样,把他当兄弟看待。他心里很不受用,但仍像从前一样地对待他俩,就当从没向阿良提过无理要求那样。阿良说,阿狗,我和你珊珊姐,要到城里去办个事,你早点到船上去行吗?他很痛快地应了声"行"。珊珊的嘴角都挂着笑,肯定是他俩的事定下来了。本想开个玩笑的,但他还是不作声了,默默地看他们手拉着手离开他家。

两点左右,黄副县长等一班县里领导在赵明龙的陪同下,出现在码头。先是乐队吹响欢迎曲,接着东山特有的锣鼓欢天喜地地响了起来。这东山锣鼓选用了十一面大小不一的定音锣,由一个胡须长而雪白的老者演奏。那老者嘴一抿,头一甩,手一抬,动作极洒脱,于是满渔港就响起激昂的鼓声。鼓声迸发出的力量震得天上的白云都化成四分五裂的轻丝了。紧接着,定音的三音鼓和二胡等管弦乐器加入进来,乐声变得更加浑厚,更加欢快了,连吹拂着船杆上旗帜的风都变得亢奋起来。

送别的仪式是由官方组织的,而渔船却是渔民自己的,这样整个的仪式就充满了一种滑稽。一方面,黄副县长正用普通话念着很官话的讲话稿;另一方面,在船舱里,渔民们正用猪、羊等三牲供奉海神,保佑出海平安。领导们讲好话后,就要上船来看望渔民们。这时,岸上、船上的各种爆竹就被红红火火地放响了,震耳欲聋的爆竹声响了好长的时间。那些上船的领导要张着喉咙大叫,才能把送别的意思送进渔民的耳朵里去。

黄副县长来到阿良的渔船上,阿良还没出现。

"你们的老大呢?"黄副县长急问阿狗,心里很是奇怪。按理,阿良在这个时候应在船上的。

"我也不知,"阿狗说,"船都要开了。"

"来了来了。"就在这时,一辆出租车开到码头边,跳下阿良、珊珊、阿狗妈和晨晨。

阿良穿着一身崭新的西装,说是个捕鱼人,倒像是个在渔港做生意的。珊珊则是上身红衣,下身红裙,就像是来演出一般的,手里提着一袋东西。

阿良接过珊珊递过来的一袋东西,跳上船来。

"嗳,阿良,今天你打扮得像个新郎啊!"黄副县长紧紧握着阿良的手,"县里的领导都来送你们了。"

阿良不好意思地笑着说:"我和珊珊是在民政局登记结婚,就赶今天这个日子。你们吃糖,吃糖。"

他把那袋里的糖拿了出来,忙不迭地往领导和船员的怀里送。

"原来是这样,"黄副县长高兴地说,"好!今天这个日子好!祝贺你们。"

珊珊看着阿良那副样子,只是抿着嘴笑。她和前来送别的渔民们的家人、亲人向船上的人挥手。

开船的时间到了。县里的领导叮嘱完注意事项,就跳下船来。送行的人开始赶到船舷边,与扑在船栏杆的渔民话别,说着说着,有的女人就流下眼泪来,也有的女人把好吃的东西还在往船上抛。阿狗妈眼睛看不见阿狗,只是一个劲地叫,阿狗阿狗。阿狗死死地看着母亲,竟流下泪来。他是不要阿妈来送的,阿良还是把阿妈带来了。可能他误时间也误在这里了。

珊珊早已收住了笑。她牵着晨晨,呆立在码头边。她很想阿良出来一下。可阿良要忙着开船,不能走出驾驶舱。

当船慢慢地驶离码头时,岸上的舞龙队合着东山锣鼓的节奏,疯狂地舞了起来。从岸上望出去,这一艘艘的渔船在海上就像正在舞的龙一样。龙头是阿良的船,就在快消失时,它突然又折回来,似乎是要归来。

但阿良的船很快调转方向,加速冲向远方。每一条船都重复着阿良船的动作,就像是龙舞了过来,又走了。

晨晨突然叫了起来:"阿爸看电视,看电视。"这么多的红帆船。晨晨第一次看到这么多的红帆船开到天边去,也有这么多的人在送红帆船。外婆。外公。爷爷。还有说不出名的很多很多人像沙滩里小洞里冒出来的小蟹那样源源不断地站在天边外迎接着这一群群红帆船。阿爸看电视。看电视。电视里的女人是珊珊阿姨。阿姨哭了,红帆船把阿姨撞痛了。

珊珊的眼泪慢慢地流了下来。阿狗妈过来招呼珊珊:"孩子,走吧。船开走了。"阿狗妈感到眼前什么都没了。

106

经过二十多天日日夜夜的航行,阿良他们的船队终于来到了 S 国阿拉弗渔场。

开始的几天,船员们的情绪很好,出远洋、赚大钱、看外国风光的念头让他们兴奋不已。他们不时地与阿良开些玩笑:"你的糖还有没有,给我们每人再分些。"

"老大啊,你刚结婚就出来,不感到可惜吗?"

"你就不怕老婆跑了?"

……

阿良只是笑,然而把香烟分给他们抽。只是分到阿狗时,阿狗摆摆手,说是不抽了。阿良知道阿狗是省着给他抽,他还是固执地把香烟递给阿狗,看着阿狗。阿狗接过烟,低下了头。

但随着时间的延长,风浪的增大,一些外地船员开始呕吐,饭吃得少了,话也越来越少了。无论阿良如何逗他们说话,他们都提不起精神来。到了阿拉弗渔场,阿狗发现越来越热的海上太阳,把他们一个个晒得如涂了煤灰一样,而人也明显地瘦了。

就是阿狗也消瘦了不少。这二十多天里,除了做阿良吩咐的活计,他总是躲在自己的铺位上,很少与船员说话,与阿良说话也非常简单,时不时地避着阿良在饭后吃什么东西。

只有阿良的情绪始终饱满。作为带头船老大,他不时地通过单边带,与组织他们出来的公司后方通话,了解经过海区的气象等情况,同时与船队的其他船只保持必要的联系。

进入 S 国海域后,阿良的船队被告知要挂当地的国旗,作为 S 国渔业公司的一组船队,而不算是国外渔业公司。阿良通知所有船只遵照执行。阿良也不知其中的缘故,他们只知道出一笔钱给公司后,所有捕来的鱼都归他们自己所有。后方公司的运输船在带来生活资料和水、油等后,会把鱼货也运回国内。

这是一个充满热带风光的国家。阿良他们的船不能上岸,他们泊在码头边,可以清楚地看见公路两旁耸立着高大挺拔的椰子树、香蕉树。由于天气热,路上的行人都穿得非常少,衣着五彩缤纷的,皮肤虽是黄色,却比他们要黑得多了。

渔场的海水特别清澈。渔轮从岛屿中穿过,可以看到岛上树木特别茂盛、高大,绿色的原始森林倒映在海面上,把海水的绿染得特别厚重,似乎是黏稠的。

阿拉弗渔场是一个处女渔场。第一天第一网下去,鱼多得把网炸暴了。幸而阿良带了备用网,可以继续捕下去。当吊杆上的渔网破裂,大量的鱼纷纷扬扬地落在船板、活蹦乱跳时,阿良看得都说不出话来了。这么多的鱼,只有他阿爸、阿爷那代在鱼盆吞外的海面上捕到过。

捕上的鱼都是国内很少大网头能捕到的经济鱼类。大黄鱼颜色是灰白的,虽不是金黄色的,但总算是国内难得一见的;带鱼条子比国内渔场捕上的要大得多,只是里面的刺特别粗。后来北京的水产市场上就把这种鱼当作中国的东海带鱼出售。鳗鱼和鲵鱼则和国内的没有多少差异。

在渔轮拖网的间隙,阿良擦掉汗水,把船长位置让给阿狗,来到舱外想与船员聊天。船员的精神状态比前几天要好多了,但似乎还没恢复过来,动作有点懒懒的。这让阿良担忧,这才是一个开头呢,他不清楚他们的体力和毅力能不能适应这高热的天气、高强度的劳动和男人说不出的寂寞。

入夜了,月亮像一只冒着白烟的热气球,那白光都像是热热的。阿良他们都只穿了一件背心和短裤,吃着晚饭。阿良心里默算着产量,不由得吃了一惊。如果按照今天这样的速度捕下去,那收入将不得了,还清贷款都没问题。这第一笔钱首先是要还黄副县长的。还有阿狗的股金一定要给他。他抬头找阿狗,阿狗不知什么时候已走掉了。这些天,阿狗总是心事重重的,不和他说话,他还没弄清楚,出发前,阿狗为什么突然提出不想到远洋来。

半夜里,累了一天的船员都沉沉地睡了,阿良在睡前,到每个铺位去看了看,快走到阿狗房间时,他听到阿狗似乎在轻轻地呻吟。这让阿良十分紧张,虽说船上也带了备用药,但若真的生病,那麻烦可大了。正因这个原因,他在招收船员时,一定要身体好的。阿良走到阿狗铺位,蹲下身,轻声问:"阿狗,你人难受吗?"

阿狗睁开眼,看清是阿良,低低地说:"没,阿良哥,我在做梦吧。"

阿良舒了口气,想与阿狗说会儿话,但阿狗转个背,又睡过去了。阿良心里一阵失落,他弄不清自己做错了什么,令阿狗这般地冷漠。

阿良走进驾驶舱,借着昏黄的灯光,拿起挂在脖子上的玉挂件。他不知道珊珊是不是睡了,是不是好。在他似睡非睡的当儿,珊珊抿着嘴笑的眼神,总像一条活灵灵的鱼,一甩、一甩的……

107

远洋船队出发后,黄副县长经常打电话给赵明龙,了解船队情况。赵明龙明白黄副县长对这件事的关注,得知船队到达并在第一天捕得不错的消息,马上来到合资公司,准备通过单边带与船队联络,然后再打电话给黄副县长告诉自己正向船队问好,以博得黄副县长的好感。没想到黄副县长已在合资公司四楼的通信电台室了。

"我代表县委、县政府向大家问好。祝大家顺利到达。希望大家丰收发财,为我县远洋渔业开个好头。"黄副县长声音洪亮,震得电台室一抖一抖的,看见赵明龙进来,只是点点头,继续说:"阿良,请你转告所有的船员,我们会照顾好你们的家,请你们放心。还有我前些天到鱼盆岙调研,在路上碰到你的珊珊了,家中一切都好。"

过了一会儿,从通话器中传来阿良的声音:"谢谢。谢谢黄副县长。"

黄副县长把通话器交给赵明龙:"你这个水产局长,是渔民的总司令,也说几句吧。"

赵明龙摆了摆手,心里很不快,嘴上却很谦逊:"黄副县长都代表我们了,不必再说了。"

"这个头,开得很好,"黄副县长高兴地与赵明龙肩并着肩走了下来,"我听阿良说,产量很高啊。这个事,得给你们记功。"

"哪里,那都是你决策得好,我们局做些具体工作。"赵明龙不失时机地恭维道。

要是平时,黄副县长肯定要皱眉的,但今天却很高兴:"这个项目,你们谈得好。下个月开渔业工作会议,我要专门讲讲远洋渔业的事。"

全县渔业工作会议规模开得很大。黄副县长要县水产局专题向县委常委会汇报，请县委书记在第一天讲话，把全县各乡镇的有名老大都请来参加。会后由县委、县政府请老大们吃饭。常委会同意了他的建议。

开会的地点在县政府大楼的一楼礼堂。黄副县长最后作会议小结，望着台下黑压压的人群，他竟有些激动。今天的会议不同于平日，平日参加会议的是大小领导，而现在有大量的老大。

他脱稿讲了起来："各位老大，同志们，今天，我很高兴，能与这么多的老大见面。可能大家已经知道了，我县的群众渔业远洋船队已经到达了目的地，而且产量很高，取得了良好的效益。我们东山的老大是一支南征北战的队伍。哪里有鱼，哪里就有我们的影子。今天，这支队伍已经打到国外去了。大家都知道，现在渔业资源越来越少，渔民的生活越来越难，转产转业，减船减人，这是势在必行的。但是，我们这支队伍，还有一个去处，那就是国外，那就是远洋。是的，我们东山处在大海之中，水包围着我们，像一条无形的绳索捆着山，捆着岛，也捆着人，让我们想动动不了，想走走不了。看上去水路无限，其实无路可走。但只要我们解放思想，勇敢地冲出去，就有希望，就有前途……"

黄副县长正说到兴头上，坐在主席台旁边的赵明龙的手机响了。黄副县长愠怒地盯了他一眼。他在会议开始时，说过手机必须一律关掉的。

赵明龙拿着手机出去了，到会议快结束时才进来。他的脸色变得灰沉沉的，坐在主席台上发愣。黄副县长在讲什么，他一个字都没听进去。

"晚上，县委、县政府的领导，和大家共进晚餐。"黄副县长在会议结束时，这样热情洋溢地宣布。

主席台上的人都离开了，赵明龙还呆坐着。

"明龙，出了什么事？"黄副县长把文件、笔记本放进包里，交给秘书，走到赵明龙身边。

赵明龙把一张纸交给了黄副县长。那是一张单边带通话记录。

"喂，请讲，我是公司的电台。"

"不好了，出事了。"

"什么?"

"我们被S国的海军包围了,要我们回到渔港。"

"再说一遍。"

"S国的海军要我们回渔港。他们上船了。"

……

黄副县长看完记录,感到脸上像是被什么东西狠狠地甩了几下,火辣辣地痛,半晌,他冲着赵明龙大吼:"你是怎么搞的?这项目,你是怎么谈的?"

赵明龙的额头上全是冷汗。他嘴角抽动着,却不知在说些什么。

108

阿拉弗渔场紧靠著名的国际航道，那里一直是海盗出没的地方。阿良的渔船经常碰到速度极快的快艇向他们蹿来。到了阿良的船旁，快艇的速度慢了下来，细细看了看舱板上作业的渔民，见没什么东西好抢，又很快地离开了。

每次看到这种船过来，阿良都要紧张一阵，招呼附近的同来船只做好准备，同时提醒船员停止作业，拿好自卫工具，而他就亲自驾驶船只，用他那高超的技术不让快艇靠上船舷，跳上船来。

这种快艇见过几次，没什么事发生，阿良也就松懈下来。因而，当这次一艘快艇向他的船冲来时，他也并不紧张，只是通过单边带骂道："他娘的，又来捣乱了。"

而又累又忙的船员也只顾放网，并不在意那艘快艇开了过来。

阿良透过驾驶舱玻璃，看到快艇里身着制服的人，正用高音喇叭叽里呱啦地不知叫喊着什么。阿良虽然听不懂他们喊的是什么，但却看懂了他们的手势和旗语，那是要让他们立即停船，接受检查。

阿良以为这次海盗来真的了。虽然船上只有一些鱼货和生活资料，但那也值不少钱。阿良当机立断，加速向一个小岛方向开去，打算借小岛摆脱快艇。奇怪的是快艇并不追过来，反而向另一个方向驶去。

"他们搞的是什么名堂？"阿狗走进驾驶舱问道。

"不清楚，"阿良说，"看来，我们得小心些了。"

"阿良哥，你得和其他船也说一下。"阿狗说。

"我已跟他们说了，"阿良看了看阿狗说，"你对我有想法？"

"没有啊,阿良哥。"阿狗一脸真诚地说。

"那你不跟我说话,"阿良皱皱眉说,"这次出门,我就你一个帮手。你要帮我。"

"阿良哥,你放心,"阿狗说,"我出来时,已下定了决心,死也要帮你。我要加工资什么的,是开你玩笑。"

"说得这么难听,"阿良横了他一眼,"我做哥的,会要你死?死也是我先去死。你别乱说。"

他们正说着,单边带里传来惊慌的叫声:"阿良老大,我们被几艘兵舰包围了。前后好几艘。"

"什么?"阿良抓起通话器大声叫道:"你再说一遍。"

"有一艘快艇靠到了我们的船里,他们带了翻译,说是S国的海军,奉命上船检查。"

"告诉他们,我们有合法入渔手续的。"阿良并不害怕。

"他们说,我们的证件可能是假造的。要我们跟他们到码头去,接受检查。"

"我马上与公司联系。"阿良叫通合资公司的通信电台,把这个情况马上说了。他说的话由电台转告了公司经理,公司经理打电话告诉了赵明龙,赵明龙气急败坏地叫道:"你们把通话记录快送给我看。"最后,这份通话记录被交到了黄副县长那里。

阿良的话还没说完,那艘快艇又出现了。

通过他们的手势和旗语,阿良他们知道了,要他们跟着快艇到码头接受检查。

"去不去?"阿狗问阿良。

"他娘的,"阿良骂了声,"这合资公司搞什么名堂!明龙局长不是说,所有手续都办好了吗?黄副县长都说,你们放心去捕好了。"

"他们上来了。"阿狗说。

"我去跟他们说,"阿良对阿狗说,"你驾驶船。千万小心。"

阿良来到船旁,向从快艇跳上来的人做着手势,表示自己有合法手续。那几个人端着枪,并不听他的,不容分说,给阿良戴上手铐,押上了巡逻艇。

傍晚时分,浓厚的阳光横落在海面上,竟有几分凶狠。晚霞布满在天边,却没有丝毫的温柔,到像是一块恐怖的血布。阿良没想到竟会出现这样的事,以后将是什么样的结局,他实在不敢想象。火球一样的太阳在不知不觉中已经西沉了,整个大海变成无边无际的血水。

阿狗他们眼睁睁看着阿良被带走。阿良在跳进快艇的刹那,高声对阿狗叫道:"阿狗,你不要乱来。"

阿狗听到阿良的话,把要加速撞掉快艇、救回阿良的念头打消了。他只得驾船跟在快艇后面。

这时候,他感到腹部又像在出海前那样一阵一阵地疼痛了。阿狗把身子倚在舵盘上,以减轻痛苦。

109

"我们马上去合资公司那里。"黄副县长不再训斥赵明龙。现在情况还不清楚。真要出了大事,指责也是没有用了。他后悔自己没有带队去S国考察洽谈这个项目,没有把情况摸得更准些。他以为以赵明龙对渔业的熟悉和多年的领导历练,谈这个项目是没有问题的。

"那老大们的晚餐……"赵明龙回过神来了,"要么我先到合资公司那边去?"

"算了,那顿饭有其他领导参加的,"黄副县长说,"我和你一起去公司。"

赵明龙跳进黄副县长车里,黄副县长只是把自己的包往座位里拉一拉,并不与赵明龙说话。赵明龙也不没话找话,闭上了眼。秘书小陈和驾驶员从黄副县长的脸色知道他极其不高兴,也就连大气都不敢出。车内空气像点着火就要炸一般。

合资公司经理已等在门口,把他们往自己的办公室引。

"不去办公室。去通信电台,"黄副县长阴着脸说,"我要和渔民们通话。"

"现在联系不上。"合资公司经理小心翼翼地说。

"你说,你们到底搞的是什么名堂?"赵明龙冲合资公司经理咆哮着。他在黄副县长面前必定要装出很愤慨的样子。其实,事情一出,他已经猜测到肯定是外方的入渔手续有问题。

合资公司经理并不以为意,只是继续缓缓地说:"我们总部正和海军有关方面联系。杜拉先生是S国有影响的商人,资产有数亿美元的,赵局长在他办公室也看到过他和总统的合影。赵局长是不是?"

黄副县长摆了摆手,严肃地说:"你马上和杜拉先生联系。我们要对二十多条渔船负责。请他告诉我们是怎么回事。"

"我们一直在打电话和发传真,但联系不上。"合资公司经理说。

"你再打电话。今晚你们不能联系上,我和赵局长就等在这里。一直等你联系上为止。"黄副县长拉过椅子坐了下来。

合资公司经理看了一眼黄副县长,只得拿起办公桌上的电话,拨了起来。

电话通了。合资公司经理与杜拉先生说的是英语。黄副县长和赵明龙都听不懂。过了大约十多分钟,他放下了电话。他擦拭了一下额头上的汗水,迟疑了一下说:"杜拉先生说,很抱歉。他尽力了。找了很多的关系,都没用。所有合作的船只必须在今晚十二点,撤出阿拉弗渔场。如有迟缓,船只被没收,船员被逮捕,公司不负责任。"

"你们搞什么名堂!我们是向你们交了入渔费的。"赵明龙气急败坏地说。

"是这样的。你们也清楚,我们的合作是民间的,非官方的,不是通过外交途径谈的项目。我们公司总部以前和国内的合作也是如此,由杜拉先生组织你们的船只,以杜拉公司船只的名义在阿拉弗海捕鱼。为应付当地海军检查,杜拉先生就用你们的入渔费请他们给予关照。但海军的领导是很多的,可能那个环节出了问题,军方说证件是假的,必须全部扣留,并逮捕所有船员。经杜拉先生做工作,现在今晚值班的军方领导默许在船只撤离时,当作不知道,但如果换了人,不能保证船只撤离的安全。事情就是这样。杜拉先生再三表示很抱歉。对你方的损失,等船只平安撤离后,我们再商谈补偿问题,"合资公司经理摊摊手,"这事还是第一次碰到。"

"今晚十二点前必须撤离?"黄副县长站了起来,他的脸色在日光灯下都是青的。

合资公司经理无声地点点头。

"那就赶快通知阿良他们。"黄副县长也不看惊慌的赵明龙,走出办公室,向四楼的通信电台走去。赵明龙和合资公司经理也跟了出来。

"现在能联系上吗?"黄副县长走进电台,急切地问一个值班的小姑娘。

"能。"小姑娘说。

黄副县长叫通了阿良的船。接话的是阿良:"阿良,你们受惊了。外方公司没谈好。当地海军要作为偷入国境、非法捕鱼来处理。今晚十二点前,你们一定要撤出阿拉弗海回国。不要管损失有多大,船和人能平安回来就好。所有的损失,县里会协调处理的。晚上撤离时,千方要小心,听清了吗? 我们会时常与你们保持联系的。"

听到阿良镇静的回答,黄副县长放下通话器,对身边的秘书交待说:"晚上在这里开个紧急会议,你马上通知外侨办、公安局、水产局的主要负责同志到这里来。明龙已在这里,就不要走了。"

合资公司经理已等在门口,把他们往自己的办公室引。

110

　　自从被押上快艇的那一刻，阿良就感到凶多吉少。在盘问时，他从华侨翻译口中知道他们的证件是假的，他彻底绝望了。他出过远洋，知道非法入境偷捕鱼类，国外处理是很重的。关在黑暗的小房子里，阿良想起了珊珊忧郁的眼神，想起阿狗从出发前开始就一直没消失过的忧郁的眼神。没想到，在他快要昏睡过去时，华侨翻译在一个海军官员的陪同下走进了小屋，告诉他，待在自己的船里，听候处理。华侨翻译说，他会用自己的车把他送到码头。

　　到了码头，阿良谢过华侨翻译，急忙跳进自己的船里。这时，恰好黄副县长通过单边带叫他。弄清事情的原委后，阿良连忙用单边带通知其他船只，马上撤离："大家一艘艘往各个方向走，到了公海后，再联系。不要抢着走，一艘艘来。"

　　当黄副县长和阿良通话时，所有的老大从自己的单边带听清了他们俩的对话，他们骂了娘后，也只能按照阿良说的，开始撤离。

　　但阿良却没有下达开船的命令。

　　几个外地船员闯进了驾驶舱："阿良老大，我们为什么不走？"在这么危险的时刻，阿良竟还待在驾驶舱里好像要睡熟的样子，让他们惊慌。

　　阿良没有回答他们。硕大的月亮挂在清蓝的天空上，借着月光，阿良看见他们的渔船正在快速地驶离。远处是几艘Ｓ国的军舰，那是在监视着他们。阿良抬起手表看了看，快到十一点半了。他也想快点走。但在还有一起来的船只的时候，他不能走。他是这支船队的带头船老大，他不能抢在他们前面走，但他不能与外地船员讲。阿狗他们本地渔民是不会问出这样的问题的。

阿狗到哪里去了呢？好像他上船后,阿狗没和他说什么,只是把单边带递给他后,就走开了。要是平时,阿狗肯定会站在他身旁的。

"阿狗！阿狗！"阿良不由得叫出声来。回答他的是外地船员急躁的声音："老大,快开船了。"

"你们急什么？"阿良不满地瞪着他们："是你们当老大还是我当老大？"

那几个外地船员用他们的方言说着什么,出去了。阿良估计他们是在骂他。阿狗进来了,声音有点软气无力："阿良哥,你叫我？"

"阿狗,"阿良见他背有些弯,"你怎么了？"

"没什么,"阿狗说,"阿良哥,我有点困,先去睡一会儿,等一下开船了,我来代你。"

"不用,"阿良拍拍阿狗的肩膀说,"去吧。"

渔港里,他们的船全走了。

这是一个极好的渔场。可惜的是他们必须离开。阿良看到他们船队走后的渔港留出了一大块空空地荡漾着月光的海面,他下达了开船的命令。这时,已经快十二点了。

也就是在阿良他们的船只离开不久,S国的军舰像是苏醒过来一样,军舰的灯火突然亮了起来。也许是发现被他们扣留的渔船全都跑了,一阵阵叫声响彻宁静的夜空。

军舰的探照灯四处乱射着。有一艘军舰已经缓缓地起航了。

"老大,他们追过来了。"站在船头的一位外地船员惊叫着,闯进驾驶舱。

阿良呵斥道："你慌什么！快去前面看着,有小岛、礁石,告诉一声。"那外地船员只得走出驾驶舱,但他没有到船头瞭望,而是躲到了自己的铺位。

军舰发现了落在后面的阿良的船只,用灯光警告阿良停下来。阿良没有理睬,加速转弯向另一个方向快速离去。他知道军舰转弯远没有他的船灵活。这看来激怒了军舰上的人。机枪子弹像一条火龙窜了过来,哗啦啦地在桅杆上作响,有几颗子弹还射进了驾驶舱,打进了单边带。

"救命啊!救命啊!"

"老大,你开快啊开快啊!"

……

一些船员不知躲在什么地方嚎叫着。

阿狗不知什么时候进来了。他待在阿良旁边:"阿良哥,我来。"

"不要,"阿良推开要来抢舵盘的阿狗,"这里危险,你走开。"

"我来。"阿狗爬了起来。阿良吃惊地发现阿狗按着自己的腹部。

"你怎么了?"阿良问。他并没有碰到阿狗的腹部。

"没事。"阿狗抓住了舵盘。远处机关枪子弹像焰火似的冲了过来。阿良急忙把阿狗按了下来。又有一颗子弹打进了单边带。

111

　　船上所有的灯都熄灭了。渔轮像一座会移动的小山以最快速度劈开涌浪,向前冲着。也不知过了多少时候,四周黑乎乎的,就是连哗啦哗啦的海浪声,也是黑黑的。

　　阿良舒了口气。终于摆脱了S国海军的追击。现在,可能是在公海里了。海浪明显比开始大了不少。海水不时飞溅到驾驶舱的玻璃上来。

　　"阿狗,你叫他们把灯打开。"阿良扭头吩咐道,可阿狗不知什么时候走掉了。阿狗到底怎么了?按理在这么危险的时候,阿狗是不会走的。可能是他太累了吧。

　　也不知船队都在什么地方了。阿良拿起单边带,呼叫着:"喂,喂……"但单边带一点声音都没。阿良知道肯定是被打坏了。这意味着他的船与船队失去了联系,与公司失去了联系。阿良急忙去检查卫导。卫导是好的,油料昨天刚刚加满,他还能将船开回家去。

　　机器的隆隆声有节奏地轰鸣着。驾驶室却是静悄悄的,连他的呼吸声都异常地响亮。船员都躲到哪里去了呢?阿良走出驾驶舱,向船员舱走去。那些船员并没有睡,在黑暗里,点燃的烟头明明灭灭地闪烁着,他们还沉浸在刚才被机枪扫射的害怕之中。一股仿若死过一样的感受让他们回不过神来。

　　"把灯打开,把船上所有的灯打开。"阿良大声吼道。

　　开始没有人响应,过了一会儿,船员室的灯一个一个亮了起来。桅杆的灯也亮了。整条船就像一个在移动的灯塔。

　　阿良本来想告诉船员:单边带坏了。可船员的那副状态,打消了他的念头。但他要告诉阿狗。他正要去找阿狗,阿狗走进了驾驶舱。

"阿狗,你在哪?"阿良问。

"我在机舱下,"阿狗说,"我怕再出上次那样的事。要是那帮混账东西把船打穿,水进来,那就完了。"

"阿狗,还是你想得细。"阿良想从口袋里拿烟给阿狗,但烟已没了。

"抽我的吧。"阿狗的烟是满满的。

"你没抽?"阿良狠吸了口烟,镇静了不少,"阿狗,单边带坏了。"

"打进了两颗子弹,"阿狗说,"阿良哥,你去睡一会儿吧。"

"你去睡。"阿良说。

"我睡了,"阿狗说,"这一天一夜,你都像在火里一样的。"

"那我去睡一下,"阿良感到实在困,"有事,你叫我。"

"阿良哥,这方向对不对?"阿狗问,"是不是回家的方向?"

"是。"阿良应了声就出去了。

阿良走出驾驶舱,阿狗就把身子倚在了舵盘上。

阿良在船长室刚躺下,外面传来一阵嘈杂的声音,除了叫喊声,还有东西摔在舱板上的哗啦声。肯定是船员在打架了。要是在国内渔场作业,阿良是不会去管这种事的。渔民吵过打过就没事的,多管反而不讨好。可这次是在远洋,他走了出去。

倒在厨房过道上的是上次在他沉掉的船上做伙将的小伙子。这次要出远洋,是他主动找上阿良,说要到他船上来。他的父亲在他六七岁时出海死了。其他的船不要他,阿良本不想要他,看他态度诚恳,待在家里可能要学坏,就收留了他,仍让他做伙将。

"他们打我。"小伙子吃力地试图站起来。

阿良蹲下身,把小伙子拉起来,拦住了打小伙子的外地船员:"你们打他做啥?"

那几个外地船员操着半生不熟的东山话说:"他不听话。"

"什么不听话!"小伙子气愤地说,"他们说,这次倒霉透了,没赚到钱,命差点也没了。还要站在船头看什么东西。他们不肯瞭望,就来找我,我说我不做这个的,他们就打我。"

阿良沉默地站了好一会儿。那几个外地船员都走开了。小伙子说:"老大,我就代他们瞭望一夜,你去睡吧。"

阿良摸了摸小伙子的头:"你去睡觉,早晨你还要做饭。"

"那船头,谁去瞭望?"小伙子说,"我去叫他们?"

阿良摆了摆手:"我去。"

阿良坐在船头吊杆下的网堆里,内心充满苦涩。他又失败了。他想起那天早晨和珊珊登记去的车上对珊珊说的话,珊珊,这次,我一定要胜。珊珊笑着说,阿良哥,你会胜的,你一定会胜。阿良抬头仰望,珊珊的笑脸好像就在夜空里。

112

黄副县长在合资公司的会议室召开了紧急会议。赵明龙介绍过有关情况后，黄副县长讲了四点意见：

请县外侨办向市、省外办报告情况，恳请省外办报告外交部，通过我驻S国大使馆的工作，保证我船队船只和人员的安全。

请严格做好保密工作，防止渔民家属知道后，人心不稳，发生影响全县社会稳定的突发事件。县公安局要及时掌握这方面信息。

今夜要密切关注船只安全撤离事宜，我和赵局长在此值班。

请县水产局赵局长抓紧联系广东、海南有关县市的水产局，能否在船只撤离路过南海时，通过交纳一定费用，在那里生产，以补此事给渔民造成的经济损失。以前到S国作业的渔船在回程时，也在那里生产几天的。

在黄副县长说完，急着要去四楼通信电台时，县公安局负责人拉住他低声说："黄副县长，这事已传出去了。据我们特情报告，明天上午可能会有渔民家属到县政府上访，并会到这里来，要求老板赔偿损失。"

"这么快就传出去了？"黄副县长说，"你们一定要做好预案。这事不同以往，民警只能维持秩序。"

"我马上去部署。"县公安局负责人匆匆走了。

黄副县长来到通信电台，看了看表，都十一点了："有没有联系上？"

"联系不上。"值班的小姑娘说。

"再联系。"黄副县长心急如焚。

"还是联系不上。"

"阿良是怎么回事？"黄副县长抓起通话器就叫，"喂，喂……"

时间到了十一点半。

"联系其他的船。"黄副县长说。

"喂喂,我是公司电台,你听到了吗?听到了吗?"小姑娘把通话器交给黄副县长,"通了。"

"喂喂,我是县政府的老黄,你们撤出来了吗?撤出来了吗?正在撤出来。好,好。"

黄副县长放下通话器,对赵明龙说:"他们正在撤出来。"

"那太好了。"赵明龙由衷地说。这二十多条船要是全被扣了,他这个局长也当到头了,等着进大王山岛去吧。刚才,他借口去局里与南边县、市水产局联系,专门回家取来一万美元悄悄到那经理办公室,要退给他。没想到那经理阴着脸说:"赵局长,你现在再退,有什么意思呢?"现在这一万美元还在他的公文包里呢。他不知道这事要是让黄副县长知道,会不会把他杀了呢?

"明龙,你那边联系得如何了?"黄副县长问。

"我找了一个到东山来考察的局长,他同意我们过去,收些资源费。"赵明龙说。

"那还好,"黄副县长说,"我们今后要好好总结经验教训。现在先处理当务之急。"

赵明龙只得点头同意。

到了十二点,船队那边报告,船只都出来了。阿良那只船是最后出来。现在除阿良的船联系不上,其他的船都已联系上,在撤回途中。

"为什么阿良的船联系不上?"黄副县长急问,"是什么原因?"

"我们也不清楚,"对方回答,"我们一开始是听阿良老大指挥的。后来,他告诉我们,他的船也出来了。最后,我们只听见阿良的骂声,好像还有子弹的声音,但听不清。我们一直在联系,还没有回音。"

"是不是让对方抓回去了?"黄副县长更急了。

"他的船最后走,"对方说,"他断后,但肯定是出来了的。"

"这样吧,"黄副县长想了想说,"你们无论如何要联系上阿良的船。

必要的话,要再靠近 S 国领海外,留几只船等候。县里已帮你们联系好,你们回程时可到南海捕捞几天,以减轻你们的损失。"

又过了半小时,黄副县长再次与阿良的单边带联系,还是没有声息,与船队联系,也说没有看到阿良的船。

"明龙,你把那个经理叫来。"黄副县长再也控制不住自己的情绪。

"黄副县长,"那经理上来,谦恭地说,"我们已准备了半夜餐,您去用点吧。"

"我不吃,"黄副县长压抑着怒气说,"请你联系杜拉先生,问清楚有没有扣过我们的船,有没有击沉过我们的船。有一只船我们联系不上。"

"赵局长已经跟我说了,"那经理把文件递了过来,"这是总公司的传真件,他们打听过了,所有的船只都撤离了,没扣过,也没击沉过一只渔船。"

黄副县长没接那文件。阿良啊,你的船到底在哪里?是否平安?这次不要是我害了你啊。他感到头像被劈开一样痛。

113

  天已亮了。远处的岛屿上空浮动着一团团移动的白雾。海面是清蓝色的,不时地有船只突突叫着或鸣着汽笛驶过。前些日子,阿良他们的船就是从这里离开的。
  在合资公司通信电台室待了一夜的黄副县长,把目光从海面收了回来,拿起通话器再次呼叫阿良,但依旧没有任何声音。上午他还有会议,他不能再这样等下去了。赵明龙在不停地打哈欠,碰到他的目光,好像做了什么亏心事一样,紧张地避开了。
  "明龙,我要去开会。一有阿良他们的消息,你立即告诉我。"黄副县长盯着赵明龙说。
  赵明龙说:"好的。我就在这里等消息。"
  赵明龙和公司经理送黄副县长下楼。赵明龙抢在秘书小陈前拉开了黄副县长轿车的门。黄副县长没有从明龙拉开的门那边进去,而是从另一边进去了。赵明龙只好讪讪地关上门。
  "赵局长,我陪你去吃早餐。食堂已准备好了。"公司经理殷勤地说。
  "不了,"赵局长提着公文包说,"我去局里办点事。一有消息,你马上打我电话。"
  "行,你只管去吧。"公司经理瞟了瞟他的包。这包里装着他送的钱。他以为赵明龙会装装样子,再还他,可赵明龙没有。这让他心安了不少。只要你赵局长收着这笔钱,以后处理赔偿什么的,都好说多了。
  赵明龙坐进车里,对驾驶员说:"回家。都一夜没睡,累死了。"其实,累是一方面,他更想做的事是,把包里的钱在家里放好。

黄副县长参加的是县委理论学习中心组的学习会。开会前,他向书记、县长汇报了自己处理远洋船队被驱逐事件所做的工作。书记、县长都对黄副县长昨晚所采取的几条措施表示肯定。

"现在还有一只船没有联系上,"黄副县长心情沉重地说,"作为分管领导,工作没做好,我要向县委、县政府检讨。"

书记向他摆了摆手,宣布学习会开始。县委宣传部的一个副部长开始做学习辅导。黄副县长实在太累,坐了没多久,就发出阵阵鼾声。他的嘴角流出水来。坐在旁边的几位领导看不过去,要捅醒他。书记看见了,忙做了个手势,叫他们别吵醒他。

黄副县长是被手机的声音震醒的,他打开一听,是信访局打来的电话,说机关大院来了一批上访的人。是失踪船员的亲属,恳求县里尽快找到失踪的船只。黄副县长起身走到在正上方坐的书记旁边,小声地说了几句。书记点点头,黄副县长就离开了会场。

来上访的人员已经被接到位于大院角落里的信访局会议室。大多是一些老人、妇女和孩子,其中还有鱼盆岙渔业公司的经理胡指挥。胡指挥也来上访,这让黄副县长很不高兴。你是多年的老党员了,又担任着村里的领导职务,你来添什么乱。

胡指挥从黄副县长的表情看出了他的不快,急忙走上前一步说:"黄副县长,这些人都是鱼盆岙村阿良船上的渔民家属。有人叫他们去合资公司,要他们赔钱赔船赔人。我叫他们别去,要相信政府。他们要我陪来,求县里领导无论如何都要帮助找到失踪的船。我就带他们来了。"

珊珊一手牵着晨晨,一手牵着阿狗妈,充满期待地看着黄副县长。这人就是阿良多次提到过的黄副县长。"黄副县长,求你了。"珊珊哭着,跪在地上。当一大早有人推开阿良家的门,告诉她阿良的船失踪的消息,她什么话都说不出来,只感到阿良的脸在她眼前一掠,化作一阵轻烟,向沙滩旁的山坡地飘去。那里有阿良的墓地。妈妈。妈妈。当她从昏迷苏醒过来时,从不叫她妈妈的晨晨竟懂事地叫着,妈妈看电视去,看电视去。她抱着晨晨失声大哭起来,阿良阿良,你在哪里?你在哪里?

珊珊一跪，众人都跟着跪了下去："黄副县长，求你了。"男男女女、老老少少，那并不响亮、并不整齐的声音冲击着黄副县长的耳膜，让他感到这声音竟如一把箭一样刺得他心痛。

"大家起来，大家起来，"黄副县长哽咽着说，"大家起来吧。"

没有一个人起来。

"是我工作没做好。这要跪，也是我向大家跪。"黄副县长再也控制不住自己，向大家跪了下去。当了多年的领导，这么动情，黄副县长还是第一次。

信访局的干部傻了。胡指挥也傻了。

整个会议室刹那间静然无声。

很快地，胡指挥叫了起来："珊珊你起来，大家起来，你们不起来，叫黄副县长怎么和大家说呢？"

珊珊很快起来了。阿良说过这是一个大好人。她不想为难这个与阿良无亲无故却多次帮过阿良的领导。

信访局的干部也过来要扶黄副县长起来。

在大家站起来后，黄副县长也站起来，带着伤感的语调说："我理解你们，理解你们的心情。请大家相信党和政府，我们一定会找到阿良他们。"

就在这时，黄副县长的秘书小陈进来报告，合资公司的经理被上访群众关起来了。

114

　　昨晚是海生过世的百日忌日。海生在世时的朋友一个都没有来过。这让小妮很不开心。特别是赵明龙局长没有露面,让小妮更是愤怒。人走茶冷,世态炎凉呀。想当年,他赵明龙要什么,海生不是给什么。从某种意义上讲,海生还不是为他出的事、坐的牢。可如今,他竟在百日忌也不露一下面。还是珊珊好,珊珊倒来看她了,帮她做了不少事。在她伤心痛哭时,是珊珊给了她毛巾,让她别难过了。珊珊还告诉她,到普陀山为海生做过佛事,叫她不要再重复做了。

　　做过海生的百日忌日,小妮准备离开鱼盆岙永不回来。这里曾有过她的爱,她的情,她的恨,她的青春,她的激情都留在这里了。她不想反思她所做的一切。只有一点,她相信自己,爱着海生,现在还是。可她不是一个怀旧的人。她还年轻。她在南方,还有不少同学,有一个还苦等着她。她要重新开始她的人生。从今天开始,她就要告别鱼盆岙了,把过去做一个了断。

　　晚上就要坐船到上海,现在还有一下午的时间。刚才她听到一个消息,说阿良的船又出事失踪了。小妮对阿良并无好感,他是海生的仇敌。可现在,海生过世了。他们的恩怨也了断了。她对阿良也没有什么恩怨了。倒是她对珊珊充满同情。她们都是女人。她们都爱着自己的男人。珊珊没有了阿良和阿良的船该如何生活？阿良的房屋是抵给银行的,就是珊珊的房子也抵给银行了,都是为了那个要命的船。

　　小妮突然决定,要早点出发,在路过阿良家时,去看看珊珊。小妮提起箱子,恋恋不舍地看了生活了一段时间的海生房间。海生,我走了。

她冲着挂在床上方的海生照片说,我会永远记着你的。你是我今生今世的第一个男人。

外面的阳光很好。佛光树的叶子闪烁着迷人的金光。从院子望出去,大海一片空明。小妮最后看了看小楼,快步走了。

珊珊刚从县里上访回来。阿狗妈躲在屋里念太平经。晨晨没吃中饭。珊珊强打起精神,给晨晨做饭。

小妮打扮得像个青春少女走了进来。这让珊珊惊奇,这些日子,小妮一直是穿素衣的,现在,头发梳着两根小辫子,嘴唇涂着粉色的口红,穿着一套杂着花印的天蓝色连衣裙。

"珊珊姐,我是来向你告辞的。"小妮放下箱子说。

"你到哪儿去?"珊珊暂时放下心里的阿良,问道。

"我去南方,"小妮说,"这一去就不回来了。我想托你一件事。"

"你说。"

"明年海生一周年时,我不来,你帮我去做一下。好不好?"小妮说。

昨天是海生的百日忌日,阿良就出事了。珊珊想起海生死前说的话,不会是这死鬼要阿良好看吧。珊珊的情绪一下子坏了。

"珊珊姐,"小妮重复了一遍,"好不好?"

"好吧。"珊珊回过神来。

"我知道阿良的船失踪了,"小妮怜悯地看了珊珊一眼,"珊珊姐,海生的另一半房子,我不要了。我知道你们的房屋都抵押掉了。阿良真回不来,你就住到海生那屋去。"

"你胡说。阿良会回来的,"珊珊哭了,"我不要你的房子。"

"珊珊姐,我不劝你了,我知道你很难过,"小妮握住珊珊的手说,"那房子本来就是你的呀。"

"小妮,我会替你保管好的。"珊珊擦掉泪说。

"还有一件事,"小妮脸色突然变得阴沉,似乎下了很大决心说,"我本来不想说的,还是告诉你吧,万一你有事,也可以派上用场。"

珊珊抬起头,静静地等着小妮说下去。

"海生出事那天,在那株佛光树下面埋了一样东西,"小妮说,"海生说那是和赵明龙有关的。万一他出什么事,有什么困难就去找赵明龙。赵明龙不肯,就说有一样东西在你这里。"

以前海生坐牢时,也对珊珊这样说过。也真的很管用。

"那是什么东西?"珊珊问道。

"我要走了,也没用了,"小妮说,"你还是去取来。现在明龙是水产局长,阿良的船又失踪了。他管不管,很重要的。会有用的。"

"那我马上去拿。"珊珊想,小妮的话也对。阿良能不能找到,赵明龙的水产局能否起作用是很重要的。

"时间不早了。我要去码头了。"小妮说。

"我不送你了,小妮,"珊珊真诚地说,"姐祝你一切都好。"

小妮突然抱住珊珊,哭了:"珊珊姐,我对不起你。"

115

　　胡指挥带着珊珊他们很快回去了。黄副县长回到办公室县,公安局领导向他汇报合资公司经理被上访群众扣起来的有关情况。

　　合资公司的门岗看到一大早有很多人来公司,不让他们进入。上访群众把门岗推到一边,直闯经理室。

　　那经理没有想到会有这么多人闹到公司来。群众要来闹,他是有心理准备的。但他以为这是公司与水产局及县政府的事,与群众是没有关系的。他不知道群众将一切都了解得很清楚,是他的公司做了假证件骗了渔民。经理想起了赵局长,连忙打电话给他。赵局长的手机是关的。他还想打电话给别的人,涌进办公室的群众把他的电话线拉断了,要他回答为什么要骗他们,要他回答如何赔偿渔民的损失,要他回答把失踪的渔船找回来。

　　"现在群众还把那经理扣在屋里,不让他与外界联系。还把他的手机关了。"县公安局领导汇报后,请示道:"黄副县长,你看如何办?"

　　"你是说赵局长不在现场?"黄副县长问道。

　　"不在。"县公安局领导答。

　　"我叫他在公司坐镇的,他竟不在,"黄副县长想了想说,"暂时冷处理,让那经理也吃点苦头。省得下次商量赔偿事宜时,县里吃亏。不过你们要注意他的人身安全。一旦群众有过激行为,马上把他解救出来。不要让别人以为我们这里的投资环境很差。现在你们的人都上去了吧?"

　　"上去了。"县公安局领导说。

　　"请你们注意两个重点部位,"黄副县长说,"一个是经理室,另一个是通信电台室。特别是通信电台室,你立即派人控制起来,随时与远洋船队联系,随时了解失踪船只情况。"

"好的,"县公安局领导说,"我马上派人去。"

黄副县长想起赵明龙,就打电话到他办公室,没人接。再打他的手机,也没人接。他在干什么呢?

到了中午,传来让黄副县长吃惊的消息:合资公司经理在群众要打他时,向保护他的公安局民警提出,有重要事情要坦白,请公安局带他到安全地方。到了县公安局,那经理说,他们曾向县水产局局长赵明龙行贿一万美元,以谈成远洋项目。赵明龙应当清楚这个证件是假的。现在让他承受挨打的风险,他受不了。

黄副县长这才如梦初醒。他太相信赵明龙了。他立即与公安局局长一起来到县委书记处,汇报情况。县纪委书记、检察长也已经到了。

"我建议立即双规赵明龙。"黄副县长知道反腐工作不是他管的,他这样说并不妥,但他认为采取这一断然措施,对平息群众情绪,维护社会稳定有利。

纪委书记、检察长并不表态。

"老黄,"书记看了他一眼说,"我们培养一名领导干部不容易。这事还是要慎重。纪委、检察院反贪局两家可以秘密立案调查。"

黄副县长不再说什么。在他要离开时,书记叫住了他:"我是了解你的。你看,这里有一封信,说你将五万元钱入股搞远洋,所以你对抓远洋那么起劲,还说你和小姐打得火热,刮台风时,只救小姐,不救群众。"书记把信递给了他。

黄副县长的脸霎时苍白,他把信又推了回去,喃喃地说:"请组织调查。"

"我不是说相信你嘛,"书记语重心长地拍拍他的肩膀,说,"老黄,有些事,你不要着急。赵明龙应被双规时就要被双规。你不要以为他是我提起来的。"

黄副县长内心充满苦涩,默默地走出书记办公室。回到自己的办公室,他把门倒关上,拿出笔,在稿纸上写下四个字:辞职报告。

接下去,他不知该如何写。这时,外面传来急促的敲门声。他有点愠怒,回到办公桌前,拿起电话拨了秘书小陈的手机号码:"我现在谁也不见,除非有说阿良消息的。"

"黄副县长,是我啊。阿良的家人带来一样很重要的东西,说要交给你。"原来敲门的是秘书小陈。

黄副县长打开门,珊珊在秘书小陈的陪同下进来了。

珊珊的神情非常紧张,她从包里拿出一本笔记本递到黄副县长面前:"黄副县长,这是我以前老公海生的东西,我从他家的树下找到的,看了看,想了很长时间,还是交给政府吧。我不认识其他的领导,就交给你了。"

黄副县长一页一页翻过去,表情越来越凝重。他合上本子,对珊珊说:"谢谢你,很谢谢你。你和我的秘书就待在这里,任何人都不要见。我出去一下。"

黄副县长直奔三楼书记办公室。

116

赵明龙一觉醒来,已是中午十二点多了。他起床责怪妻子没有叫他,忙打电话给合资公司经理,想询问有没有阿良船只的消息。电话不通。手机上有黄副县长等人打来的未接电话。他明白黄副县长是来了解失踪船只情况的,就先打水产局办公室主任的电话。办公室主任告诉他,出了大事,合资公司被上访的群众包围了,经理被民警带到了公安局。阿良的船还是没有消息。赵明龙放下电话,呆坐在床前。他现在最担心的是那经理会说些什么。现在,他后悔把一万美元再次带回家来。

"老赵,你吃饭吧。"妻子已把饭盛好,筷子也已放在桌上。

"吃,吃,吃个屁。"赵明龙瞪了她一眼,恶声恶气的。他打电话给驾驶员,要他速来。

"老赵,出了什么事?"妻子小心翼翼地问。

赵明龙强烈地预感到大事不妙。即使经理不说什么,这次远洋事件,由于群众闹起来,县里也要处理的。否则,县里对上对下都不好交代。要是经理说了那一万美元的事,就彻底完了。他从床底下拖出一只蛇皮袋,有点悲哀地看了妻子一眼:"你把这袋东西马上送到你娘家藏好。"

"是什么?"妻子惊奇地问。

"钱,"赵明龙说,"够儿子出国留学和你的生活了。你马上走。"

赵明龙提着蛇皮袋,陪妻子出门。这时,局里的驾驶员刚到,打开车门要他妻子上车。赵明龙摆了摆手,叫了一辆出租车,看着妻子坐进车,他才进了自己的车:"去局里。"

赵明龙到了办公室,打电话给黄副县长。

"黄副县长,对不起,上午我有点困,睡了一会儿,手机关了,没有接到你的电话,"赵明龙汇报道,"现在,还没有失踪船只的消息。"

电话里传来黄副县长淡淡的声音:"我知道了。"

这时,黄副县长正把珊珊给他的笔记本,摊在县委书记面前。

笔记本里记录着海生担任鱼盆岙渔都渔业公司经理以来,送给有关人员的钱物。其中以当时担任渔都乡党委书记的赵明龙最多。还附有在海上花园所消费的具体发票,当时情景,包括可以证明的人员。

书记把笔记本合起来,低沉地说:"先叫纪委书记和检察长过来,然后,再开书记办公会议和常委会。"

"我先去合资公司那边,再联系一下船队,看看有没有阿良他们的消息。"黄副县长说。

"你慢些走,"书记说,"你看这样行不行,县水产局局长组织部考察也来不及,现在又出了这么多的事,你先兼一下,我在书记会上说明情况,常委会定一下。"

"好吧。"黄副县长应了声,回到二楼办公室。纪委书记打来电话,说有人过来带珊珊。黄副县长放下电话,对惊惶不安的珊珊说:"等一下,纪委的同志会来带你。不要怕。他们会照顾好你的。"

赵明龙打电话给侄子小赵询问合资公司经理有没有在公安局,都说了什么。侄子在电话里说:"伯,我正在破一个案子。处理公司上访的事,我没参加,也不清楚。"

"你打听一下,"赵明龙焦急地说,"我等你电话。"

侄子应了声。赵明龙放下电话,点燃了一支烟。

一直没有任何电话来。快到下班时,手机响了。赵明龙看了看号码,是一个很熟悉的手机号码。但他一时想不起来了。他不假思索地按了一下接听键,一阵清脆的声音传了过来:"赵大局长,你很忙呀。日子过得很滋润吧?"

"哎呀,是小妮啊,"赵明龙的脸上浮起笑说,"你怎么不来看看我啊?"

"你就不能来看看我呀,"小妮的声音明显充满怨气,"昨天是海生的百日,你这个老朋友就没有过来。"

赵明龙早已把张海生给忘了,什么百日之类,他怎么会放在心里:"我记得的啊,想来,走不开。"

"你也别骗我了,"小妮的声音狠狠的,"海生是看错了人。你哪里配做他的朋友。告诉你吧,我本来不想打这个电话的,想来我和海生与你朋友一场,还是与你电话里告别一声吧。"

"你在哪儿?"赵明龙听出小妮话里不怀好意,不由几分紧张。

"我现在在去上海的船上。还有一件事,要跟你说一下,海生生前说过,你有东西在他手里。我已告诉珊珊姐东西在院子里了。现在,珊珊姐有难,阿良的船找不到了,你要帮他。你不帮,就自己看着办吧。再见。"

"你别挂断,"赵明龙紧张地问,"那东西在哪儿?"

手机里传来"嘟嘟嘟"的声音。赵明龙脸色惨白,抓过包,冲出门。

117

赵明龙跳上出租车,直奔张海生家。他现在确信张海生真有东西保留下来了。他最担心的事,并没有随着张海生的死亡而消失。张海生这畜牲,太狡猾了,到死都不肯放过他。现在,他要和珊珊抢时间,他心存侥幸,也许珊珊没兴趣也没时间去拿这东西,而且即使她拿到了也不一定会上交,她肯定会作为敲诈他的把柄,就像她过去为了帮阿良所做的那样,这让赵明龙稍许有几分心宽。他记起合资公司经理的事,侄子一直没打电话过来,他拨了侄子的手机,却是关机。不知那头怎么样了。

车到鱼盆岙,太阳已下山了。海天交界处只有一小块橘色的亮光,其余是无边无际的紫色,海面泛着大团大团的蓝光,沙滩是灰的,停着密密麻麻的黑点,那是海鸥了。只是不知今天的海鸥为何有这么多。近处的青山因了天暗,变得老青色。风一吹,小路两边的杂色小野花发出簌簌的声响。除了张海生家的小楼是死沉沉的,其他的渔民小楼上空都飘荡着袅袅炊烟。

张海生家的院门是虚掩的。赵明龙急切地推开门。小妮说,海生的东西是在院子里,他很快急速地扫了一遍。院地是用大理石铺就的。他把目光落在花坛上,然后一点点地移着。最后,他看到了佛光树。佛光树的下面有一个新挖的坑。瞬间,血一阵往头上涌,手脚开始颤抖。不用再找了。就在这里。张海生埋东西的地方就在这里,而现在东西已经被珊珊取走了。这婊子精的动作是如此迅速。她现在在哪里?她把东西拿到哪里去了?

赵明龙瘫坐在花坛上。佛光树巨大的树影深深地笼罩了他。惊慌之后,他慢慢地冷静下来。当务之急是找到珊珊。但他不知道珊珊家的电话号码。他想起了手机里还留着小妮的手机号码。他沉着地拨通小妮的手机:"小妮呀,我是明龙,我想告诉珊珊,我们局寻找阿良船只的情况,想请她放心,你能告诉我她家的号码吗?"

小妮以为自己的话管用了,有些高兴。她在走之前,向珊珊要了阿良家的电话号码,以便以后可以联系。她把阿良家的电话告诉了他。

赵明龙马上打电话到阿良家,要找珊珊。接电话的是阿狗妈,她只是说珊珊到城里去了,做什么,找什么人,都不清楚。

赵明龙本想去阿良家的。他要等珊珊回来。他要和珊珊谈判,让珊珊把东西给他。可是就在他要离开时,局办公室主任打电话告诉他,渔政科汪科长在下班回家的路上,被纪委的人带走了,是他亲眼看见的,问他知道不知道。

赵明龙如五雷轰顶。他早就清楚汪科长不干净,但早不抓晚不抓,偏偏在这时候抓。唯一解释得通的是,汪科长被抓和张海生的船厂有关。如这个推断成立的话,那就是说珊珊把张海生的东西交到了纪委。

赵明龙没有猜错。纪委和检察院基本断定张海生的记载是可信的。但为慎重起见,他们先从汪科长开始突破。如汪科长交代的事情和张海生的记录一致,那就可以按着张海生的记录一个一个地收网了。汪科长一进纪委办案点,就如实承认,张海生为使阿良的船只通过检查,给了他五千元,他发誓再也没拿过其他人的,同时他坦白,给了赵明龙一些古币。

天完全黑下来了。从张海生家望出去,所有的东西都是黑沉沉的,天空像一张黑纱,大海像一团黑雾,小岛像一大块黑石头。只有渔民家的灯火红得像燃烧的蜡烛,在夜空里明明暗暗地闪烁。

手机又响了。赵明龙看了看,舒口气。不是纪委、检察院领导的电话,也不是县里领导的电话,而是他弟弟家的电话,侄子终于打来电话了。可是,一听电话里的哭声,他彻底绝望了。弟弟哭着求他把儿子救出来,弟弟不解地说,这穿制服的怎也会抓穿制服的。

手机滑落在花坛里,弟弟的哭声也随之掉落在地下。赵明龙再也听不下去了。他害了侄子。他这个侄子什么都没拿过。张海生的东西里肯定这样写了,他给了侄子一万元钱。张海生这杀千刀的,你怎么能这样做啊?我怎么能拿这一万元钱啊?侄子是完了。他好不容易苦心培养起来的侄子让他害死了。没有什么比这更让他难过了。赵明龙,你拿了这一万元,还能怎么面对祖宗呢?

小楼阴沉沉的,就如同张海生在阴险地盯着他。赵明龙要离开这里,可他又能到哪里去呢?逃跑?自首?赵明龙轻轻地摇了摇头。这些年的往事一幕一幕地浮现在他眼前。说真的,这些年来,他威严过、快活过、风流过,只是侄子让他害苦了。

手机又响了。赵明龙不想接。手机固执地响着。他把手机抓了起来。是黄副县长秘书小陈的电话:"赵局长吗?黄副县长叫我通知你,今晚,在县政府开个紧急会议,商量一下如何处理远洋船队事件,请你马上过来。"

"知道了。"赵明龙应了声,把手机用力地往院外抛去。他现在已用不着了。什么开会,还不是要抓我嘛。最后的时刻已经来到,他必须做出选择。

月亮已经出来。夜晚变得不像刚才那样黑暗和沉重。月光浮在佛光树上,不时静悄悄地从树枝间漏下来。远处的海面变得银光闪烁,偶尔,一两颗流星灿烂地划过,不知落在什么地方。

很久前,张海生说,这是块宝地。这里的风景倒确实好。他也跟张海生说过,老了的话,就住到这里来。张海生,你这畜牲,算你狠,算你胜了,我来陪你,这下你该高兴了吧。赵明龙整了整衣服,向佛光树走去。

县纪委、县检察院的人彻夜寻找赵明龙,最后借助特殊技术手段,确定了他手机的方位。这已是第二天清晨了。他们发现,赵明龙用自己的皮带吊在张海生家的佛光树下。

他的眼睛圆睁,舌头伸得长长的,那是一大截黑得不能再黑的舌头。

118

阿良实在太累,就在网堆里睡过去了。第二天清晨,他被小伙将叫醒了。

太阳还没有出来,远处的海天相交处是一团像炸弹爆炸似的白色光团,外沿是淡灰色的云朵,再外面则是深蓝色的天空。与白光团相接的海水是金黄色的,再向前就变得像枪管似的乌蓝色了。

"什么事?"阿良坐了起来,呆呆地望着前方。

"老大,阿狗在驾驶舱呻吟了一夜,"小伙将说,"我也是早上去叫他吃饭时发现的。他要我不要告诉你。"

"是吗?"阿良跳了起来,匆匆来到驾驶舱。阿狗脸色发黄,痛苦地把整个身子压在舵盘上。

"阿狗,阿狗,"阿良把阿狗扶住,焦急地叫道,"你怎么了?你哪里难受?"

现在,阿良回想起阿狗种种反常的举动了。他的身体不好。他硬撑的。他怕他难受。阿狗肯定受不了了。要不,他不会这样的。

"阿狗,你去铺位上休息。"阿良把阿狗的手架在自己的脖子上,扶着阿狗走出驾驶舱。

阿狗呻吟着,脸上的汗珠不断地冒出来:"阿良哥,我实在吃不消了。我痛。"

"都怪我睡得这么死,"阿良握住阿狗的手,自责道,"让你站了大半夜。"

小伙将已经拿来了药。阿良把阿狗扶起来,喂他吃药。阿狗吃的是止痛药。看样子,阿狗病得不轻。阿良的心情沉重起来。

"阿良哥,我担心回不了家了,"阿狗躺下后,喘着气说,"从昨天开始就痛得特别凶。肠子像要被绞断一样。"

"阿狗,你不会的,"阿良只得无奈地安慰,"你会好的。"

"我知道自己,"阿狗闭着眼,泪水从眼眶里涌了出来,"我出来前,肚子就隐隐作痛。那天,我对你说,我不想去,要你加工资。我是逼你不要我的。我怕出来生病,拖累你。"

原来如此。阿良心里一阵发痛。他怪自己为了出海,为了船,太不关心别人了。

"可是你要我。你什么都答应了我。你需要我这个兄弟。"阿狗的泪水在脸上流着。阿良轻轻地用手擦拭。

"我不想伤害你,我就这样出来了,"阿狗紧紧抓着阿良的手,"我以为自己会好起来的。不会有事的。可是,没想到我这身体不争气。阿良哥,我恨自己啊。"

"你不要乱想。阿狗,你会好起来的,"阿良把阿狗的手放好,站了起来,"你好好躺着。"

阿良来到驾驶舱,心里一团乱麻。单边带坏了,船队联系不上。公司联系不上。茫茫大海,他不知道该如何办。

他拿出海图看了起来。从船只所处的位置来看,现在,离得最近的,还是S国,只需一天就可到了。而要到自己的国家,最快最近,也要十多天。只能盼阿狗好起来了。阿良收起海图,深深地叹了口气。

到了傍晚,阿狗痛得越发受不了。他那撕心裂肺的哭叫声,让船上船员吃晚饭时都不再说话。

阿良控制着自己不去看阿狗,他叫几个船员陪着阿狗,自己一直待在驾驶舱内,眼睛直直地望着远方。阿狗的叫喊声突然消失了。阿良终于受不了,走进阿狗的铺位。阿狗是昏睡过去了,眼角挂着泪,在痛苦地颤动着。

阿良握住了阿狗在发抖的手。阿狗睁开眼,声音很轻很轻:"阿良哥,你要带我回家。"

阿良慢慢地点点头,对跟着他的小伙将说:"叫大家都到舱板上来。我有话要说。"

阿良的船在夜海深处,就像一个迷失方向的小猫不断地从浪涛中沉下去又浮出来。大家三三两两站在舱板上,都望着阿良。

"我想了一天。"阿良的声音抖动着:"我想了整整一天。我们要救阿狗。我想把船开回去,重新开到 S 国去。"

"这不行,老大,开回去,船会让他们没收的。"

"人也会让他们关起来的。"

"他们没抓住我们,会给我们好脸色看?绝对不能去。"

……

除了小伙将不吭声,没人同意把船开回去。

"我是老大,"阿良冷冷地说,"你们都得听我的。现在就开回去。"他转身就向驾驶舱走去。

119

阿良回到驾驶舱,调转了船头。做出这一决定,他整整想了一天。他不是没有想过回去的风险。他将可能失去这艘好不容易得到的船。这艘船里有他的所有财产,有珊珊的房子,有黄副县长借给他的五万元钱,有村里几个股东的钱,万一让他们没收,沉重的债务是他这辈子永远无法还清,永远无法承受的,他将无脸面对珊珊,面对黄副县长,面对股东。他将永远不可能再拥有船只。而且,他还可能面临在异国他乡坐牢的风险,连带让这船上的人也承担巨大经济损失的风险。正是因了这些,他迟迟下不了回头的决心,他也不敢去面对痛苦叫喊的阿狗。

可是,现在,他做好了承受这一切风险的最坏打算。阿狗的病,很可能就是慢性阑尾炎急性发作。以前,在北太钓鱿鱼时,于船长曾问过他有没有烂阑尾炎。于船长说,出远洋,所有的船员无论是得过还是没有得过阑尾炎,都得到医院割掉。他当时出海心切,根本没有想这么多,现在看来,自己是太大意了。更大意的是,他当时没有弄清阿狗情绪为什么突然变化。阿狗是为了他忍着病痛出来的。是看在他多年的兄弟交情上出来的。他不能见死不救。他不能把船、把自己看得比阿狗的命更要紧。他要是保住了船,保住了自己,却要以阿狗的命为代价,他将永远无法面对阿狗瞎子阿妈,永远无法面对珊珊和黄副县长以及鱼盆岙所有的捕鱼人,也永远无法面对自己的良心。这样,即使有那船,对他来说,也会变成一种沉重的累赘。

阿良也想过船员可能面临的风险,不管如何,他们的风险总要比他小得多,他以为他们最多不满,最终会同意的,会听他指挥的,他是这艘船的老大啊。

可是,阿良想得太简单了。占一半船员还多的外地船员在他调转船头时,聚在后舱,商量了一下,便一起涌到驾驶舱来了。

"老大,你不能调头。"他们操着半生不熟的东山话,围住了阿良。

"你们给我走开,"阿良愤怒地说,"做你们的事去。"

"老大,我们不答应,"一个船员来扯阿良的袖子,"我们要回家。"

"走开。"阿良腾出手,把那人推倒在舱里。

"老大,你一定要这样做,不要怪我们不客气。"外地船员都气势汹汹地冲了过来,有几个把阿良从舵盘上推了开去。

他们想操作舵盘,调转船头,可又不会。

阿良从来没有碰到过这样的情景。他一个老大竟作不了船里的主。现在,他后悔没听胡指挥的话了。他们不懂捕鱼人的规矩。他们是一些农民啊。

"你们想打架是不是?"阿良操起身边的铁管,"都给我让开。"

那些外地船员让开了。阿良把铁管扔在一边,重新握住了舵盘。

那些外地船员并不甘心,其中一个拿来了砍缆绳的斧头,另一个抢过了阿良身边的铁管:"老大,你快调头。"

阿良脸色铁青,不加理睬。

这情形吓坏了进来要向阿良告诉阿狗情况的小伙将,他惊叫道:"你们不能打老大。"

阿良回头对小伙将说:"你去把村里船员都叫来。"他想借本地船员把外地船员的嚣张气焰压下去。

可是,很快小伙将跑了进来:"老大,他们光抽烟、喝酒,不肯过来。"

"听见了吧,这船上没人同意你这么做的,"外地船员更加得意了,"老大,你还是赶紧调头吧。"

"除非你们打死了我,"阿良紧握舵盘,"我是死也不会调头的。"

"大家上。"那个拿斧头的一挥手,几个外地人向阿良扑来,把阿良推倒在舱板上。小伙将急得大哭,跑到本地船员处,叫他们过来帮阿良。但没有一人过来。小伙将路过阿狗那里,看到阿狗已从铺位爬下。

"阿狗哥,你要做啥去?"小伙将问道。

阿狗用微弱的声音说:"驾驶舱怎么这么吵?"

"老大要开回 S 国救你,他们不让,逼老大调头。"

阿狗已经感到船的方向改变了。他知道阿良哥要救他。可他知道回去就是自投罗网,船会让人家没收。阿良哥喜欢船,阿良哥是为船活的。他不能没有船。他阿狗死也要保住阿良哥的船。

"你快去帮老大,不要管我。"阿狗吃力地推开要来扶他的小伙将。

小伙将急急地向驾驶舱走去。

阿狗痛得已经没有多少力气了,他一步一步向舱外爬去。外面漆黑一团。这瞬间,阿狗想起了瞎子阿妈。阿妈,你要保重。你放心阿良哥会照顾好你的。

夜空群星灿烂。可惜这不是鱼盆岙的天空和的大海。

阿狗爬得很慢。他已经没有多大的力气了。每挪动一步,人就像要散开了一样。

船舷外就是黑洞洞的大海。阿狗的手抓住了舷旁的栏杆。这里有一个缺口,是平时船员上船下船的。阿狗的头伸到了那个缺口处。

阿狗艰难地回个头。驾驶舱灯火通明,吵声依然。和阿良哥在一起是多么好。可是,他不能难为阿良哥啊。

阿良哥! 阿狗用尽所有的力气喊了一声。这声音只是在他嘴边轻轻地回响了一下。任何人都没有听见。

阿狗从船舷的缺口处落了下去。船开得很快。无数浪花像伸出的一双双手接住了阿狗,又把他簇拥着,带到一个没有疼痛没有知觉却有点湿漉漉的空明地带。

120

  外地船员把阿良按倒在舱板上,要用绳子把阿良捆起来。
  这时,舱外传来本地船员惊惶的叫声:"你们别闹了,有人跳海了。"他在出来小便时,看见一个人影滚下了海。
  阿良在抓他的外地船员手上狠狠地咬了一口,摆脱掉他,冲出了驾驶舱:"是谁?是谁跳海了?"
  "是阿狗哥,"小伙将哭着叫道,"老大,阿狗哥不见了。"
  阿良已经扑到栏杆旁。借着微弱的桅杆灯,他模模糊糊看见船尾后的海面上好像有一团东西在沉浮。
  "阿狗。阿狗。"阿良悲怆地叫着,不假思索,蹿向大海。风从阿良的耳边快速掠过,仿佛要把他的耳朵割下来。阿良所有的知觉都消失了,唯一的念头是,他要救他的兄弟阿狗。
  "老大,危险!"等本地船员冲过来,想拉住阿良时,已经来不及了。
  "老大!老大!"小伙将哭叫着,一边把救生圈往海里扔。
  阿良跳进海里,激起一阵微弱的浪花。同时,被船剖开的亮晶晶的浪头从两边把他狠狠地往下压。等阿良从浪丛中钻出头,前面除了汹涌浪潮,什么都没有。
  阿狗是不想让他为难。阿狗宁愿不要自己的命,也要保住他的船,不要这么多人陪着他去冒风险。阿良奋力向前游着。他要找到他的兄弟。阿狗是没有气力的。他必须尽快找到阿狗。要不,就什么都完了。可是,他看不见阿狗。眼前是黑压压的海水,从各个方向要把他拖到黑暗之中。
  阿狗啊,你在哪里?阿良把头从浪丛里伸出来,有东西在他面前漂着。阿良一阵惊喜,急忙抓住。可那不是阿狗,是一只救生圈。阿良把头伸进救生圈。这样,他感到轻松些了。

东远渔一号没人驾驶,在原地打转。所有船员包括外地船员现在清醒过来了。没有了老大和大副,他们是无法把船开回家的。他们这才无比惊慌,都齐集在船舷旁,一边往下抛救生圈,一边高声地叫喊:

"老大,危险,你快回来!"

"老大,我们错了,你快回来!"

……

船顺着潮水越漂越远。阿良根本无法听见他们的喊声。他心里只有阿狗,没有了船,没有了船员,也没有了自己。他要找到阿狗。他要把阿狗送到医院。他要救阿狗。

阿狗啊,你在哪里?阿良在浪丛中哭喊着。热带的海水特别的苦涩,不断地往他嘴里灌。他太渴了,太累了。他忍不住大口大口地咽下去。他的嘴是苦的,心更苦。

他的体力已有些不支了。他随波逐流地游着。阿狗啊,你在哪里?你就这样不打个招呼,不要兄弟,匆匆走了。你要我咋向你阿妈交代?

顺风顺水,不断地有救生圈漂过来。每次阿良抓住救生圈,一阵惊喜,又一阵极度的失望。不是他的兄弟,不是阿狗。他盼阿狗活着,能抓住救生圈。

时间过去很久很久了。阿良游不动了。他的眼前不停地闪烁着星星。这星星一会儿又变成阿狗的眼睛。那是一双很开心很无邪的眼睛。那双眼睛把阿良带回了鱼盆奤的礁石丛。阿良哥,我在这里呢。阿狗悄悄地从岩石隙中伸出小脑袋来。阿狗是躲着他,不让他找见啊。

阿狗啊,你现在在哪里啊?哥在找你啊。哥找不到你,就在这里等你。等你回来,我们一起回家。

阿良处于半清醒半昏迷状态了。

阿良哥,我怕。珊珊抱着他的头,忧郁的眼神不停地晃动。不要怕,珊珊,你说过要给我生个孩子的。对,晨晨说的,和我捕鱼去,捕鱼去。

365

海生也在凑热闹了。阿良,我不会放过你的。海生的眼睛始终是圆睁的,眼白很大很大。现在,什么都没有了。天好像亮了。这满天满地满海满船,只有这巨大的眼白。这是什么?阿狗,这是什么?你看见了吗?

阿良啊,阿爸告诉你,这船,是个人了,总要闯祸的。船会给你生,也会要你死。阿爸坐着红帆船来看他了。他后面跟着一大群人,好像是爷爷,爷爷的爷爷……人影幢幢,望不到边。他们拉着帆布篷,雄浑地唱着《红帆船》的歌谣:

二十四海黑黝黝噢,
日出东方一点红呢,
顺风顺水踏潮去噢,
上天入地忙拔蓬呢。

现在,阿良理解了为什么上天入地忙拔蓬了。这于家人这鱼盆舀人无论是在天堂还是地狱,总是要撑船拔蓬的。他挤入历祖历代的于家人堆里,开始去拔蓬。这时他的痛楚消失了,周围什么东西都没有了,眼前空明,浑身舒服,灵魂变成了红帆船向远处飘渺而去。

老大没了。大副没了。东远渔一号还是在原地打转。所有船员都跪在舱板上,哭喊着:

"阿良老大,你回来!"

"阿良老大,你救我们回去!"

……

也就在这时,根据县里指示寻找阿良船只的远洋船队发现了"东远渔一号"。他们靠近后,通过对话弄明白了情况。二十多条船只打开了所有的灯,从各个方向照耀着海面,开始寻找阿良和阿狗。

尾　声

　　黄副县长每天都到合资公司的通信电台,去和船队联系一次。那天清晨,听到船队报告说找到了阿良的船,他一阵狂喜。可是,当得知阿良和阿狗的事后,单边带从他手中滑落到地上。他怔怔地坐了很长时间。秘书把单边带捡起递到他手中,他把单边带轻轻地搁在桌子上,对秘书说:"去鱼盆岙村。"

　　胡指挥已接到了秘书小陈的电话,他等在路口,跳上黄副县长的车子,一言不发,陪着黄副县长到阿良家,去慰问珊珊和阿狗妈。

　　阿良家的院门是虚掩的。黄副县长、胡指挥和秘书小陈一行人悄悄地走了进去。

　　秘书要敲小楼的门。黄副县长摆了摆手,他听见里面传来的说话声:

　　"阿妈,阿爸在哪里?"

　　"阿爸在船里。"

　　"船在哪里?"

　　"船在海里。"

　　"海在哪里?"

　　"海在哪里? 海在海里呀。"

　　"海在红帆船里。阿妈,我们不看电视。我们和阿爸捕鱼去。坐红帆船捕鱼去。"

　　"阿妈也想呀,晨晨,可阿妈答应过你阿爸,阿妈要养大你,阿妈还要养大肚里的小宝宝。"珊珊这样说着,开始恶心呕吐。她控制不住自己,呕吐物全都喷在正在画的渔民画《断头马鲛》画布上。

那是妊娠的反应。

"进去吗?"胡指挥轻轻地问。

黄副县长摇了摇头。